知行八谈

感悟做人做事做官

刘士欣·著

中共中央党校出版社

图书在版编目（CIP）数据

知行八谈：感悟做人做事做官 / 刘士欣著 . -- 修
订本 . -- 北京：中共中央党校出版社，2018.4（2021.10 重印）
ISBN 978-7-5035-6351-5

Ⅰ . ①知… Ⅱ . ①刘… Ⅲ . ①随笔 – 作品集 – 中国 –
当代 Ⅳ . ① I267.1

中国版本图书馆 CIP 数据核字（2018）第 050762 号

知行八谈：感悟做人做事做官

责任编辑	王 君 高 颖	
版式设计	张 敏	
责任印制	宋二顺	
责任校对	李素英	
出版发行	中共中央党校出版社	
地 址	北京市海淀区长春桥路 6 号	
电 话	（010）68922815（总编室）	（010）68922233（发行部）
传 真	（010）68922814	
经 销	全国新华书店	
印 刷	北京文昌阁彩色印刷有限责任公司	
开 本	690 毫米 ×980 毫米 1/16	
字 数	349 千字	
印 张	21.5	
版 次	2018 年 4 月第 1 版 2021 年 10 月第 5 次印刷	
定 价	68.00 元	

网 址：www.dxcbs.net		邮 箱：zydxcbs 2018@163.com	
微 信 ID：中共中央党校出版社 新浪微博：@党校出版社			

题 记

人生大舞台，从来不彩排。

表演巧与拙，全部都直播。

药王孙思邈，也无后悔药。

悟得前车鉴，精彩趋无限。

序　言

　　夏天，一位领导送本《知行八谈》，说书很有意思，接地气，作者是他党校同学。此前，几位领导和朋友在不同场合也提到过这本书。这次，出版社送来修订稿，介绍这是中央党校近年少有的"既有一定理论指引又有鲜明实践特色"的畅销书，准备再版，他们很重视，想听听我的意见。事不过三，只好勉为其难。

　　由于精力有限，我只大略看了一下。从书的结构和内容可以看出作者平时涉猎极广，实践经验特别丰富，想必是一个酷爱读书和勤于思考的人。后来听介绍，作者士欣同志自幼便好读书，参加工作后在偏远乡镇一干就是 10 年。由于交通、通信不便，半年回不了几次家，他又不喜应酬，工作之余唯喜以书为伴，遂成其好。不禁莞尔。我当年参军到部队，亦无他好，12 年间嗜书成痴，困于所溺不能自拔，成就一段终身受益、永难忘怀的岁月。现在想来，若无当年惛惛之事，何来日后区区小成？天道酬勤，信然。

　　读书，千古家国兴亡事。作为一个文化人，自然深谙读书之乐、读书之用；而作为一个年逾古稀、仍然关心世事的文化工作者，则深感读书之要、读书之切。

　　我国是一个拥有几千年文明的古国。四大文明中，历数千年之兴衰而仅存于世者，唯中华而已。究其原因，我以为十分重要的一条，就是文化的发展与传承。历史上，中原数度被强悍游牧民族入主，而中华文明竟能不灭，无他，乃因为对这片广袤土地的认知和治理，中华文化所达到的高度、深度和广度远非尚处于部落文明时期的征服者所能企及，他们除了拿来和融入，别无选择。否则必然如匆匆过客，忽忽而亡。由此可见，硬实力不济，固然一时可致国家败亡，政权颠覆；而软实力强大，终可使文明传承，民族复兴。这便是我们文化自信的底气。

而传承文明基因，弘扬优秀文化，发展中国特色软实力，非读书不能为之。

"软实力"这个词，是美国"未来学家"约瑟夫·奈所创，近年来成为显学。既然事关成败兴亡，自然成为攻防要地，衍生出斗争谋略，也就不足为奇了。"欲亡其国，必先灭其史；欲灭其族，必先灭其文化。"近年来，美片、韩流、日漫占据荧屏，年轻人趋之若鹜，大众乐此不疲。"文化"的表象之下，处处可窥这种谋略的鳞爪。令人不无忧虑的是，国人读书的时间越来越少，特别是深度阅读越来越少；而我们弘扬优秀传统文化力道虽猛，对着力点的选择却似乎有失精准，社会上读书的风气尚不浓厚。世界变化如此之快，思考的时间如此之少，各种文化冲击的频度如此之高，一个人不读书，内心便无险可守，极易受到外力操纵，茫然如行尸走肉；一个民族不读书，弃传统价值观念如敝屣，千万人千万心，则与乌合之众无异。

然谓国人不爱读书，正如发现国人不看烂片便指国人不爱看电影一样，显然有失偏颇。但在新形势下，党政干部、知识精英、广大青年喜读的好书少之又少，却是不争的事实。如来慈悲，无人礼佛；美人一笑，倾城倾国。龙井一盏，不如鸡汤一碗。在吸引读者上，正史不敌野史，正论不如杂说，这才是大问题。士欣同志曾在党校系统浸淫多年，大概对这一问题有着同样的忧虑和感触吧！

而创作一部雅俗共赏、老少咸宜、亦庄亦谐、咸淡适中、寓教于乐、深入浅出的好书，没有极丰富的学识和生活积累，没有极强的社会责任感和一点点"创作野心"，显然是不成的。厚厚一本《知行八谈》，信手翻来，坦然可见著者的良苦用心，灼然可感其对社会的一份赤诚。妙语趣言，随处可见；百家小品，杂然而陈，既令人忍俊不禁，又不时引人思索。不仅接地气，而且有仙气。读来轻松愉悦，掩卷犹有余香。毕竟，书终须捧在手上，才有价值。

《知行八谈》，值得一读。

二月河

2018 年 1 月 6 日，于南阳

自 序

木兰树下的静思

当年，迁建新校时在办公室窗前栽了三株木兰。

早春，冰雪渐融，余寒犹冽，众芳未妍，木兰却一夜怒放，不叶而花，千枝万蕊，满树琼瑶。花开似莲，芳香胜梅，不忧不惧，傲然而立。一阵料峭春风，玉树飞花，轻盈曼舞，悠然飘落，馨香四逸。

比邻三载，感其春花之莹洁，夏叶之静美，秋果之沉实，冬蕾之隐忍，憾于熟睹却不相知。怀着迟来的歉意，悉心查阅，欲解其前世今生，方知屈原"朝饮木兰之坠露兮"，高洁如斯者是她；抗烟吸尘，净化空气，拒腐自洁者是她；隆冬结蕾，含苞孕香，祛风通窍，入药济世者是她；以花瓣为茶、饼、糕、汤、粥，质本洁来馈民者是她；果实榨油以用工业者是她……不禁掩卷而叹，吟诗一首："几度窗前望木兰，不知此花元是君。从此时时春梦里，平添一树相思魂。"

木兰别称木末，因其花苞长在每一根枝条的最末端，形如毛笔，亦称木笔。每于窗前凝望，木兰坚毅沉静的花蕾直指苍穹，似要书写四季轮回的沧桑，便不由得静思人生得失、事业成败、宦海沉浮，心生慨叹，感触良多。

2006年春，我从县委副书记调至省辖市委党校任党委书记、常务副校长。起于乡野的"泥腿子"蓦然与一众高知为伍，多少有些不适。但"到什么山上唱什么歌"，作为一校之长，理应带头弘扬主业，激励教员多讲课、讲好课，努力做学习的引领者。于是，我便把二十多年来积累的几十本读书笔记找齐、梳理，鸭子学上架般讲了一课"领导干部修身八谈"。学员们许是听腻了纯理论的讲述，见多了学术性的研讨，对我这节源于实践、耳濡目染、所学所历、所思所悟的漫谈颇感兴趣。纪委、组织部、检察院等盛邀讲学，许多学员纷纷索要课件。一堂课，毕竟不能涵盖做人、做事、做官所有感悟。在与师生们交流互动时，大家纷纷建议以此为蓝本，写一本知行人生的书。

然我本无"倚马之才"，纵观多年来的几部拙作，多是在领导、朋友的帮助下成书，他们尽心多，自己出力少。虽众人力劝，仍自感位卑学浅，无立言之资。但诸多良师益友再三激励——农业部宋洪远主任殷殷劝诚："以你从乡农业技术员到省青年日光温室研究会会长、教授；从乡政府秘书到常务副县长，再到省辖市党校党委书记、常务副校长；从全国农村十大杰出青年到全国劳动模范，这样丰富的经历，本身就是一本励志活书。"中央党校王成志教授常常鼓励："不妨通过著文锤炼自己，启示他人。"中组部潘洪杰同志时时勉励："学浅无妨慕正道，位卑未敢忘忧国。"……诸位师友谆谆教导，历历胸臆间，若再不勤学著述，实乃辜负了大家的厚望。于是，不再妄自菲薄，始宵衣旰食，奋蹄耕耘。

"做人、做事、做官"这个话题，绵延千年、历久弥新，讲者甚多、著述颇丰，既有为官者的亲历感悟，亦有为学者的经典阐释，可谓"前人之述备矣"。吾亦有"眼前有景道不得，崔颢题诗在上头"之感。然则阅历不同、见解有别，感悟之情，得无异乎？我这个说官不是官，经常与官同道；说学者不是学者，整天与学者为伍的人，却是"谈笑有鸿儒，往来无白丁"。正是这非官非学、亦官亦学的身份，让我得以从官与学的夹缝中，以另一视角思考做人、做事、做官。可谓"黑夜给了我黑色的眼睛，我却用它来寻找光明"。

成书过程中，我曾就书的主题征求教师、学员的意见，两种观点尖锐对立。德高学厚的老教授们强烈坚持：以您的身份出书，要立意高远，思想"正统"，绝不可媚俗和迎合"愤青"；青年教师和学员则坚决反对"教科书式"的说教，认为"心灵鸡汤式"的感悟比比皆是，不如不写。书道乃修身之本分。我原本只想透过指缝撷取一缕人生启迪，孰料书之未出而争议已出。有人戏言："和情人较真，是不想恋了；和老婆较真，是不想过了；和同事较真，是不想混了；和上级较真，是不想升了；和邻居较真，是不想处了；和朋友较真，是不想交了；和老师较真，是不想学了；和社会较真，是不想活了。"倘若过于较真，写书恐怕也无从着手了。

讲课也好，写书也罢，归根结底都是讲话。讲假话人人烦，讲真话有人烦，讲趣话谁都不烦。季羡林老先生有句名言："假话全不讲，真话不全讲。"最终，只讲实话，不说假话，少言虚话，多谈趣话，成为本书的基调。毕竟，立言并不重要，重要的是言为心声；卖点并不重要，重要的是读者乐读；褒贬并不重要，重要的是于人有益。

2008 年夏，时任河南省委书记徐光春、副书记陈全国等先后来党校视察。彼时，木兰花谢叶长，绿意正浓，荫满窗前。徜徉于现代古典式与庭院别墅式建筑交相辉映的校园，徐光春同志盛赞："哦，这么漂亮的党校！周口是个穷市，财政支持有限，你们贯彻落实科学发展观，既当传播者，又当践行者，很好！"陈全国同志褒奖："你们用短短一年时间，实现了按常规需三年的建设目标，从全省最差一跃成为最好的党校，创造了周口模式、周口速度、周口精神，确实是个奇迹！值得全省学习推广。"有此助澜，省委党校迁建，陈全国同志亲点借我去帮助筹建。这给了我就近向领导和专家学习的机会，对提升拙作大有裨益。

王维有诗云："木末芙蓉花，山中发红萼。"我出身草根，早年饱受无书可读之苦，觅得一本残缺不全的书便如获至宝。多看一夜书就要多捡一篮柴的情景，至今记忆犹新。正是"贵贱不移读书志，顺逆不改求知心"，使我不断蜕变。无论是行走在阡陌间，还是穿行于官署中；无论是艰难困苦，还是生活优裕，书籍始终是我坚实的根基，为我源源不断输送养分。正如黄庭坚所说："三日不读书，便觉面目可憎，语言无味。"岁月悠悠如河，奔淌着金色年华，左岸是淡定了悟，右岸是永恒记忆。在学于书、思于心、践于行间，我每每静思：人生像大海中行船，方向错了，什么风都不是顺风；婚姻如一件精美的瓷器，做好它很费事，打破它很容易，而收拾起那些碎片很麻烦；当你事业有成却发现孩子教育失败时，突然有一种全军覆没的感觉……

窗外，一树木兰花开，素面粉黛，玉盏擎空，或优雅绽放，或沉静飘落，每一片花瓣都凝着淡定、显着从容，宛若圣洁而美丽的精灵。静对木兰，颇有"傍树谁矜火焰异，对花自感壮年非"之感。知天命之年，仅想用手中的笔称一称过去的时光，在阅、历、思、悟等繁多元素中提取生活的本真，努力写一本自己想写，读者喜看，有点知识性、趣味性的书。正如唐诗《木笔花》云："软如新竹管初齐，粉腻红轻样可携。谁与诗人偎槛看，好于笺墨并分题。"

"多情不改年年色，千古芳心持赠君。"木兰花语为感恩，窗前木兰可作证。

谨以本书感谢领导、老师的厚爱，感谢同人为书稿倾注的大量心血，感谢年迈老母的许多人生启迪，感谢妻子深夜里的沏茶披衣。正如一句诗所言："数一数杏仁，数一数那苦的、让我们醒着的杏仁，把自己也数进去。"

明代张新有诗赞木兰："梦中曾见笔生花，锦宇还将气象夸。谁信花中原有笔，毫端方欲吐春霞。"本书历时数载，虽尽心竭力，奈何灵感不像玉皇大帝身边的仆童随叫随到，妙笔生花亦仅现梦中。

不妥之处敬请行家指谬。

刘士欣
于壬辰年冬日

目　录

Contents

第一篇

亮丽一字人生

庄子云："人生天地之间，若白驹过隙，忽然而已。"如何让有涯的人生绽放出绚丽的光彩？古往今来，无论是先贤圣哲，还是凡夫俗子，都在用不同的方式诠释着这个古老而永恒的话题。

　　人生是本书，有人潜心研读，浸淫墨香；有人匆匆翻过，影像淡忘。人生是杯酒，有人细细品味，如享醇浆；有人囫囵吞枣，如饮白汤。人生是幅画，有人丹青妙笔著华章，有人老猫涂鸦误时光。人生是出戏，有人凯歌高奏，韵味悠长；有人滥竽充数，黯然退场。

　　相传，战国说客双雄之一张仪，少时顽劣，是个促狭鬼。一天，他跟嫂子开玩笑：下肢叉开、上肢并拢，问此姿势为何字，嫂子说此乃"人"字。接着小张仪上肢平伸，继续发问。嫂子说，乃"大"字也。张仪两眼一转，笑着说，不对，此乃"太"字。他嫂子本是大家闺秀，知书达理，何况长嫂如母，便借机教诲他，从地上拾起半截砖放在他左肩上说，点在这呢，是个"犬"字。接着，嫂子让他站直，给他讲了一番做人做事的道理：第一个动作寓意你是一个普通人；第二个动作寓意你是个大丈夫，有朝会大展宏图；第三个动作说明你太顽劣，会闹得鸡犬不宁，如不悔改，可能会鸡犬不如。最后，你站成个"1"字，昭示你如果站得直，行得正，将成为顶天立地的男子汉、国家的中流砥柱。听了嫂子一番教诲，张仪幡然醒悟，发誓做一个顶天立地的大丈夫，光宗耀祖，报效国家。此后，他赴云梦山拜师鬼谷子，潜心学习，因才华出众，被秦惠王拜为相，以连横破合纵之韬略，奠定了强秦称霸群雄进而统一六国的基础，成为历史上影响深远的大家。

著名作家柳青说过："人生道路虽然漫长，但紧要处常常只有几步，特别是当人年轻的时候。没有一个人的生活道路是笔直的、没有岔道的。有些岔道口，譬如政治上的岔道口、事业上的岔道口、个人生活上的岔道口，你走错了一步，可以影响人生的一个时期，也可以影响一生。"

一、成就一份好事业

事业是人们所从事的具有一定目标、规模和系统的对社会发展有影响的经常性活动。有时，事业也指个人的成就。

事业是展示人生的舞台。爱默生说："维持一个人生命的事物，是他的事业。"成就一番事业，既可造福社会，也是个人幸福、家庭和谐的必要条件和基础。每个人想要过好生活，都需要做出一番事业。男人再帅，扛不起责任，照样是废物；女人再美，自己不奋斗，照样是摆设。人生要活得漂亮，活出尊严，最好的方式就是成就一番事业，就不能在可以奋斗的时候选择安逸。否则，当父母需要你时，除了泪水，你一无所有；当孩子需要你时，除了惭愧，你一无所有；当自己回首过去时，除了蹉跎，你一无所有。网传，2017 年最走红的 20 个字是：年轻时，不拖累生你的人；年老时，不拖累你生的人。

如果说人生是一条小溪，事业就是小溪里潺潺流淌的清水，时而激起生命的浪花。没有事业，人生就是一潭没有活力的死水；没有事业，配偶不敬重，孩子不尊重，朋友不看重。男人拥有自己的事业，才有真正的"大丈夫"气概；女人拥有自己的事业，才能有踏实的幸福。感情不能当饭吃，贫贱夫妻百事哀。

事业主要有三个层面。第一层面指历代伟人为谋天下福祉，鞠躬尽瘁，成就治国安邦的千秋伟业。《易经》云："举而措之天下之民，谓之事业。"如孙中山驱除鞑虏，恢复中华，起共和而终帝制；习近平致力于国家富强、民族振兴、人民幸福的中国梦。第二层面指精英人物为社会发展所致力的职业。对此，我国著名史学家马非百在《管子轻重篇新诠》中有"事业即职业"的注释。如我国著名的"杂交水稻之父"袁隆平从事的水稻研究。第三层面，对绝大多数人而言，事业即工作，尽职尽责做好本职工作，就是事业有成。稻盛和夫先生说，要想度过一个充实的人生，要么从事自己喜欢的工作，要么让自己喜欢上工作。如党的十九届中央候补委员、全国道德模范郭明义，在辽宁省齐大山铁矿生产技术室做采场公路管理员时，每天提前 2 个小时上班，双休日、节假日从不休息，15 年累计献工 15000 多个小时，相当于多干了 5 年的工作，凭着这种精神，他在每个岗位上都取得了突出的业绩。

事业无大小，成功就好。大事小做，大事变小事；小事大做，小事成大事。大事起于小事，小事成就大事。"天下之难事，必作于易；天下之大事，必作于细。"只有把不起眼的平凡事做好、做精，方可干一番轰轰烈烈的大事业。东汉名臣陈蕃，少时独居一室而庭院龌龊不堪，其父的朋友薛勤见状批评道："孺子何不洒扫以待宾客？"他说："大丈夫处世，当扫除天下，安事一屋？"薛勤反问道："一屋不扫，何以扫天下？"因这一番教诲，陈蕃发愤图强，成就了一番功业。

人生因事业而精彩。本杰明·富兰克林，从一个寒微的穷小子成为 18 世纪美国最伟大的科学家和发明家，著名的政治家、外交家，美国独立战争的伟大领袖，其精彩人生处处闪耀着事业的光芒；潜心于科学研究，居里夫人摘下了诺贝尔物理学和化学奖；贝多芬视音乐为生命，谱写了《第九交响曲》等旷世之作。

▌**感悟小语 >>>**

年轻时，不拖累生你的人；年老时，不拖累你生的人。

1. 目标，成就事业的灯塔

有目标的人在奔跑，没目标的人在流浪——因为不知道要去哪里；有目标的人睡不着，没目标的人睡不醒——因为不知道起来干吗；有目标的人在感恩，没目标的人在抱怨——因为觉得全世界都欠他的。法国作家蒙田说："一个人若是没有确定航行的目的港，任何风向对他来说都不是顺风。"有专家推算过，一个人要想在某项事业上做出点成就，必须经过十多年的努力，才有可能成功。人生如梦，从参加工作到退休能有几个十年？

选准目标就等于成功了一半。同时追两只兔子的人，一只也不会逮到。成功学导师拿破仑·希尔曾提醒世人："明确的目标是所有成就的起点。"有了目标，内心的力量才会找到方向，每一次的付出，都向着成功接近。

1979年，心理学家针对哈佛大学的毕业生做了一项调查，结果显示：3%的人有清晰而长远的目标，10%的人有清晰但比较短期的目标，60%的人目标模糊，27%的人没有目标。25年后，再次对这群学生进行跟踪调查发现：3%的人，25年间他们朝着一个方向不懈努力，几乎都成为社会各界的领军人物；10%的人，他们的短期目标不断地实现，成为各个领域中的专业人士，大都生活在社会的上层；60%的人，他们安稳地生活与工作，但都没有什么特别成绩；剩下27%的人，他们的生活没有目标，过得很不如意，并且常常在抱怨他人、抱怨社会。

古希腊荷马史诗《奥德赛》中有一句名言："没有比漫无目的地徘徊更令人无法忍受的了。"在非洲和地中海一带，有一种被昆虫学家称为行列蛾类的毛毛虫，它们从卵里孵化出来后，就成百只地聚集在一起生活。外出觅食时，通常是一只带头，其他的毛毛虫头顶着前一只的屁股，一只贴着一只排成一列前进。法国科学家做了一个有趣的实验：在一个花盆的边缘摆放了一些毛毛虫，让它们首尾相接，围成了一个圈，与此同时，在圈外撒了一些它们最喜欢吃的松针。由于这种毛毛虫天生有一种"跟随者"的习性，一圈圈地绕着花盆，一面吐丝一面爬行。连续七天七夜之后，它们饥饿难当，精疲力竭。一大堆食物就在距离不到6英寸的地方，它们却一个个饿死了。

正确的目标永远是成功的关键。世上最重要的事，不在于我们身在何处，而在于我们朝着什么目标和方向走。千万别干那种去机场等船、去码头等飞机的事。

2004年9月22日，在雅典奥运会的射击赛场上，发生了非常戏剧性的一幕。美国著名射击选手马修·埃蒙斯最后一枪，竟错把子弹打到了澳大利亚选手普拉纳尔的靶子上，本来他已经领先第二名3环之多，最后一枪只要能打8环就稳拿金牌，结果因为目标搞错了，将金牌拱手送给了中国选手贾占波。2017年10月，第32届意大利威尼斯马拉松比赛也闹出了不小的笑话。赛前被外界看好的肯尼亚选手楚姆巴等6人，在跑了25公里后形成领先阵容。而此时带路的摩托车居然带错了路，6 人跑出几百米后才被告知跑错了。虽然大家立即拼命往回冲，但已经浪费了 2 分多钟。本土选手法尼埃尔之前还落后领先阵容 1 分钟，突然他发现前面的选手都不见了，就这样他一路领先至最后，创下了 22 年来意大利人首次夺冠的纪录。跑错路的选手中，成绩最好的夺冠热门选手楚姆巴仅排第四名，错失奖牌。

自知，然后才能自明。人生最大的难题是不能正确地认识自己。树立远大的目标诚然可贵，但要切合实际。有人一提目标，则比肩伟人、英雄，结果大事做不了，小事不想做，志大才疏，一事无成。制定目标，要正确评估现有资源、个人能力以及目标的可行性。

盲目制定目标，是事业失败的一个重要因素。商界奇人史玉柱创业前期建造巨人大厦就是一个典型的案例。1993 年，珠海市政府为了扶持巨人集团，先后两次批给其约 4 万平方米的土地用于建造巨人大厦。史玉柱将巨人大厦的规划从 38 层不断"加高"到 70 层，要建全国最高的楼宇。建设 70 层楼所需资金约 12 亿元，当时手中只有 1 亿元现金的史玉柱固执地不用银行贷款，而将赌注押在了集资和卖楼花上。但正是在 1994 年巨人大厦开始卖楼花时，政府也开始对过热的经济进行宏观调控，卖楼花受到限制。1996 年，已投入 3 亿多元的巨人大厦烂尾，成为史玉柱的"滑铁卢"。贪大求高导致商界巨人成为当时的"中国首负"，巨人大厦成了珠海市难以抹平的伤疤和巨人史玉柱永远的痛。

▌**感悟小语** >>>

> 奋斗有目标，人生格局高。
> 行稳能致远，一鸣冲云霄。

2. 心态，成就事业的磐石

春夏秋冬是风景，起起伏伏是人生。"不经历风雨，怎么见彩虹！没有人能随随便便成功。"人生的道路不可能一帆风顺，事业的发展也一定会有起伏。"阳光总在风雨后，乌云之上有晴空。"成就一番好事业，要保持积极的心态，勇于迎接挑战。拿破仑·希尔曾说过一句话："一个人能否成功，关键在于他的心态。"

每个人都会遇到顺境和逆境，不要为暂时的荣耀沾沾自喜，也不要为一时的挫折悲观失望、一蹶不振。人生可以是喜剧也可以是悲剧，导演就是自己。成功者无不始终保持积极的心态，而失败者则多以消极的心态面对人生。德国哲学家海德格尔说："人应该诗意般地栖居。"无论遇见什么，那都是我们生命的典藏。

美国第 32 任总统罗斯福任纽约州议员时，患上了脊髓灰质炎。医生说："你将不能再行走。"罗斯福坚定地说道："我还要走路，我要走进白宫。"第一次竞选总统时，罗斯福对助手们说："你们布置一个大讲台，我要让所有选民看到我这个肢体麻痹的人，可以自己走到前面演讲，不需要任何拐杖。"当天，他穿着笔挺的西装，步履坚定地走向讲台。罗斯福的步伐，让人们感受到他刚强的意志和十足的信心，给人留下了良好印象。他是美国历史上迄今唯一连任四届的总统。

"人生由我不由天，幸福由心不由境。"我们每个人都像一个空瓶子，你心里装着什么，就会得到什么。你的内心装着能量，你的身体就充满能量；你的内心装着喜悦，你的生活就满是喜悦；你的内心装着自信，你的人生就自信。积极的心态是成功的起点，是生命中的阳光和雨露，是雄鹰展开的双翼。英国著名作家兰布里奇曾说："两个人同时从一个栅栏往外看去，一个人看到的是泥土，另一个人看到的却是繁星。"打开窗子，有人看到的是污泥，有人看到的是荷花。有的人即便被人推到水中，也会衔着一条鱼上岸。美国石油大王约翰·D.洛克菲勒告诫儿子："如果你视工作为一种乐趣，人生就是天堂；如果你视工作为一种负担，人生就是地狱！"德国的马丁·路德有一句名言："即使世界明天毁灭，我也要在今天种下我的葡萄树。"

逆境是磨炼意志的熔钢炉，困苦是完善人格的助燃剂。人生不可能总是顺心如意，但持续朝着阳光走，影子就会被抛在后面。古往今来，成功者无不是在狂风暴雨中看到美丽的彩虹，在一败涂地中看到美好的未来，不断调整自我、奋发进取，最终登上成功的巅峰；而失败者则大多以消极悲观的心态面对一切，心灵笼罩着阴霾，自身潜能无法发挥，人生最终走向灰暗。

世界著名社会心理学家亚伯拉罕·马斯洛告诉我们：心态改变，态度跟着改变；态度改变，习惯跟着改变；习惯改变，性格跟着改变；性格改变，命运就跟着改变。

常言说：百病生于心。古时有一位国王，梦见日落了，山倒了，水枯了，花也谢了，便叫王后给他解梦。王后说："大事不好。日落了指国运已尽；山倒了指江山要倒；水枯了指民众离心，君是舟，民是水，水枯了，舟也不能行了；花谢了指好景不长了。"国王惊出一身冷汗，从此患病不起。一天，国王召见一位老臣，在病榻上说出他的心事。老臣听后大笑说："太好了！日落帝星出，海枯龙爪显。山崩地太平，花落籽团圆！"国王一听全身轻松，很快痊愈。

消极的心态是失败的根源。一位苏联运动员和一位美国运动员参加铅球比赛。论实力，苏联运动员要远超美国运动员。比赛前，两人先后到场地练球，美国运动员不管怎样努力也赶不上。当苏联运动员走后，她索性拿铅球在苏联运动员的最远球痕前砸了两个坑，就回去睡觉了。翌日，苏联运动员看到美国运动员的"纪录"后，大吃一惊，由于心理压力太大，整个晚上没有睡好。正式比赛时，苏联运动员发挥失常，反而败给了美国运动员。

女人，长得漂亮是优势，活得漂亮是本事。2008 年 1 月，知名女演员刘涛与曾经的"京城四少"之一、资产达 4 亿元的王珂在北京斥资 400 万元举行盛大婚礼，随后刘涛宣布退出演艺圈，专心做家庭主妇。但不久爆发的全球金融危机让王珂的事业遭受重创。王珂在破产后终日以安眠药度日并患上药瘾，曾在刘涛生产之日突然倒地失禁，一度心脏停跳，靠电击救回性命。2010 年 4 月，刘涛复出重回娱乐圈。圈内人士透露，刘涛"像疯了一样接戏，很辛苦"。"她的确在走一条'患难夫妻'的路，挣钱缓解危机。"经过数年奋斗，如今的刘涛，事业蒸蒸日上，家庭幸福甜蜜。刘涛，一个 40 岁的女性，用积极的心态和成功的事业挽救了丈夫和家庭，同时也证明了自己。

大雨过后有两种人，一种人抬头看天，看到的是雨后彩虹，蓝天白云；一种人低头看地，看到的是淤泥积水，艰难绝望。"等老公出来时，我要给他一个更好的国美！"国美电器董事局主席黄光裕，因非法经营身陷囹圄后，原本在幕后相夫教子的妻子杜鹃，危难之际挺身而出，挑起"守业"和"开拓"两大重担，通过改组董事会让国美继续姓"黄"，"大棒 + 定心丸"安抚管理层，狠抓销售业务和企业转型升级等一系列举措，力挽大厦于将倾，创造了"冬天里的春天"，打理出一个年销售额达千亿元的商界帝国，维护了国美作为中国家电连锁零售业第一品牌的地位和荣誉。

电视剧《我的前半生》中的美丽女人罗子君，30多岁，一直在家做全职太太，却猝不及防被一个平凡女人夺走了丈夫，最后被迫离婚。一直生活安逸、养尊处优的罗子君及时改变心态，在朋友的帮助下重新进入职场，在自我历练中不断成长，走向人生下一程。

"靠父母你最多是公主，靠丈夫你最多是王妃，靠自己一切皆有可能。"如果说，这是规劝女性端正"三观"的话，那么当下的"啃老族"更应思考：一旦父母无力养你，你拿什么拯救自己？有句俗语说得好：父母有不如自己有，配偶有也得伸伸手。曾有谜语这样说："一直无业，二老啃光，三餐饱食，四肢无力，五官端正，六亲不认，七分任性，八方逍遥，九（久）坐不动，十分无用。"谜底就是"啃老族"。啃老族游离于社会大环境之外，心理扭曲，长期会导致自闭症、社交恐惧症，有的甚至会引发犯罪行为。啃老族使老人常常处于焦虑之中，多数家庭会因此产生争吵，造成家庭危机四伏。2012年8月13日，在福建漳州云霄双溪口，好吃懒做、经常跟家里要钱的23岁男子林某跳楼身亡，原因竟然是"抗议"家里不给钱用。2014年4月23日，台湾高雄一名黄姓女子只因向父母要钱不成，竟割腕跑到自家顶楼跳楼，惊动大批警察和消防人员，引起周边交通大瘫痪。2017年8月，江苏镇江一名26岁无业男子，向父亲索要5000元未果，喝了一口百草枯躺床上等死。父亲报警后，男子还爆粗口。民警怒斥："你26岁了，不是6岁！"

奉劝"小年轻"们，不奋斗，你的才华如何配上你的任性；不奋斗，你的脚步如何赶上父母老去的速度？不奋斗，世界那么大，你靠什么去看看！一个人老去的时候，最痛苦的事情，不是失败，而是"我本可以……"每个人心里都有一片海，自己不扬帆，没人帮你启航；只有拼出来的成功，没有等出来的辉煌！

一种积极而健全的心态比一百种智慧更有力量。一个人，心态变了，德行就变了；德行变了，运气就变了；运气变了，命运就变了。因此，不论处于何种环境和条件下，我们都要摆脱消极心态的束缚，以积极向上、坚韧不拔的心态看待世界与人生，对待生活与工作，掌控命运航向，收获事业、财富、健康、幸福和成功。

▎**感悟小语 >>>**

要成功，先发"疯"，奋不顾身向前冲。

3. 执着，成就事业的法宝

"骐骥一跃，不能十步；驽马十驾，功在不舍。"成就事业贵在锲而不舍，不能见异思迁，一曝十寒。马云说："复杂的事情简单做，你就是专家；简单的事情重复做，你就是行家；重复的事情用心做，你就是赢家。"法国作家莫泊桑有一句名言："才气就是长期的坚持不懈！"当你实在坚持不下去的时候还能坚持，才是真正的坚持！成功永远属于一直在跑的人。

很多人在固定的岗位上，长年累月、认认真真、兢兢业业地做一件事，打磨出极致的产品、作品，创造出不凡的业绩。有一个著名的"一万小时定律"：一万小时的锤炼是任何人从平凡变成世界级大师的必要条件。要成为某个领域的专家，需要一万小时，按比例计算就是：如果每天工作八个小时，一周工作五天，那么成为一个领域的专家至少需要五年。达·芬奇画画是从一只只鸡蛋开始的。他日复一日，年复一年，变换着不同角度、不同光线，从而打下了扎实的基本功，这才有了后来的世界名画《蒙娜丽莎》《最后的晚餐》。"航天英雄"杨利伟在一次报告会上说："我的成功源于对航天事业的执着追求。"在航天训练中，脸往往会被拉得变形，眼泪也不由自主地流下来，而近旁有一个警报器，受不了时可以按警报器停下来。但十几年来，他和队友从没有按过警报器。正是凭这种不懈追求，他们克服了种种困难，取得了飞天成功。

没有执着，就不会有人间奇迹。20 世纪 60 年代，以杨贵为书记的河南林县县委带领 10 万民工上太行山，克服了一个个超乎想象的困难，锲而不舍苦战 10 年，终于在层峦叠嶂的太行山腰开凿出一条长达 1500 公里的"人工天河"——红旗渠，彻底改变了全县严重缺水的恶劣生产、生活环境，被周恩来总理誉为新中国两大"奇迹"之一。2016 年 9 月 25 日，直径达 500 米的世界上最大、最灵敏的单口径射电望远镜中国"天眼"正式启用。它比德国波恩 100 米望远镜灵敏度提高约 10 倍，比美国阿雷西博望远镜综合性能提高约 10 倍，将在未来 20 年至 30 年保持世界一流地位。可谁能想到，为了建设中国的这个苍穹之眼，中科院国家天文台研究员、"天眼"射电望远镜工程总工程师兼首席科学家南仁东，带领他的团队耗费了整整 22 年的心血，光选址就用了 11 年。22 年时间里，他从壮年走到暮年，把一个朴素的想法变成了世界上独一无二的国之重器。

"蚓无爪牙之利，筋骨之强，上食埃土，下饮黄泉，用心一也。蟹六跪而二螯，非蛇鳝之穴无可寄托者，用心躁也。"坚定的信念，顽强的意志，是成功者与失败者最显著的区别。

北宋政治家、思想家王安石在《游褒禅山记》中有一段经典的论述："夫夷以近，则游者众；险以远，则至者少。而世之奇伟、瑰怪、非常之观，常在于险远，而人之所罕至焉，故非有志者不能至也。"

成就一番事业，要有恒心、恒志、恒力。"水滴石穿，绳锯木断"，滴水穿石，不是因水滴之强大，而是不舍昼夜；绳可断木，不是因绳之锋利，而在坚持不懈。宋代文学家苏轼云："古之立大事者，不惟有超世之才，亦必有坚忍不拔之志。"大家都知道这副名联："有志者，事竟成，破釜沉舟，百二秦关终属楚；苦心人，天不负，卧薪尝胆，三千越甲可吞吴。"据清人邓文滨《醒睡录》记载，此联作者为明朝孝廉胡寄垣。胡寄垣"初入学，试下等，愤甚，即登楼读书，不下梯者三年。自题联……，后数年遂中"。上联用项羽破釜沉舟、大破秦兵的典故，说明做事要有项羽那种拼搏到底、义无反顾的决心；下联用越王勾践卧薪尝胆、灭吴雪耻的典故，表示要学越王勾践那样具备刻苦自励、发愤图强的毅力。

"横空出世清宫史，二月河畔听涛声。"二月河，本名凌解放。1966 年，他高中毕业后入伍，开始了长达十多年的紧张、枯燥、艰苦甚至危险的军旅生活。自古英才磨难多。其间作为工程兵的他被水淹过、炮崩过、电打过，房屋塌了被压住过，还出过车祸，真可谓九死一生。就是在这样的岁月，二月河没有放松对学习的努力，他最大的爱好就是读书。他告诫自己，成长进步的捷径，就是勤奋学习，努力汲取各种营养，在艰苦中锻炼成长。长期的知识积累为他转业后的创作打下坚实的基础。二月河 40 岁开始文学创作，先是在"红学"研究中崭露头角，后萌发了创作"帝王系列"的强烈冲动。1984 年至 1996 年，他先后创作了三部"帝王系列"鸿篇巨制《康熙大帝》《雍正皇帝》《乾隆皇帝》，共 430 余万字。其中前两部小说，分别荣获河南省政府文学大奖并被改编成电视连续剧，轰动海内外。一分耕耘一分收获。二月河没上过大学，但他是名副其实的清史大家，著名的文化学者，在多所大学任兼职教授，现为郑州大学文学院院长，全国先进工作者，中国作协主席团委员，享受国务院政府特殊津贴，十二届全国人大代表，中国共产党十八大、十九大代表。

南非著名黑人领袖曼德拉，终其大半生执着于捍卫人权、废除南非种族歧视制度的伟大事业，进行了长达50年艰苦卓绝的斗争，铁窗面壁28年。最终，从阶下囚成为南非第一任黑人总统，为新南非开创了一个民主统一的局面，被尊称为"南非国父"。因为对事业的执着，他获得了100多个奖项，其中最著名的便是1993年的诺贝尔和平奖。2004年，他被选为最伟大的南非人。2009年，联合国大会为表彰其对和平、文化与自由的贡献，宣布7月18日为"纳尔逊·曼德拉国际日"。

一次一位学生问苏格拉底，怎样才能修到他那样博大精深的学问。苏格拉底听了并不直接回答，只是说："今天我们只学会一件最简单、最容易的事：每个人都把胳膊尽量往前，然后再向后甩。"苏格拉底示范了一遍，说："从今天起，每天我们做300下，大家能做到吗？"学生们都笑了，这么简单的事有什么做不到的。过了一个月，苏格拉底问学生："谁坚持了？"有九成学生骄傲地举起手来。一年以后再问，全班只有一个人举起了手，他就是后来成为古希腊另一位大哲学家的柏拉图。

老子说："民之从事，常于几成而败之。"很多人经常在做了90%的努力后，放弃了最后可以让他们成功的10%。"行百里者半九十"，最后一段路往往是最艰苦难行的，能否坚定不移地走好最后一段路是成功的关键。电话的发明者贝尔只不过是在物理实验中把一个旋钮多旋了几圈，一个改变世界的发明就诞生了。而在这之前，爱迪生及许多科学家都认为电话不可行而放弃了实验，从而错失了获得成功的机会。

科学家曾做过一个有趣的实验，把一头鲨鱼和一群小鱼放到同一个水池中，中间用透明的钢化玻璃隔开。一开始，鲨鱼总是试图冲破玻璃吃掉对面的小鱼，但屡屡碰壁。经过一次又一次的挫折后，鲨鱼开始远离那面透明而坚硬的钢化玻璃，放弃了吃小鱼的努力。之后，科学家把钢化玻璃取走，但鲨鱼竟然对近在咫尺的小鱼熟视无睹。一次次的碰壁，让鲨鱼彻底失去了吃小鱼的信心，甘于接受失败的命运，放弃了唾手可得的成功。

▌感悟小语 >>>

> 有志者，事竟成，破釜沉舟，百二秦关终属楚；
> 苦心人，天不负，卧薪尝胆，三千越甲可吞吴。

——（明）胡寄垣

二、享有一个好身体

人生是竞技场，只有身体健康，充满活力和激情，才能坚持打完整场比赛，取得最后的胜利。拿破仑曾持续 24 小时在马背上行军，于午夜抵达华沙，早晨 7 点又接见新政府成员。在与英格兰爆发战争后，他同四位秘书连续工作了 3 天 3 夜，然后在热水里泡 6 个小时，并口授快信。富兰克林 70 岁时还在露天宿营。格莱斯顿 84 岁高龄时还掌握着国家的大权，他每天能奔走数英里，85 岁时还能砍倒大树。清朝的乾隆皇帝，活了 89 岁，在位 60 年。这些伟人之所以建立了丰功伟绩，首先得益于有一个好身体。

1. 身体健康，无价之宝

中华医学会会长、中国工程院院士钟南山有个形象的比喻：健康是颗空心玻璃球，一旦掉下去就会粉碎；工作像只皮球，掉下去还能再弹起来。如果说健康是"1"，健康以外的所有东西就是"1"后面的"0"；"1"没有了，所有的"0"也就没有了意义。有人这样描述健康的重要性：小病一头牛，大病一幢楼；救护车一响，一圈猪白养。一个病友则发出了如下的感悟：如果让你小病一星期，你会发现金钱不重要，家人和身体最重要；如果让你大病一个月，你会发现金钱很重要，身体和家人更重要；如果让你大病半年，你会愿意放弃一切金钱和名利，去换回健康的身体。聪明人用 100 元养生，50 元买保险，10 元看病，1

元抢救；愚蠢人用 1 元养生，10 元买保险，50 元看病，100 元抢救。

"有健康才有未来。"历史上，多少英才在人生最为辉煌的时候，生命像流星一样陨落，伟大的抱负和精彩的人生就此停止。孔子的得意门生颜回，只活了 40 岁，孔子称赞他"贤哉回也"。若不是英年早逝，颜回在我国儒学史上或许会留下更多的浓墨重彩。西汉初年著名的政论家、文学家贾谊只活了 33 岁。他 20 余岁就被文帝召为博士，不到一年破格提为太中大夫，因遭群臣忌恨，精神抑郁，忧伤而死。唐代著名诗人李贺，世称"鬼才""诗鬼"，与李白、李商隐并称唐代"三李"，27 岁病逝。三国著名的谋士郭嘉与曹操"行同骑乘，坐共幄席"，曹操对他的评价是"唯奉孝为能知孤意"。他"遗计定江东"，为曹操立下奇功，37 岁去世。曹操发出"哀哉奉孝，痛哉奉孝，惜哉奉孝"的悲叹。

"有什么别有病。"很多人拼命工作，生怕工作这只"皮球"摔碎，却忽视了健康这只"空心玻璃球"。龚鑫茂，负责"飞豹"战机设计和生产的工作组组长、副总设计师、中国新一代战机研制人之一，于 2000 年病逝，年仅 56 岁。罗阳，我国歼 15 舰载机工程总指挥、中航工业沈阳飞机工业（集团）有限公司董事长、总经理，投身航空事业 30 年，勤勉敬业，攻坚克难，长年超负荷工作，带领工程技术人员完成了多个重点型号战机研制。2012 年 11 月 25 日，在我国首艘航母"辽宁舰"首次舰载机着舰试飞起降取得圆满成功之际，突发疾病殉职，年仅 51 岁。这些国家精英都是在生命力、创造力最旺盛的年华匆匆离去，他们的英年早逝是国家的重大损失，也给家庭带来了巨大的伤痛。

身体是生命的载体，失去了健康就失去了一切。

世界计算机业界标志性人物，著名发明家、企业家，美国苹果公司联合创始人乔布斯，是全球 IT 行业先驱者之一。他曾经说过：活着就是为了改变世界。可惜他在事业如日中天时因患胰腺癌离世，年仅 56 岁，让人唏嘘不已。

当今社会上最潮的句子：不要晒你的钱，在医院就像纸；不要晒你的工作，倒下了，无数人会比你做得更出色；不要晒你的房，你去了，就是别人的窝；不要晒你的车，你离开了，车钥匙就握在别人手里了！你唯一可以炫耀的是你的健康：当别人都走了，你还可以晒着太阳，喝着茶，享受着健康的生活。请善待自己，因为零件不好配，价格贼贵还没货——在任何时候，健康无价！

▌**感悟小语** >>>

年轻时不养生，年老时养医生。

2. 健康，从理念开始

早前，人们认为"身体没有病，不虚弱，就是健康"。其实，这样的认识是不准确、不全面的。随着社会的发展，人们生活水平的提高，医学模式的转变以及疾病谱与死亡谱的变化，人们的健康观念发生了根本的转变，对健康的定义也不断丰富完善。

1948年，世界卫生组织在其《宪章》中对健康定义："健康乃是一种生理、心理和社会适应都臻于完美的状态，而不仅仅是没有疾病和虚弱的状态。"明确了10条健康标准：一是有充沛的精力，能从容不迫地担负日常生活和繁重的工作，而且不感到过分紧张和疲劳；二是处事乐观，态度积极，事无大小，乐于承担责任；三是善于休息，睡眠良好；四是应变能力强，能适应外界环境中的各种变化；五是能抵抗一般性感冒和传染病；六是体重适当，身材发育匀称，站立时，头、肩、臂的位置协调；七是眼睛明亮，反应敏捷，眼睛不易发炎；八是牙齿清洁，无龋齿，不疼痛，牙龈颜色正常，无出血现象；九是头发有光泽，无头屑；十是肌肉丰满，皮肤有弹性，走路感到轻松。

1978年，国际初级卫生保健大会重申："健康不仅是疾病体弱的匿迹，而且是身心健康、社会幸福的完美状态。"这个概念不仅阐明了生物学因素与健康的关系，而且强调了心理、社会因素对人体健康的影响。

1990年，世界卫生组织关于健康的概念有了新的定义，把道德修养纳入了健康的范畴，将道德修养作为精神健康的内涵，其内容包括：健康者不以损害他人的利益来满足自己的需要，能辨别真与伪、善与恶、美与丑、荣与辱等，能按照社会行为的规范准则来约束自己。可见，健康是指一个人在身体、精神方面都处于良好状态，包括身体健康和心理健康，是生命存在的最佳状态。

近年来，亚健康越来越受关注。亚健康是指人体处于健康和疾病之间的一种状态，表现为一定时间内的活力降低、功能和适应能力减退等，但症状又不符合现代医学相关疾病的临床或亚临床诊断标准。常见症状有记忆力下降、注意力不集中、思维缓慢、反应迟钝、不自信、安全感不够等。导致亚健康的主要原因有：饮食不合理、缺乏运动、作息不规律、睡眠不足、精神紧张、心理压力大、长期不良情绪等。

20世纪末，世界上数位诺贝尔奖获得者齐聚一堂讨论21世纪什么最重要。他们讨论了几天之后，一致认为，21世纪追求健康是大趋势。眼下，人们对这个问题的认识和重视程度是前所未有的，人类文明到了今天，我们应该用知识生活，不应该用习惯生活。而一个人如果没有时间学些健康知识，将来一定有时间生病。俗话说："病来如山倒，不如早预防。"

2012年3月17日，李岚清篆刻书法素描艺术展在广西民族博物馆开幕。李岚清同志与广西观众畅谈时说，老年人保持健康可以"自己不受罪，家人不受累，少花医药费，有益全社会"，对健康做了一个经典的阐释。这也应了那句俗语："天若有情天亦老，水能随遇水长流。"

▌**感悟小语 >>>**

切忌：50岁以前拼命挣钱，50岁以后花钱保命。

3. 生活方式决定健康度

生物学家推断：人的理论寿命最短100岁，最长175岁。目前公认人的理想寿命是120岁。要想轻轻松松活到100岁，高高兴兴一辈子，养成健康的生活方式至关重要。钟南山院士的一份研究表明，在健康的各要素中，生活方式占60%，医疗占8%，父母遗传因素占15%，社会因素占10%，7%取决于气候影响。20世纪90年代初，世界卫生组织在《维多利亚宣言》中提出了健康的16字格言："合理膳食，适量运动，戒烟限酒，心理平衡。"

有道是"病从口入"，平衡膳食对健康极其重要。现代社会物质十分丰富，能吃是口福，吃了不胖是幸福，吃了健康是享福。如果你不想成为"垃圾"，请远离垃圾食品。一些人面对山珍海味、珍馐美酒，山吃海喝，却不知在无节制地享受口福之际，也埋下了"三高"的祸患：血压高、血糖高、血脂高。如果合理饮食，落得个高薪、高职、高寿，岂不美哉！一日三餐，早上要吃好，中午要吃饱，晚上要吃少。要多喝水，常饮茶；少吃盐，多吃醋；少吃荤，多吃素。要多吃全谷食物、低脂食物、水果和蔬菜，少吃或不吃油炸、腌渍、烧烤食物。国家统计局原新闻发言人姚景源曾戏言养生：猪吃什么就吃什么，过去的贫下中农吃什么就吃什么。身体是自己的，健康是自己的，当然，病痛也是自己的。

锻炼是健康之本。生命在于运动，运动锻炼，特别是有氧运动，可以提高心血管血液的输出量，增强心肌的收缩力，改善全身的血液供给，有效预防心脏病的发生。美国加利福尼亚大学脑老化和迟钝研究所发现，锻炼还可以对脑产生影响，增加"脑源性神经因子"的形成量，提高脑细胞抑制氧化物和毒素产生的能力。缺乏运动，人体的新陈代谢功能就会下降，发病的概率明显升高。医学研究表明，常年采用静坐体位生活和工作的人，其死亡率明显高于保持运动的人。

锻炼身体不能等。生命在于运动，落实在于行动。在当今这个快节奏、高效率的社会，很多人疲于奔命，无暇顾及身体，总是"等有时间再说"。然而，等到失去健康乃至生命时，一切悔之晚矣。有一个人从 20 岁开始奋斗，到 50 多岁的时候成了全球有名的亿万富翁，但长期疲于奔命积劳成疾，卧于病榻，等待死神降临。有记者来到病床前采访他："您一生用 30 多年的时间就取得了这么了不起的成就，虽然将不久于人世，但也应该死而无憾了吧？"这位富翁却说："记者先生你错了，如果能用一生赚来的钱换回健康，我也愿意，可惜做不到了。"这个故事是说健康最重要，是再多的钱也换不来的。不要等到住进医院了，才想起去养生。要对身体经常维护保养，让其在一种良好状态下运行，避免带病运行等发病之后再去锻炼。因为人的身体一旦发病恢复起来很难，还有许多疾病不可逆转，将使你痛不欲生。

常惊闻某人年纪轻轻累死在工作岗位上，医学上称"过劳死"，精神固然可嘉，但仔细想想，值吗？何不保持生命之树常绿，做更长久的贡献呢？抽出时间锻炼身体，娱乐自己的身心，于己、于家庭、于社会都是有利的。中央电视台前著名播音员罗京，"只要有重活儿，会在最快的时间赶到工作岗位，平常人一次两次容易，他一干就是 25 年"，曾获"金话筒终身成就奖"，2008 年 7 月被确诊为淋巴癌，接受造血干细胞移植手术和化疗，2009 年 6 月去世，终年 48 岁。

1963 年出生的著名影视演员傅彪，曾获中国电影金鸡奖等奖项，傅彪夫妇曾被评为北京市 100 对恩爱夫妻之一。有人说傅彪生病都是拍戏拍出来的，过度劳累是诱因。傅彪深有同感："这个圈子很拼命，拼体力和脑力，我就是见证，我就是以身试'法'！建议大家尽量减少身体的透支！"傅彪两度换肝，但最后还是没能战胜病魔，去世时年仅 42 岁。"过劳死"中年男性居多，而中年男性头上顶着国和家，肩上扛着爹和妈，手上牵着妻和娃，万一不幸打个滑，想想后果多可怕。

胡润研究院公布的《2017 胡润财富报告》显示：富豪最想拥有的是健康，第二是家庭生活，第三是时间，第四是学习机会，最后才是物质财富。此外，调查还显示，中国超六成富豪有亚健康症状，而富豪维持健康的方式也与众人无异：适量运动 + 合理膳食。

▌**感悟小语 >>>**

每天锻炼一小时，健康工作几十年，幸福快乐一辈子。

4. 好心情带来好身体

"笑一笑，十年少；愁一愁，白了头。"情绪影响机体免疫力，可以改变内分泌和神经系统功能，影响精神健康和身体健康。要健康长寿，很重要的一条就是及时调节心态，保持愉悦的心情。现代心理学家认为：快乐不但能调节和保持心理健康，还可起到延年益寿、抗衰老的作用。有句酷语说得好："活着的时候开心点，因为我们要死很久。"

周瑜才华横溢，曾辅佐孙策一统江东，是吴国的栋梁之材，却英年早逝，令人惋惜。《三国演义》中，诸葛亮和周瑜都是三国时期的不世之才，诸葛亮是蜀汉军师，周瑜官拜东吴大都督。但在谋略上与诸葛亮相比，周瑜总是计差一筹。在攻取南郡时，他俩约定，由周瑜先夺取南郡，如失败，诸葛亮再去取。周瑜第一次夺取失利且被毒箭射伤，然后将计就计，打败了曹兵。诸葛亮却乘机夺取了南郡，既没有违约，又夺取了地盘。气得周瑜金疮进裂，摔下马来。后又因孙权嫁妹，讥讽"周郎妙计安天下，赔了夫人又折兵"，把周瑜气得金疮再次迸裂。第三次因周瑜谋取荆州，被诸葛亮识破，使得周瑜被围，气急又加之旧伤复发，不治身亡。周瑜败就败在他的气量太小，只留下"既生瑜，何生亮"的感慨！

遇事不恼，长生不老；不气不愁，活到白头；要想健康快活，学会自己找乐。拥有了好心情，也就拥有了自信，继而拥有了年轻和健康。著名科学家法拉第晚年经常头疼，四处医治不见良效。遇一名医，给他开了一处方，上面就一句话："一个丑角进城，胜过一打医生。"聪明的法拉第悟出其中道理，于是常去剧院看喜剧，每每看到丑角滑稽的表演，他都忍俊不禁。看完喜剧后，感觉全身极为轻松。不久，他的头疼病竟不治而愈。

传说明代有位巡抚，精神抑郁，胸中忧闷，却又不知其因。他拜访一名医，名医为其切脉后，一本正经地说："尔乃月例不调也。"巡抚大人闻后捧腹大笑不已，正想斥责这位医生不辨男女，骂声未出，忽感胸膈郁积之气荡然不存，周身有一种说不出的轻松。乃悟名医之言，实为治病良方，立即作揖致谢。此后，巡抚每忆及此语，总是大笑不止，病体也渐渐自愈。

近代有不少名人长寿的范例。蒋介石的遗孀宋美龄，2003 年在美国纽约逝世，享年 106 岁，跨越了三个世纪。在她 30 多岁的时候，事业达到巅峰，被尊为中国第一夫人，何等的风光荣耀！蒋介石逝世后，她在与蒋经国的权力斗争中处于下风。难能可贵的是她及时调整心态，把孙思邈的"养生有五难，名利不去为一难，喜怒不除为二难，声色不去为三难，滋味不绝为四难，神虑精散为五难"这句话浓缩成为：要想长寿，就必须心静！宋美龄身体健康程度并不好，60 多岁患乳腺癌；72 岁遭遇车祸，腰部中枢神经损伤，曾靠轮椅度日；92 岁高龄还得了卵巢肿瘤。但她淡出政治，远离是非，从世俗中超脱出来，把地位、权柄、物质、金钱、荣耀视为过眼烟云。良好的心态是宋美龄长寿的重要原因。

"少帅"张学良是中国近代史上的一位传奇式人物，也是长寿之人，活了101 岁。"皇姑屯事件"后，张学良继任东北保安军总司令，后任中华民国海陆空军副总司令，陆军一级上将。他在"西安事变"后，成了阶下囚，地位与以前有天渊之别，但他把心态控制得很好。他多次说："如果明天我被枪毙，今天晚上我仍能睡得又香又甜。""我一生有三爱：打麻将，说笑话，唱老歌。"张学良生活习惯并不好，但他依然能够长寿，可见，正是英年远离权势、名利和尔虞我诈、钩心斗角，并保持乐观、豁达和幽默的良好心态成就了他的长寿。

用一句古语总结情绪对身心健康的作用："怒则气上，喜则气缓，悲则气消，恐则气下，惊则气乱，劳则气耗，思则气结。"

▌**感悟小语 >>>**

> 财是身外物，官如原上草。
> 荣辱不计较，心宽身体好。

5. 远离健康杀手

世界卫生组织在 2012 年 10 月 30 日公布的年度报告中，一共列出了 20 项威胁人类健康的因素，前 10 项是：营养不良、性生活不健康、高血压、吸烟、酗酒、饮用不洁净水、缺乏必要的医疗保健、缺铁、取暖和烹饪引起的室内污染、胆固醇过高和营养过剩。该组织发现，全世界范围内 40% 的健康问题都是由上述"黑名单"中的前 10 个"健康杀手"引起的，因此呼吁各国必要时动用立法手段，为人类创造一个健康的生存环境。据调查人员估计，如果有关方面采取的措施得力，全世界人民将平均多活至少 10 年，而发达国家的人民则有望多活15 年。

世界卫生组织前总干事布伦特兰博士说，调查发现吸烟对身体健康的危害比过去普遍认为的要严重得多。有一句网言说：点的是烟，抽的是寂寞。从健康的角度来说，其实，抽的是生命。吸烟者发生肺癌的危险性是不吸烟者的 10 倍。一份调查显示，美国和西欧食管癌患者中有 80%～90% 的人有吸烟史。

著名健康专家万承奎教授曾经说过："喝醉一次白酒，等于得一次急性肝炎。"大量饮酒容易造成急性酒精中毒，严重的甚至会使人丧命。有一句广告词："珍爱生命，远离毒品。"借用一下，珍爱生命，戒烟限酒。

有句搞笑语说：再牛的肖邦，也弹不出老子的悲伤！对于失去健康的人来说，再美的春天，也是一种忧伤！人生第一要事，就是维护健康。有位智者说得好：权力是暂时的，名声是以后的，金钱是儿女的，只有健康才是属于自己的。活着就是胜利，挣钱只是游戏，健康才是目的，快乐更是真谛！

▌感悟小语 >>>

<blockquote>
财富诚可贵，权力价更高。

若为身健康，二者皆可抛。
</blockquote>

三、经营一个好家庭

家庭是社会的细胞。家庭的好坏直接影响孩子的成长、老人的健康、事业的成败、社会的稳定。人的一生有三分之二的时间是在家庭中度过的，家庭的幸福直接决定了人生的幸福。没有家庭的幸福，就难有其他幸福可言。

美国总统有卸任者给继任者留言的传统。2009 年，小布什给奥巴马的留言是："你总有需要尝试的时候，批评会席卷而来，你的盟友也会让你失望，但是，你会有万能的上帝来安慰你，一个爱你的家庭，一个支持你前进的国家，还有我。"2017 年 1 月 20 日，奥巴马以卸任总统的身份给特朗普提出了四点建议，其中之一是："无论有多忙，花点时间给家人和朋友，他们会帮你渡过各种难以避免的困境和难关。"

1. 爱，家庭幸福的源泉

电视剧《我爱我家》生动地演绎了现代家庭的幸福。家是心灵的归宿、生命的服务区、事业的后花园。家是妈妈柔软的手和爸爸宽阔的肩，是柔情似水的情话和思念时的短信，是既能停泊万吨巨轮也能栖息独木小舟的港湾，是黄昏时的搀扶与陪伴。

台湾歌手潘美辰曾经唱过一首非常感人的歌："我想有个家，一个不需要华丽的地方，在我疲倦的时候，我会想到它；我想有个家，一个不需要多大的地方，在我受惊吓的时候，我才不会害怕。"这首歌充分表达了对家庭的依恋和热爱。

爱家，是人的天性。孟子云："家必自毁，而后人毁之。"告诫人们要珍惜家庭，建设好家庭。"覆巢之下，安有完卵"亦是此意。歌德说："人无国王、庶民之分，只要家有和平，便是最幸福的人。"萧伯纳说："家是世界上唯一隐藏人类缺点与失败的地方，它同时也蕴藏着甜蜜的爱。"伏尔泰说："对于亚当，天堂是他的家，而他的后裔，家就是天堂。"莫罗阿说："没有了家庭，在广大的宇宙间，人会冷得发抖。"塞·约翰生说："家居的快乐，是所有志向的最终目标；是所有事业的劳苦的终点。"三毛说："家，对每一个人，都是欢乐的泉源啊！再苦也是温暖的，连奴隶有了家，都不觉得他过分可怜了。"

曾经看过一篇报道《愿以毕生努力"买"一个幸福的家庭》，讲的是浙江某中学，开展一堂"生命价值拍卖课"。学生们手握 1000 万元虚拟货币，代表自己毕生精力能创造的财富，举牌竞拍智慧、自由、金钱、权力、魅力、幸福家庭、健康长寿等生命中最重要的东西。有的同学用 500 万元拍得"有机会完全自主"；有的用 500 万元拍得"有一屋子钱"；有的用 700 万元拍得"有机会当总统"……但记者发现，"拥有一个幸福家庭"是很多学生的第一选择。"幸福家庭"一经开拍，就被 19 号同学以最高价 1000 万元一口拍死。在第二轮竞拍中，又有 6 名同学对"幸福家庭"喊出了"1000 万元"。

爱家、思家、恋家、建设美好家庭，是我们这个民族鲜明的特色。春节作为全球华人最盛大的节日，根本内涵就在于回家、亲家、爱家，享受家庭的幸福。"有钱没钱，回家过年。"每临春节，不管你在哪里，不管你成功与否，人们都有一个愿望，就是回家过年。

家与爱，若用算术来表达，其实很简单：家就是 1 个男人加上 1 个女人，即两个异性人相爱组成家，有家后再演变成有上辈和下辈的家庭。减去家人，家庭也就"肢离体散"。减去爱人，爱就成了孤单。

▌感悟小语 >>>

人的一生中，没有任何成功能够弥补婚姻家庭的失败，也没有任何成功能够代替婚姻家庭的成功。

——陈一筠

2. 家庭、事业，鸟之两翼

成功的事业是家庭幸福的基础，幸福的家庭是事业成功的重要保障。家庭和事业相互影响，互为支撑。"鱼，我所欲也；熊掌，亦我所欲也。"家庭和事业可以二者兼得，相得益彰。事业的辉煌成功可能是一阵子，而婚姻家庭的幸福却是一辈子。

《圣经》里有一句话："人若不知道管理自己的家，焉能照管上帝的教会？"离开了家庭，一切的追求都是舍本逐末。没有了家庭，即使你收获了事业的成功，也可能找不到精神的家园。

在美国洛杉矶，一个醉汉躺在街头，警察把他扶起来，一看是当地的富翁。警察说送他回家时，富翁说："家？我没有家。"警察指着不远处的别墅问："那不是你的家吗？"富翁说："那是我的房子。"

事业的成功，不是人生的全部。精彩的人生，需要一个幸福完整的家庭。现代社会里，在紧张激烈的竞争中，有人把过多精力投入事业和工作中，仅把家当成一个居所。当他们在事业成功的灯火阑珊处，蓦然回首时，才发现家已破碎，想挽救时已力不从心，一切成功和幸福都灰飞烟灭。

生命中我们会失去很多东西，但唯有失去家庭才是最为彻骨的遗憾。拥有了家庭，一切都可以重来，一切的创伤都可以抚平。

1983 年，在卢旺达内战期间，一个叫热拉尔的人，他一家 40 口人，父亲、兄弟、姐妹、妻儿要么离散，要么丧生。绝望的热拉尔打听到 5 岁的小女儿还活着，辗转数地，冒着生命危险找到了亲生骨肉，他悲喜交加，将女儿紧紧地搂在怀里，第一句话就是："我又有家了。"第 49 任英国首相撒切尔夫人，是英国第一位女首相，也是自 19 世纪初利物浦伯爵以来连任时间最长的英国首相。她的政治哲学与政策主张被通称为"撒切尔主义"，使英国的经济、社会与文化面貌产生了既深且广的改变，被苏联媒体称为"铁娘子"，政治生涯可谓辉煌而成功。然而，由于忙于政务，她与子女的关系并不融洽。丈夫 2003 年去世后，尽管撒切尔夫人年老体衰，她的儿子马克几周才探望她一次，女儿卡罗尔有时候连续数月都不去看她。晚年的撒切尔夫人发出这样的感慨：如果时间能够倒流，我将不再从政，因为我的家庭已经为我的从政之路付出了过高的代价。

在这个世界上，家才是真正的天堂，即使你在竹篱茅舍，拥有了亲情和爱，你也会感受到温暖和幸福；没有家庭，即使你拥有豪宅别墅，也会感到孤独和痛苦。有钱有势也不一定幸福，官员跳楼、明星上吊、富翁自杀时有耳闻。很多事业成功者，因为不能正确处理家庭和事业的关系，往往在事业的奋斗中葬送了家庭的幸福。其实，爱并不复杂，它是离别时一个浅浅的轻吻，见面时一个深深的拥抱，忧伤时一句轻轻的安慰，快乐时一句淡淡的祝福，病床前的一杯水，生日里的一个蛋糕，对老人的一份孝心，对孩子的一份关注，对配偶的一份体贴……

▌感悟小语 >>>

> 东西南北中，幸福在家庭。
>
> 事业要成功，有赖家支撑。

3. 婚姻，家庭幸福的支柱

托尔斯泰说过："幸福的家庭总是相似的，不幸的家庭各有不同。"一个家庭幸福与否，婚姻总是其中最为关键的因素。可以这样说，没有一个幸福的家庭，其婚姻是不美满的；而多数家庭的不幸往往是婚姻的不幸所导致的。

钱锺书在《围城》一书中有一个精彩的比喻：婚姻就像围城，外面的人想进去，里面的人想出来。幸福的人说婚姻是爱的天堂，不幸的人说婚姻是爱的坟墓。古往今来，人们总是希望爱情天长地久，婚姻美满幸福。然而，不论是过去还是现在，经典的爱情层出不穷，能够传为佳话的婚姻却少之又少。在人类所有关系中，婚姻是最持久、最为核心的关系，同时也是最易产生挫折、发生冲突的关系。美国著名的婚姻专家大卫·欧森曾经说过："婚姻是一个需要学习的复杂系统。"

婚姻如一件瓷器，做好它很费事，打破它很简单，而收拾起那些碎片很麻烦。美满的婚姻不可能一蹴而就，经营婚姻需要持续一生。由爱情到婚姻，是一个需要付出耐心、资源和技巧的过程。有人说，恋爱是艺术，结婚是技术，离婚是算术。

幸福的婚姻，需要用心去经营，用爱去夯实。美国婚姻问题专家温格·朱丽写了一本书，叫《幸福婚姻法则》，该书概括了"一大原则""三大定律""五大共识"。一大原则即好人原则：找一个好人，自己做一个好人。三大定律更具体。太太定律：太太永远是对的；如果太太错了，请参照第一条执行。孩子定律：孩子永远是孩子，丈夫也是孩子；当丈夫引起你的不满时，请读三遍第一条。家产定律：除了一张双人床外，其他一切东西都可有可无；当日子过得愈来愈烦琐，请共同高声朗读第一条。五大共识：爱情是把两个人拴在一起，婚姻是把一群人拴在一起；结婚意味着杀富济贫，在金钱上不能搞平均主义，更不能斤斤计较；夫妻之间一旦发生矛盾，出面劝说的人越多，矛盾越是不容易解决，必须学会自我消化；婚姻是一部机器，故障在所难免，离不开日常的调试和维护；家庭既然是避风港，婚姻就应该具有"遮风挡雨"的能力。

爱是婚姻的雨露，有爱在，婚姻充满了温馨，充满恒久不变的活力；责任是婚姻的支柱，有责任，就会彼此忠诚，有福同享，有难同当，构筑起美满婚姻的爱巢；沟通是婚姻幸福的鹊桥，有效的沟通是消除感情杂草的除草剂；信任是婚姻家庭的黏合剂，婚姻家庭的危机总是从信任危机开始，而失信，如揉皱的白纸，无论你如何努力，也不可能恢复原状。

幸福的婚姻，需要理解与宽容。在一对相敬如宾的夫妻金婚庆典上，当记者问他们幸福美满的诀窍时，他们说：生活中，即使最幸福的婚姻，也会有 200 次离婚的念头和 50 次想掐死对方的想法。"婚姻是唯一没有领导者的联盟，但双方都认为自己是领导。"理解与宽容是家庭矛盾的调和剂，是家庭战争的灭火器。婚姻不是 1+1=2，而是 0.5+0.5=1，即两人各削去一半自己的个性和缺点，这样凑合在一起才算完整。面对夫妻间的矛盾，让三分心平气和，退一步海阔天空。多想想对方的好处、长处，多替对方分忧解愁，生活就会越来越美满。夫妻之间要少一点责怪，多一点关怀；少一点嘲笑，多一点鼓励；少一点索取，多一点给予；少一点争吵，多一点沟通。

老公最烦老婆喋喋不休，老婆最烦老公沉默不语。有效的沟通可以使夫妻双方了解彼此的需要和感受，增加彼此的信任，营造出家庭的温馨。没有良好的沟通，夫妻关系就像一段充满困惑、臆测和误解的灰心之旅。当发生争吵时，一个主动的道歉，一个虚心的自我批评，一个和好的表示，都可以软化对方愤怒的情绪，夫妻还能因为及时、有效的沟通，消解负面情绪，加深彼此的理解和感情。

幸福的婚姻，还需要用宽容和智慧去滋润、去雕琢。

某男星出轨后，其妻某女星没有一哭二闹三上吊，而是以冷静、宽容、豁达、深邃的心态和表现拉回了充满歉意和悔罪感的丈夫，挽救了她的幸福和家庭。

有些事情，当我们年轻的时候，无法懂得；当我们懂得的时候，已不再年轻。

▌感悟小语 >>>

婚姻如一件瓷器，做好它很费事，打破它很简单，而收拾起那些碎片很麻烦。

4. 孝敬父母，家庭幸福之本

《诗经》云："父兮生我！母兮鞠我！抚我畜我，长我育我；顾我复我，出入腹我。欲报之德，昊天罔极！"父母对子女有着像天一样浩瀚无边的恩情。

看遍了星空，却没有发现哪里比母亲的容颜更灿烂；踏遍了土地，却没有发现哪里比父亲的肩膀更坚实。父母在，人生尚有来处；父母去，人生只剩归途。父母在哪里，哪里就是家。不管你走多远，你都有根，有来处，有坚强的后盾。当父母在时，儿女不管遇到多大的困难和挫折都不怕，大不了还可以回家。父母永远是儿女最有力的依靠、心灵的港湾。而一旦父母不在，大山轰然倒塌，只剩下孤苦无依的自己奋力前行。所以《论语》里说："父母之年，不可不知，一则以喜，一则以惧。"当父母健在的时候，你叫一声爸、妈，有人答应，可是如果父母不在了呢？

著名导演翟俊杰，当年父亲去世时，因忙于拍片，没能赶回去，深感愧疚。失去父亲后，翟导觉得人生苦短，只剩下一个老母亲了，便想尽一切办法，尽可能多地陪她。他不论工作多忙，只要有可能，就回家陪在母亲身边尽孝，甚至还让家里人把母亲送到拍摄现场，好有更多的时间陪伴母亲。翟导动情地说："有时候，我夜里拍戏回来，老太太一个人在床上，像小孩一样睡着了。我站在旁边，常常一看就是半天，心里特别温馨。我今年 63 岁，老母亲 86 岁，我这样的年纪，回到家，还能喊一声妈，是多么幸福的事啊！"

在繁忙的工作之余，你可能不止一次暗暗发誓：等我功成名就了，等我发财了，等我买了大房子，就接你们来享福，我一定好好孝敬你们……可是你忘了：岁月的残酷，时光的短暂，生命的脆弱。"树欲静而风不止，子欲养而亲不待。"意大利的《机会》杂志创刊时，记者曾采访比尔·盖茨："天底下最不能等待的是什么？"他们原本希望的回答是"机会"，不料回答却是"天底下最不能等待的是孝敬父母"。

穆罕默德说："天堂在母亲的脚下。"作为儿女，一定要趁父母健在好好孝敬他们，别等父母走了，留下永久的懊悔和难以了结的孝愿。世上有些东西可以弥补，有些东西永远无法弥补。"孝"是稍纵即逝的眷恋，是岁月间隙的承接，是一失足成千古恨的追悔，是生命与生命交接处的链条。一旦断裂，永无连接的机会。

"要知亲恩，看你儿郎。要求子顺，先孝爹娘。"一般来说，人的一生对父母的孝心有两次升华：初为人父、人母时，体味到了父母当初的艰辛与不易，深感父母的养育之恩；父母离世时，体味到了子欲孝而亲不待的悲苦和无奈。所以，趁父母健在，行孝要及时。

"百善孝为先，孝为德之本。"孝敬父母如敬天，一个"孝"字全家安。北宋林逋在《省心录》中说："孝于亲则子孝，钦于人则众钦。"意思是你对父母孝顺，你的子女对你也孝顺；你敬重别人，别人也敬重你。家家有老人，人人都会老，我们只有通过自己的行为感染子女，子女才会孝顺将来的我们。"老吾老，以及人之老；幼吾幼，以及人之幼。"孝敬父母不仅是孝敬自己的爹娘，还要孝敬配偶的爹娘。常言说：好儿不如好媳，好女不如好婿。

我国《二十四孝图》所描绘的二十四个故事个个感人至深，现举一例。汉文帝刘恒侍奉母亲从不懈怠。母亲卧病三年，他常常目不交睫，衣不解带；母亲所服的汤药，他亲口尝过后才放心让母亲服用。这和当今"久病床前无孝子"的现象形成强烈反差。

一位教授请所带研究生到家里吃饭。饭后，几个学生抢着洗碗，教授不容置辩地制止，而让80多岁的老娘去洗碗，学生们错愕。教授的老娘用颤颤巍巍的双手洗过碗，很有成就感地到阳台休息。教授关上厨房门，把碗筷重新洗了一遍。学生们不禁纷纷为教授的孝心和良苦用心点赞。

有一则故事，一个人扶着双目失明的父亲来到牛肉面馆，大声说："来两碗牛肉面！"店员正准备开票，他又忽然摇摇手指了指远处的父亲小声说："只要一碗牛肉面，另一碗是葱油面。"店员会意，将两碗面端到他们面前。父亲摸索着用筷子在碗里探着，好不容易夹住一片肉，忙把那片肉夹到儿子碗里。儿子并不阻止父亲的行为，只是默不作声地接受了父亲夹来的牛肉，再悄无声息地把牛肉片又夹回父亲碗中。周而复始，父亲碗中的牛肉片似乎永远也夹不完。父亲感叹："这个饭店真厚道，面条里有这么多牛肉片。"儿子趁机接话："爸，您快吃吧，我碗里都放不下了。"

孝敬父母要讲究方式，物质和精神并重。既要养老人之身，更要养老人之心。既要"孝钱""孝力"，更要"孝心"。要时常关注他们的身体和心理健康，多问候，多陪伴，多购物，巧给钱。即便给钱，也要化整为零，以免他们不舍得花、不会花。

▌ **感悟小语 >>>**

> 天地重孝孝为先，一个孝子全家安。
>
> 羔羊跪乳尚知孝，乌鸦反哺孝亲全。
>
> 百行万善孝为首，亲逝再孝后悔晚。
>
> 为人若是不知孝，不如禽兽实可怜。

5. 婆媳，家庭最重要的"双边"关系

婆媳关系是家庭关系中最敏感、最微妙、最复杂、最难处的关系，对构建和谐家庭有着至关重要的作用。婆媳关系好，家庭和睦；婆媳不睦，家庭关系紧张；婆媳对立，家庭发生冲突，轻者妇姑勃谿，重者对簿公堂，更有甚者，婆媳成仇、夫妻离异、家庭解体，这样的事例屡见不鲜。

有一个有趣的现象：再温柔贤惠的媳妇，也有与婆婆互怼的；再强势粗暴的女婿，也少有与岳母争吵的。

原本素不相识的婆媳走到一起、朝夕相处，分歧和矛盾在所难免，关键是以什么样的态度来对待。要妥善处理婆媳关系，真情厚爱是基础，理解体谅是前提，相互支持是关键，体贴关怀是重点，彼此包容是纽带，有效沟通是良法，适度距离是艺术。

婆婆是从儿媳走过来的，儿媳将来也是婆婆。儿媳既要把婆婆当亲妈来孝敬，但又不能把婆婆当亲妈来要求。而婆婆呢，既要把儿媳当闺女来关爱，又不能把儿媳当闺女来使唤。"因为爱着你的爱，因为梦着你的梦，所以悲伤着你的悲伤，幸福着你的幸福。因为路过你的路，因为苦着你的苦，所以快乐着你的快乐，追逐着你的追逐。"这几句歌词也许是和谐、和睦、和美婆媳关系的最佳写照。

作为儿子，既要当好婆媳关系中的平衡器、融冰剂、和事佬，起到积极的协调、沟通、缓冲作用，更要倍加孝顺妻子的父母，以实际行动感动、感染妻子。

当然，年青一代的生活毕竟是属于年轻人的，应该主要由他们自己主导和支配。作为公婆，与儿媳一起生活时，要多一些开明，少一些干涉；多一些建议，少一些命令；多一些慈爱，少一些严苛，做到想开、放下、转变、适应，帮忙而不添乱，参与而不干预，指导而不领导，商量而不命令，帮办而不包办。

"我和你妈都掉河里，你先救谁？"这是关于爱情、婚姻和家庭的一道千古难题，既涉及责任、义务和法律，又涉及爱情、亲情和道德。但这是一道没有正确答案、皆是错误答案的伪命题。无论怎么选择，都会掉进"不爱""不孝"这两个预设错误结论的陷阱而万劫不复，就像男的不该问"我和你爸同时陷入火海，你先救谁"一样。如果不是脑残愚氓，就不要提出这类问题。

▌感悟小语 >>>

　　婆媳关系：视如母女地关爱，相敬如宾地对待。

四、培养一个好孩子

宋人有言："至乐无如读书，至要无如教子。"德国教育家福禄贝尔说："国家的命运与其说是掌握在当权者的手中，倒不如说是掌握在母亲的手中。"

孩子是我们生命的延续，是明天的希望，更是祖国的未来。能否把孩子培养好，是事关一家三四代人幸福和国家发展的百年大计。

1. 培养孩子是大事

教育不好孩子，自己后半生就不会幸福，孩子一生没有幸福，甚至影响三四代人的幸福。不注重对孩子的培养，你今天的优势很可能就会转化为明天的劣势，30 年后，村主任的孩子也可能领导省长的孩子。

孩子教育成功是 100% 的成功。

良好的家庭教育对孩子的性格、情操、志趣、体魄、品德、学业，甚至将来的职业选择、恋爱婚姻、家庭组建都有着积极的影响。树苗不可能倒着生长，教育没有回头路可走。有一清华学霸的母亲总结："小学重态度，初中重习惯，高中重品行，大学重素养，未来重选择，成长的程序不可颠倒。"培养孩子不能等，家长引导最重要，推动摇篮的手就是推动地球的手。古今中外无数事实表明，在家庭教育上，你播种了希望，付出了汗水，必将收获丰硕的果实。历史上许多杰出人士，如我国的孟子、岳飞等，国外的达尔文、华盛顿等，从小都受到了良好的家庭教育，留下了许多传世佳话。

岳母刺字励后人。为激励岳飞从小立志报国，岳母在岳飞后背刺上"精忠报国"四字。在母亲的熏陶下，岳飞从小就立下了"驾长车，踏破贺兰山阙"，收复失土，报效国家的志向。他文武双修，在抗金的战斗中，书写了气壮山河的人生诗篇。

李嘉诚不仅事业成功而且教子有方，在当今"富二代"为人诟病的年代，两个孩子李泽钜和李泽楷不仅事业辉煌，而且受人尊重，是"富二代"中的榜样人物。为培养孩子勤俭节约、吃苦耐劳的精神，李嘉诚带儿子挤巴士上学，让他们在小时候就开始做杂工、侍应生，在高尔夫球场做球童。在对儿子日常的教育中，李嘉诚将做一个好人、做一个正直的人的思想，潜移默化地灌输到了儿子们的心中。有一次，香港刮台风，家门前的大树被刮倒了，李嘉诚看到两个菲律宾工人在风雨中锯树，马上把儿子从床上喊了起来，指着窗外说："他们背井离乡来到香港工作多辛苦，你们去帮帮吧。"李泽钜和李泽楷马上穿上衣服走进了风雨。李嘉诚爱子不纵子，严格要求孩子，并身体力行地为他们做榜样。直到今天，他戴的表只值 26 美元，经常穿的是多年前的旧西装，居住的是 30 年前的老房子。

有一位女性，美国总统称赞她为"伟大的母亲"，她以一己之力将 13 个子女全部培养成博士！她就是"当代福尔摩斯"、国际著名刑事鉴识专家李昌钰的母亲王淑贞。1948 年李家为避战火迁居台湾。1949 年春节前夕丈夫遭遇海难突然离世，王淑贞独自扛起全家的重担。为了供养 13 个孩子，她从以前的"大家闺秀""全职太太"变为"帮佣""下人"，以勤劳、刻苦、坚强、善良教育影响着子女。王淑贞非常重视教育，对儿女要求严格，近乎苛刻，经常动之以情、晓之以理地跟孩子们说："以后要有本事，有出息。"对生活中的很多细节，王淑贞也十分重视。在家里，她坚持用江淮官话与子女们交流，提醒子女们不要忘记自己是中国人。在这样的家教和培养下，李家 13 个孩子全部拿到了博士学位，其中有 3 位被评为"美国十大杰出青年"，这在世界范围内都是一个奇迹！

孩子教育失败是 100% 的失败。

看看今天，一些"官二代""富二代"，有的挥霍无度，过着纸醉金迷的生活；有的气焰嚣张，飞扬跋扈，到处惹是生非。孩子都是家长放起来的风筝，至于最后到底是腾空而起还是始飞即落，考验的是家长的智慧。

2010 年 10 月 16 日，某公安局副局长之子，在河北大学生活区酒驾致两名女大学生一死一伤，在被保安和学生截住时，借着酒劲，口出狂言："有本事你告我去，我爸是李刚！"此事不仅在社会上影响恶劣，而且引发了网友"我爸是李刚"的造句大赛。法院以交通肇事罪判处肇事者有期徒刑 6 年，李刚也迫于舆论压力辞去职务。2011 年 9 月 17 日，因追求周某不成，某公务员之子陶某某携带一瓶打火机油来到周某家，破门而入，趁周某不备，把打火机油浇到对方头上并点燃，不停叫嚣"去死吧"，造成被害人一只耳朵被烧掉，全身烧伤面积超过 30%，整个人面目全非。法院以故意伤害罪判处陶某某有期徒刑 12 年零 1 个月。2012 年 9 月，在加拿大的中国留学生汤某某，将漂洋过海探望他的亲生母亲杀死，起因竟是父母管得太严。最后汤某某因涉嫌杀母弃尸并意图杀害父亲，被警方控以一级谋杀罪以及一项企图谋杀罪。

据媒体报道，被誉为"歌王"的中国某著名男高音歌唱家、声乐教育家，有两个儿子，小儿子由于受到过分溺爱，有恃无恐，在 2011 年因打人而被刑拘，2013 年又因伙同另外四人轮奸一位女性被判刑 10 年；大儿子为"歌王"与前妻之子，跟着母亲过，由于自小受到严格教育，成长得特别好，现在总政工作，同事和领导对其评价很高。所以，有人做过这样的比喻：培养孩子就像买房子，首付越多，以后就越轻松；首付越少，以后每年都要付出很多，而且要付好多年，甚至一辈子。

▍感悟小语 >>>

孩子教育成功是 100% 的成功，孩子教育失败是 100% 的失败。

2. 培养孩子要"持证上岗"

高尔基说："爱孩子是母鸡也会做的事情。"教育孩子仅有爱是不够的。孩子的教育是一门学问，也是一门艺术。《国家中长期教育改革和发展规划纲要》指出："家长要树立正确的教育观念，掌握科学的教育方法，尊重子女的健康情趣，培养子女的良好习惯。"

被誉为"中国亲子关系第一人"的董进宇博士认为，没有教育不好的孩子，只有没有掌握教育方法的家长。鲁迅在批评旧中国家庭教育错误方法时指出：有的家庭一是"任其跋扈，一点也不管，骂人固可，打人亦无不可，在门内或门前是暴主，是霸王，但到外面，便如失了网的蜘蛛一般，立刻毫无能力"。再则是"终日给以冷遇或呵斥，甚而至于打扑，使他畏葸退缩，仿佛一个奴才，一个傀儡"。曾国藩说："子侄除读书外，教之扫屋、抹桌凳、收粪、锄草，是极好之事，切不可以为有损架子而不为也。"今天的父母，总想着把最好的条件给孩子，这其实是在害他们。孩子成长过程中，物质越充裕，精神越疲惫；精神疲惫时，创造物质的脚步自然会停歇；反之，让孩子懂得困难与艰辛，珍惜馈赠与财富，依靠勤奋和努力，才是对他们最深邃的爱。

有这样一个故事。一位单亲妈妈工作非常出色，个人资产上千万元，儿子17岁时，她给买了辆宝马；儿子18岁时，她给买了房子；儿子19岁时，对她说："妈妈你知道我哪天最高兴吗？是你死的那天，你死了你的钱都是我的。"妈妈吃惊错愕，这才知道她留给孩子的不是财富，而是祸害。

据媒体报道，2012年3月18日凌晨，北京市保福寺桥发生了一起严重交通事故，一辆价值数百万元的豪车失控撞向桥体墙壁，粉碎性解体，车上一男两女几乎赤裸，全部被远远甩出车外。男子当场死亡，两女子重伤。后来查明，这名男性，24岁，是时任中央书记处书记、中央办公厅主任的独子，发生车祸时正就读北大研究生。同学透露，他平时穿名牌服装，不住宿舍而独居校外私人寓所，上课常常迟到、早退，有两个女朋友。偶然事件成了导火索。

再看一出"韩剧"。2015年，崔顺实的女儿郑维罗以"马术特长生"资格被韩国名校梨花女子大学录取。这名千金小姐将"坑娘"进行到底，高调炫富就算了，缺课缺到令人震惊就算了，居然还让母亲打电话骂教授要求改分……2016年，郑维罗被曝出"走后门"上名校、行为嚣张，引发该校师生连日抗议，也引发了网友对郑维罗的"人肉"搜索，结果震惊整个韩国：郑维罗的母亲居然是韩国时任总统朴槿惠的闺密！媒体曝光此事并进一步调查后，揭发了崔顺实干政内幕，"嫁给国家"的韩国第一任女总统朴槿惠自此被弹劾下台。

高级领导干部之子坑爹，崔顺实之女坑娘坑总统，尚在没有正式踏入社会的就学年龄，要说还有情可原的话，而郭伯雄的儿子浙江省军区原副政委郭正钢不但自己违法犯罪，在聚会聊起中央反腐时还公开"妄议中央"，严重违反党纪。他的妻子搞房地产，利用郭正钢和公公郭伯雄的地位谋取利益，引起民怨沸腾，这不能不说都是郭伯雄自身不正、家教不严、教子无方种下的恶果。

国民素质要从娃娃抓起，娃娃素质要从家长抓起。孩子的成长是一个漫长的过程，孩子的教育是一门科学。现在各行各业都要求持证上岗，驾驶证、律师证、医师证……考证已成为谋生的必备手段。可是，教育孩子这最重要、最神圣、关系国家未来的大事，在现实生活中依然处于"无证上岗"状态。大多数家庭主要靠经验、习惯来培养孩子，家庭教育缺乏科学性和系统性。

培养孩子是一个复杂系统的工程，家长要遵从教育规律，端正态度，讲究方法，因人施教，切不可急功近利，拔苗助长。笔者多年观察总结：出类拔萃、能考上清华、北大的学霸，均是智商高、很勤奋、家庭教育方法得当，三者缺一不可。

因此，作为家长，要加强系统学习，提升培养孩子的能力，多多阅读相关书籍，比如"知心姐姐"卢勤的《好父母好孩子》，孙云晓的《习惯养成有方法》，周弘有关赏识教育的《巅峰家教智慧》等，有计划、有方案、有措施地教育孩子，做到"持证上岗"，身体力行，不能一时兴起，想到啥就做啥，或是三天打鱼两天晒网。现在，不少地方成立了家庭教育学院或者家长学校，大家在一起探讨交流家庭教育的经验与教训，互相借鉴，以使孩子的健康成长得到更多的保障。

孟子曰："老吾老，以及人之老；幼吾幼，以及人之幼。"虽说讲的是做人的道理，也说明了家庭的责任及关系。在老（爷）、中（父）、幼（子）这三重关系中，孩子虽处于末位，但他最起码对三代人的人生有着重大的影响。如果能把孩子培养成一个人格高尚、成就不凡的人，那么他在成就自己亮丽人生的同时，也必将积极影响父辈和晚辈的人生。人们常说，教育是一件一本万利的事情，对孩子的教育则是一件影响人生百年，关系到三代、四代人幸福的大事。

▌**感悟小语 >>>**

爱孩子是母鸡也会做的事，关键在爱的方式。

3. 好环境造就好孩子

孔子曰："与善人居，如入芝兰之室，久而不闻其香，即与之化矣；与不善人居，如入鲍鱼之肆，久而不闻其臭，亦与之化矣。"说的就是环境对孩子的成长进步有直接的影响，也有间接的影响。一个良好的环境，对孩子的学习和成长起着至关重要的作用。瑞典教育家爱伦·凯也指出："良好的环境是孩子形成正确思想和优秀人格的基础。"

家庭是人生历程的重要课堂，是孩子生活的第一环境。温暖和谐的家是家庭成员快乐的源泉，是事业成功的保证。在此环境下成长的孩子，有很强的愉快感、归属感，表现出情绪稳定，情感丰富、细腻，性格开朗，团结友爱，自信心强等特征。相反，在充满矛盾的家庭中，压抑、冲突的氛围，使孩子容易出现各种不良的情绪和行为，甚至还可能形成反社会人格。

据《列女传》记载，孟子幼时，其舍近墓，常嬉为墓间之事，其母曰："此非吾所以处子也。"遂迁居市旁。孟子又嬉为贾人衒卖之事，母曰："此又非所以处吾子也。"复徙居学宫之旁。孟子乃嬉为设俎豆揖让进退之事，其母曰："此可以处吾子矣。"遂居焉。在两千年前，作为一个弱女子，孟母为孩子的成长，不畏家境贫寒，如此用心良苦，实在感人至深。孟子能成为影响古今的一代儒家大师，与母亲呕心沥血的教育密不可分。

英国著名教育家斯宾塞说："野蛮产生野蛮，仁爱产生仁爱。"一份针对有性格缺陷的孩子的调查显示，家庭不和谐是影响孩子健康成长的决定性因素。在50个"问题孩子"的家庭中，父母经常吵架，说脏话的占24%；父母只顾挣钱，对孩子疏于管理的占12%；父母经常打扑克、麻将，对孩子放任自流的占70%；对孩子粗暴不讲理的占18%。

贫瘠的土壤永远长不出苗壮的禾苗。家庭环境潜移默化地影响着孩子的成长，一个缺乏爱和陪伴的不和谐家庭也难以培养出一个优秀的孩子。

曾经看过一个非常令人感动的故事，一位爸爸因为工作太忙，经常很晚才回家。一天，5岁的儿子突然问了他一个问题："爸爸，您一个小时可以赚多少钱？"爸爸有点累，且心情不好，很不耐烦地回答儿子："我一小时赚100块！"儿子"哦"地应了一声，接着抬头问爸爸："爸爸，您能借我50元吗？"爸爸更加生气，以为儿子又要去买什么玩具，呵斥了一顿之后，叫孩子在自己的房间里反省。儿子乖乖地回到房间。不久之后，爸爸的心情稍平静了，后悔自己是不是太凶了，觉得有点内疚，于是到了儿子的房间，递给孩子50元。孩子看到后很高兴地接过来，高兴地跟爸爸说："爸爸，谢谢您！"接着从床下掏出了自己积攒已久的零花钱，加上这50元，认真地对爸爸说："爸爸，我现在有100块钱了，我可以向您买一个小时的时间吗？明天您早一点回家，我想和您一起吃晚餐。"

▌感悟小语 >>>

想让子女成为什么样的人，父母就要努力做什么样的人。

4. 教育孩子不能等

常常听一些家长说：忙着上班，忙着做生意，没时间管孩子。其实，忙只是一个借口，但绝不是最重要的因素，如果多一份家庭责任感，多一份爱心，合理安排各项事务，每个人都能挤出相当多的时间用于培养孩子。

有位教育专家说：对孩子6岁以前的教育就好比是盖房子打地基，地基打得多宽、多长、多深，就决定了以后可以在地基上盖什么房子，是盖30层的高楼大厦，或是只能盖茅草屋。

据报道，16岁女孩小雨是父母的掌上明珠，从小无论提出什么要求，父母都尽可能满足，慢慢养成了刁蛮任性的性格。有一次，学校要求学生去照相馆照相，小雨非让妈妈把摄影师请到家里为她照。妈妈没答应，母女为此激烈争吵了3个小时，最终妈妈妥协了。但小雨仍不罢休，要妈妈付她1500元作为3个小时争吵的补偿，这时，妈妈坚决反对。她就抓起沙发上的靠垫向妈妈砸去，遂又拿起一把菜刀向妈妈砍去。推搡之中，她被推倒在地，正好趴在之前的靠垫上，为防止她反抗，妈妈骑坐在她背上，她破口大骂，盛怒之下的妈妈就一直摁着她的头，直至她被捂死。妈妈以"过失致人死亡罪"被判有期徒刑3年。悲剧发生了，虽然这只是一个特例，但后来她爸爸的一番话很值得深思："我们一直在容忍她，想着等她长大了，走向社会了，会变得懂事的，可现在再也没有机会了。"

2012年12月30日，就要迎来新年了，广东东莞19岁女孩熊朝（化名）受不了久病在床的瘫痪母亲乱吼乱叫，持续使用扫把、塑料凳等殴打，将母亲活活打死。

这些悲剧的发生，责任应该记在谁身上呢？

我国近代思想家、政治家、教育家、史学家、文学家梁启超，被誉为"中国家教第一人"，其所育九个子女满门俊秀。他是怎样培养孩子的呢？其观点发人深省："我生平最服膺曾文正公两句话，'莫问收获，但问耕耘'。将来成就如何，现在想他则甚？着急他则甚？一面不可骄盈自慢，一面又不可怯懦自馁，尽自己的能力做去，做到哪里是哪里，如此则可以无入而不自得，而于社会亦总有贡献。"梁启超像苏格拉底一样，训练年轻人的目的，并不是让他们能力杰出或成为"成功者"，而是启发他们尊崇和节制、学习和创造，同时又不乏生之乐趣。在这样的教育下长大的孩子，无论何种境遇，都能获得内在的快乐。尽管不强求成绩，不干涉兴趣，但梁启超有一件最看重的事情：品行。他说："你如果做成一个人，智识自然是越多越好；你如果做不成一个人，智识却是越多越坏。"自己拥有健全的人格和至高的精神趣味，并以此熏陶子女，才是一个家长能提供的最好"条件"。

在孩子的教育上，我们千万不能抱有"树大自然直"的侥幸。父母对孩子这几方面的教育千万不能等：立品修德不能等，塑造性格不能等，强健体魄不能等，磨砺意志不能等，开启心智不能等！

有一段话说得好：3 年过后，你会发现，除了给孩子最好的教育，你买的其他东西都贬值了；10 年以后，你会发现，除了给孩子最好的教育，你买的其他东西都不知道扔哪儿了；20 年后，你会发现，你给孩子最好的教育，成全了一个熠熠生辉的生命！当那些奢侈品被称作"旧衣服"时，那些高端产品被称作"过时货"时，你会发现，给孩子最好的教育才是永不过时的奢侈品。

▌**感悟小语 >>>**

当一个人事业有成却突然发现孩子教育失败时，一定会是全军覆没的感觉。

五、结交一圈好朋友

朋友是人生宝贵的财富，如一只暖炉，送来温馨的关怀；如一把雨伞，为你遮挡旅途的风雨；如一阵清风，吹走你心头的忧虑；如一杯美酒，浸润着美好的回忆。朋友是你给自己找的亲人，亲人是父母给你找的朋友。有一首流行歌曲，"千里难寻是朋友，朋友多了路好走……"道出了朋友的可贵。有种东西，不管时间怎么冲刷，即使有所淡化也不会消失，那就是友情。有的男人在朋友和女人的抉择中会选择前者，就是因为男人骨子里流淌的是铁板琵琶的血性，而不是红牙玉板的旖旎柔情。古往今来，没有一个民族不重视友谊、不重视朋友。在中国古代，朋友被尊为五伦之一，曰"朋友有信"。《诗经·小雅》中说："嘤其鸣矣，求其友声。"《论语》中说："有朋自远方来，不亦乐乎！"唐代诗人王勃"海内存知己，天涯若比邻"的诗句，这些都表达了朋友间真挚的感情。鲁迅"人生得一知己足矣，斯世当以同怀视之"，道出了知心朋友的难得。爱因斯坦说："世间最美好的东西，莫过于有几个头脑和心地都很正直的朋友。"马云感慨地说："过去酒逢知己千杯少，现在酒逢千杯知己少。"

1. 朋友，人生航船的助推器

俗话说，"在家靠父母，出门靠朋友"，"一个篱笆三个桩，一个好汉三个帮"。有人总结说，人生四件事：找对平台，跟对上司，交对朋友，做对选择。要想成就一番事业，打造亮丽人生，要有几个真正的具有正能量的朋友。一介书生宋江文不及吴用，武不及林冲，财不及卢俊义，而能稳坐梁山第一把交椅，干出一番惊天动地之事，因他疏财仗义，朋友多；刘备从卖草席到三分天下，得益于人生知己诸葛亮和关羽、张飞、赵子龙等一帮好兄弟；菩萨心肠的唐僧，手无缚鸡之力，能扛过九九八十一难，源于上有如来佛，下有孙悟空等。中国商界传奇人物史玉柱，1996 年因巨人大厦成为烂尾楼，欠债两亿多元，成为"中国首负"；2000 年重返保健品市场，推出了家喻户晓的"脑白金"；2005 年进军网游，开发网络游戏《征途》，如今身价百亿元。他之所以能起死回生，再创辉煌，就是因为不论在事业的低谷还是高峰，总有一帮 100 多人的铁杆朋友支持他打拼天下。

荀子说："假舆马者，非利足也，而致千里；假舟楫者，非能水也，而绝江河。君子生非异也，善假于物也。"尺有所短，寸有所长。每个人都有自己的优势，也有自己的不足。结交一圈好朋友，可以优弱互补，凝智聚力，助推事业发展。著名的激励大师安东尼·罗宾曾这样忠告年轻人："我所认识的全世界所有的成功者，最重要的特征是创造人脉，维护人脉。"

　　独木不成林，孤雁难成行。美国哈佛大学商学院的一个调查显示：在事业有成的人士中，26% 靠工作能力，5% 靠家庭背景，而人际关系则占 69%。在现代社会，信息传播明显加快，社会竞争日趋激烈，科学技术日新月异。想在激烈的竞争中脱颖而出，就要掌握与自己事业有关的各种信息，开阔视野，启迪思想；就要学会借智、借力，营造良好的人脉关系，为事业的发展铺展道路。而朋友正是信息获得的重要渠道，是人脉关系的结实纽带。

　　在很多时候，人缘是一种资源，一种依靠，一种无形的力量。我曾经看过一个寓言故事：一只老青蛙与一只老蜘蛛互述衷肠，老青蛙说："我自蝌蚪时代便辛勤劳作，不敢丝毫懈怠，但仍只能糊口。而你，很少劳作，却衣食丰足，不愁吃喝。这世道真不公平！"老蜘蛛说："你之所以生活艰辛、老而无靠，是因为你只靠四条腿生活，一旦四条腿跳不动了，就失去了依靠。而我织结了一张网，网不会因我年老而衰，所以我虽然年事已高，仍生活不愁。"

　　结交一圈好朋友，形成良好的人际关系，你就会左右逢"缘"，游刃有余。有一个学识渊博的朋友，你会学到人生智慧；有一个社会关系广泛的朋友，你能顺利解决生活中的许多问题；有一个事业成功的朋友，你能悟到成功的奥秘。人，不要等到急需用钱时才想起储蓄，不要等到事情需要时才积累人脉。

　　热播电视剧《我的前半生》告诉我们：一个强大的朋友圈有多重要！朋友是你掉进泥潭时，逼你爬出来让你活得更好的那个人，有这样的朋友，是一种幸福。朋友是吐着"毒舌"给你开刀的那个人，只说对你有用的而不是你爱听的，"菩萨心肠，金刚手段"，有这样的朋友，是一种福气。朋友是不管你有用没用都站在你身边的那个人，有这样的朋友，是一种幸运。朋友有时候就是"另一个自己"，彼此懂得，心有灵犀，有这样的朋友，是一种惊喜。世间友情种种，无论遇到哪种都是幸运有缘。

▌ 感悟小语 >>>

　　朋友是风，朋友是雨，有朋友能呼风唤雨；朋友是手，朋友是肩，有朋友能甘苦共担；朋友是天，朋友是地，有朋友能顶天立地。

2. 真心，赢得真情

生活中，时常有人感慨：茫茫人海，知己难求。其实，交朋友不是一件难事，只要真心付出，就会获得真情。

历史上"管鲍之交"，就是真心交友的最好注释。春秋时期，齐国有两个名士鲍叔牙和管仲，他俩从小就很要好。年轻时，管仲家境贫寒，家境富裕的鲍叔牙主动找管仲合伙做生意，虽然管仲出资很少，但赚了钱后分的红利却比鲍叔牙还多。鲍叔牙的仆人感觉很不公平，有抱怨情绪。鲍叔牙说："管仲家穷又要奉养母亲，多分一点是应该的。"有一次，管仲和鲍叔牙一起打仗，进攻的时候，管仲总是躲在最后面，大家骂他贪生怕死。鲍叔牙听到后立即为管仲圆场："你们误会了管仲，他不是怕死，而是为留命孝敬老母亲！"后来，管仲和鲍叔牙都从了政，分别辅佐齐国的公子纠和公子小白。不久，齐国发生暴乱，齐庄公被杀，公子纠和公子小白展开了抢夺王位的斗争。其间，管仲为让公子纠当上齐王，用箭射杀过公子小白。最终，公子小白当上了国君，史称"齐桓公"。他决定封鲍叔牙为宰相，鲍叔牙却说："管仲各方面都比我强，应该请他来当宰相！"齐桓公一听："管仲要杀我，是我的仇人，你居然叫我请他当宰相！"鲍叔牙说："这不能怪他，君子各为其主，他的所作所为情有可原！"齐桓公采纳了鲍叔牙的建议，任命管仲为相。管仲不负所望，帮齐桓公把国家治理得非常好，被誉为"春秋第一相"。为报答鲍叔牙的知遇之恩，在管仲的运作下，鲍叔牙的子孙在齐国得到加封，世代受禄。

真心就要以诚待人。孔子说："人而无信，不知其可也。"孟子说："言而有信，人无信而不交。"诚信是为人之本，结交朋友要以诚为贵。跟朋友耍小聪明，玩心眼，这样的人，当小偷也没人愿意和他做伴。欺人莫欺心，伤人勿伤情。信任一个人很难，再次相信一个人更难。

培根说过："虚伪的友谊就像你的影子，当你在阳光下时，它紧紧跟随；一旦你走进黑暗，它立刻摆脱你！"结交朋友，要如孔子所云"友直，友谅"，朋友有偏失，要真心帮他矫正；朋友有过错，要及时规劝他，尽到朋友的责任。同时，自己有不足，也要虚心接受朋友的批评。陈毅元帅说："难得是诤友，当面敢批评。"

　　真心就要大度能容。再好的朋友也难免有罅隙，交朋友就得有雅量。古人说："君子坦荡荡，小人长戚戚。"是朋友，就不要患得患失。在生活中，斤斤计较的人总是很难与人相处，也很少有朋友，遇到困难总显得势单力薄；而那些大度的人总是人缘好、朋友多，遇到困难总有人相助。

　　人生是单向的旅程，朋友就像一辆公交车上的旅客，在每一个站点都有上的、有下的，不管是上的还是下的，都为我们演绎了一段丰富的人生故事。缘来是友，缘散还是友。要避免因爱成恨、因友成仇。

　　真心就要能患难与共。有一句名言：如果你把快乐告诉一个朋友，将得到两倍快乐；如果你把忧愁向一个朋友倾诉，将被分掉一半忧愁。朋友有困难，即使自己能力微薄，也要尽力而为，及时伸出友谊的双手，雪中送炭。不能因为朋友一时潦倒，就弃之不顾。一代农民起义领袖陈胜，年轻时与发小们说："苟富贵，勿相忘。"称王后，却"得富贵，全相忘"，当发小们欲与他共享富贵时，因一句"客愚无知，颛妄言，轻威"，陈胜杀掉了当初的好伙伴。由此，很多好友都纷纷离他而去，为他的失败埋下了伏笔。所以，真正的朋友，应该在共同的思想基础和奋斗目标上一起追求、一起进步，如果没有内在精神的默契，只有表面上的亲热，则无法真正沟通和理解，最终还是走不到一起。

　　习近平同志在不同场合引用过一段非常经典的话："以金相交，金耗则忘；以利相交，利尽则散；以势相交，势败则倾；以权相交，权失则弃；以情相交，情断则伤；唯以心相交，方能成其久远。"合伙做事也好，人际交往也好，都应珍惜缘分，珍惜时光；以善为念，学会感恩；以诚相待，以心相交！

　　有句网络语说得也很好：曹操再奸，也有知心朋友；刘备再好，也有死对头；孙权再温柔，两边都是仇。不喜欢你的人，不要去找；不帮助你的人，别去讨好；不想你的人，绝不打扰。珍惜你的人，视若瑰宝；帮助你的人，和他深交；惦念你的人，把他记牢。交友其实很简单，人心换人心！

▌感悟小语 >>>

　　希望朋友怎样对待你，你就怎样对待朋友。

3. 朋友，折射品位

在人的一生中，有为你指路的朋友，有助你成功的朋友，有给你牵线搭桥的朋友，有陪伴你的朋友……广交朋友固然重要，但由于性格、爱好、志向的差异，工作、环境、时间的限制，真正能深交的朋友并不多。因为，走着走着，方向不一致了，成长不同步了，性格不相容了，地位有悬殊了……真正走到最后的能有几个？所以才有"人生得一知己足矣"的感慨！"摔破瑶琴凤尾寒，子期不在对谁弹？春风满面皆朋友，欲觅知音难上难。"

朋友是除了老师和亲人以外对自己影响最深的人，交对了朋友，可以受益一生；交错了朋友，则可能贻误一生。所以有选择地交友尤为重要。孔子曰："不知其子，视其父；不知其人，视其友；不知其君，视其所使；不识其地，视其草木。""丹之所藏者赤，漆之所藏者黑，是以君子必慎其所处者焉。"和什么样的人在一起，你就会有什么样的人生；和勤奋的人在一起，你就不会懒惰；和积极的人在一起，你就不会消沉。如果你身边尽是消极颓废、目光短浅的人，他们就会在不知不觉中偷走你的梦想，使你越来越颓废，越来越平庸。美国有句谚语："和傻瓜生活，整天吃吃喝喝；和智者生活，时时勤于思考。"

沙子很普通，水泥也很普通，但它们混在一起是混凝土，就是精品；大米是精品，汽油也是精品，但它们混在一起就是废物。风帆，不挂在桅杆上，是一块无用的布；桅杆，不挂上风帆，是一根平常的柱。跟谁在一起，真的很重要！

有人总结说，交朋友，不一定要交有钱有势的，但一定要交有情有义的；不一定要交长得漂亮的，但一定要交心地善良的；不一定要交有心有肺的，但一定要交掏心掏肺的；不一定要交如虎添翼的，但一定要交同舟共济的。人生要交这样的朋友：落难了，他不袖手旁观，能伸出援手雪中送炭；失意了，他不冷言冷语，能热心开导把你规劝；寂寞了，他不远离视线，能无话不谈把你陪伴；开心时，他为你欢欣，笑得比你还灿烂；伤心时，他为你担心，恨不能代替你来承担；脆弱时，他为你暖心，生怕你自己把泪吞咽。

真正的朋友，需要的不是数量，而是质量！人活一世，能认识的人不少，能深交的人不多；能陪你笑的人不少，能陪你哭的人不多；能看见脸的人不少，能看清心的人不多；请你晚上吃饭的人很多，能给你买早餐的人太少；生病的时候问候的人很多，能给你买药带你去看病的太少；嘘寒问暖的很多，能真给你雪中送炭的太少。真正的朋友，会适时提醒你，让你得意时不忘形，失意时不气馁。真正的朋友，会为你指点迷津，让你在人生的道路上少走弯路。

　　近朱者赤，近墨者黑。鸟随鸾凤飞腾远，人伴圣贤品自高。和什么样的人在一起，会决定你成为什么样的人。交朋友，要选择那些品质高尚、胸怀抱负、腹有诗书的人，要选择志相同、道相合、孝老敬尊、行善积德之人。与高者为伍，与德者同行，必得善果。要戒交违法乱纪之徒，力避言而无信之人，尽量减少与性格孤僻、搬弄是非、怨言多多、心态负面的人为伍；不要为损友、恶友、利友所累、所困。人啊，既怕走错路，更怕交错友。

▌感悟小语 >>>

　　看一个人的能量，看他身边的朋友；看一个人的品位，看他身边的朋友。

第二篇
善解二元方程

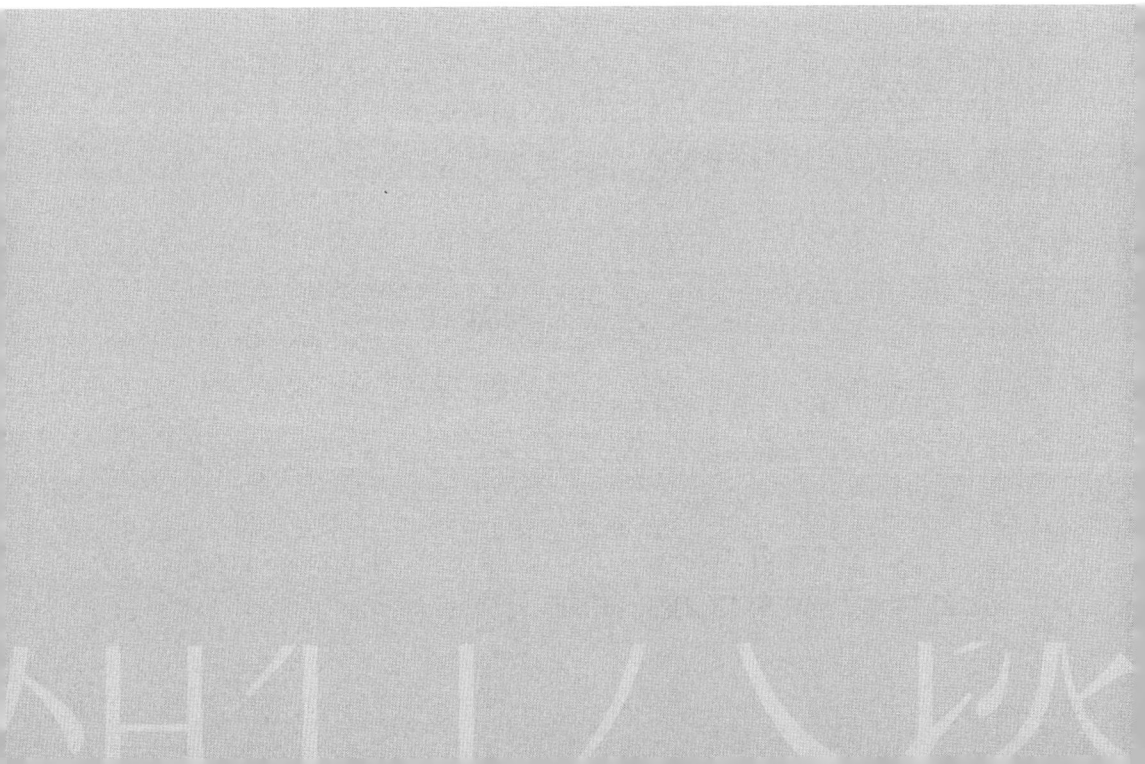

传说古罗马帝国皇帝韦斯巴芗有心测试他的主教，在加冕时，将皇冠和法典放在天平两端。如果主教双手捧起皇冠，天平倾斜，法典就会当众落地，那意味着他虽尊重皇权，却藐视法典；如果主教双手捧起法典，皇冠就会当众落地，这就意味着他虽尊重法典，却蔑视皇权，而皇冠落地会给加冕带来不祥之兆。仪式规定，他不能同时拿起皇冠和法典。

　　面对"两难之境"，聪明的主教双手捧起了天平。

　　人生难免会遇到一些难解的"二元方程"，若无条件限制，会有无数个解让我们无所适从，而当条件一定时，面对两个未知变量，人们又很容易陷入"韦斯巴芗"式的两难之境。善解人生二元方程，就要像古罗马皇帝韦斯巴芗的主教一样，无论面临什么样的条件限制，始终保持天平的平衡。

一、前任与后任

　　关于前任与后任，套用鲁迅先生的话说，世上本无所谓前任与后任，上任的人多了，也便有了前任与后任。前任与后任既是一脉相承，又是相对而言。长江后浪推前浪，一代新人换旧人。

　　作为前任，要谨记"政声人去后"的古训，拥有"前人栽树，后人乘凉"的胸襟和"功成不必在我"的境界，想长远、打基础，交给后任一个可持续发展的好摊子，绝不可饮鸩止渴、杀鸡取卵，花光票子、提满位子，留给后任一个千疮百孔的烂摊子。这既是对事业负责，也是对自己负责。

作为后任，切忌"一朝天子一朝臣"，为标新立异，全盘否定前任。习近平同志在《之江新语》里告诫领导干部：要以正确的政绩观为指导抓好各项工作。"功成不必在我"，要甘于做铺垫性的工作，甘于抓未成之事。红旗渠、三北防护林等大工程，都是几代人一以贯之而成的。如果有个人的私心杂念，政策朝令夕改，是完成不了的。只有像接力赛一样，一任接着一任干，才能做成大事。国家行政学院副院长周文彰于 2011 年 9 月在青年干部培训班结业学习汇报会上说："把前任确定的好的工作思路继续实施，变成现实，没人说你无能，只会显示才能；把前任没有做完的工作继续做下去，做出成果，照样创造政绩，而且彰显政德。"

网上有一个寓言故事：一座山上住着一群动物，猴子是这座山的头领。它带领动物们，花了整整五年的工夫，在山上栽满蟠桃，此时却一纸调令，把猴子调走了。报纸是这样宣传其政绩的：种桃大王——五年巨变天地翻，荒山变成花果山。

继任的头领是兔子。兔子走马上任，在山上转了一圈儿，便通知动物，挖光蟠桃树，改种白菜和萝卜。白菜、萝卜长得快、产量高，又好吃又好销，保证大家年底实现小康新跨越！可是，不到一年，一纸调令又把兔子调走了。报纸是这样评价兔头领的：种菜状元——思路一变天地宽，荒山变成金银山。

随后上任的是大象。大象到前、后山转了转，脸上一片鄙夷之色："山上怎么能种萝卜、白菜呢？缺乏基本常识嘛！从战略上看，种萝卜、白菜是一种短视行为，这么好的山，应该种香蕉、凤梨，香蕉好吃又香甜，凤梨既便于保存、运输，又有抗癌保健功能，不仅国内紧俏，还可以出口换外汇呢！"

于是，动物又被动员起来，拔萝卜、砍白菜，栽香蕉、种凤梨，忙碌了一年，刚把这事儿弄好，大象又要被调走了！

动物听说后，一起来到山坡上静坐，要求不要把大象调走。上级听说后，很受感动，准备把大象树为典型，便到动物中调查："你们为啥这么拥护大象？为啥舍不得让他走？"动物说："咱们拥护他个啥！新官上任都喜欢折腾。我们已经被兔子、大象折腾苦了，真怕新来的再折腾一次！"

这虽是个网络寓言故事，却揭示了官场中的一种现象：一个将军一道令，一个和尚一本经，令随官变，经跟人走。

现实中也有这样的故事：一个乡政府办公楼后边，有一片树林，新任张书记绕着树林走了一圈，说要为职工健身考虑，命人把树伐了，建成篮球场。过了几年，张书记调走，来了位李书记，李书记看着几乎成了附近农民晒场的篮球场，便命人拆了改成菜园，种植蔬菜，以改善职工生活。又过了两年，李书记转任，来了王书记，王书记对着因管理不善而几近荒芜的菜园，询问得知：种菜比到集市上买还贵，且蔬菜集中收获，品种单一，职工意见很大，遂安排栽树绿化。几番折腾后，不但劳民伤财，"鳄鱼"也变成了"壁虎"。

前任与后任的交接就如接力赛跑，只有一任接着一任跑，才能顺利跑到终点，才有荣获冠军的希望。如果每位接力者都把前一棒所跑的路退回重跑，那就像吴刚砍桂花树，永远砍不倒。

汉初，萧何创立了规章制度。萧死后，曹参做了丞相，仍照着实行。这就是成语"萧规曹随"的来历，它的本意不是"懒政""怠政"，而是好的政策要坚持执行。后任之于前任，要扛得住"萧规曹随"的误解和非议，接好前任棒，铺好后任路，一任接着一任干。当代，山西省右玉县18任县委书记，不图虚名、不使虚劲、不务虚功，60年坚持造林绿化，使昔日的不毛之地变成了"塞上绿洲"！

后任之于前任，既要保持决策的连续性，也要与时俱进，在继承中求发展，在传承中谋创新，避免一味墨守成规，避免"两个凡是"式的教条。绝对的一成不变如刻舟求剑、荆人涉澭。

后任之于前任，不可因人划圈、以人论事。后任上任之初，各种贬低前任抬高后任的"糖衣炮弹""温馨马屁"纷至沓来，副职领导、中层干部、前任亲信冷眼旁观相机而动，面对"乱花渐欲迷人眼"的乱象，后任需头脑冷静、安定人心、带稳队伍，避免陷入臧否前任的陷阱。既不能留下靠贬损前任抬高自己的坏形象，更不能给继任者留下如法炮制的口实。

后任之于前任，需敞开宽阔胸怀，树立全局观念。面对前任留下的欠债、"半拉子"工程，当有舍我其谁、铁肩担道义的气魄；面对前任的政绩，要大张旗鼓地肯定；面对前任留下的优良传统，要坚定不移地发扬；面对前任的失误，要有策略地加以纠偏；面对前任的错误，要接受教训，引以为戒。

长江万里流到海，波波相拥奔向前。前任与后任，本就是一任。只有一任做给一任看，一任接着一任干，前任留有余香，后任继往开来，任任官员的成长才能健康持续，事业才能生生不息！

▌感悟小语 >>>

你方唱罢我登场，既栽树来又乘凉。

薪火相传一脉承，事不折腾铸辉煌。

二、潜规则与显规则

自古至今，从有规则的那天起，"潜规则"与"显规则"这对孪生兄弟便相伴而生。

所谓显规则，是指社会生活中的各种显性制度，包括人们必须遵守的法律、制度、行规、民约，以及各种行为规范。显规则，是被执政者及公众认可的规则，是公开的，台面上的，阳光下的，有合法地位、带身份证的，被主流社会认可的。

潜规则，这一概念最早由著名作家、记者、历史学者吴思提出，指人们私下认可的一种行为约束，是人与人之间、各集团之间、集团内部在长期交往中形成的，未必成文却很有约束力的规则，大家心照不宣自觉遵守或被迫履行，若反其道而行之就会"吃亏碰壁"，甚至被"惩罚"。

而今，官场中的潜规则有"朝中有人好做官""年龄是个宝，关系最重要""不跑不送，原地不动；只跑不送，平级调动；又跑又送，提拔重用""说你行，你就行，不行也行；说不行，就不行，行也不行""该做决定时思考，不好表态时研究；集体负责时开会，提高声望时专断；躲避麻烦时住院，遇到困难时授权"。民主中的潜规则有"自我批评摆情况，相互批评提希望""你不批我、我不批你，你批我、我就批你""多栽花少栽刺，你好我好大家好"。选举中的潜规则有"名义上的提名，实际上的指定；形式上的酝酿，实际上的服从；表面上的差额，实际上的等额"。"跑部钱进"中的潜规则有"各炒一盘菜，同办一桌席，各敬各的神"。此外，还有项目招标潜规则、演艺圈潜规则、职场潜规则、商场潜规则、行业潜规则等，不一而足。似乎在这个时代处处都有潜规则，一不小心就可能"被潜规则"了。

生活在五彩斑斓的世界，有时按显规则办事，可能寸步难行，而按潜规则行事，却可能畅通无阻，一路绿灯。面对潜规则的无限诱惑，如何做到显规则的坚守？

将潜规则与显规则应用得游刃有余的，莫过于晚清中兴名臣曾国藩。曾国藩干爹曾与人在清明扫墓时发生争执，对方仗着有钱有势，硬将一座坟迁入其祖坟院，老爷子咽不下这口窝囊气，便千里迢迢向身为两江总督的干儿子——曾国藩求助，让其给衡州府写个两指宽的条子。曾国藩左右为难：帮，有干预地方公务之嫌；不帮，干爹确实被欺有屈。当时，曾国藩正逢奉谕升迁，在督署设宴招待前来道贺的江宁文武百官，于是便请干爹首席上座，并为干爹准备了礼物：一把折扇。曾国藩请列位官员在扇上题名，做个纪念，折扇上款"如父大人侍右"，下款"如男曾国藩敬献"。之后，老爷子到府衙打官司，亮出折扇，赢了官司。

一把折扇，醉翁之意不在酒，既让地方官给个面子，又不使地方官没有回旋余地，免予干涉地方公务之嫌，同时也顾全了亲情。这种刚柔相济的为官之道使曾国藩官居一品，侍奉道光、咸丰、同治三朝君王34年，恩宠不衰。毛泽东同志1917年8月23日致黎锦熙信中说："愚于近人，独服曾文正。"后有人云："当官首推曾国藩，经商要学胡雪岩。"

面对潜规则与显规则的力量博弈，应坚持制度把守，坚定信仰操守，筑牢显规则。"仁者乐山，智者乐水。""白、灰潜规则"，不妨因人因事而乐白、乐灰。最应警惕的是黑色潜规则成为社会生活常态，衍化成显规则。因为，面具戴久了就会成为脸。

▌感悟小语 >>>

> 规则分潜显，是非需明辨。
> 潜规要警惕，显规必遵办。

三、踢好头三脚与走妥后三步

俗话说："织衣织裤，贵在开头；编筐编篓，重在收口。""登台讲亮相，唱戏重压轴。"领导干部在进退留转中既要踢好头三脚，更要走妥后三步。如果说踢好头三脚是为了开好局、起好步的话，走妥后三步就是圆满收官、精彩谢幕。

良好的开端是成功的一半。上任伊始，踢好头三脚、烧好三把火，是上司的希望、群众的盼望、自身的愿望。然而，万事开头难，如何踢好头三脚，是不是脚脚踢中要害，脚脚赢来叫好，还得看踢之前脚上的功夫是否练到了家。

潜心。踢好头三脚首先要充分做好踢脚前的热身，以防临门一脚时触雷。"意粗性躁，一事无成；心平气和，千祥骈至。"新官上任，最忌急于改弦更张。要想"千祥骈至"，必须头脑冷静，潜心调查。毛泽东同志说得好："没有调查就没有发言权。"上任之初，需扑下身子走访，放下身段倾听，静下心来思考，向下属了解，与中层沟通，找前任请教。

慎谋。踢好头三脚其次要选准踢的方位。规划要看长远、利全局，不能只顾短期效益；政令要抓住主要矛盾点，不能胡子眉毛一把抓。新官上任三把火的鼻祖诸葛亮，在当了刘备的军师后，连续三次火烧曹操：第一次火烧博望坡，使夏侯惇统领的十万曹兵所剩无几；第二次火烧新野，使曹仁、曹洪的十万人马几乎全军覆没；第三次火烧赤壁，百万曹兵惨败，最后跟随曹操逃走的只剩寥寥数人。若不是关羽义释曹操，三国历史就得重写。这三把火并非一时三刻的权宜之计，而是完全遵循诸葛亮出山前制订的"三分天下，联吴抗曹"的长远战略规划。烧火要选准烧的对象，踢脚要选准踢的方位。

审时。踢好头三脚还要抓住踢的时机。《韩非子·喻老》记载："楚庄王莅政三年，无令发，无政为也。右司马御座，而与王隐曰：'有鸟止南方之阜，三年不翅，不飞不鸣，嘿然无声，此为何名？'王曰：'三年不翅，将以长羽翼；不飞不鸣，将以观民则。虽无飞，飞必冲天；虽无鸣，鸣必惊人。'"楚庄王即位三年，表面上不发政令，没有政绩，暗地里却伺机而动，终于一飞冲天，一鸣惊人。他在位23年，知人善任，广揽人才，兴修水利，重农务商，终成春秋五霸之一。新官来到新岗位，面对新问题、新环境，在实施新政时务必要选好时机，择机而行，否则，好的政策未必能收到好的效果，甚至陷入"初衷是好的，结果很糟糕"的局面。

潜心、慎谋、审时，踢好头三脚，这只是良好的开端，并不意味着定有圆满结局，善始容易善终难。《诗经》有云："靡不有初，鲜克有终。"魏徵有谏："善始者实繁，克终者盖寡。"人们做事情一般都能有个良好的开头，做到善始，但也有不少人不能坚持到底，做到善终。有这样一个故事，一位年事已高的老木匠，准备告老颐养天年，含饴弄孙。老板再三挽留未果，只好由他，但请他建最后一座房子，老木匠勉强答应了。但此时的老木匠已心不在焉，用料不再那么严格，做出的活也全无往日水准。房子建好后，老板把它作为礼物送给了老木匠。老木匠愣住了，一生盖了那么多好房子，却为自己建了一幢粗制滥造的房子。

善始善终，方是功德圆满。一位 70 岁的外国老翁带着儿子克服千难万险登上珠峰，站在峰顶给 90 多岁的老父亲打电话。老父亲电话里告诫儿孙："不要高兴得太早，上去了不算成功，只有平安下了山，才算成功。"的确，"会当凌绝顶，一览众山小"只是一时的风光，如何平安下山，将山顶的无限风光讲与山下人听，才是真正的成功。

做人如此，做事如此，做官亦如此。"行百里者半九十"，虎头蛇尾、半途而废、晚节不保者实繁。

行文看结穴，为官重晚节。《宋名臣言行录》记载："重阳有诗云：不羞老圃秋容淡，且看寒花晚节香。公居常谓：保初节易，保晚节难。"江泽民同志曾批评"有的人表现一直很好，快要退休了，最后却搞得自己身败名裂"。当领导干部与科学家不同，科学家失败 99 次，但只要成功 1 次，就可能获得诺贝尔奖；领导干部成功 99 次，但只要失败 1 次，仕途就会发生根本性变化。这就是：99 次成功 +1 次失败 = 0。作为领导干部，走妥后三步比踢好头三脚更重要，若后三步失足，头三脚踢得再好也是功败垂成。

面对"辛苦清白几十年，无职无权在眼前"的现状，领导干部很容易心理失衡、思想放松、精神懈怠，于是就出现了"59 岁现象"。一些领导干部到了就要退休的年龄，对待工作得过且过，作风散漫，认为"有权不用，过期作废"，不如最后捞一把，最终导致晚节不保沦为阶下囚。例如，中纪委第九纪检监察室原副主任明玉清退休 8 个月后被查；江苏省委原常委、原秘书长赵少麟因在任时违法乱纪，退居二线 8 年后被查。据不完全统计，党的十八大以来，已有周永康、郭伯雄、徐才厚等多名副国级以上高官在退休后被调查。

还有一种人，在任时尚能克己奉公，但退出领导岗位后，却认为自己可不受监管，能为所欲为，将退休身份作为自己的保护伞违法乱纪，最终也是晚节不保。例如东莞市政法委原副书记高少鹏，退休后为"破烂王"抢地盘；海南省海洋与渔业监察总队原副巡视员王世坤，退休后公然索要安排宴请和奢靡娱乐活动，最后都被立案审查绳之以法。深圳市人民政府办公厅原巡视员汤耀治，早在2006 年就已退休，返聘后未经批准出入国（边）境，除了敛财，还搞权色交易、钱色交易，被开除党籍，移送司法机关处理。这名 71 岁的厅官，创下厅局级官员被问责时年纪最大的纪录。苏东坡有赋云："哀吾生之须臾，羡长江之无穷。"做官只是人生历程中的一段路程而已，只有在官场中全身而退，才可能在后半生颐养天年。退休不等于"平安着陆"，退休更不等于进入"保险箱"。

走妥后三步，要有大局意识，保晚节意识，有甘当人梯的奉献精神，这既是一种品格，也是一种官德。这既是对事业负责，更能显襟怀，保名节。

▌ **感悟小语 >>>**

> 踢好头三脚，要领切记牢。
>
> 前任不臧否，创新静悄悄。
>
> 走妥后三步，铺就未来路。
>
> 政声人去后，力避硬着陆。

四、对上负责与对下负责

"对上负责"与"对下负责"本是清清楚楚的事，却让官场中人忽上忽下、迷茫怅惘千余年。

封建社会，"普天之下，莫非王土；率土之滨，莫非王臣"。官员的俸禄、官爵、升迁，甚至生死，都在天子一念之间，官员莫不效忠王权。即使在这样的体制下，执政者依然明白"水能载舟，亦能覆舟"。水下舟上，舟在水上行，要"乘风破浪会有时，直挂云帆济沧海"，必须对水与舟双重负责，水与舟、上与下，本就是相辅相成的对立统一关系。

毛泽东同志早在 1945 年《论联合政府》中就强调"向人民负责和向党的领导机关负责"的一致性，因为我党的宗旨是全心全意为人民服务，党与人民的利益是高度一致的。邓小平同志在《解放思想，实事求是，团结一致向前看》一文中尖锐批评"把对上级负责和对人民负责对立起来"的错误倾向。江泽民同志指出："必须把对上级负责和对群众负责统一起来，绝不能把二者割裂开来、对立起来。"这些论断深刻揭示了对上负责与对下负责的辩证统一关系，二者是相辅相成、不可分割的有机整体，对上负责就是为了更好地对下负责，对下负责是对上负责的出发点和落脚点。

安徽民间盛传着一个故事：老一辈无产阶级革命家、政治家万里，在刚任安徽省委第一书记到农村调研时，对安徽的贫穷大吃一惊。他去淮北看望农民，可老百姓不出来见他——因为没裤子穿；家里孩子藏在地锅里头取暖——因为没有御寒棉衣；大年三十，农民吃不上饺子……万里"越看越听越问心情越沉重，越认定非另找出路不可"。正是安徽农村极度贫困的现状，让万里选择了一条甘担风险的路，大力推广肥西县"包产到户"和凤阳县小岗村"包干到户"的做法，彻底否定了此前"一大二公""阶级斗争为纲"的极左做法。当时一名领导干部质问他是对上负责还是对下负责，万里坚定地说，社会主义绝不是让人民挨饿受穷，而是让人民活得更美好，符合人民根本利益和长远利益的做法既是对上负责也是对下负责！

但现实生活中，存在不少"只唯上"或"只唯下"，将"上"与"下"对立起来的思想和行为。某市规划局副局长甚至质问记者："你是准备替党说话，还是准备替老百姓说话？""只为党着想"的官员，不怕群众不满意，就怕领导不注意；"只为百姓着想"的官员，精心打理自家小院，自甘做群众的尾巴，对事关全局的事漠然置之，对上级政策阳奉阴违。这些官员之所以将"上下"一分为二，都是因为有私心、重私利。

1994 年，我国实行分税制，触动了沿海富裕地区的既得利益，出现中央与地方的利益冲突。1998 年，李长春到广东任省委书记，有记者问："在广东讲什么话？"李长春回答说："在广东讲北京话，在北京讲广东话。"看似简单的回答，含义深远。在中央和地方利益博弈中，他作为中央政治局委员、广东省委书记，当然要和中央保持高度一致，所以，"在广东讲北京话"，而在首都，作为地方利益的代表，当然要为地方争取更多的权益，所以，"在北京讲广东话"。

无论是对上负责还是对下负责都应本着实事求是的态度。对上负责但不盲从，对下负责也不一味迁就，不当"群众的尾巴"。陈云同志一生践行"不唯上、不唯书、只唯实"。"不唯上"，并不是不遵从上级的指示精神，而是从人民的根本利益出发，因地制宜地贯彻执行上级决策，而非机械地照抄照发；"不唯书"，不是不读书、轻视理论学习，而是理论联系实际，用理论指导实践，坚决反对读死书、死读书、照本宣科式的本本主义；"只唯实"，是要实事求是，一切从实际出发。

"实事求是"是对上负责和对下负责的最佳结合点，现在却有不少人提出"对下负责就是最好的对上负责"的观点，这一看法不免偏颇。

以税收为例，总有人打着对下负责、爱护人民的幌子，高喊降低税负，或为抗税者鸣不平，或为被罚者掬同情，但这些人不曾扪心自问，他拿的工资、享用的公共服务、接受的义务教育等，统统来自国家税收，来自财政的转移支付。引发全球关注的希腊债务危机，政府几近破产，诱发诸多社会问题，一个重要原因就是希腊税收征管不力。据估计，希腊每年因偷漏税损失的财政收入高达 250 亿欧元。有人说，如果把该收的税收上来，希腊的债务危机就基本解决了。

许多所谓的"对下负责"并不是真正的"对下负责"，片面地对下负责是对上、对下的双重不负责，其所造成的恶果，最后都要由上下共同承担。在根本利益一致的情况下，在具体问题上，当"上"与"下"发生矛盾和冲突时，如果群众诉求不合理，就要引导教育群众；如果上级决策不合实际，就要及时反映，力求调整变更上级决策。

《孙子兵法》云："上下同欲者，胜。"作为一名负责任的党政领导干部，既要对上负责，也要对下负责，这也是对自己负责。无论上下都要以尊重客观实际为基础，本着实事求是的态度，上下同心，把国家的长远利益与百姓的眼前利益协调一致，把全局利益与局部利益有机统一。唯其如此，才能真正做到同心同德、同胜共赢。

▌感悟小语 >>>

> 上下本同德，何必割裂开？
> 原则与技巧，统筹兼顾好。

五、仰望星空与脚踏实地

2010 年 2 月 27 日，温家宝同志通过中国政府网和新华网，在线与网民交流时说："我们确实需要一些仰望星空的人，心里装着整个国家和世界，同时又需要一些脚踏实地的人，踏踏实实地去做苦功夫。"

2010 年五四青年节，温家宝同志在北大视察时，北大学生李丹琳为他书写了"仰望星空"四个大字，他随即和上"脚踏实地"。

仰望星空就是志存高远，脚踏实地就是务实重干。正所谓"理想顶天立地，落实脚踏实地"。无论是国家、民族、组织还是个人，要想进步和发展，就一定要去仰望星空，确定前进的方向，然后，脚踏实地，一步步朝着正确的方向奋勇前进。

如果没有明确的方向，只是一味地脚踏实地，就像蒙着眼睛拉磨的驴子，一辈子都在盲目地围着磨盘绕圈。黑格尔曾说："一个民族有一些关注天空的人，他们才有希望；一个民族只是关心脚下的事情，注定没有未来。"一天晚上，古希腊哲学家泰勒斯边走边仰望星空，不料一脚踏空，掉入水坑。他说："明天会下雨。"人们不相信。第二天果真下起了雨。有人对此不以为然，讥笑说："泰勒斯知道天上的事，却不知道眼前会发生什么。"两千年后，黑格尔听到这个故事，用铿锵有力的口吻说："只有那些永远躺在坑底从不仰望天空的人，才不会掉进坑里。"

仰望星空，寻找属于自己的那颗星。拿破仑说过："不想成为将军的士兵不是好士兵。"陈胜在大泽乡起义时放言："王侯将相，宁有种乎！"西楚霸王项羽在秦始皇游会稽、渡浙江时说："彼可取而代也。"美国前国务卿赖斯，小时候从白宫门前经过时对父亲说："我以后一定要进到里面去！"正是理想，成就了这些人的非凡人生。17 岁的马克思在中学毕业论文中写道："如果我们选择了最能为人类谋福利而劳动的职业……我们的幸福就将属于千百万人，我们的事业将默默地、但是永恒地存在下去。"马克思终其一生为人类的幸福而努力奋斗。20世纪末，英国广播公司进行"千年伟人"评选活动，最终，马克思被评为过去千年世界上最伟大、最有影响的思想家第一人。

仰望星空，是为了在灿烂星空下阔步前行，以坚实的脚印折射出美丽星空的灿烂。"道虽迩，不行不至；事虽小，不为不成。"当我们插上理想的翅膀时，确需一下一下地扇动，才能飞抵理想的彼岸。当目标确定后，还需要扑下身子，如骆驼般负重前行，唯其如此，才能找到美丽的绿洲。

五千年的灿烂文明，从仰望星空开始，经脚踏实地实现。因为仰望星空，才有远古的"嫦娥奔月"，因为脚踏实地，今日的"嫦娥"三号卫星才实现探月，女航天员刘洋成功登天；因为仰望星空，少年文天祥见贤思齐，以同乡仁人志士欧阳修、杨邦义、胡铨为榜样，因为脚踏实地，文天祥状元及第，成就"人生自古谁无死，留取丹心照汗青"；因为仰望星空，共产主义精神在中华大地上落地生根，因为脚踏实地，当年的共产主义小组成长为今日拥有8900多万名党员的中国共产党；因为仰望星空，少年周恩来立志要"为中华之崛起而读书"，因为脚踏实地，周恩来"面壁十年图破壁"，终成誉满中外的中国总理；因为仰望星空，60岁的杨善洲立志要为家乡做点实事，因为脚踏实地，杨善洲二十二年如一日，以83岁高龄，把120个大山头和80多个小山头的荒山秃岭变成绿色氧吧。

脚踏实地是为了把理想之光照进现实。支教模范白方礼老人，从74岁开始靠蹬三轮车挣钱，帮助贫困孩子上学，十八年如一日，直到92岁逝世。有网友在纪念他的网页上如此评论："一个馒头，一碗白水，他曾如此简单生活；300学子，35万元捐款，他就这样感动中国。"

为梦想插上翅膀，用双脚在琴键上写下"相信自己"的断臂钢琴师刘伟，10岁失去双臂，12岁学习游泳，14岁获全国游泳亚军，15岁获全国冠军，后因皮肤病告别了泳坛；16岁学习打字，19岁自学钢琴，仅用1年就能用脚弹奏相当于手弹钢琴7级水平的《梦中的婚礼》；2010年获《中国达人秀》总冠军；2011年在维也纳金色大厅演奏《梁祝》，并受邀与英国前首相夫人切丽·布莱尔会面，同年被评为"感动中国"人物。

心中星空如梦，脚下风光无限。打盹只能做梦，努力却能圆梦。无论是古稀老人白方礼，还是断臂天使刘伟，其内心的理想信念，哪一个不是通过脚踏实地而实现？只有脚踏实地，才不辜负浩瀚苍穹的灿烂星光。清代诗人郑板桥也告诉我们："咬定青山不放松，立根原在破岩中。千磨万击还坚劲，任尔东西南北风。"

"寄意寒星荃不察，我以我血荐轩辕。"只要胸怀理想，让理想照进现实，脚踏实地，在星空下阔步前行，就能走出一条星光大道！

▌感悟小语 >>>

理想顶天立地，落实脚踏实地。

六、推功与诿过

推功，是把本属于自己的功劳或大家共有的功劳推让给他人；诿过，则是把自己所犯的过错或本该自己承担的责任推诿到别人身上。关于推功与诿过，宋代陈抟的《心相篇》有云："责人重而责己轻，弗与同谋共事；功归人而过归己，尽堪救患扶灾。"意思是说，有些人责怪别人多，批评自己少，不能与其共事；而有些人把功劳推给别人，把过错留给自己，这种人必能担当大任、救助众生。这段话既阐明了不同的人对待推功与诿过的不同态度，也清楚指出推功与诿过是判断人品行的一面镜子。

有功不推功，居功自傲，必会招来嫉恨、惹来灾祸，最典型的莫过于韩信。《史记·淮阴侯列传》记载："假令韩信学道谦让，不伐己功，不矜其能，则庶几哉，于汉家勋可以比周、召、太公之徒，后世血食矣。"历史没有如果，只有后果和结果。韩信的居功自傲不但害了自己，而且株连全族。

争功不推功，只会离心离德。《史记·樗里子传》中记载："魏文侯令乐羊将而攻中山，三年而拔之。乐羊返而论功，文侯示之谤书一箧。乐羊再拜稽首曰：'此非臣之功也，主君之力也。'"乐羊认为，自己花三年时间打败中山国，劳苦功高；而魏文侯则认为，如果没有他的支持与包容，乐羊早就被唾沫淹死了。

立了功劳，居或者不居，争或者不争，功劳就在那里，挤破脑袋去争，未必争来；不争不抢，淡然处之，该是你的就是你的，跑也跑不掉。正如《道德经》所云："夫唯不争，故天下莫能与之争。"但现实生活中，总有些人看不开、悟不透。只看到自己的功劳，看不到别人的努力和帮助。"争名于朝，争利于市"，要功、要名、要利、要权，"芝麻黄豆"都要，功名利禄通吃，唯恐争抢不及，生怕不能据为己有，认为"爱哭的孩子有奶吃""脸皮壮吃得胖""老实人吃亏"。

功劳是自己的，要推功不居功；功劳是大家的，要分享谦让。趋利避害是人之本性，能推功，是一种胸怀、一种境界、一种水利万物而不争的德行。东汉名将冯异每次战役结束后，诸将并坐论功时，他却独坐树下，避功思过，军中称他为"大树将军"。"水唯善下能成海，山不矜高自极天；圣人胸中有大道，得失成败在其中。""大树将军"冯异以其推功避让，赢得了将士们的爱戴和誓死追随。

善推功者，能聚人气、成大事。公元 207 年，曹操发布《封功臣令》：我起义兵，诛暴乱，于今已十九年了，战必胜，攻必克，征必服，难道是我的功劳？全仗各位贤士大夫之力啊！正是曹操善推功于下，手下谋臣武将，人才鼎盛，使其三分天下魏最强。我军历史上，战功赫赫的军事家、革命家粟裕有着两让司令、一让元帅的美谈。两让司令是指一次让予张鼎丞、一次让予陈毅。1955 年中央讨论军衔问题，毛泽东给予了他极高的评价："论功、论历、论才、论德，粟裕可以领元帅衔。"但被粟裕谦逊地推辞了："评我大将，就是够高的了，要什么元帅呢？我只嫌高，不嫌低。"

推功要注意方法。要基于事实，"顺水推舟"，不浮夸、不宣扬；要真心诚意，不虚情假意；要目的单纯，施恩不图报；要尊重受功者，谦和推让，使其受而悦之，没有被施舍感。

《菜根谭》有云："完名美节，不宜独任，分些与人，可以远害全身；辱行污名，不宜全推，引些归己，可以韬光养德。"不论是如何完美的名誉和节操，不要一个人独占，必须分些与人，才不会惹来他人忌恨，招来祸患，进而保全性命；不论是如何耻辱的行为和名声，都不能完全推到别人身上，要自己承担一部分，只有这样才能韬光养晦，修炼自己的德行。有人把不与上司争锋、不与同僚争宠、不与下属争功作为自己的座右铭，这确实是一种襟怀，也是一种智慧，更是一种品格。

如果说推功是"君子"的话，那么诿过就是"小人"。遇非、有过、犯错，或避之不及，或推诿他人，这种为人处世的态度就是没担当。这种行为，从眼前看似乎占了便宜，但从长远来看，就会众叛亲离。

三国时期，官渡之战前夕，袁绍谋士田丰建议，趁曹操与刘备在徐州打得难解难分之际，出兵突袭曹军后方。但袁绍未予采纳，失去了绝好战机。待曹操打败刘备，袁绍却要同曹操决战。此时，田丰上书谏阻不可出兵，宜待天时，袁绍怪其出言不吉，将其投入大牢。结果正如田丰所料，袁绍官渡大败，他非但没有罪己，反而诿过田丰，派人拿着他的剑，提前到冀州狱中杀死田丰。心胸狭隘的袁绍最终陷入众叛亲离的绝境，被曹操所灭。所以，"山锐则不高，水狭则不深"，袁绍没有容人雅量与心胸，出了过错，迁怒于人，讳疾忌医，最终害人害己。正应了《左传》那句："禹汤罪己，其兴也勃焉；桀纣罪人，其亡也忽焉。"

与诿过相对的是揽过，自己有过，敢于担当，别人犯错，勇于承担。《老子》有云："能受国之垢，是谓社稷主；能受国之不详，是谓天下王。"能成大事者也必是善于负责、敢于担当者，也只有这样的人，才能使朋友、下属心甘情愿地"千万里我追随着你"。西汉名将李广随大将军卫青出兵北击匈奴，参加漠北战役，由于李广指挥的东路军迷了路，未能如期参加漠北会战。战后，李广的部下被问责受审。李广挺身而出，为部下揽过自责，说："诸校尉无罪，乃我自失道。"晋国狱官李离，在审理一件案子时，由于听从了下属的一面之词致人冤死。真相大白后，李离准备以死赎罪。晋文公说，官有贵贱，罚有轻重，况且这件案子主要错在办事人员，并不是你的罪过。李离答，我平常不是跟下属一起当官，拿的俸禄也没有与下属分享。现在犯了错误，却要将责任推到他们身上，我做不出来。最终伏剑而死。也许李离的行为有些矫枉过正，但其勇于罪己、敢于担当的精神值得我们钦佩。

揽过要适度。勇于担当，并不代表盲目受过。大是大非面前，一定要坚持原则，丁是丁，卯是卯。揽过不能糊里糊涂，不能讲哥们儿义气、论兄弟感情，要严格依规则行事。

"问天下英雄谁评说功过，看千古江山来去春秋。"是非功过的推诿，不妨套用扎西拉姆·多多的诗来说："你推，或者不推功／功就在那里／不增不减；你诿，或者不诿过／过就在那里／不来不去。"人人心中有杆秤，推却之功功仍在，揽过之人未必过。如雪以洁白之身覆污浊，依然洁白；水以洁净之身涤污秽，依然洁净。

▎感悟小语 >>>

> 完名美节，不宜独任，分些与人，可以远害全身；
>
> 辱行污名，不宜全推，引些归己，可以韬光养德。
>
> ——《菜根谭》

七、当面批评与背后表扬

"谁人背后无人说，哪个人前不说人？"或许我们无法左右"被说"，但至少可以选择如何"说人"，做到当面批评，背后表扬。当面批评，是君子坦荡荡的胸怀。俗话说"有花当面插，有话当面讲""不怕当面讲，就怕背后议""要打当面鼓，莫敲背后锣"，说的就是不要当面好好先生，背后狠插一刀。当面批评要实事求是，指出他人的不足与过错必须基于事实，"射击要有的放矢，批评要实事求是"。让被批评者感到批评对事不对人，降低其内心的抵抗情绪，使其欣然"闻者足戒""有则改之"。

当面批评务必讲究方法和场合。"金无足赤，人无完人""人非圣贤，孰能无过"。是人就会有过错，有缺点，但并不是每个人都能做到"闻过则喜"。

《红楼梦》第四十回，黛玉在行酒令时随口说出《西厢记》诗句"良辰美景奈何天"，《西厢记》当时是禁书，宝钗听后一不告状，二不当众责怪，而是事后单独语重心长地劝说黛玉，少读那种书，更不能当众说那样的话，这让一向心高气傲、将宝钗视为情敌的黛玉真心折服，竟掏心挖肺地对宝钗说："你素日待人极好，然我最是个多心的人，只当你有心藏奸，从前日你说杂书不好，又劝我那些好话竟大感激你。往日竟是我错了，长了十五岁，没人像你那样教导我，往日云丫头说你好，我还不受用，昨儿亲自经过，才知道了。比如你说了那个，我再不轻放过你的，你竟不介意，反劝我那些话……"从此将宝钗视为闺密。处事圆通的宝钗就这样通过艺术的批评化敌为友。

上级批评下级，要直来直去，一语中的，使下级有醍醐灌顶之感，这样既有利于工作，也有利于上下级关系，更有利于下级的个人成长，同时还提高了更正错误的效率，避免了下级揣测上级意图的时间和心理成本。面对上级的批评，下级也要正确对待。"责之切"往往是因为"爱之深"。从某种程度上说，领导不批评的下级，往往是最倒霉的下级。领导一直对下级"彬彬有礼"，未必是好事。

下级批评上级，也要讲究场合与方法。即使如唐太宗这样的明君，面对魏徵长期在朝堂上的当面指责，也忍不住在长孙皇后面前大骂魏徵：早晚有一天，朕非杀了这个庄户佬不可！"摘花切忌撅花茎，说话莫要伤人心。"只要不是原则问题，不是似是而非的问题，有话要慢慢说，有意见要和风细雨地提，切忌言语过硬过直。让其自我感悟，自觉纠错。春秋时期的齐景公，酷爱饲养能够捕捉野兔的老鹰。一天，烛邹不小心让一只老鹰飞了，齐景公大发雷霆，命令将其推出斩首。晏子闻之急忙上奏："烛邹罪大恶极，哪能轻易杀之？待我公布完罪状后再处死他吧！"齐景公点头同意。晏子指着烛邹说道："烛邹，你为大王养鹰，却让鹰飞了，这是第一条罪状；你使大王为鹰杀人，这是第二条罪状；为鹰杀你，天下人认为大王重鹰轻人，这是第三条罪状。好啦！大王，请处死他吧！"齐景公听后半晌说道："不杀他了！"晏子含蓄委婉的批评方式既替烛邹说了情，又没有使齐景公难堪。被人揭伤疤、戳痛处，总是不舒服的，并不是每个人都有坚强的耐受力。对上级的当面批评，方式要适当，分寸要适度。当然若是事关党纪国法的原则问题，那就要不留情面当面指出，并向纪检部门揭发控告。

同级、朋友之间批评，也要因人、因事而异。对于肝胆相照的朋友，要甘当净友，坦诚相见，力陈其弊，促其改之。而这样的朋友也必会"砥砺岂必多，一璧胜万珉"，将你视若珍宝。对于自尊心强、爱面子的朋友，要在私下委婉地批评，既帮朋友纠正错误，又维护对方自尊，对方必定心存感激。

如果说当面批评是君子坦荡荡，那么背后表扬就是君子多厚德。仅有批评，人如生活在数九寒天，身心俱冷，容易得冻疮；仅有表扬，人如生活在盛夏三伏，会免疫力低下而中暑。所以，批评和表扬这对孪生兄弟一个都不能少。重当面批评，更要重背后表扬。数其十过，不如赞其一功。很多时候，表扬更好于批评，适当的表扬，更能温暖人心，激人奋进。领导对下属要容过念功，因为工作干得越多，出错的概率也越大。这正如买把新扫帚放在门后不用，永远是干净的，而用得越多脏得越快。只批评下属过错，领导会犯一个使自己永远后悔的错误——严厉批评的，正是任劳任怨、干劲十足且忠心耿耿的人。

背后表扬要基于事实，基于对其人其行的具体赞誉，要真诚坦荡，发自内心，切忌大而无当。一次，柏拉图对老师苏格拉底说："东格拉底这人很不怎么样！他老是挑剔您的学说，并且不喜欢您的扁鼻子。"苏格拉底笑了笑，缓缓地说："可我倒觉得，他这人很不错。他对母亲很孝顺，每天都照顾得非常周到；他对朋友们很真诚，常常当面指出别人的不足，帮助改正；他对孩子们很友善，经常和他们一起做游戏；他对穷人富有同情心，有一次，我亲眼看见他搜出身上最后一个铜板，丢进了乞丐的帽子里……"

苏格拉底之所以伟大，就在于他总能看到别人的优点，甚至对于批评他的人也毫不吝惜真诚夸赞。而要做到背后表扬，功夫在平时。平时以谦和低调的姿态去关注别人身上的每一项优点，并时刻记在心里，时常提醒自己借鉴学习，只有这样，才能"发乎于心"地在背后表扬别人。切忌奉承、逢迎、讨巧之类的背后表扬，这类表扬很容易露馅，其后果是事与愿违。

▌感悟小语 >>>

> 人生交契需品正，道义相砥，过失相规。
>
> 义重情浓分外香。
>
> 常将美德培元气，当面批评，背后表扬。
>
> 赢得贤朋友八方。

八、顶线与底线

孔子《义利》曰："君子有所为有所不为，知其可为而为之，知其不可为而不为，是谓君子之为与不为之道也！"这里的"道"，正是"顶线"和"底线"的"可为"与"不可为"。

顶线，是人生的最高标准，是道德、是楷模。底线，是人生的最低限度，是规范、是法律、是行为自律的不为和坚守。对为官者而言，顶线是想干事、干成事；底线是不出事，不触法律红线。触摸顶线，是人生价值的自我实现；突破底线，是付出代价的自我毁灭。

顶线是忠诚勤勉、堪称极致的做事精神。有人说"高调做事，低调做人"，这里的"高调"就是对做事的一种顶线追求。"臣心一片磁针石，不指南方不肯休"是对收复山河的顶线追求；"春蚕到死丝方尽，蜡炬成灰泪始干"是对责任与忠诚的顶线追求；"吟安一个字，捻断数茎须"是对完美诗赋的顶线追求。被誉为"教授中的教授"的国学大师陈寅恪，精通十多国文字，在历史学、宗教学、语言学、考据学、文化学及中国古典文学等领域都有极高造诣。他有三不讲：书上有的不讲，别人讲过的不讲，自己讲过的不讲。论从己出，不重复别人，也不重复自己，这是对学术的顶线追求。

顶线是不欺暗室的内心自律。汉代刘向《列女传·卫灵夫人》中有这样一个故事，卫灵公与夫人在深夜听到远处传来隆隆的车马声，到宫殿门口，声音却停止了，过了一会儿，声音又响起并渐渐远去。卫灵公问夫人："知道这是什么人吗？"夫人回答："这一定是蘧伯玉。"卫灵公又问："你怎么知道？"夫人回答："我听说蘧伯玉是卫国的贤大夫，此人仁而有智，对上恭敬，他不会因暗中无人而废礼，所以我料定是他。"卫灵公派人调查，果然是蘧伯玉。在无人知晓的深夜，仍能严于律己，这种不求人知，不做表面文章，做该做应做之事，正是对德行的顶线追求。

有顶线，必有底线，如同有天必有地。在圣人贤士追求顶线的同时，世间凡人恪守的必是底线，人类历史长河沿着顶线与底线的堤岸浩浩荡荡奔腾不息。

底线有高低，境界有不同。介子推鄙弃富贵、舍生赴义，那是他用生命恪守的精神底线。春秋时期晋文公重耳早年逃亡，忠心护主的介子推"割股充饥"救重耳。当重耳结束19年的逃亡生涯，成为至尊至贵的晋文公时，介子推却隐居绵山"不言禄"。为逼介子推出山受封，晋文公火烧绵山。大火过后，在一棵烧焦的柳树旁发现介子推母子的尸身。晋文公悲痛万分，遂将这天定为"寒食节"，家家户户禁烟火，并将这段烧焦的柳木带回宫中做了一双木屐，每天望着它叹道："悲哉足下！"从此，"足下"便成为一种尊称。

伯夷、叔齐是商末孤竹君的两个儿子。相传其父遗命要立叔齐为继承人。孤竹君死后，叔齐让位给伯夷，伯夷不受，叔齐也不愿继位。周武王伐纣，二人扣马谏阻。武王灭商后，他们耻食周粟，采薇而食，饿死于首阳山。

介子推"士甘焚死不公侯"的底线坚守，伯夷、叔齐"不降其志，不辱其身"宁死不食周粟的底线坚守，以及历代无数仁人志士、英雄豪杰"富贵不能淫，贫贱不能移，威武不能屈"的底线坚守，构成了中华民族的道德典范。鲁迅先生讲，"我们自古以来，就有埋头苦干的人，有拼命硬干的人，有为民请命的人，有舍身求法的人……"这些坚守底线、追求顶线的人构成了"中国的脊梁"。

顶线有高低，顶线可以无限高；底线有高低，但底线不能无限低。底线是顶线之下，退守一线、二线、三线之后，退无可退的最后一道防线。如同在大庭广众之下脱了一件外套、一件毛衣、一件内衣之后不能再脱的最后一条内裤。底线是最低标准，是最后的坚守。鲁迅在《书信·致曹聚仁》中有一段话："一个人应尽可能地做一些既利人又利己的事；若不能，则尽量做一些利己却不损人的事；若还行不通，则做一些虽损人但利己的事；只有损人而不利己的事，我是坚决反对的。"当然这段话有其特定的时代和语境，但这也说明，一个人做事总是要有其最后的底线的。你可以忍受贫穷，但不能背叛人格；可以追求财富，但不能杀人越货；可以发表意见，但不能搬弄是非；可以不做善人，但不能为非作歹；可以不做君子，但不能去做小人；可以容忍邋遢，但不能容忍颓废；可以没有学位，但不能没有品位；可以率性而为，但不能纵欲无度；可以不说感谢，但不能不懂感恩。

2017年6月22日，杭州保姆纵火案夺去朱小贞母子四条人命，举国震惊，然而林家对待保姆、犯罪嫌疑人莫焕晶可是一直"非常好，像一家人"。而且此前，莫焕晶还以老家盖房的名义向林家借了十余万元。就是这样，莫焕晶的极端欲望之下，林家人的善，终究没有抵住她一心迷恋赌博、想放火再灭火立功借钱的恶。尊重和悲悯他人的生命，不仅是法律的底线，也是人性和道德的底线，莫焕晶必将受到法律和道义的严惩。

底线应是最起码的行为准则，是逾越之后必付出巨大代价的最后屏障。白岩松曾说："说真话是全世界几百年以来新闻最基本的底线，从来就不是上线。就比如，你永远不能夸别人不偷东西便是好人。"在参加各种颁奖典礼前，当白岩松问："为何把奖给我呢？"对方的回答几乎是一致的："你说真话，坚持新闻理想啊。""说真话"竟成为获奖的理由，底线变成了顶线。

当公理和常识因为"物以稀为贵"而升为顶线，成为标杆和榜样的时候，人们对底线的要求就注定一低再低、节节后退。当代儒学学者蒋庆表示："底线价值不是高级价值。一个社会没有底线价值固然不行，但是只有法治没有道德的话，这个社会就是一个冷冰冰的、利害计较的、大家都是小人的、人不堪居住的社会。"

然而，有些底线却是越低越好。比如幸福的底线、物欲的底线、富贵的底线、名利的底线、抱怨的底线、攀比的底线，等等。这样的底线越低，心情越晴朗，幸福感反而越高。亦如颜回"一箪食，一瓢饮，在陋巷，人不堪其忧，回也不改其乐也"。

孔子周游列国到泰山时，看到了快乐的隐士荣启期。当时，荣启期正无忧无虑地在郊外散步，身上随意裹了一张鹿皮，腰上随便系了一根麻绳，抚琴而歌，且歌且行。孔子问他为啥这么高兴，荣启期回答说："我快乐的内容很多。天生万物，以人为贵，我有幸为人，一乐也；男尊女卑，以男为贵，我幸为男，二乐也；有人胎死腹中，有人夭于襁褓，我行年九十，三乐也。穷，但我有音乐和书籍，当何忧哉？"这就是隐者高士荣启期，把快乐底线、幸福熔点，降得很低很低，而他的精神和心情却如万里晴空，没有一丝阴霾。

然而，为官者对德行、自律的底线要求却是越高越好。明代思想家薛瑄把廉洁从政分为三个层次："见理明而不妄取，无所为而然，上也；尚名节而不苟取，狷介之士，其次也；畏法律保禄位而不敢取，则勉强而然，斯又其次也。"《孙子兵法》曰："求其上，得其中；求其中，得其下；求其下，必败。"如果为官者的底线只是遵纪守法，那么很容易底线失守，一不留神，难免会"忽喇喇似大厦倾，昏惨惨似灯将尽。呀！一场欢喜忽悲辛"。

为官者底线"求其上，得其中"，才会发挥"政者，正也，子帅以正，孰敢不正"的社会风向标的表率作用。季康子曾问孔子，如果杀掉无道的人来成全有道的人，怎么样？孔子对曰："子为政，焉用杀？子欲善而民善矣。君子之德，风；小人之德，草。草上之风，必偃。"意思是说，您治理政事，哪里用得着杀戮的手段呢？您只要想行善，老百姓也会跟着行善。在位者的品德好比风，在下者的品德好比草，风吹到草上，草就必定跟着倒。所谓"上梁不正下梁歪"也是这个道理。为官者"求其上"，调高自己的为官底线，才能标高社会底线的高度。

东汉时期会稽太守刘宠离任时，所属山阴县五六位老人以一百钱相赠，刘宠婉言谢绝，最终因盛情难却，只好接受一钱。时人赞誉刘宠为"一钱太守"。东莱太守杨震经过管辖地昌邑县时，县令王密送去十金，并说"暮夜无知者"。杨震坚决拒受，说："天知，神知，我知，子知，何谓无知？"人们因此称他为"四知太守"。南阳太守羊续爱吃鲜鱼，有个府丞听说后，送去两条大鲤鱼，羊续不肯接受。但那府丞老于世故，不辞而别，羊续只好将鲤鱼挂在门前，警戒那些来送礼的人。因此，人称"悬鱼太守"。三国时期魏国寿春县令时苗，出入坐黄牛车。离任时将黄牛生下的一头牛犊留下，说牛犊是他在任时生下的，不应该带走。自此，人称"留犊县令"。

为官者坚守德行、自律的高标准底线，既是一种表率，更是一种自保。战国时期，公孙仪是鲁穆公的宰相，他有一个爱好，就是特别喜欢吃鱼。于是想求他办事的人纷纷送鱼上门，却都被一口回绝。他的弟子很不理解："您素来酷爱吃鱼，为什么不接受别人的鱼呢？"公孙仪说："吃几条鱼固然微不足道，但假如我收了别人送来的鱼，就要迁就于他，就会贪赃枉法，就会被罢相。那时，我再想吃鱼，这些人绝不可能送了，现在我不收别人的鱼，倒还可以安稳地做宰相，自己能够经常买鱼来吃。"

央视原著名主持人张泉灵曾发"挣有数的钱，过有底线的生活，做有分寸的事"之感，其间大有独善其身之慨。面对一些底线的沉沦与失守，仅仅是"求其中"的独善其身、自清自保难免消极。在此，不妨"取乎其上"与诸君共勉：挣干干净净的钱，做清清白白的人，过有滋有味的生活，做有为有守的事，当有为有位的官。

▎感悟小语 >>>

> 顶线底线，莫道君无线。
>
> 见仁见智见贤，固守人生底线。
>
>
> 潮起潮落，且看云舒卷。
>
> 有度有方有圆，笑看风光无限。

九、显绩与潜绩

显绩、潜绩都是绩，有绩远胜无绩。显绩立竿见影，看得见，摸得着；而潜绩润物无声，成效慢，却是打基础、利长远之绩。显绩于任期内定能彰显，潜绩或百年后方能显现。显绩易得百姓称赞，上级嘉许，潜绩百姓或能感受到，或现时感受不到而历经几世方能受惠，上级或能明察之或察而不见。

显绩与潜绩好有一比：炎炎夏日，有人敲门，开门而视，一眼就能看出此人是美是丑；而数九隆冬，有人敲门，开门视之，却需他跺跺脚上的雪，再摘下帽子，解开围巾，脱去大衣，方能辨清此人是男是女，是沉鱼落雁、龙章凤姿，还是貌似无盐、獐头鼠目。夏天看人好比显绩，一览无余；冬天看人好比潜绩，雾里看花。

正是由于显绩与潜绩的不同结果，重显绩、轻潜绩的政绩观"引无数官员竞折腰"。贪官王怀忠奉行"显绩至上"，扬言："关键不是让百姓看到政绩，要让领导看到政绩。"2009 年 1 月，胡锦涛同志在《努力把贯彻落实科学发展观提高到新水平》一文中指出："一些党员、干部在发展观念上存在重'显绩'轻'潜绩'、重当前轻长远、见物不见人，甚至制造虚假政绩等问题。"的确，大项目、大工程、大广场、大马路最受官员青睐，因为这种显绩，说起来有底气，看起来有气势，拿出来有面子，最重要的是凭此种显绩，最易被提拔重用。而"柴米油盐酱醋茶，医劳保教文卫体"等潜绩，费时费力，"出力不出活，出活不出功"。任期内不显山、不露水，上面可能看不见、摸不着。俗话说"桃三杏四梨五年，想吃核桃等九年"，当别人吃了桃儿又吃杏儿，吃了杏儿又吃梨，谁又能耐得住九年的寂寞去种核桃呢？所以，两相比较，权衡显绩与潜绩，天平总会向显绩倾斜。

如何正确认识潜绩与显绩？习近平总书记告诉我们："潜"是"显"的基础，"显"是"潜"的结果，后人的工作总是建立在前人基础之上的，如果大家都不去做铺路石，甘于默默无闻地奉献，显绩就无从谈起，就成了无本之木、无源之水，即使有显绩，充其量也只是急功近利的"形象工程"。河南林州的红旗渠，是几代干部群众艰苦奋斗的结果；福建东山县委书记谷文昌之所以一直受到广大干部群众的敬仰，是因为他在任时不追求轰轰烈烈的显绩，而是默默无闻地奉献，带领当地干部群众通过十几年的努力，在沿海建成了一道惠及子孙后代的防护林，在老百姓心中树起了一座不朽的丰碑。这种潜绩，是最大的显绩。

重显绩、轻潜绩，不能不说与干部考核制度息息相关。"上有所好，下必甚焉。"在某种程度上，自上而下的考核制度易使官员偏重"对上负责"。而单纯以 GDP"论英雄"，以项目比高低的考核机制，更容易使官员为了"帽子"和"位子"重显轻潜。所以，什么样的考核制度造就什么样的官员。著名鉴赏家马未都说过："二流的制度比一流的人强"，"二流的干部考核制度比一流的官员更重要"。任何朝代和国家，一流的官员都少之又少，但如果有合理的考核制度，并能被坚决贯彻执行，即使是二流，至少也能保证绝大部分官员都是二流的，最大限度地避免三流、四流官员的出现。

民意是检验潜绩与显绩的最佳标尺。"金杯银杯不如老百姓的口碑，金奖银奖不如老百姓的夸奖。""政声人去后，民意茶坊间。"干部考核制度在注重自上而下的各种量化考核的同时，也应注重民意考核。考察官员的潜绩与显绩莫过于民意，古时有"万民伞""遗爱碑"，更有"脱靴遗爱"的官员离任风俗。唐朝官员崔戎任华州刺史时，做了很多好事。离任时，百姓们舍不得他走，拦在路上，拉断了他的马缰绳，脱掉了他的官靴。

时间是检验潜绩与显绩的真正度量衡。"五年之后，颂声始作。"为政者要有"功成不必在我"的远见与胸襟。无论是显绩还是潜绩，都要看多年后留给当地的是福还是祸，这样才能避免一时的"形象工程""面子工程"，减少"官出数字"和"数字出官"的现象。2011 年，宁夏吴忠青铜峡新材料基地管委会，把一家拟投资十多亿元的化工企业拒之门外。招商引资压力虽然很大，但面对高能耗、高污染和国家淘汰产业抛出的"橄榄枝",园区管委会坚决予以否决,并表示:"宁可完不成招商引资任务、政绩受损,也不能给子孙后代留下隐患!"出政绩要谋万世,顾大局,打基础,虑长远,决不能只图近利,"为五斗米折腰""吃祖宗饭,断子孙路"。

无论是显绩还是潜绩,其根本出发点都应是利国惠民。只要是有利于国家、有利于人民,就不怕别人说三道四,就要大张旗鼓、大刀阔斧地去做。提升城市形象、品质,给市民创造优良的宜居环境,搭建良好的招商平台,这种显绩有什么不好呢?显绩之后,受益的是每一个人。城市不仅是企业的载体,而且是招商引资的依托,试想一家很好的企业,若位于一个破破烂烂的城市中,又怎能招来金凤凰,引来巨额资金?城市化最关键的还是经济问题,而非单纯的形象工程或面子工程。城市形象好了,不但政府在土地出让中获得更大收益,老百姓更是直接受益者。

显绩和潜绩都是政绩,显绩的持续增长离不开潜绩的支撑,只有潜绩巩固了,显绩才有增长后劲。充足的物质基础和财政收入等显绩,是保障民生的重要支撑和坚强后盾。为政者需杜绝的是不顾潜绩,过分追求显绩的做法。无论是潜绩还是显绩,关键是要做出工作实绩。"古今兴盛皆在于实。"宋朝杨蟠是旧城改造先行者。宋哲宗绍圣二年三月,杨蟠出任温州知州;五月,发动民众改造旧城,重定了城内 36 坊的名称;次年又在原有 36 条街坊的基础上,增设 4 条街坊,由此,温州城便有了 40 坊。当时的 40 坊,大小店铺密布,诸行百业齐全,酒楼、茶肆应有尽有,挑夫走贩,叫卖声声。有诗为证:"三十六坊月,一般今夜圆。"杨蟠在温州虽仅两年多,但深得百姓敬仰。离任之日,百姓"遮道攀辕,不忍别"。而他自己也无限怀念温州,其诗写道:"平生忆何处,最忆是温州。"

西汉时,颍川太守黄霸,外宽内明,体察民情,为政清廉,秉公执法,深受官员和百姓敬重,被誉为循吏楷模。在他悉心治理下,颍川百姓安居乐业,社会秩序井然,甚至一些职业犯罪分子都跑到了邻县。对于黄霸润物无声、教化治民的郡县治理,汉宣帝下诏褒奖:"其赐爵关内侯,黄金百斤,秩中二千石。"数月后,黄霸被提拔为太子太傅,迁为"三公"高官——御史大夫。

只要是出实绩,干实事,"上无愧于天,下无怍于地",百姓受惠,上级满意,又何必在意所做工作是"显"还是"潜"呢?无论是潜绩还是显绩,只要是利民的那就是真正的实绩，也是最好的政绩。手心手背都是肉，显绩、潜绩都是绩。政者，正也，端正为政之心，定会显绩与潜绩并蒂花开别样红。

▌感悟小语 >>>

> 潜绩显绩，有绩远胜于无绩。
> 求真务实，莫为出绩留劣迹。
>
> 为政之要，黎民疾苦驻心底。
> 牢记使命，利国惠民创佳绩。

十、正职与副职

钱锺书的《围城》对正副职作过形象的比喻：如果把正职比作过去富人家的太太，而副职就像姨太太。太太只能有一个，姨太太则数量不限。太太与姨太太的待遇自然不一样，否则也就不会有那么多的姨太太千方百计想被"扶正"了。这形象地说出了正职、副职的"同"与"不同"：地位不同、身份不同、权力不同、待遇不同，却同是伺候"老爷"的，同是一家人。正职与副职，既统一于一个屋檐下，有共同的利益，又有摩擦、碰撞。如何当好正职与副职，处理好正职与副职之间的关系呢？

正职五管好：

一是管思路。思路决定出路。毛泽东同志曾说："领导者的责任归结起来，一是出主意，二是用干部。""出主意"就是出思路，作决策，是一把手的主要职责。作决策要充分发扬民主，集思广益，博采众长，广纳善言，防止个人专断和软弱涣散。要科学决策，防止拍脑袋、想当然、主观武断。

二是管干部。管干部就是管干部的培养、选拔、使用和举荐。毛泽东同志说过："政治路线确定之后，干部就是决定的因素。"能否选好、用好人，既事关发展，也关系到单位出不出问题。

（1）培养干部要扬长补短。"尺有所短，寸有所长"，每个人都有长处和短处。培养干部不但要扬其所长，更要补其所短。这样更有利于干部自身的全面发展。（2）使用干部要扬长避短。陈云说过："在革命队伍里，无一人不可用。"所以"善用物者无弃物，善用人者无废人"。唐太宗曾说：人的才能，各有所长，君子用人，就如同用器皿一样，大材大用，小材小用，各取所长。（3）选拔干部要扬长容短。金无足赤、人无完人，选人用人要看其主流、本质和潜力，重大功而不计小过，重大节而不求完美，"不拘一格降人才"，而不能求全责备。通过选拔使本单位最优秀的干部脱颖而出。诸葛亮在选拔人才方面就是过分追求完美，导致"蜀中无大将，廖化当先锋"。（4）举荐干部要道长论短。韩愈《马说》云："世有伯乐，然后有千里马。千里马常有，而伯乐不常有。"要树立开放的人才观，克服本位主义思想，对优秀人才不埋、不拦，积极向上举荐，而对其缺点和不足，也要恰如其分、实事求是地指出和介绍，以便上级了解考察、量才录用。

三是管制度。制度既有国家的宪法和法律，也包括本单位的规章制度。制度带有根本性、全局性、稳定性和长期性。俗话说，"没有规矩，不成方圆"，要形成良好有序的善治，健全完善的制度是关键。二流的制度胜过一流的人才。要想用制度管权、管钱、管人、管事，正职就要带头遵规守法，否则"上梁不正下梁歪"。邓小平同志指出："制度好可以使坏人无法任意横行，制度不好可以使好人无法充分做好事，甚至走向反面。"

四是管财务。一个单位，出不出政绩在思路，出不出问题在财务。正职管财务不是指具体的资金签批，而是指定好大盘，保运行、保稳定、保发展，保证财务收支遵章守纪、用好不出事。

五是管自己。"正人先正己。"正职首先要"修己"，然后才能"安人"。其一是要有担当。担当是一种责任、一种人格，要有"我不入地狱谁入地狱"般铁肩担道义的气魄。其二是要有胸怀。面对功过，要有推功揽过的气度，以自身的人格魅力增强整个单位的凝聚力和向心力。其三是要有境界。要站得高，看得远。胸怀全局，虚怀若谷，有"将军额头能跑马，宰相肚里能撑船"的容人雅量。其四是要有正气。正派、公道、无私，不仅要把住自己的嘴，管住自己的腿，还要管好身边的人，时时处处为人表率。

实践证明，搞坏一个单位，往往一个人或几个人就够了；而搞好一个单位，必须正职与副职紧密配合、干群互助、同心协力。

副职五做到：

一是决策不越位。遇到决策拍板的事，副职可以积极提建议，主动参谋，但绝不能逞能、显摆。

二是落实不缺位。当决议形成后，无论对决议持何种意见，副职都要毫不迟疑地贯彻执行，绝不可因自己的好恶、喜怒影响决议的执行。很多时候，正职考虑问题往往站在全局，谋划长远；而副职则经常从自身分管工作考虑。所以，副职要有全局意识，积极贯彻落实集体决策，主动承担自己的责任，把分管工作抓出成效。

三是干好分内事。每位副职都有自己的责任田，要明确哪是自己的田，哪是人家的地，自己的田该种什么。不能种了别人的地、荒了自家的苗，也不能该种麦子却种豆。同时也要有补位意识，当正职有令时、同僚有求时、群众需要时、情况紧急时，挺身而出，及时补位。

四是当好正职的参谋助手。副职要有大局意识、团队精神和共建共享的理念。工作中不能只扫自家门前雪，不管他人瓦上霜。一个单位，一个部门，往往"一荣俱荣、一损俱损"。只有大家戮力配合，做好每一项工作，这个单位才能欣欣向荣、蒸蒸日上。正如乌云遮住了阳光，万物生灵都逃不出乌云的阴影。同时，副职要胸怀大局，参谋到位。对事关全局的重大问题，要从实际出发，多搞调研，为正职的决策提出建议、提供依据。对决策执行中出现的一些新情况、新问题，要头脑清醒、处理得当，如果发现决策确有偏差，要及时向正职和领导集体反映，提出解决办法，把损失降到最低限度。

五是协调好各方面关系。副职在协调与各方面关系的时候，应做到竖着一条线，横着一大片。对上级，要坚决贯彻执行有关部门的各项方针政策，做好归口管理工作，对存在的疑难问题，要及时沟通协调。与同级，要尊重不自傲，信任不猜疑，支持不拆台，分工不分家。彼此坦诚相见、增进了解，经常通气、沟通情况，做到分工协作、浑然一体。与下级，要公正公平、真诚相待，提高亲和力，提升执行力，增强凝聚力。既要加强督查，敢于较真，又要对下属关心爱护。对工作中遇到的困难和问题，要及时出面协调解决。

干工作、出成绩，靠的是干部的带头和指挥。一个单位正职与副职的关系处理不好，不只是影响团结，形成内耗，还会使下属闹派性、搞分裂、贻误工作。工作是大家干出来的，成绩是大家拼出来的。只有正职与副职齐心协力、团结奋进，才能团结带领大家开创工作新局面，实现事业与个人成长的多方共赢。

▋ **感悟小语** >>>

> 互相补台，好戏连台；
>
> 互相拆台，共同垮台。

漫漫人生路，悠悠岁月情。不管我们愿或不愿，总还有许多二元方程摆在我们面前。而解得对与错、解得精彩与蹩脚，还在于我们能否正确把握解题思路与技巧。

继承与创新。发现万有引力定律的牛顿在给胡克的一封信中这样写道："笛卡儿先生所做的是搭了一座梯子，而您则使梯子升得更高了一些……如果说我能看得更远一些，那是因为我站在巨人的肩膀上。"牛顿在此不乏谦虚之意，但却阐明了一个事实，他是在继承前人的基础上取得了新的成就。

继承与创新，难就难在它的再成长，再突破。继承是为创新做准备，而创新是在继承基础上的突破，是发展中的发展。只继承不去发展、创新，继承就是退步，亦如"逆水行舟，不进则退"，早晚会"坐吃山空"。"今天的你我，怎能重复昨天的故事？"只有不断地发展创新，才能增加继承的分量，使继承由量变到质变。

自助与助人。有位禅师见一盲人点灯，不解。盲人说："天黑，点灯是为照路。"禅师说："为众生点灯，善哉。"盲人说："其实我是为自己点灯。照亮道路，别人才不会撞到我。"禅师大悟：助人即自助。没有人富得可以不要别人的帮助，也没有人穷得不能帮助他人。予人玫瑰，手有余香。古人云："福在积善，祸在积恶。"

第二次世界大战中的一天，盟军最高统帅艾森豪威尔在法国某地乘车返回总部，参加紧急军事会议。那一天大雪纷飞，天气寒冷，在前不着村、后不着店的途中，艾森豪威尔忽然看到一对法国老夫妇在路边冻得瑟瑟发抖，立即命令停车，让身旁的翻译官下车询问。一位参谋急忙提醒说："我们必须按时赶到总部开会，这种事情还是交给警方处理吧。"艾森豪威尔说："如果等到警方赶来，这对老夫妇可能早就冻死了！"经过询问才知道，这对老夫妇是去巴黎投奔儿子，但是汽车在中途抛锚了。艾森豪威尔二话没说，立即请他们上车，先将老夫妇送到巴黎儿子家里，然后才赶回总部。

此时的盟军最高统帅没有想到自己的身份，也没有俯视被救援者的傲气，他命令停车的瞬间，也没有复杂的思考过程，只是出于人性中善良的本能。然而，事后得到的情报却让所有的随行人员震撼不已，尤其是那位阻止艾森豪威尔的参谋。原来，那天德国纳粹的狙击手早已预先埋伏在他们的必经之路上，希特勒那天确信盟军最高统帅死定了，但他哪里知道，艾森豪威尔为救那对老夫妇而改变了行车路线。一个善念躲过了一次暗杀。

善念不是想来就来、想走就走的，要时时处处去积累、去储存，才能在关键时刻不假思索地使用。善良是生命中用之不竭的黄金，善待别人，就是帮助自己。

决策力与执行力。布里丹的毛驴面对两堆同样的草，权衡再三，不知该吃哪一堆，最后活活饿死；《聊斋志异》中的母狼为救狼崽，疲于奔波两树之间，不知先救哪一只，最后被活活累死；项羽于鸿门宴怀妇人之仁，犹而不决，决而不当，放走刘邦，最后十面埋伏，四面楚歌，霸王别姬，乌江自刎。

谬误比无知更可怕，"做正确的事"远比"正确地做事"更重要。缺乏决策力，亦如盲人骑瞎马，夜半临深池。只有目标清晰、意志坚定的领导人才能成为一流的决策家，也才能为官一任，造福一方。

谋而断，议而决，决而行，行必果。

执行力就是战斗力，没有执行，再好的决策都是海市蜃楼，决策最终赢在执行。正如拿破仑所说："想得好是聪明，计划得好更聪明，做得好是最聪明又最好！"

战略思维与战术思考。不谋全局者，不足谋一域；不谋万世者，不足谋一时。诸葛亮的"隆中对"、毛泽东的"持久战"、邓小平的"三步走"、习近平的"中国梦"，都是高瞻远瞩的战略思维，是定方向，看长远，谋全局。田忌赛马，对马匹调整，那是战术思考，是定方法，看当下，谋取胜。

战略统率战术，如果战略错了，就无所谓战术的对与错。战术反作用于战略，具体战术又会直接影响战略的实现。抗战时期，灵活多变的游击战术，有效地支持了持久抗战的战略方针。日本偷袭珍珠港，是一次成功的战术偷袭，却是一次失败的战略抉择。事件策划者山本五十六说："我们只不过唤醒了一个沉睡的巨人。"这一事件，坚定了美国参战的决心，引发了太平洋战争，加速了日本的全面溃败。

战略与战术就像一次长途旅行，战略是目的地，而战术则是海陆空各式交通工具，若没有合适的交通工具，目的地的风景再美，也只能是想象；同样，如果连目的地都无法确定，那么再多、再好、再快的交通工具也是"英雄无用武之地"。因此，领导者要目光如炬、胸怀全局、善于谋略，决而必行。

进退与留转。"财是身外物，官如原上草。结果未明了，别自寻烦恼。结果一明了，烦恼没必要。坦然面去留，人格自然高。"领导干部的进退与留转，是干部队伍得以保持青春活力的一种制度建设，也是人才更替的一种自然规律。

面对进退与留转，要有"行到水穷处，坐看云起时"的洒脱与淡定，"自处超然，处人蔼然，有事斩然，无事澄然，得意淡然，失意泰然"。

"进"必奋发有为，在其位、谋其政，修己安人，尽心做事，做成大事。求"进"途径要正当，进取之心要适度，进步之后要有为。"退"亦心情淡然。"全身而退"，退职、退权、退利，退得健康、退得心安、退得和气。与其患得患失、自怨自艾地被动接受，不如顺其自然。承认并接受不可改变的事实，方是明智的选择。"留"则意志不衰。留身、留心、留情，一以贯之，真抓实干。"转"则迎接挑战。与其怨天尤人、消极等靠要，不如昂头挺胸、迎接挑战。正如穆罕默德所说："既然大山不走到我的面前，那我就走到大山面前去吧！"

法治与德治。法治属他律，着眼于事后惩戒，具有滞后性和警戒性；德治属自律，着眼于人之恶念未萌，具有预防性。德治是顶线，法治是底线。法治与德治，各有其优势与局限，二者互补相济。面对德治的苍白无力时，法治就要挺身而出；面对法治无法触及的盲点，德治教化应当仁不让。

16世纪的英国诗人约翰·多恩曾在诗中写道："没有人是一座孤岛，可以自全。"同样，没有人可以无法、无德而自全，任何倡德轻法或隆法轻德的社会，都会因法或德的不良发育而付出代价。法治与德治，如鸟之两翼，车之两轮，不可偏废。

内方与外圆。唐诗人孟郊云"万俗皆走圆，一身犹学方"；黄炎培给孙子黄孟复题写座右铭："和若春风，肃若秋霜，取象于钱，外圆内方。"

内方是做人原则，外圆是处事技巧。方正做人，方寸不乱，立场坚定；为人处世，洒脱玲珑，人情练达。

然而，方圆不定，唯方而不僵，圆而不滑，应方而方，随圆而圆，才能方圆相济，以方圆之道成就圆满人生。

富与贵。孔子云："富与贵，是人之所欲也。"又云："不义而富且贵，于我如浮云。"可见，求取富贵，无可厚非，但富贵要"取之有道"。"道"即途径正当、手段合法。通过诚实劳动、合法经营，投资理财、照章纳税，在为社会作贡献的同时，发家致富；通过勤学苦读、积极进取，回馈社会、奉献爱心，取得社会地位，赢得世人爱戴，以得尊贵。

李嘉诚一生只做两件事，一是拼命挣钱，尽力求财富；一是致力慈善，回馈社会，以富求贵。古罗马 61 岁老富翁迪迪厄斯出高价买下皇位，也是以富求贵，却引来杀身之祸。富贵不单单是用财富与权势来衡量的，更高层次的富与贵是精神的富有，品质的高贵。孟子曰："势为天子，未必贵也；穷为匹夫，未必贱也；贵贱之分，在行之恶美。"明代陈继儒在《小窗幽记》中说："平民种德施惠，是无位之公卿；仕夫贪财好货，乃有爵之乞丐。"

富而不狂，行善天下；贵而不骄，肩担道义。这样的富贵者，才会如芝兰玉树，香满人间，就像臧克家写的《有的人》："有的人活着，他已经死了；有的人死了，他还活着……他活着为了多数人更好地活的人，群众把他抬举得很高，很高。"

舍与得。作家贾平凹说："会活的人，或者说取得成功的人，其实懂得了两个字：舍得。不舍不得，小舍小得，大舍大得。"世界在不断的舍得间生生不息、绵延不绝。树舍满眼翠绿，得来春生发；蛇类不断蜕皮，得自由生长；蚯蚓临危断身，得生命保全；蝎子舍命求爱，得繁衍生息；溪流舍我，得汇江海；凤凰舍命，得涅槃重生；人舍人云亦云，得独辟蹊径。

人生需要有舍弃的勇气，才能收获得到的喜悦。当你紧握双手，里面什么也没有；当你打开双手，世界就在你手中。乔布斯辍学成就苹果盛世；比尔·盖茨放弃哈佛文凭成就微软帝国；鲁迅弃医从文，用笔而战，成就了"民族魂"；48

岁的乌干达女政治家斯佩西奥扎·卡齐布韦辞去副总统职务，成为哈佛医学博士。人生就是有舍有得，不舍不得。乞丐一生过着得的日子，善人一世过着舍的生活。生活中苛求得太多，你就会背负得太重。

舍是气度，舍是智慧，舍是境界。人生的困惑往往不在如何得或得多少，而在舍什么、如何舍、舍多少。抱持"行到水穷处，坐看云起时"的心态，才能解开"得不到，舍不了"的舍得束缚；抱持"塞翁失马，焉知非福"的淡定超然，才能明了"得即是舍，舍即是得"的舍得智慧；抱持"亡羊补牢，犹未为晚"的积极反思、及时补救的精神，才能达到得之必然、失之泰然的舍得境界。

人生的舍与得，不是简单的循环往复，而是螺旋式上升、波浪式前进的质变。一只瘦狐狸从篱笆上的小洞钻进葡萄园，大吃三天，身体因臃肿不堪而无法从来时的小洞钻出。聪明的狐狸又饿了三天，从小洞成功突围。然而，如今的狐狸已不是原来的狐狸，在这得而复舍，舍而又得之间，它已品尝了葡萄的滋味。

舍得之间就是人生大戏的重新编排与组合，就是取舍与选择。人之所以痛苦，一是求之不得，二是得之不舍。智者把放下当前进，愚者把放下当绝望。因此，我们要学会洒脱，该舍的就舍，该留的就留。

举重若轻与举轻若重。举重若轻是大智若愚的人生智慧，是四两拨千斤的顺势借力，是荣辱不惊、顺逆不改的从容淡定，是切中肯綮、批郤导窾的工作方法。

举轻若重是为大于细的处世态度，是一叶落而知天下秋的敏锐洞察，是于平凡处见精神的坚定执着，是"纸上得来终觉浅，绝知此事要躬行"的亲身实践。

古今多少英雄豪杰、王侯将相，无不是在举重若轻和举轻若重间指点江山，成就伟业。"谈笑间，樯橹灰飞烟灭"，那是周公瑾运筹帷幄、决胜千里的举重若轻；"夙兴夜寐，罚二十以上皆亲览焉"，那是诸葛亮事必躬亲、鞠躬尽瘁的举轻若重；"风萧萧兮易水寒，壮士一去兮不复还"，那是荆轲视死如归、大义凛然的举重若轻；"山不厌高，海不厌深。周公吐哺，天下归心"，那是曹操求贤若渴、招贤纳士的举轻若重；"大风起兮云飞扬，威加海内兮归故乡"，那是刘邦豪迈雄壮、王者归来的举重若轻；"傲不可长，欲不可纵，乐不可极，志不可满"，那是魏徵知无不言、言无不尽、犯颜直谏的举轻若重。

举重若轻与举轻若重如同一枚硬币的两面，不分优劣。正如下棋，既要举重若轻胸怀全局，又要举轻若重审慎执子。

　　无论是举轻若重还是举重若轻，运用之妙，存乎一心。战略上举重若轻，战术上举轻若重；决策上举重若轻，执行中举轻若重；管理上举重若轻，修养上举轻若重；教育孩子举重若轻，与友相交举轻若重；间接面对的事情举重若轻，直接面对的事情举轻若重。

　　知音与对牛弹琴。"知音"一词来源于俞伯牙与钟子期的故事。相传俞伯牙善鼓琴，钟子期善听琴，伯牙每次想到什么，钟子期都能从琴声中领会到伯牙所想。钟子期死后，俞伯牙绝弦谢知音。

　　孟浩然叹曰"欲取鸣琴弹，恨无知音赏"；岳飞午夜而歌"欲将心事付瑶琴，知音少，弦断有谁听"；苏轼感怀"拣尽寒枝不肯栖，寂寞沙洲冷"。人生总有知音难觅的怅恨和对牛弹琴的无奈。

　　这种怅恨与无奈恰恰来源于交流对象的选择与交流方式的使用。

　　讲究交流对象，说话要因人施语。康德曾说："对男人来讲，最大的侮辱莫过于说他愚蠢；对女人来说，最大的侮辱莫过于说她丑陋。"阳春白雪，下里巴人，面对不同的交流对象要讲不同的话。对蚱蜢不可论四季，对夏虫不可以语冰，对牛不可弹古调。公明仪对牛弹奏古雅的清角调琴曲，牛置若罔闻；而用琴模仿蚊虫和牛蝇的叫声，以及失散的小牛的声音，牛立刻摆动尾巴、竖起耳朵，小步并走。

　　李白在第一任妻子、前宰相的孙女许氏去世后，娶了一个姿色、身材俱佳的刘姓女人，但他的才华和诗作在刘氏眼里分文不值。两人没有共同语言，更无法以作诗互赏增添浪漫和情愫。不久，苦无知音的李白就愤而离开了。公元750年，李白在宋州（今河南商丘）酒醉梁园，诗兴大起，挥笔在墙上写下著名的《梁园吟》。他走后不久，武周宰相宗楚客的孙女宗氏路过这里，看见墙上诗作久久不能释怀。此时梁园的人也看见了墙上的诗墨，就要擦掉，宗氏便祈求保留，并花千金买下这面墙壁，于是史上就留下了"千金买壁"的佳话。宗氏也成了李白最后一任妻子。

　　最好的交流莫过于倾听。讲究交流方法，用之以心，言之有物。花赏半开，酒至微醺；话讲八分，留有余地。注意身份和场合，善解人意，心存仁厚。

　　有时雄辩是银，缄默是金。最糟糕的交流，莫过于与无知者做无谓的争论；

最无语的交流，是喋喋不休，从不停下来想想，更不想停下来。最愚蠢的交流，是与傻子争执，让别人弄不清谁是傻子。

赵元任是中国现代语言和现代音乐学先驱，被誉为国学大师、汉语言学之父。20世纪20年代，港人通晓普通话的不多，赵元任夫妇到香港购物时坚持说普通话，碰上一个普通话很糟糕的店员，怎么说都听不明白。赵元任无奈，只得放弃。谁知临出门时，店员却说："我建议先生买一套普通话留声片听听，你的普通话实在太差劲了。""那你说，谁的普通话留声片最好？"赵问。"自然是赵元任呀！"店员答道。"他就是赵元任。"赵夫人指着先生说道。不料店员竟来了句："别开玩笑了！他的普通话讲得这么差，怎么可能是赵元任？"只有选对了人，用对了法，才能天下处处有知音。弹者有意，听者有心，两相甚欢，如鱼入水，如鸟翔天。

▌感悟小语 >>>

> 凡事分两极，对立又统一。
>
> 统筹兼顾好，腐朽化神奇。

第三篇

领悟"三"的智慧

西方人特别喜欢"七"，国人却对"三"情有独钟。从古至今，从伟人到平民，都有"崇三"情结：放炮三响、烧香三炷、磕头三个、结婚三拜，三寸金莲，就连敲门也是"咚咚咚"连叩三下……

领袖与"三"：孙中山有"三民主义""三大政策"；毛泽东有"三大战役""老三篇"和"三个世界"划分；邓小平有"三步走发展战略"、教育的"三个面向"和判断姓资姓社"三个有利于"标准；江泽民有"三讲"教育和"三个代表"重要思想；胡锦涛有权力观"三为"、廉洁自律"三常"和新闻改革"三贴近"；习近平有"三严三实"……

文艺作品与"三"：魏巍在写《谁是最可爱的人》一文时，收集了许多精彩的素材，最后只用了"三个"最典型的素材，却完整地把内容表现了出来；《红楼梦》以刘姥姥"三进"大观园来布局作品；《三国演义》使用"三"多达267处；《西游记》里有"三打白骨精""三借芭蕉扇"等精彩片段；高尔基有自传体三部曲——《童年》《在人间》《我的大学》；巴金有激流三部曲——《家》《春》《秋》……

人们为什么对"三"这么钟爱呢？这得从"三"的哲学说起。

老子曰："道生一，一生二，二生三，三生万物。万物负阴而抱阳，冲气以为和。""一"即是我们追寻的所谓"终极理论"，也就是"太极"。"易有太极，是生两仪"，阴、阳二者，即是两仪，"一生二"即太极生两仪。可以说自然界中的对称性无处不在，即"万物负阴而抱阳"。所以，"二"即是"对称性"。

"二生三,三生万物。""三"即是阴、阳、和。它打破了"二"的对称性,打破非此即彼,而使阴阳相合,实现和谐、统一。《史记·律书》里说"数始于一,终于十,成于三"。因为"三"里面包括"一"和"二"两个最基本的元素:奇和偶,"三"是一个小小的循环的结束,所以说"三"是数之成。

三者,参也。它不仅仅是在一字上多两画,二字上多一画,而且这一画之多也并非仅仅多出了个一。"三"的出现,或者说它的参与,其意义在于一举改变了合二而一的一元化格局。换言之,一而二,尚是一种量变构成的话,那么,二而三,质变就发生了。作为一元化和二元对立的离心因素,三的使命就是要成为一种消解中心的多元化力量。因此,在比较的意义上,如果说数字一可以显示一种"无限大"的话,数字三则显示的是"无限多"。这实际上是从一元到三元的发展,也是从极大值到极多值的转换。比如汉字的重三体造字法,"一"是一横,"二"是两横,"三"是三横,古人就此打住了,不然我们都要闹笑话,没法写"万"字了。

"三"意味着全面了,圆满了,统一了,和谐了。原来,人们对它的喜爱源于此啊!

"三生万物"含有限向无限趋向发展之意,即"三"有时指多数的意思。《述学》曰:"凡一二之所不能尽也,则约之以三,以见其多。"在这个层面上,"三"所概括的经验和蕴含的智慧,更是贯穿于人生的点点滴滴,方方面面。

一、人生规划——三岔口的抉择

中国近代史上有三大移民潮——闯关东、走西口、下南洋。只有下南洋是最辉煌的,他们及他们的后裔,有成亿万富豪的,有成将军的,有当省长、部长的,甚至有当总理、总统的,可见选对方向很重要。闯关东、走西口、下南洋实际是一个抉择问题。

著名作家柳青说过:"人生的道路虽然漫长,但紧要处常常只有几步……你走错了一步,可以影响人生的一个时期,也可以影响一生。"做好人生规划,事关一生的发展。

1. 仕途：风光之中，如履薄冰

学而优则仕。中国几千年的官本位思想根深蒂固，很多父母希望孩子上了大学就去做官，而如果进了什么公司，就好像是一件不光彩的事。但是，进官场前要审慎权衡做官的风险。

责任性风险。现在"一票否决"越来越多，问责范围越来越宽，问责制度越来越严，没有担当精神莫做官。例如"环境保护一票否决""信访稳定一票否决""安全生产一票否决"等。2014 年新疆莎车暴恐案，造成死伤惨重的严重后果，17 名官员被处分追责，其中，喀什地委委员、莎车县委书记何利民受到撤销党内职务、行政降级处分；莎车县委副书记、县长艾海提•沙依提受到党内严重警告处分；莎车县委副书记、政法委书记陈强，县委常委、公安局局长胡彪，县委常委、统战部部长阿不都维力•热孜克被免职。2017 年 8 月 24 日，四川省纪委召开中央环境保护督察案件督办和追责问责工作情况通报会，对中央环境保护督察组移交的 200 件信访问题开展问责，处理 661 人，分 4 批曝光 28 起典型案件。

能力风险。考公务员，当干部，不是摸摸脑袋，有一个算一个。当干部起码要具备三个条件，一是有一定的理论文化素养，二是有一定的工作或领导能力，三是善于团结、勇于创新，有一定的人格魅力。现在部分官员能力和水平不够，患有"能力恐慌症"，不能很好胜任职责。弄得不好，不是被票选下台，就是被上级撤换。

制度性风险。稳步推进的各项改革，使原本的铁饭碗变成"瓷饭碗"。日益加大的反腐力度，领导干部个人重大事项报告制度，集中整治"裸官"，呼之欲出的"官员财产申报制度"，必将给官员的行为带来前所未有的约束。2014 年 8月，巡视组在抽查江西省原副省长姚木根"个人事项报告"时，发现其只申报了 2 套房产，却核实出 12 套，而且大多地段好，有些房产价格不菲，与其家庭实际收入相差很大。随后，姚木根因涉嫌受贿被立案侦查并采取强制措施。这些隐瞒不报的房产成为查处姚木根的突破口。科技日报社原副社长、机关党委书记汤东宁未经批准获取英国永久居留权，也未在其个人事项报告中如实填报其配偶子女有关情况，而且未履行请假手续多次因私出国，事后隐瞒不报；长期违规持有

个人因私护照，不按规定及时交由组织统一管理。2015 年 10 月 9 日，依据《中国共产党纪律处分条例》《事业单位工作人员处分暂行规定》，科技部党组研究并报中央国家机关党工委批准，给予汤东宁开除党籍处分；科技部给予其行政撤职处分，由三级职员降为六级职员。

职业性风险。那些掌握审批权的部门，注定了它具有较高的风险性。像一些经常与资金、重大项目等打交道的官员，犯罪的概率就要高很多。例如国家发改委能源局、价格司等系列案件中出现的塌方式腐败，河南省交通厅几任厅长的"前腐后继"等等。另外，高校也不是"净土"，在招生、后勤基建、科研经费等方面也存在高风险点，例如在 2006 年至 2013 年间，中国人民大学原招生处处长蔡荣生利用职务便利，在学校特殊类型招生过程中为考生提供帮助，收受贿赂 1000 余万元。党的十八大以来，党中央坚持反腐败无禁区、全覆盖、零容忍，"打虎""拍蝇""猎狐"一起抓。2016 年，全国检察机关立案侦查职务犯罪 47650 人，依法对王珉等 21 名原省部级干部立案侦查，对令计划等 48 名原省部级以上干部提起公诉；在征地拆迁、社会保障、涉农资金管理等民生领域查办"蝇贪"17410 人；全国法院审结贪污贿赂等案件 4.5 万件 6.3 万人，其中一审开庭审理原省部级以上官员 44 人，36 名"大老虎"获刑，为历年之最。在司法机关积极努力下，截至 2017 年 10 月，已追回外逃国家工作人员 628 人，"百名红通人员"到案 48 人。因此，管钱管物管人，权大责重，已成为贪腐"重灾区""高发区"，做人为官不能不引起高度警惕。

道德风险。有些人做了官或许就抱着这样的心态：常在河边走，怎能不湿鞋？既然湿了鞋，何不洗个脚？既然洗了脚，何不洗个澡？如国家药监局原局长郑筱萸在审批药品和医疗器械过程中，直接或间接收受巨额贿赂，利用职权擅自降低审批药品标准，导致出现假药害人致死的严重事件，被判死刑。郑筱萸在遗书中说："我现在最后悔的是不该从政。我 1968 年从复旦大学生物系毕业，应该一直搞业务。如果一直搞业务的话，毫无疑问我现在早已经是教授了，照样生活得很好，也就不会落得今天这样一个结局。如果有下辈子的话，我绝不从政了！"

郑筱萸的教训不在从政，关键是他丧失了为官做人的起码道德。身为国家药监局局长，拿人民的生命当儿戏，居然为假药上市大开方便之门，被判死刑，罪有应得。

"嗜好"风险。所谓嗜好，简言之就是特别的爱好。人生在世，或多或少会有这样那样的嗜好，只要"嗜"之适度，"好"之有道，人们尽可以从中找到自己的乐趣，大千世界也因此变得五彩斑斓、丰富多彩。但领导干部手里掌握着一定的公权力，有求于己的人多，遇到的诱惑和考验也多，如果不善节制和把握，便会被别有用心之人所利用，最终把"小爱好"酿成"大麻烦"，走向不归路。"高飞之鸟，易死于食；深潭之鱼，易死于饵。"爱好本无罪，贪欲是真凶。"上有所好，下必甚焉。"近年来出现了"雅贿"现象：不送金银送字画，不献豪宅献古玩，在高雅、温情的面纱之下，进行着利益交换与输送。秦玉海痴迷摄影，就有人主动"借给"价值数百万的摄影器材；倪发科酷爱玉石，就有"经商的朋友"慷慨相赠；胡长清喜欢题字，饭店酒楼、公司宾馆，随处可见其"墨宝"。平心而论，官员也是人，有个人爱好本也无可非议。但对于掌握公权力的官员而言，个人爱好就不完全是私人的、日常的小事情，而是关系到能否廉洁公正行使权力、能否抵御住由个人爱好引发权力腐败的大问题。厦门远华走私犯罪集团首犯赖昌星有一句话："不怕领导讲原则，就怕领导没爱好"，一语道破了官员嗜好与贪污腐败之间的关系。苍蝇不叮无缝的蛋，在权力无法得到有效约束的情况下，领导干部沉湎于"爱好"，便会有人挖空心思投其所好，甚至蓄意拖其"下水"。"巴豆虽小坏肠胃，酒杯不深淹死人。"事实证明：有没有嗜好并不重要，关键在于心中有戒，把握好尺度。否则，"小爱好"必滋生"大问题"，甚至身败名裂。

▎感悟小语 >>>

> 头戴乌纱帽，官德为至要。
> 成事不出事，绩显步步高。

2. 学术界：孤独并快乐着

学术乃天下之公器。学术界理应是知识的高地、人才的洼地、社会的"净土"、高洁之士的乐园;学者理应是"孤独并快乐着"的高雅群体;学术良知理应是学者恪守的基本底线。一个民族的学术精神,从某种意义上来说,是这个民族学术良知的基本体现。

真正有水平、有思想的学术,都是日积月累逐步形成的。孟子曰:"苟得其养,无物不长;苟失其养,无物不消。"《中庸》有载:"君子尊德性而道问学。"意思是说,养性是做学问的根基。学者应净化心灵,使自己成为一个不断求索的人、一个淡泊名利的人、一个品性高洁的人,这样才可能做出经得起检验的真学问。明末思想家黄宗羲说"好名乃学者之病",清代思想家章学诚亦说"好名之甚,必坏心术"。古今中外的历史证明:"名为招祸之本,利乃忘志之媒。"在名利得失上保持平常心,看得淡一些,才能将时间和精力主要用在学术钻研上。如果没有足够的定力,你就很难抵挡名利诱惑,甚至会主动追名逐利。我们很难想象,一个时不时去歌舞厅玩乐的人,能够潜心研究一千多年前的唐朝交通史;也无法想象,一个动不动就在五星级宾馆的包厢里和一群大腹便便的人觥筹交错的学者,还会去潜心研究某种濒临灭绝的动物。选择学术之前要认真思考,自己能否耐得住寂寞,能否在别人开着跑车四处兜风的时候,心甘情愿地在实验室里研究自己的课题。

古往今来,"两耳不闻窗外事",安于孤独与寂寞,一心研学不辍,终有大成的学者、科学家数不胜数。

《史记·孔子世家》记载,孔子3岁丧父,17岁丧母,家境十分贫寒。他曾说"吾少也贱,故多能鄙事"。为生存,他做过鲁国权臣季氏家管理仓库和牧场的小官。孔子十分好学,遍访贤才,虚心求教,20岁时就被人称为"博学好礼"。30岁之前孔子就开办私学,广收门徒,传授六艺,首倡有教无类,因材施教。为推行政治主张,孔子51岁从政,曾任大司寇,行摄相事。但由于其政治理想与当时急功近利的"霸道"不符,他只好周游列国,宣传自己的学说,谋求仁政,历经14载却不得重用。孔子晚年返回鲁国,用余生专注于教育和著述。"失之东隅,收之桑榆",孔子在学术上取得了极大成功。修《诗经》《尚书》,定《礼记》《乐》,序《周易》,作《春秋》,笔耕不辍,直到71岁绝笔。孔子构建的儒家思想体系,对中国和世界都产生了深远影响;孔子展示的大成至圣、万世师表形象,成为千百年来中国知识分子的精神偶像。在当代,孔子被联合国列为"世界十大文化名人"之首，孔子学院遍及全球。孔子已成为中华文化走向世界的品牌和标志。

20世纪最伟大、最著名的科学家爱因斯坦，创立了相对论，1921年获得诺贝尔物理学奖，其卓越的科学成就和原创性使得"爱因斯坦"成为"天才"的同义词。但很少有人知道，他还有过拒绝出任以色列国总统的佳话。1952年11月9日，以色列首任总统魏茨曼逝世。以色列驻美国大使向爱因斯坦转呈了以色列总理古里安的信，正式提请他为以色列共和国第二任总统候选人。爱因斯坦堪称是众望所归，当之无愧。在一般人看来，能够"君"临天下，是做梦都不敢想的天大好事。爱因斯坦却毫不犹豫地拒绝了。他十分诚恳地说："方程对我来说更重要些，因为政治是当前的，而方程却是永恒的。"

确实，人生的诀窍就是经营自己的长处，给自己的人生增值。富兰克林说："宝贝放错地方便是废物。"大文豪马克·吐温曾经做打字机生意和办出版公司，结果亏了30万美元，赔光了稿费还欠了一屁股债。马克·吐温的妻子奥莉姬深知丈夫没有经商的本事，却有文学的天赋，便帮助他鼓起勇气，振作精神重走创作之路。马克·吐温很快摆脱了失败的痛苦，在文学创作上取得了辉煌的业绩。

屠呦呦，中国中医科学院首席科学家、诺贝尔医学奖获得者。她多年艰苦奋斗、执着地进行科学研究，耐得住寂寞与枯燥，勇于面对质疑，不为世俗所动，始终围绕科学目标脚踏实地勤奋工作，潜心钻研、持之以恒、勇于探索，取得了令人瞩目的成绩。十几年间，她通过翻阅历代本草医籍，四处走访老中医，在2000多种方药中整理出一张含有640多种草药包括青蒿在内的《抗疟单验方集》。青蒿素作为一种用于治疗疟疾的药物，"每年在全世界，尤其是发展中国家，拯救了成千上万人的生命"。屠呦呦因此获得2015年诺贝尔生理医学奖，成为第一位获得诺贝尔科学奖的中国本土科学家、第一位获得诺贝尔生理医学奖的华人科学家。2015年12月，国际天文学联合会小行星中心将第31230号小行星命名为"屠呦呦星"。屠呦呦被评为"感动中国2015年度人物"，2016年3月获影响世界华人终身成就奖，2017年1月获得"国家最高科学技术奖"。

然而，伴随着社会多元化的影响，学术界并不能"独善其身"，一些所谓的学术观点和专家学者真假难辨，良莠不齐，怪事频出。近年来，学术界除了学术造假、论文剽窃、抄袭和代写等不端问题之外，一种披着学术外衣的假学术怪象也屡有出现：诸如孙悟空"故里"出炉、《射雕英雄传》中的"九阴真经"出土、娲皇"遗骨"现身等等。这种连小学生都不会做错的"判断题"，却被一群光环缠身的专家义正词严地"考证"出诸多学术合理性来。"传说"煞有其事地摇身一变成为科学，这种"学术忽悠"和昧着学术良知的"指鹿为马"，同某些"满嘴跑火车"的专家滥用话语权一样，都是"屁股决定脑袋"的"利益代言"。不知从什么时候开始，个别高校还存在这样一种怪象：把学位当作向某些官员献媚的礼物，在得到项目、经费和资源的同时，也成为"博士帽"批发部。有的教授为自己的博士生中有高官而兴奋不已。这些现象或许是因学术界和世俗的距离太近了，导致大学内外的世界彻底融合在一起，使一些学者同时成为商人或者掮客，让部分学术投机分子通过投机，获得了不少经济上或政治上的利益，结果也使学术圈里的人失去了应有的公信力。诸如司法部原党组成员、政治部主任卢恩光之类的假博士、假专家，在"乱花渐欲迷人眼"的现代社会不乏其人。

原铁道部副总工程师兼运输局局长张曙光，2014 年 10 月被以受贿罪判处死缓，并处没收个人全部财产。但从科技角度来看，他在任上系统提出了适合中国国情、路情的高速轮轨系统动力学理论，为成功研制中国品牌高速列车奠定了理论基础，是中国高速动车的设计者创造者，被誉为"中国高速铁路的奠基人""中国高铁总设计师"，为中国高铁"跨越式"发展进而领先世界作出了贡献。很多铁路系统人士对他的工作精神和能力都赞赏有加。倘若张曙光始终不忘初心，牢记使命，坚守一名科技工作者的道德操守与法律底线，其被推选为院士、获得国家最高科技奖都有可能，至少不至于身败名裂。类似案例还有浙江大学教授陈英旭贪污近千万元科研经费，被判刑 10 年；北京邮电大学软件学院原执行院长宋茂强冒领科研经费 68 万元，被判刑 10 年半；中科院院士候选人段振豪冒领差旅费、涉嫌贪污，被判刑 13 年。

现任中国科协副主席、中国科学院院士的施一公，曾经是美国普林斯顿大学终身教授、分子生物学系的领军人物。他深知中国的科技和教育体制、中国大学的科研和教学与美国的差距，却毅然于 2008 年 2 月放弃美国绿卡，舍弃美好的发展前景、优越的生活条件，辞职回到母校清华大学。施一公回国后，既教书育人，又致力于科学研究，其研究成果曾获得由瑞典皇家科学院颁发的爱明诺夫奖。作为科学家，施一公当时还兼任清华大学生命科学学院院长、清华大学校长助理、北京市卫计委副主任。在他的建议下，国家实施了最高级别的大规模人才引进"千人计划"。中国有这样的科学家、教育家、官员，中国的教育一定前景光明。这样的学者当官，确是教育之幸、科技之幸、国家民族之幸。

▍ **感悟小语 >>>**

> 沧桑能巨变，科技是关键。
> 青丝变鹤发，方有神奇现。

3. 商界：一切皆有可能

在规划自己的人生时，如果觉得并不适合从事学术或者进入政界，而决心在商界发展，那么，你需要考虑的是：我如何才能成为一个优秀的商人？

曾有一名乡村教师，经别人的鼓动来到深圳，在某公司做了一名业务员，大半年下来不但毫无业绩，而且倒贴了一大笔钱进去，欠了一屁股债。当他心灰意冷地跟一个朋友说："我真希望过马路时被车撞死！"朋友一时不知该怎么安慰他，只好说："在德国流行这样一句话，就算被车撞死也要被奔驰宝马撞死，不能被桑塔纳撞死。而深圳的奔驰宝马那么多，就算被奔驰 600 或者宝马 760 撞死也亏大了啊！你就算真想被撞死，至少也得瞅个机会逮着一辆倒霉的劳斯莱斯或者加长林肯。"就在他"山重水复疑无路"时，迎来了"柳暗花明又一村"，一个客户一次性订购了他 400 万元的产品，而老板付给他的提成亦有 20 万元。或许有人说他时来运转了，可是了解他整个奋斗过程的朋友都知道，这个结果是多么来之不易且理所当然。从此，他从一个不善于经商的人转变为商场精英。

敢为天下先的王健林，行伍出身，军转到地方任职，1989 年起担任大连万达集团董事长；勇于创新的马云，大学毕业后在杭州做教师，经过几番周折，于1999 年创办阿里巴巴，并担任 CEO、董事局主席；开拓进取的许家印，1978 年以周口市高考第三名的成绩考入武汉钢铁学院，大学毕业后分配到一家工厂做技术员、车间主任，后下海经商，于 1996 年创立恒大集团，担任董事局主席。上述这些商界精英分别以军转干部、教师、车间主任的身份在商海摸爬滚打，最终成为"弄潮儿"，造就了商海传奇。2017 年 3 月 20 日福布斯中国富豪榜公布，王健林以净资产 313 亿美元问鼎中国首富，马云以 283 亿美元财富排名第二位。据 2017 年 9 月 18 日福布斯最新数据显示，许家印以身价 391 亿美元资产，成为中国新首富。

雄鹰，只有放飞蓝天，才知道能不能翱翔；蛟龙，只有投身大海，才清楚善不善戏水！

▌感悟小语 >>>

> 商界如海洋，弄潮不寻常。
>
> 勤劳能致富，创新铸辉煌。

4. 演艺圈：悲喜两重天

目前，演艺明星光鲜的外表、可观的收入，惹得一些年轻人也梦想走上"星光大道"。殊不知福兮祸兮？资料显示：2016 年上海戏剧学院表演系的录取率仅为 200 : 1。现在有些演员主要靠吃青春饭、混知名度、赚收视率。一些小有名气的青年演员为吸引眼球、保持曝光率、赢得镜头，不惜没有新闻造新闻，造不出新闻造丑闻，造不出丑闻造绯闻。不知她们的父母、儿女情何以堪？

普遍盛行的虚荣心态，千方百计想出名的功利心态，使得演艺圈乱象丛生，一些演员往往需要付出一定的"代价"才可以成名。在舞台上拿大奖、走红毯及获得可观收入的，毕竟只是极少数，"群众演员"和"跑龙套"的才是大多数。另外，在演艺圈，一些女演员还经常遭到"潜规则"，如韩国演艺圈就频发"陪睡门"，其中以女星张紫妍自杀风波最为有名。

近年来，很多电视台办有选秀类节目，极少数人就是在这些舞台上升为"星"的。现实中却有一些青年不顾自身条件执拗地投身于演艺事业，最后连自己的生存都成问题，还要靠长辈接济。父母虽然嘴上不说，但心里是很苦的。比如有一位女孩，幻想像李宇春那样通过选秀一举成名，于是不顾家里的条件，逼父母四处借债支持她参加全国各地的选秀节目，最后，母亲不堪重负而自杀。

如果条件暂不具备，完全可以一边谋生，一边追求理想。草根歌手阿宝在西北农村长大，从小痴迷民间音乐，耳濡目染，再加上乐感好、声音蹿高走低来去自如，1986 年就到山西大同闯荡，边打工边唱歌，而且专唱西北民歌。凭着顽强的精神，终于在 2004 年 10 月央视《星光大道》中，以个性鲜明的独特歌声一炮打响。"大衣哥"朱之文，以种地、打零工为生，但始终不放弃对唱歌的热爱，经常在劳作的间隙放亮歌喉。2011 年在山东卫视选秀比赛中，他一曲成名。此后在多家媒体露面、演出，最终登上 2012 年央视春晚和元宵晚会的绚丽舞台。凤凰传奇的两位歌手，一位来自内蒙古，一位来自湖南，两人在广州打工时相识，对音乐共同的狂热追求，让他们组成内地流行乐坛有名的男女组合，多首作品传唱大江南北。

当然，那种特别有天赋的，则要另当别论。像郎朗，此生不弹钢琴简直对不起人生。两岁时，听完《敢问路在何方》，从没接受过音乐辅导的他，居然几乎把整首曲子弹了下来。九岁时，爸爸辞职陪他去中央音乐学院学钢琴，全家人的生活仅靠妈妈一个人的工资维持，最终全家的辛苦成就了郎朗。

人生的路是漫长而多变的。可供选择的人生目标也有许多，需要"量体裁衣"，立定志向，扬长避短，审慎选择，乃至做好一生的规划。

▎感悟小语 >>>

人生就像在大海中行船，方向错了，什么风都不是顺风。

二、履新谨记——奏好三部曲

履新，指就任新职，可能是一个新的工作环境、新的工作岗位或新的职务。如何履好新，是摆在每个履新者面前的首要问题。

在英国伦敦泰晤士河北岸的威斯敏斯特教堂，一位英国圣公会主教安葬于此，墓碑上写着这样一段话：

我年轻自由的时候，想象力没有任何局限，梦想改变这个世界。

当我渐渐成熟理智的时候，发现这个世界是不可能被改变的，于是将眼光放得近了一些，那就只改变我的国家吧！

但我的国家似乎也是我无法改变的。

当我到了迟暮之年，抱着最后一丝希望努力，决定只改变我的家庭、我最亲近的人——但是，唉！他们根本不接受改变。

现在在我临终之际，我才突然意识到，如果起初只改变我自己，接着就可以依次改变家人；然后，在他们的激发和鼓励下，也许就能改变我的国家。再接下来，谁又知道呢？也许我连整个世界都可以改变。

这段话告诉人们，要想改变世界，首先从改变自我做起。履新亦是如此。

1. 尽快适应环境

达尔文生物进化论最著名的一个观点：物竞天择，适者生存。

不仅适用于自然界，人类社会也同样适用。

2004 年，"打工皇帝"唐骏以 260 多万股股票期权出任盛大集团总裁，每天坚持工作 12 小时。之所以这样做，他说，盛大是创业文化，每个员工都是每天工作 12 小时，如果你比照外企工作 8 小时，没人看得上你。要想融入盛大，一定要通过这 12 小时，让他们在初期阶段就认同你。由于有了很好的融入，后来唐骏在盛大 4 年做了三件最重要的事：上市融资、收购新浪、免费战略。这三件事都是大手笔，每一次都可谓领行业之先，确保了盛大业界老大的地位。

那么，履新初期，为了尽快融入新环境，我们应该怎么做呢？

多干活少抱怨。某成功人士说过：刚刚进入单位的人，头 5 年千万不要提待遇问题，最重要的是能在单位学到什么，对发展是否有利。央视著名主持人王小丫，大学毕业后曾进入四川一家经济类报刊当记者，工作就是抄信封。三个月以后，她信封写得又快又好，一个人能完成三个人的工作量。领导对她的工作态度和工作能力都很满意，开始安排她跑采访。从此，小丫才正式开始自己的记者生涯。后来，凭着出色的才学和能力，逐渐成了当地小有名气的女记者，直至成为央视著名主持人。

多听少说。倾听和观察有助于更多地了解同事和上司以及他们做事的方式，或许还会无意中听到一些闲言碎语，这时要避免卷入办公室政治，切忌跟着大发议论，同时要潜心学习，苦练内功，多思考解决问题的办法，等待合适的机会，用你的所学、所思、所为证明你在单位的价值。

一位大学毕业生初入华为，还没有适应新环境，没有全盘掌握企业存在的问题，对公司的市场环境、商业模式、管理策略一无所知，就从自己的角度针对公司的经营战略问题，洋洋洒洒写了一封"万言书"给老总任正非，原本以为独到见地能够打动领导，结果任正非批复："此人如果有精神病，建议送医院治疗；如果没病，建议辞退。"不经过扎实深入的实践和锻炼，不懂得企业管理的基本方法，只从自己的角度看待问题，很可能会把管理者和自己都带到坑里。

多调研少表态。毛泽东说："没有调查就没有发言权。"到新单位当领导，成功的做法：一是低调进入，二是良好沟通，三是稳步改革。通过调研，可尽快了解新岗位的基本情况，有利于日后工作能抓住重点。正所谓"涉浅水者见鱼虾，入深水者见蛟龙"。如果缺乏调研可能会产生不切实际的行为，因而付出惨重的代价。

陆克文是一个中国通，一直对我国很友好。他在担任澳大利亚总理时，对采矿等资源行业征收高达 40% 的超额利润税，遭到国内大的矿业公司的强烈反对。矿商们纷纷抱怨政府：仅提前三天通告就推行这样一个与行业利益紧密相关的税收制度，且不与行业广泛协商。这一事件导致陆克文政府的民意支持率急剧下降，陆克文也被迫辞职。

▌ **感悟小语** >>>

履新拍好板，谨言多调研。

吃透真情况，决策避风险。

2. 逐渐影响环境

你改变不了环境，但可以改变自己；你改变不了过去，但可以改变现在；你不能约束他人，但可以掌控自己；你不能预知明天，但可以把握今天。适当的时候，要勇于建言献策，提升话语权；要勇于推陈出新，不怕"小荷"露出"尖尖角"。

楚汉之争中，刘邦问刚被萧何月下追回来的韩信有何定国安邦的良策，韩信初露锋芒，侃侃而谈，谋划了东征以夺天下的战略，为刘邦战胜项羽统一天下、建立大汉王朝描绘出宏伟蓝图。一番大胆的言论征服了刘邦，韩信自己的命运也由此发生重大转折。

1978年，时任安徽省委第一书记的万里，以非凡的政治胆识，大力推广肥西县"包产到户"和凤阳县小岗村"包干到户"的做法，积极推动全省"三农"体制变革，取得了显著成效。万里后来任国务院分管"三农"工作的副总理，把安徽的经验以点带面地推向全国，以小气候影响大环境，为全国农村以联产承包责任制为特点的"三农"改革，找到了新路子，开辟了新局面。当时许多农村流传这样一句民谣："想吃米，找万里。"

再说唐骏。1994年唐骏初进微软时，只是微软 Windows.NET 开发组的一名程序员。在开发过程中，唐骏发现了 Windows 版本的局限。当时 Windows 是先做英文版，然后再做其他语言版本。以中文版为例，并不只是翻译菜单那么简单，许多源代码都得重新改写，一般要等到英文版发布9个月后才能改写完成。唐骏发现这个问题后，开始寻找解决方案。4个月后，他的模式做出来了，公司接受了他的建议，组成一个团队，由他带领重新对微软操作系统进行全方位改编，最终他从程序员晋升为部门经理。唐骏在微软从技术员做起，仅用了7年就升至微软中国区总裁。一个方案，打开了微软迈进中国市场的便捷通道。

山边冲出一个小洞，呈现的是整个桃花源。

▌感悟小语 >>>

> 干事环境很重要，成事亦需靠同僚。
>
> 得道多助众人举，乘势而为建功劳。

3. 努力改造环境

美国前国务卿基辛格说："领导就是带领他的人们，从现在的地方，去他们还没有去过的地方。"无论是在原单位凭能力一步一步成长为领导，还是到新环境担任新的职务，只要秉着"心中有责，眼中有活，脑中有法，手中有力，脚下有印"的责任意识和工作作风，何愁不旧貌换新颜？

在 2017 年德国大选中，时任总理默克尔再一次获胜，开始了第四个任期。默克尔的长期执政，不仅深刻改变着德国，也影响着欧盟和世界。她以睿智卓绝的战略引领德国冲出金融危机，重建辉煌，不仅使德国成为欧盟的领袖和柱石，也使欧盟成为世界经济最发达的三极之一。

1984 年，张瑞敏出任青岛电冰箱总厂厂长，确立了"名牌战略"，将中国传统文化精髓与西方现代管理思想融会贯通，"兼收并蓄、创新发展、自成一家"，创造了富有中国特色、充满竞争力的海尔文化。从"日事日毕、日清日高"的 OEC 管理模式，到每个人都面向市场的市场链管理，海尔创造了从小到大、从弱到强的发展奇迹，逐渐由一个亏空 147 万元的集体小厂，发展成为 2004 年全球营业额 1016 亿元的中国第一品牌。

人常常需要适应环境，但绝不是被动地适应。拥有顽强意志的人，总是能够靠自身的不懈努力去影响环境、改造环境！

美国大陆航空公司曾因领导层问题一度申请破产保护。1994 年，波音前高管戈登·贝休恩出任 CEO，经多方调查后，最终制订了公司复苏方案，实施"前进计划"，重振员工士气，重建消费者信任。功夫不负有心人，公司终于在申请破产保护两年后重新赢利。

李克强总理在辽宁任省委书记期间，大力推进棚户区改造，着力解决城市化进程中的盲点，积累了丰富的经验。后来他到中央工作，特别是主政国务院以后，使棚户区改造政策由点到面，在全国范围内推广开来，为我国加快推进城市化进程、营造新的发展环境、实现经济发展新跨越等开辟了一条新的路径。

"大环境改造不了，你就努力去改造小环境。小环境还是改造不了，你就好好去适应环境，等待改造的机会。"联想集团原董事会主席柳传志这样说。

▌感悟小语 >>>

> 履新烧好三把火，关键把脉要准确。
>
> 医病最忌诊断错，摸着石头好过河。

三、领导艺术——人格魅力三境界

1. 让人学一点

榜样是一种力量，彰显进步；榜样是一面旗帜，鼓舞斗志；榜样是一座灯塔，指引方向！有榜样的地方，就有进步的力量。"人生自古谁无死，留取丹心照汗青"的文天祥，"先天下之忧而忧，后天下之乐而乐"的范仲淹，"砍头不要紧，只要主义真。杀了夏明翰，还有后来人"的革命先烈夏明翰，"恨不抗日死，留作今日羞。国破尚如此，我何惜此头"的吉鸿昌，还有当代的焦裕禄、孔繁森、钱学森等，这些古今伟人，无论是传道济世、舍生取义、一心为民，还是胸怀天下、追求真理、无私奉献，都是我们学习的榜样。

目前，经济结构多样化，利益主体多元化，社会生活复杂化。在形形色色的诱惑与考验之下，领导干部首先应成为道德楷模和工作学习的行家里手，以自身的人格魅力、综合实力等令人折服。"勤以修身，俭以养德。"要保持一颗平静心，不为浮华困扰，不让名利缠身，不因贪逸丧志；扛得住诱惑，管得住小节，耐得住寂寞，守得住清贫；不仁之事不做，不法之事不为，切不可泯灭了良知，让同僚诟病，被下属小瞧。

腹有诗书气自华。不俗的谈吐、厚重的文化底蕴是构成人格魅力的重要基础。领导干部要广泛汲取文学名著、经典哲学等传统文化的精华，提高文化素养，陶冶思想情操，弘扬主旋律，传播正能量，做学习的引领者。

随着经济社会的快速发展，先进的思想理念、创新的经验模式层出不穷。领导干部要结合岗位性质和特点，认真学习新知识，了解新事物，补充新能量，积累新经验，提升新能力，做与时俱进的楷模。

领导者"其身正，不令而行；其身不正，虽令不从"。要让下属在自己身上学到一点东西，不是良好的道德修养，就是崇高的思想境界；不是胆识和魄力，就是办法和措施；不是人格魅力，就是才华和学识。榜样的力量是无穷的。领导者德才俱佳，就能够建功立业，赢得信赖与敬重。

▌ 感悟小语 >>>

> 打铁必须自身硬，人格魅力象无形。
> 凝心聚力团结紧，孚众无往而不胜。

2. 让人得一点

美国著名心理学家马斯洛在 1949 年发表的《人类激励理论》中，把需求按从低级到高级分为五个层次：生理需求、安全需求、社交需求，尊重需求和自我实现需求。据马斯洛的需求理论，人都有尊重需求。除内部尊重外，外部尊重是指人希望有地位、有威信，受到别人的尊重、信赖和高度评价。所以，作为领导，当下属工作有成就时，不要吝啬你的嘉奖，有时即使是一句口头表扬，也会让下属精神上很受用，有实现自身价值和受到领导器重的满足，这种满足在以后的工作中会释放出更多的能量。

生活，不只是"仰望星空"听"畅想曲"，还要"脚踏实地"奏锅、碗、瓢、盆"交响乐"。"让人得一点"就是领导干部带领一班人通过不懈努力，不断满足大家物质上、精神上的需求，给大家带来实实在在的利益。早在 1934 年 1 月 27 日，毛泽东同志在江西瑞金召开的全国工农兵第二次代表大会上，就提出"关心群众生活，注意工作方法"。2017 年 10 月 25 日，习近平总书记在十九届中共中央政治局常委同中外记者见面时强调："我们要牢记人民对美好生活的向往就是我们的奋斗目标，坚持以人民为中心的发展思想，努力抓好保障和改善民生各项工作，不断增强人民的获得感、幸福感、安全感，不断推进全体人民共同富裕。"

李连成，1991 年任河南省濮阳县西辛庄村党支部书记，是豫剧《村官李天成》中的原型人物。李连成任村支书十几年，没有喝过村里一杯酒，没有乱花村里一分钱。村里当初办股份合作制企业，开始只有 13 家入股，企业赚钱后，作为股东之一的他耐心地做其他 12 个股东的工作，把价值 200 多万元的再生纸厂作价 68 万元转让给全村群众，实现了家家有股，户户分红。在新村规划建设中，李连成不顾家人的反对，拆除新建的小洋楼，把最好的宅基地让给群众，而自己选择了最偏僻的地方。李连成带头"唱吃亏歌、干吃亏事、做吃亏人"，带领一个仅有 680 人、土地盐碱化严重的偏僻穷村，走上了和谐富裕的康庄大道，成为全国闻名的社会主义新农村。他本人也先后被授予"全国优秀共产党员""全国劳动模范"等荣誉称号，当选十一届全国人大代表，党的十九大代表。

人的需求是多方面的，精神上的满足固然重要，但毕竟只有实实在在的"饼"才能充饥。领导要为下属谋得足够的"位"，这样那些"愿为、能为"者就有了动力和方向，从而更加"有为"；同时让"有为"者"有位"，无须为所谓的位置四处奔波，就是让"吃苦者吃香，有为者有位"。领导还得为大家多做"饼"：比如与人合作，以单位的利益最大化，实现合作共赢；与开发商协调，以团购的方式，让大家住上质优价廉的房子；与住房公积金管理中心协调，用团购房合同让大家领到住房公积金……此外还可以在大家的职称评定、配偶子女就业上学等方面提供帮助。总之，就是在合法合规的前提下，让大家吃到更多的"饼"。当前社会竞争日趋激烈，吸引人才、留住人才已成为部门、企业、高校的生死抉择。一些单位领导根据马洛斯需求理论制定政策，以待遇留人，以感情留人，以事业留人，收到良好的效果。

《旧唐书》有云："财散人聚，财聚人散。"如果你将财散给下属，下属就会聚集在你的身边；如果你将财聚集在自己手里，那么将没有人跟随你，人们就会像水一样慢慢地流淌。换句话说，下属聚集在你的周围，是因为希望你可以带领他们实现自己的梦想。"分利与人，则人我共兴。"人旺地旺，地旺财旺，这就形成良性循环了。

▌感悟小语 >>>

　　　　　　柴米油盐酱醋茶，事关糊口和养家。

　　　　　　百姓冷暖铭于心，生死相随赢天下。

3. 替人兜一点

宋代陈抟的《心相篇》云："功归人而过归己，尽堪救患扶灾。"《菜根谭》亦云："完名美节，不宜独任，分些与人，可以远害全身；辱行污名，不宜全推，引些归己，可以韬光养德。"领导勇于推功揽过，替下属承担责任，展示的是雅量容人的胸怀，体现的是厚德载物的境界，传递的是肝胆相照的鼓励。

推功揽过得人心。领导者的一个重要职责是"用人以治事"，欲得人得贤，推功揽过就是一种有效手段。推功揽过是一种凝聚人心的工作方法，一种智力资源的有效管理，一种勇于担当的负责精神，一种处事做人的至善境界。一个善于推功揽过的人，定是厚德载物、大智若愚之人。一位善于推功揽过的领导，更能以其睿智和善德鼓舞士气、凝聚人心。领导者可以通过"推功揽过"来影响部属的行为，达到定向引导的目的。

1947年，刘少奇同志到晋察冀边区负责党中央的日常工作。当时一项重要任务是进行土地改革和整党。但在河北阜平等地试点时，工作却搞过了火，侵犯了一些中农的利益，违反了政策。发现这一情况后，有关同志向刘少奇做了汇报。刘少奇明确指出：第一要紧急刹车；第二不要责备下面的干部，由他承担责任。他一再强调，工作出了毛病，大家很紧张，不能光是指责。他还亲自帮助晋察冀中央局的同志总结经验教训。这样，很多干部心理压力减轻了，以更高的热情投入整改工作中。刘少奇推功揽过，不仅表现出崇高的精神境界，更凝聚了人心，保护了同志，及时避免了可能产生的不良影响。

北京市原副市长吴晗是个学识渊博的明史专家，对党忠诚，因其创作了新编历史剧《海瑞罢官》，提倡讲真话，被姚文元等人诬陷攻击，说该剧"流毒很广"，"是为彭德怀鸣冤叫屈"。吴晗因此受到残酷的批斗。时任北京市市长兼第一书记、全国人大常委会副委员长的彭真，对这种莫须有、无限上纲，甚至上升到无情斗争的做法感到愤怒。为了保护吴晗，他不惧受到政治牵连，指示北京地区的报刊不要转载批判吴晗的文章。

在我国古代历史上也不乏这方面的案例。官渡之战刚结束，刘备率数万人进攻许昌，结果被曹操打得狼狈不堪。刘备对身边的将士说："诸君皆有王佐之才，不幸跟随刘备。备之命窘，累及诸君。今日身无立锥之地，诚恐有误诸君。君等何不弃备而投明主，以取功名乎？"诸将闻听，怨气顿消，并转化为同仇敌忾之激情。

后来，三国谋略专家指出：刘备推功揽过，责己之咎，故三分天下得其一；袁绍刚愎自用，推过揽功，致众叛亲离，终被曹操所灭。

有些事，领导的一句话，一个批条，有可能拯救一个下属的前途命运。"推功揽过"，有助于领导与下属之间形成相互信赖、配合默契的关系，使之与自己同甘苦、共进退。而"推过揽功"，只能使领导者人格贬损，导致众叛亲离。

当然，推功揽过并不是无原则地迁就照顾，而是在遵章守法的前提下，本着有利于团结、有利于调动下属积极性和创造性的原则，尊重下属的劳动付出，为他们因干事失误担责，为他们创业提供宽松环境，激发他们更大的工作动力。

▌**感悟小语 >>>**

责人重而责己轻，弗与同谋共事；功归人而过归己，尽堪救患扶灾。

——陈抟

四、殷殷告诫——三个不能过不去

1. 不能和配偶过不去

家庭和谐是事业兴旺的坚实基础和力量源泉。家庭和谐的根本在于夫妻之间感情。处理得好是最大的幸福，处理得不好是永远的伤痛。那么，如何增进夫妻之间的感情呢？

有一个关于酿酒的故事：说有两个人合作酿酒，一个家里有钱就提供米，另一个家里穷就提供水。酒酿成之后，提供水的人说："咱们就还按当初自己的东西来分，你得米，我得水。"但此时米已不是米，而是成了用处不大的酒糟，水已不是水，而是醇香的酒。

婚姻亦有一比。碧玉少女，出水芙蓉，犹如米；弱冠之年，青涩鲁莽，犹如水。女人看重的不是男人懵懂青春的现在，而是两个人醇香的未来。任何一个女人对丈夫最起码的要求，就是他要有出息，要活得像个男人，要酿出一坛好酒！于是经过生活的发酵，女人释放着自己，水慢慢升华成了浓郁的酒。

婚姻中的"酿酒理论"对男人、女人都有启发意义。

对男人来讲，首先，要明白当初的"水"，如果没有"米"的加盟，放置久了，只会变成一缸死水，永远不会散发酒的醇香，所以要珍惜"米"的牺牲和付出，不管女人变成什么样，都不要嫌弃，要知道她此生最美丽的年华是陪你度过的。

其次，切忌"乱花渐欲迷人眼"，要经得住"蜜蜂""蝴蝶"的诱惑，不要失足误入歧途。所以男人思想上要绷紧一根弦，行为上把持住自己，不可越雷池半步。有不少出问题的官员都栽在了前妻的举报上，如某区委书记包养多名情妇，妻子忍无可忍，托人在网上实名举报，结果该区委书记被依法判刑。

对女人来讲，婚姻绝对是需要经营的。首先不要觉得自己出了"米"，很委屈，就要求男人多回报她，多哄着她，多让着她，这样起码才算对得起她……凡事都有个度，况且经过"发酵"，"米"确已失去原有的内涵，而"水"正散发着酒香，女人这时如果不调整心态，"酒香"会随着"蜜蜂""蝴蝶"飘然而去。其次，既然坚信我和他已经成为一体，分不出哪是米哪是水，而是共同的酒，就要接受曾经盛水的"缸"，即他的家人，尤其是和婆婆的关系要处好。目前婆媳不和是夫妻关系恶化的重要诱因。爱丈夫就要善待他的父母，对家庭中的每一个人都要尽心尽力，和谐相处。

当然，婚姻不是一个男人加一个女人，而是妻子、丈夫，再加上父母、儿女、爱，最后形成的产品，叫作"家"。一个女人何以不成为酒糟？需要两个人都尽一份家庭责任。那些离婚的，离的不仅仅是他和她，还有与他们的父母和孩子之间被撕裂的血缘亲情！

百年修得同船渡，千年修得共枕眠。有些事年轻时不太明白，可明白时已不再年轻。婚姻不易，且行且珍惜。

┃ 感悟小语 >>>

　　夫妻之间既要讲道理，更需要讲感情。

2. 不能和上司过不去

　　上司，尤其是顶头上司是你的直接领导，掌握着你的"生杀"大权，是你绕不过去的"弯"，跨不过去的"坎"。与上司的关系是一柄"双刃剑"，处好了大有裨益，处不好其害无穷，受伤的最终还是自己。

　　和上司相处时，首先，摆正自己的位置。上司就是上司，下属对上司要有足够的尊重，维护上司的权威，尤其是不能随意顶撞上司。其次，努力做好自己的分内事，把工作做好了，上司自然会对你另眼相看。再次，当上司对你有误解时，多和上司沟通交流，消除误解，不要把火憋在心里。再比如，知悉上司对自己的评价不是很高，甚至对自己有否定的评价时，不要沉不住气，甚至就此与上司闹起别扭来，以至于对立情绪滋长。要知道，这种做法，于上司、于自己、于工作都是不利的。其结果，往往事与愿违。

　　2017 年 1 月 4 日，四川省攀枝花市发生枪击案，持枪人闯进市会展中心，对正在开会的市委书记、市长进行连续射击后逃窜，致使二人受伤。犯罪嫌疑人系该市国土资源局局长，事发后自杀身亡。据查证，该局长平时与市委书记、市长就有矛盾，认为是领导有意整他。为此走上了不归路。

　　2006 年 10 月，豫南某市换届前夕，领导干部和党代表都收到一条辱骂市委书记的短信。经查，该短信是副厅级区委书记杜某，因提拔无望，遂把怨气发泄在市委书记身上，趁换届选举之机，群发短信辱骂该领导，并煽动代表们不要选举该领导。想想看，做出了这样的举动，怎么可能不查你别的问题？他果然不经查，原来杜某任区委书记期间，共收受 149 人贿赂千万元。最后杜某被判无期徒刑。

　　说不能和上司过不去，是指要尊重上司、注意团结、合作共事。但若是上司有妄议中央、贪污受贿的重大原则问题，就不能睁一只眼，闭一只眼，听之任之，视而不见。而是要检举报告，就是要和上司过不去，这才是正确的处世之道。

▌感悟小语 >>>

　　和上司的关系，最高境界是良师益友。

3. 不能和组织过不去

　　荀子《劝学》有言："积土成山，风雨兴焉；积水成渊，蛟龙生焉。"个人的力量是弱小的，要有所作为，必须依靠集体的力量。因此，个人必须以某种形式结合成整体，这种人与人结合的整体，就是组织。个人与组织，是当代社会存在的基本主体。

　　个人与组织的关系是个人隶属组织，个人依靠组织，个人服从组织。由于组织是由多个个体组成的，所以组织必须制定规则约束个体的行为。对个体而言，必须遵守组织的规章制度。

　　西方管理学中有一著名的"热炉法则"，是说一个组织的规章制度就像一台烧得通红的"热炉"，遵循：警告性原则——热炉火红，不用手去摸也知道炉子是热的，是会灼伤人的；一致性原则——说到做到，绝不会留情面，只要碰它，就一定会被灼伤；即时性原则——当你碰到热炉时，立即就被灼伤；公平性原则——不管是谁碰到热炉，都会被灼伤，即不论是领导还是下属，只要触犯国家的法律法规，都会受到惩处，在法律法规面前人人平等。

　　长征时期，张国焘领导红四方面军与中央红军于 1935 年 6 月懋功会师后，反对中央北上的决定，另立"中央"，后被迫取消。1937 年 3 月在政治局扩大会议上受到批判。1938 年 4 月初，张国焘乘祭黄帝陵之机离开陕甘宁边区，投靠国民党，加入军统从事反共特务活动，上演了一幕"中共创始人反对中共"的闹剧。1938 年 4 月 18 日，张国焘被开除党籍。

　　近年来，很多出问题的官员就是触碰了国家这个"组织"的"热炉"，"组织"依法依纪毫不留情地对他们进行了惩罚。比如薄熙来、孙政才等。还有一些人不服从所在单位规章制度的管理，轻则个人的升迁受影响，重则被组织处理。河北省委原书记周本顺，广西壮族自治区原常委、南宁市委书记余远辉，江苏省委原常委、秘书长赵少麟，新疆日报社原党委书记、总编辑、副社长赵新尉等人，公然发表违背中央精神的言论，明目张胆妄议中央，理所当然要受到处理。

所以，要明白法律法规如火炉，摸不得，碰不得，无论是谁，一旦触碰"热炉"，其结果都是被烫伤。

▎感悟小语 >>>

> 相信组织不迷茫，服从组织有方向。
>
> 依靠组织有力量，对抗组织自取亡。

五、发扬民主——三个臭皮匠，顶个诸葛亮

"皮匠"实际上是"裨将"的谐音。"裨将"在古代指"副将"，原意是指三个副将的智慧合起来能顶一个诸葛亮。流传中，人们竟把"裨将"说成了"皮匠"。据说当年草船借箭时，诸葛亮叫三个随从在二十艘小船两边插上草靶子，再以布幔掩盖。三个随从完成后，便向诸葛亮禀报："军师神机妙算，不过若是如此摆设，可能会被看出破绽，曹军恐怕不会轻易上当！"诸葛亮很想听听三人的意见，他们却卖了个关子，说第二天晚上再请军师看。诸葛亮笑笑未再深究，静观其为。第二天晚上，三个随从安排妥当后，便请诸葛亮到江边察看，只见每艘小船的船头都立着两三个稻草人，个个穿衣戴帽，看起来就像真人一样。诸葛亮看到这样的设计，不禁笑道："真是一人难敌三人之智呀！"

但是要实现"合成的奇迹"，一个前提是："三个臭皮匠"在知识上、经验上要有多样性。如果这"三个臭皮匠"想法雷同，素质也相近，其本质上还是一个臭皮匠，怎么能顶得上一个诸葛亮？所以，个体素质很重要，也是民主质量的重要基础。

一个团队如此，一个国家亦如此。

只有发扬民主，才会集聚各方面的智慧，才能保证决策的科学性、有效性、权威性。要在发扬民主中统一思想，在统一思想中凝聚力量。领导干部要提高自身的领导能力，就必须时刻遵循民主原则，博众人之长，以减少决策之误。

据新华社报道，为坚持民主方向，完善民主方法，提高民主质量，选好配强

党的十九届中央领导机构人选，2017 年 4 月下旬至 6 月，习近平总书记专门安排时间，分别与现任党和国家领导同志、中央军委委员、党内老同志谈话，充分听取意见，前后谈话 57 人。根据中央政治局常务委员会安排，中央相关领导同志分别听取了 258 人的意见。中央军委负责同志分别听取了 32 人的意见。

民主虽然是好"东西"，但也不是万能的，不能把它当作包医百病的灵丹妙药，尤其是对假民主、伪民主，一定要洞悉其奸。有的领导干部，遇到棘手的问题时授权，遇到有风险的决策时民主，这是借民主之名，行不愿担责、不敢担当之实，应当引起高度警惕。

▌ **感悟小语 >>>**

> 民主确实好，善用是非少。
>
> 聚力谋事业，任凭风浪高。

六、制度缺失——三个和尚没水喝

"一个和尚挑水喝，两个和尚抬水喝，三个和尚没水喝。"为什么？最多的看法是缺乏团结协作，互相推卸责任。从这个小故事中，我们还可以领悟到更多道理。

只有一个和尚时，由于生存的需要，没有逃避的可能性，只能自己去挑水。同样的道理，当你让某个人全权负责某件事情时，他没有丝毫推卸的余地，往往及时甚至提前完成任务。

邓小平强调，制度问题"更带有根本性、全局性、稳定性和长期性"，"制度好可以使坏人无法任意横行，制度不好可以使好人无法充分做好事，甚至会走向反面"，可见制度多么重要。

两个和尚时，人的惰性增强，依赖性产生，要么每个和尚负责一天的挑水，要么共同去抬水。虽然抬水不经济也无效率，但比较公平。为什么中国人在改革开放前，人民安于相当低的生活水平，而改革开放后，尽管生活水平有了明显提高，却端起碗吃肉，放下筷子骂娘？就在于人不患贫而患不均。例如，给你和同事都是 1000 元的工资待遇，你也许不会抱怨，但当你发现同事的工资是 1200

元，而自己的却是 1100 元时，尽管你的收入提高了，更多的疑问是同事为什么比自己多得 100 元。关注的重心已不再是收入的多少，而是收入的差距。

而三个和尚时，人的惰性和依赖性更强，使得每个人忙于推卸责任，指望别人去承担义务，自己享受成果，这就是人多了反而效率更低的原因。例如，当你安排几个人负责一项任务，可能是都不负责，任务在推卸中转圈。即使完成，其效果也很难达到预期。

1920 年，德国心理学家黎格曼进行过一项实验，探讨团体行为对个人活动效率的影响。他要求工人尽力拉绳子，并测量拉力。参加者有时独自拉，有时以 3 个或 8 个人为一组拉。结果是：个体平均拉力为 63 千克；3 人团体总拉力为 160 千克，人均为 53 千克；8 人团体总拉力为 248 千克，人均只有 31 千克，只是单人拉时力量的一半。黎格曼把这种个体在团体中较不卖力的现象称为"社会懈怠"。

现实社会中，"社会懈怠"现象屡见不鲜。"一大二公"的人民公社时期，干活儿"大呼隆"，出工不出力就是一个典型。现在，各种所有制企业中，如果绩效考评体系不健全，也会随时发生"社会懈怠"现象。还有在公务员群体中，经常出现的"踢皮球"，家庭养老中，儿女越多越无人赡养问题等，都与"社会懈怠"有关。

针对我国现状，各单位要进一步建立健全规章制度，用制度管人、管事。一是要解决建章立制的问题，二是要解决"牛栏关猫"的制度漏洞，三是要解决"制度如林，落实无人"的问题，加强督查，执纪问责，避免制度成为"纸老虎""泥菩萨""稻草人"。同时，通过产权改革、民主选举、职权分工等方式增加个体归属感，来解决"社会懈怠"问题。

▌**感悟小语 >>>**

　　和尚多了没水喝，不怪路遥和尚惰。

　　政策调动积极性，制度缺失祸患多。

七、内强素质——靠"三头"

鲁迅先生做人靠"三头"：笔头、嘴头、拳头。"三头"是鲁迅对旧势力口诛笔伐的有力武器。今天,"三头"仍是我们立身处世不可或缺的有效技能。

1. 笔头妙生花,前景应不差

大千世界,无奇不有。对一些现象,人们难免会心生感慨,如果能及时、准确诉诸笔端,不仅是对自己灵感的记录,而且为"心"找到了释放的出口,那种感觉,一个字:爽!

"枪杆子"武能安邦,"笔杆子"文能治国。1978 年 5 月 11 日,南京大学哲学教师胡福明,在《光明日报》发表特约评论员文章《实践是检验真理的唯一标准》,引起高层领导和理论工作者的高度关注,引发了一场关于真理标准问题的大讨论:极左思想代表和"两个凡是"始作俑者,给这篇文章扣上了"砍旗""丢刀"的帽子,视之为"要引起天下大乱",而以邓小平为代表的中央领导集体把它当作打破思想禁锢、破除现代迷信、推进改革开放的利器。实践证明,这篇文章确实深刻地影响了中国历史的进程。

在职场,有好"笔头"往往就有好前程。比如公选,首先要通过"笔试"关,在笔试中,案例分析题和申论是得高分的关键。在案例分析中,应考者除了要注重分析问题的系统性,考虑问题思路上的逻辑性,运用所学理论知识的针对性,关键要能在试卷上用准确流畅的语言表述出来,并且条理清晰、结构严谨。申论对笔头要求更高。好的申论总是题目新颖,开头就能抓住要害,语言简洁明了,层次段落恰当、清晰,结尾激越有力,与前文相互照应,字迹工整娟秀,卷面整洁干净等。这样的试卷能给阅卷老师以赏心悦目的感觉,自然会得高分。这些是需要"笔头"功夫的。

2017 年对全国部分人才市场调查显示:招聘数量前 10 位的专业中,文秘专业是其中之一。有一个公开的秘密:各重要机关普遍稀缺的都是"笔杆子",所以,那些思维缜密,又能妙笔生花的职员,定能得到领导的赏识和重用。据调查,大多数优秀的文秘人员在做文秘工作 3 —5 年后,会得到晋升。很多优秀的领导干部都是从文秘工作中脱颖而出的。

写材料确实是个苦差事,能把材料写好已属不易;又能把写材料作为事业并且写到"笔杆子"地步的人，更是少之又少。没有"笔下十年功"的坚守精神，是做不得笔杆子的；没有"文当其时，一字千金"的工匠精神，也是做不得笔杆子的。

▌感悟小语 >>>

　　　　自古文章妙用大，文杰货与帝王家。

　　　　当今妙笔若生花，前程似锦应不差。

2. 一语百步音，一言力万钧

语言表达能力，通俗地说就是"嘴头"。不少人存在一种误解，认为能说会道、能言善辩就是好"嘴头"，其实不然，俗话说："雄辩是银，缄默是金。"好嘴头不在于说得多，而在于说得恰如其分、恰到好处，能够"一语百步音，一言力万钧"。

周总理接受美国记者的采访，记者一眼看到总理办公桌上的美国派克牌钢笔，问道："总理先生，您说您是战无不胜的中国人民的儿子，那为什么您还要用美国的钢笔？"总理答："哦，这是一位参加了抗美援朝的将军在朝鲜战场上的战利品，他把它作为礼物送给我，我觉得很有意义就收下了！"那名美国记者顿时无语。

1979 年邓小平访问美国，美国总统卡特批评中国计划生育强制堕胎属严重侵犯人权，邓小平说："如果我们每年往美国移民两千万，如何？"卡特听后，顾左右而言他。

1987 年，菲律宾总统访华会见邓小平，谈到南沙主权问题时说："至少在地理上，那些岛屿离菲律宾更近。"邓小平说："在地理上，菲律宾离中国也很近啊！"此后，中菲争议海域十几年无"风浪"。

由上可见，好"嘴头"也能维护国家的尊严，回击故意的刁难，避免可能的怒怼。

《晏子春秋》记载，晏子使楚，楚王了解到晏子身材矮小，欲羞辱晏子，就在大门的旁边开一个小洞请晏子进去。晏子说："出使到狗国的人从狗洞进去，今天我出使到楚国来，不应该从这个洞进去。"迎接宾客的人只好乖乖地带晏子改从大门进去。晏子拜见楚王。楚王说："齐国没有人吗，竟派你做使臣？"晏子回答说："齐国首都临淄有七千多户人家，张袂成阴，挥汗成雨，比肩继踵，怎么能说齐国没有人呢？"楚王说："既然这样，为什么派你这样一个人来做使臣呢？"晏子回答说："齐国派遣使臣，各有各的出使对象，贤明的使者被派遣出使贤明的君主那儿，不肖的使者被派遣出使不肖的君主那儿，我是最无能的人，所以就只好出使楚国了。"当楚王取笑齐国人偷盗时，晏子面不改色站起来，说："大王怎么不知道哇？橘子生长在淮河以南就是橘子，生长在淮河以北就变成枳了，只是它们叶子的形状相像，而果实的味道不同。淮南的柑橘又大又甜，而淮北的枳又小又苦，还不是因为水土不同吗？齐国人在齐国安居乐业，好好地劳动，一到楚国，就做起盗贼来了，也许是两国的水土不同吧。"晏子出色的口才维护了使者的尊严和齐国的利益。

《红楼梦》里的王熙凤，嘴头功夫也很了得。林黛玉初进贾府，就领教了王熙凤的嘴头功夫。王熙凤说道："天下真有这样标致人儿，我今日才算看见了！况且这通身的气派竟不像老祖宗的外孙女儿，竟是个嫡亲的孙女儿似的。"这句话真是一箭三雕，把老祖宗、外孙女、孙女都夸到了。这样的人在贾府怎会没地位呢？

国外名人中，有"嘴头"功夫者也大有人在，他们的语言艺术也同样高妙。

美国现代著名作家马克·吐温，在一次宴会上，与一位女士对坐，出于礼貌说了一声："你真漂亮！"那位女士毫不领情，却说："可惜我无法同样地赞美您！"马克·吐温说："那没关系，你可以像我一样说一句谎话。"

德国诗人歌德在公园里散步，在一条仅能让一个人通行的小路上和一位批评家相遇了。"我从来不给蠢货让路。"批评家说。"我恰好相反！"歌德说完，笑着退到了路边。

俄国寓言作家克雷洛夫长得很胖，又爱穿黑衣服。有一次，一位贵族看到他在散步，便冲着他大叫："你看，来了一朵乌云！""怪不得蛤蟆开始叫了！"克雷洛夫对臃肿的贵族说。

美国著名的成功学大师戴尔·卡耐基曾说："当今社会，一个人的成功，仅有 15% 取决于技术知识，而其余的 85% 则取决于口才艺术。"由此可见会说话、好口才的重要性。拥有好口才，已经成为现代人成功的必备条件之一。正所谓

"好胳膊好腿，不如一副好嘴"。

好口才就是金招牌。它可以使一个人的才学充分施展，事半功倍。在团队中，那些会表达、敢表达的人是要加分的。看"团队"这两个字的构造，就是有"口才"的人说给"有耳朵的人"听。难怪美国总统都有一副好口才，因为竞选是要演讲的，表达不清自己的治国纲领，是赢不来选票的。

"良言一句三冬暖，恶语伤人六月寒。"可以说，嘴是天下最有威力的武器之一，它可以打动别人，破除你成功路上的障碍；也可以伤害别人，为你增添阻碍。嘴头甜，好人缘；嘴头欠，人变贱。

所以，学会用嘴巴是人生的必修课。

▌感悟小语 >>>

> 良言一句三冬暖，恶语伤人六月寒。
> 古今多少家国事，成败得失系一言。

3. 拳头够强大，威名立天下

拳头代表血性和力量。为了尊严，为了不受辱，有时必须勇敢地挥起"拳头"，该出手时就出手。

2017 年 8 月 18 日凌晨，在巴塞罗那恐怖袭击发生 8 个小时后，在距离巴塞罗那 100 多公里的海滨小镇坎布里尔斯，5 名携带武器的恐怖分子企图驾驶一辆车冲向人群，一名女警察反应迅速，毫不畏惧，独自一人冲上前英勇阻击，以一敌五，射杀 4 名恐怖分子！凭借"拳头"成为反恐袭超级英雄。

体育场是体育健儿施展"拳脚"为国争光的竞技场，更是没有硝烟的战场。中国排协副主席、中国女排总教练、中国排球学院首任院长郎平，曾以强劲而精确的扣杀赢得"铁榔头"绰号。世界女排新星、中国女排第一主攻手朱婷，1994 年出生在河南省周口市的一个普通农民家庭，近年来在世界大赛和境外职业联赛中多次荣获冠军，多次当选 MVP 和"最佳主攻"，被称为"一百年才出一个的好苗子！"为家乡、为祖国，也为她自己赢得了无上荣耀。

电影《战狼2》以"拳头"点燃了观众的热情。影片塑造了中国军人有灵魂、有本事、有血性、有品德的硬汉形象,受到观众的追捧。男主人公冷锋成为大国崛起背景下的"中国式超级英雄",其一句"我们是中国人",更是让亿万观众心生自豪。截止到2017年8月24日,该片上映29天,观众1.4亿人次,票房收入超过52亿元。

"昏睡百年,国人渐已醒。睁开眼吧,小心看吧,哪个愿臣虏自认。因为畏缩与忍让,人家骄气日盛……"这首曾经风靡长城内外的歌曲,让人想起清末被外国列强蹂躏的国土上诞生的民族英雄霍元甲。擂台上,他用霍家祖传的"迷踪拳",打得俄国、英国、日本的挑衅者一个个断手折臂,闻"名"丧胆。霍元甲一"拳"打出了民族气节,洗刷了"东亚病夫"的耻辱,震醒了沉睡的雄狮,扬了我中华神威。

"身体是革命的本钱。"当今社会,拳头更多代表的是做人的秉性和健康的体魄。没有好的身板,纵然抱负远大,理想高远,满腹经纶,也只能抱憾而去。

倚此"三头",必能精彩一生。

▌ 感悟小语 >>>

> 妙笔著华章,一言可兴邦。
> 身强体格壮,事事能担当。

八、如鱼得水——会讲三种话

作为领导干部,会讲"三种话":土话、洋话、行话,工作起来,就能如鱼得水,得心应手。

1. 善于说土话,能把感情拉

土话,即方言俚语。和老百姓打交道,要讲他们听得懂、听得进、乐意听的方言俚语，切忌文绉绉地长篇大论，否则自己受累，百姓受罪。毛泽东同志就曾用"小脚女人"批评思想保守的人；用"墙上芦苇，头重脚轻根底浅；山间竹笋，嘴尖皮厚腹中空"批评那些"华而不实，脆而不坚"的人。邓小平同志说，"不管黑猫白猫，捉住老鼠就是好猫"。习近平同志说，"老虎苍蝇一起打""牛栏关猫""撸起袖子加油干""鞋子合不合适只有自己的脚知道"，这些生动朴素的土话言简意赅，脍炙人口。

有一个城市长大的年轻人，毕业后到乡里当农业技术员，给农民讲病虫害防治，说"几十升水兑几克农药，浓度达到多少 ppm，可以喷洒几亩地"。年轻人讲得口干舌燥，农民听得一脸茫然，后来听从老技术员的建议，改说"一桶子水兑几瓶盖农药，打几亩地"。农民一听就懂，一学就会，年轻人后来成为一名深受农民欢迎的技术员。

近年来，一些地方为优化干部结构，出台优惠政策引进博士、硕士担任副县长、副镇长，一些人因"水土不服"而致使效果并不理想，个别的还闹出了笑话。例如某县，村民数月反映支部书记作风霸道、欺压群众、贪污腐化等问题，因得不到解决而发生群体性事件。县委派一名"空降"的副书记兼政法委书记带队驻村。由于不接地气、"话不投机"，被村民轰了出去。后派一名擅与农民打交道的副县长担纲此事，由于方法得当、话语投缘，问题迎刃而解。

可见，讲话要入乡随俗，否则曲高和寡、拒人千里，如何顺利开展工作？

▌感悟小语 >>>

> 擅长说土话，可把感情拉。
> 隔膜能融化，干群如一家。

2. 熟练讲洋话，潇洒行天下

面对全球化的迅猛浪潮，各地都在着力改善投资环境，积极招商引资。作为各级领导，必须学会说"洋话"，争取与"老外"直接对话沟通。那些具有世界眼光、战略思维的话语，一方面显示了领导"站"的高度和"思"的深度；另一方面提高了谈判的工作效率，减少了不必要的环节和投入，一举多得。被誉为中国最美女外交官的傅莹，北京外国语学院英语系毕业，是中国第一位少数民族女大使，曾任中国驻菲律宾、澳大利亚、英国等国大使，以善于沟通著称。有学识、有能力、有气度的外交部部长王毅，毕业于北京第二外国语学院，凭借一口流利的日语进入外交部。十九届中央政治局委员、国务委员杨洁篪，曾担任我国驻美大使。现为外交部首席翻译的 80 后孙宁，毕业于北京外国语大学英语学院，曾多次为习近平、李克强等国家领导人担任翻译，其淡定从容的姿态、流利漂亮的英语，给国人留下了深刻的印象。

随着对外交流的深入，若不会"洋话"，可能会糗大了。有一位一头短发、形似男人的女运动员在国外参加比赛，内急如厕，一非洲女佣误把她当成男性，坚决不让其去女厕所，无论女汉子和翻译怎样讲，女佣就是听不懂，情急之下，女汉子掀开上衣指着自己女性生理特征，尴尬才得以化解。

近年来，随着中国的快速发展和国际影响力的增强，中国国际地位不断提升，特别是"一带一路"建设的推动，汉语的吸引力和影响力大幅攀升，"汉语热"正在全球范围内悄然掀起。美国《时代》周刊曾发表文章认为，如果想领先别人，就要先学习汉语。据国家汉语国际推广领导小组办公室估算，目前除中国之外，全球学习使用汉语的人数已超过 1 亿，其中包括 6000 多万海外华人华侨，以及 4000 多万各国主流社会的学习和使用者。汉语在国际经济贸易、文化交流过程中的作用空前凸显，其文化价值和实用价值不断提升，成为极具上升空间的国际性语言，国际社会对学习汉语的需求越来越大，形成了前所未有的"汉语热"。在 2017 年美国总统特朗普首次访华行程中，其外孙女阿拉贝拉的一段"中文秀"视频让国人倾倒。其实，中文的博大精深和超强魅力，不仅让美国"第一家庭"为之着迷，在海外也已迷倒一大片，从王室到名人，直至普通中产家庭，都被中文"圈粉"。

有一则逸事：一个美国人来华留学，参加中文晋级考试，题量超少，暗喜。再仔细一看，糟了！题目：请写出下面五道题中两句话的区别在哪里。1. 冬天：能穿多少穿多少；夏天：能穿多少穿多少。2. 剩女产生的原因有两个：一是谁都看不上，二是谁都看不上。3. 女孩给男朋友打电话：如果你到了，我还没到，你就等着吧；如果我到了，你还没到，你就等着吧。4. 单身的原因：原来是喜欢一个人，现在是喜欢一个人。5. 中国足球和中国乒乓球，一是谁都赢不了，二是谁都赢不了。该美国人苦思冥想，如堕雾里，遂逃之夭夭。

有一则寓言故事：鼠妈妈领一群鼠崽在偷食，一不小心弄出了动静，猫警觉地闻声而动，鼠崽们吓得大气不敢出，鼠妈妈急中生智，"汪汪——"学了几声狗叫，猫一听——"噢，原来是自家人啊！"待猫离开后，鼠妈妈语重心长地说："孩子们，看来会一门外语关键时候能救命啊！"

▌感悟小语 >>>

学会说洋话，不惧世界大。

揽尽异域景，潇洒走天下。

3. 擅长说行话，成业利国家

每一个领域都有自身的特点，都有自己的专业要求。领导要在工作中游刃有余，必须懂"行"，用"行话"指导工作。所以现在提倡专家型领导，即便不是专家，但至少应成为所分管工作的行家里手，不然，说出些"白脖儿话"，会闹笑话的。"文化大革命"期间，一位靠"造反"上台的领导，会见外国医疗卫生代表团，当听到对方称赞李时珍《本草纲目》的杰出成就时，遂问："李时珍今天来没有？"一句话，让国家、个人颜面尽失。

近年来，关于转基因食品众说纷纭。作为一种新兴的生物技术，转基因在遗传育种上，充分发挥了其高产、抗病等优势，但是它的不成熟和不确定性，使得转基因食品的安全性遭到了人们的质疑。一个有趣的现象是：转基因食品，在社会上受到很多非专业人士的攻诘，说的根本就不是"行话"，而多数专家学者则噤声。2018 年 3 月 7 日，在十三届全国人大一次会议的记者会上，农业部新闻发言人、办公厅主任潘显政明确指出，目前，中国只批准了转基因棉花和木瓜进行商业化生产，没有批准转基因粮食作物商业化发展。原农业部部长韩长赋说："转基因的问题，说到底是科学问题、法治问题。安全不安全，应该是科学来评价；能种不能种，应该由法规来处理；食用不食用，应该由消费者自己来选择。"如此明确的信息和态度，当可让社会上很多关于转基因问题的无端猜测告一段落。

在 2009 年丹麦哥本哈根举行的世界气候大会上，欧美发达国家从一己私利出发，提出了十分不利于我国的碳减排方案。我们如果提不出反驳意见，被迫接受这一方案，每年将蒙受巨大的经济损失。为此，中国科学院院士丁仲礼在大会上利用自己深厚的学术造诣，以无可辩驳的历史数据为依据，将发达国家的方案批驳得体无完肤。同时中国代表团顺应本国经济社会发展趋势，不失时机地推出了大规模的减排计划，受到世界的普遍欢迎。既维护了我们的利益，又体现了我们的担当，还促进了本国经济结构调整，取得了有理有利的结果。这次大会后的近 10 年来，中国经济在世界上一枝独秀，新能源的普及和利用引领世界潮流，在"绿色经济"的发展上从追赶者成为世界的领跑者。

现在选拔干部要求"四化"，即：年轻化、专业化、知识化、现代化。这是时代发展的需要，也是干部称职胜任的需要。俗话说，三百六十行，行行出状元。这些"状元"都是我国各行各业的领导骨干，不懂专业，不会说行话，像过去由外行领导内行的时代一去不复返了。所以，刻苦学习、精通专业，已是大势所趋，谁也无法回避的了。

▌感悟小语 >>>

能够说行话，业精顶呱呱。

家中顶梁柱，单位一枝花。

九、职场人生——成事三境界

没有耕耘，就没有收获；没有付出，就不会有回报。想不想干事体现的是一个人的觉悟，能不能干成事显示的是一个人的能力，出不出事则彰显的是一个人的睿智、修为和境界。

1. 想干事是觉悟

"空谈误国,实干兴邦。"近 40 年改革开放取得的卓越成绩,就是对它的最好注解。1992 年 1 月 18 日,邓小平赴南方视察。专列抵达武昌火车站时,湖北省委书记关广富陪邓小平在月台散步。邓小平说:"空谈误国,实干兴邦,不要再进行所谓的争论了。"邓小平同志的南方谈话,如春雷一般打开了中国人的思路,推动了中国进一步的改革开放,成为推进中国跨越发展的巨大动力。2012 年 11 月 29 日,习近平总书记带领十八届中央政治局常委全体同志参观《复兴之路》展览时,再次谈到这一具有特殊意义的重要论断。

"空谈误国"一词,来自"清谈误国"。魏晋时期,风流名士以清谈为风尚,被"书圣"王羲之贬为"虚谈废务,浮文妨要,恐非当今所宜"。宋、明理学尚空谈,轻武备,"无事袖手谈心性,临危一死报君王"。后人感于两晋、宋、明的清谈,遂有一代宗师顾炎武提出"清谈误国"之说。

所以,我们要力戒空谈,力倡实干。想干事是一种态度,想干事是一种精神,想干事是一种追求。

想干事是一种态度。精诚所至,金石为开。有了这种态度,干事、创业就有了坚实的基础。中国流传几千年的神话如夸父逐日、愚公移山、精卫填海等,寓意就是干事的态度。被尊为"国父""革命先行者"的孙中山先生,一生奉行"天下为公",带领同盟会的志士,高举反帝、反封建的旗帜,先后领导了多次武装起义,虽损失惨重,但百折不挠,直到武昌起义,"起共和而终两千年封建帝制"。五四运动前夕,19 岁的周恩来东渡日本留学,写下了"面壁十年图破壁,难酬蹈海亦英雄"的雄壮诗句,表达的也是一种为探求救国救民真理而奋勇献身的态度。

态度转变,行为方式改变,其结果迥异。有一则民间故事更能说明"想干事是一种态度"。从前,有一户农家婆媳妇。洞房花烛夜,客散人静,新娘一手掀着盖头,一手指着粮囤上的老鼠,对刚送走客人走进洞房的新郎窃笑道:"看,老鼠在吃你家的米!"第二天早起,坐在床沿准备下床的新娘又看见老鼠跑到粮囤上,立即捡起鞋子砸了过去,大声吼道:"叫你吃俺家的米!"

想干事是一种精神。精神一到,何事不成?有了精雕细琢、精益求精、追求完美的精神，干事创业就有了前提。如"两丝"钳工顾秋亮，在平凡岗位上创造了不平凡业绩。他 1972 年参加工作，在钳工安装及科研试验方面工作达 40 多年，先后参加和主持过数十项机械加工和大型工程项目的安装调试工作，是一名安装经验丰富、技术水平过硬的钳工技师。2009 年，已是 50 多岁的顾秋亮作为"蛟龙"号海上试验技术保障骨干，全程参与了"蛟龙"号载人潜水器 1000 米、3000 米、5000 米和 7000 米四个阶段的海上试验。深海载人潜水器有十几万个零部件，组装起来难度最大的就是密封性，精密度要求达到了"丝"级，而在中国载人潜水器的组装中，能实现"0.2 丝以下"这个精密度的只有钳工顾秋亮，也因为有着这样的绝活儿，顾秋亮被人称为"顾两丝"。

想干事是一种追求。有了矢志不渝的追求，就会实现壮举，干事创业就有了动力。著名舞蹈艺术家杨丽萍，出生在大理的一个白族人家，从小酷爱舞蹈，没有进过任何舞蹈学校，凭借着天赋，进入西双版纳州歌舞团，之后调入中央民族歌舞团，以"孔雀舞"声名鹊起。她崇尚自然，坚守民族的就是世界的，始终坚持自己的追求，哪怕是一生只跳孔雀舞，并为此做出了最大的牺牲——不要儿女。杨丽萍获得了巨大的成功，当选为中国舞蹈家协会副主席，现为国家一级演员，享受"国务院政府特殊津贴"。正如高尔基所说："一个人追求的目标越高，他的才力就发展得越快，对社会就越有益。"

2015 年，有媒体报道了新加坡人叶凯伦和户籍在陕西西安的妻子，因结婚证丢失，专程回陕西补办证件过程中的烦恼和煎熬。此事久拖不决的症结在于叶凯伦夫妇与陕西民政部门对于一个"要件"——"社区证明"的认识分歧。这个真的必不可少吗？更何况叶凯伦夫妇是在 2012 年登记结婚，当事人婚姻档案并非久远，一式两本的结婚证又有一本尚在，调档查阅并不难办。民政部门坚持要他们出具"社区证明"，其实是一些人不愿担责。这损害的不仅仅是人民群众的合法权益，还有政府公信力。

治理"不作为""慢作为"，重要的是从思想上解决慵、懒、散、慢、软，破除"推"与"拖"的习气，明确责任，用公开监督的方式来倒逼作风转变。2017 年 5 月，安徽省怀宁县给 4 家不作为、慢作为单位颁发了"不作为、慢作为牌"。2017 年 8 月以来，河南周口持续开展"全市干部作风大整顿"活动，响亮提出向虚浮假躁宣战，向吃拿卡要开炮，向为官不为亮剑，拿诬告陷害开刀。

这对改进干部作风、提高工作效率起到了良好的推进作用。

▌感悟小语 >>>

> 努力造就实力，态度决定高度。

2. 干成事是能力

干事是一个过程。干成事靠的是本领、责任和担当。

苏联从勃列日涅夫执政后期起，就是一个老人治国、病夫治国的国家。勃列日涅夫 1982 年 11 月病死于总书记任上，继任的安德罗波夫只工作了半年就大病不起，之后契尔年科任总书记，基本上在病榻上度过了一年多的任期。当时，苏共高层达成高度共识：找一位年轻的总书记。1985 年 3 月，年轻"有为"的戈尔巴乔夫接任苏共中央总书记，结束了"老人政治"。戈尔巴乔夫上任后，主导"改革与新思维"，在政治、经济和军事等多个领域推动体制改革，却没有能力驾驭。随着"八一九事件"的发生，苏共瓦解，苏联解体，经济崩溃。戈尔巴乔夫因执政能力不足，成为苏联垮台的"罪魁祸首"。然而，同时期作为中国共产党第二代领导核心的邓小平，领导全国各族人民，坚持解放思想、实事求是，创立和发展了建设有中国特色的社会主义理论，开辟了中国改革开放和集中力量进行社会主义现代化建设的新时代。美国《时代》周刊评论：邓小平改变了世界，功绩史无前例。

干成事是本领。微软中国研发中心的桌面应用部经理毛永刚深有感触，因为微软的工作方式就是"给你一个抽象的任务，要你具体地完成"。1997 年他刚被招进微软时负责做 Word，没有人告知他该怎么做，该用啥东西。他和美国总部交流，得到的答复是全部都要靠自个儿去做。最终，毛永刚经过自身的努力，出色地完成了公司交给他的任务。这说明，要干成任何一项工作，都需要具备一定的才能。而才能不是头脑里固有的，天上也掉不下来，要靠自己充分发挥主动性，需要在实践中日积月累地学习提高。三国时期的马谡，能力有限却自命不凡，结果不仅丢失了街亭，也丢失了自家性命。

干成事是责任。著名职业经理人卫哲，1992 年在上海外国语大学就读时，曾到万国证券勤工俭学。他翻译的一份年报得到了万国证券总裁管金生的肯定，于是成为管金生的秘书。卫哲工作主动积极，想老板之所想，急老板之所急。刚开始管金生只是让卫哲翻译年报，剪剪报纸，这些工作对于平常人来说是小事，可是卫哲非常留神在那么多的剪报中寻找哪些是老板看过的，哪些是老板没看过的，然后进行分类整理。作为秘书，连端茶倒水这样的小事，卫哲也琢磨出许多窍门。经过一段时间的观察，管金生觉得，如果再让卫哲做复印、倒水、剪报等工作，真是屈才。所以，24 岁的卫哲出任上海万国证券公司财物管理总部的副总经理，成为国内证券界最年轻的副总。事实证明，想干事不是事等人，而是人找事。

干成事是担当。卡耐基曾经做过宾夕法尼亚州匹兹堡铁道公民事务管理部的职员。一天清晨，他在上班途中看到一列火车在城外发生了事故，当时情况紧急，而其他人都还没来上班，卡耐基一时不知道该怎么办才好，便打电话给上司，可上司电话打不通。危急时刻，卡耐基知道，多耽误一分钟，就会给铁路公司造成非常大的损失，于是稍加思索，便以上司的名义，给列车长发了一份电报，并在电报上签了自己的名字。列车长根据他的指令，迅速妥善处理了这起事故。卡耐基知道，他的行为已经违反了公司规定，会受到严厉的惩罚，甚至有可能被辞退。当上司来到自己的办公室时，发现桌子上放着卡耐基的辞呈，以及他处理今天早晨这场事故的详情报告，卡耐基就等上司开口了。但是，一天过去了、两天过去了，上司却一点儿动静都没有。卡耐基以为上司没有看到他的辞呈，便在第三天跑到上司的办公室里，说明了情况。上司看见卡耐基进来就笑了："我知道你会来，你的辞呈我已经看见了，但是我觉得没必要辞退你，因为你是具有职业精神的员工，你的行动刚好说明你是一个会主动做事的人，也是个能解决问题的人。我手下有你这个优秀的人，是我的荣幸！"很快，卡耐基就被提拔了。

逆境顺境看胸襟，大事难事看担当。"为官避事平生耻，视死如归社稷心。"

▌感悟小语 >>>

一打纲领，不如一个行动。

——马克思

3. 不出事是艺术

在历史的长河中，能人辈出，百舸争流，卓有成就、事业辉煌者不计其数，但是也有不少人想干事，也干成了，却最后出事了，落得一失万无的下场。秦朝丞相李斯，辅佐秦始皇，废除分封制，实行郡县制，提出了"书同文，车同轨"的建议，还参与制定了法律，统一货币、度量衡等，后与权臣赵高合谋，矫造遗诏，终被赵高所忌，腰斩于咸阳闹市，并夷三族。铁道部原部长刘志军，对中国高铁的发展是有贡献的，使中国拥有多款自主研发的高速列车，分别于 2004 年和 2007 年，主持完成中国铁路第五次、第六次大提速。但是在 2013 年 7 月，因受贿、滥用职权等数罪并罚被判处死缓。南昌大学原校长周文斌一度很受欢迎。南昌大学原党委书记郑克强，在 2010 年卸任时曾在公开场合对周文斌做过告诫：胆子大，想干事，能干事；但如果把握不好有可能会出事。可惜，周文斌不知自爱自律，贪污受贿，2013 年锒铛入狱。身居高位却对权力缺乏敬畏，没有把握好权力边界，是一些官员落马"出事"的主因。

想干事，能干事；干成事，不出事，需要的是睿智、修为和境界。

不出事是睿智。春秋末期，范蠡与挚友文种，一起为越王勾践打败吴王夫差立下赫赫功劳。60 余岁的范蠡，功成名就之后急流勇退，三迁定陶，没出几年，经商积资又成巨富，世人誉之："忠以为国，智以保身；商以致富，成名天下。"而文种，后为越王所不容，被赐死。汉史学家褚少孙评价："月满则亏，物盛则衰，天地之常。知进而不知退，久乘富贵，祸积为祟。"功成身退需要的是睿智。

不出事是修为。"汉初三杰"张良、萧何、韩信，汉高祖刘邦称赞道："夫运筹帷幄之中，决胜千里之外，吾不如子房；镇国家，抚百姓，给馈饷，不绝粮道，吾不如萧何；连百万之众，战必胜，攻必取，吾不如韩信。"张良、萧何，功成不骄，忠贞不贰，"封万户、位列侯"，善始善终。而韩信，官拜大将军，平定了魏、赵、齐、燕等四国，会师垓下，围歼楚军，迫使项羽自刎，霸王别姬。但他自以为功高于世，却遭一贬再贬，最后被"斩于钟室"，落个夷灭宗族的结局。

不出事是境界。吕日周，山西大同人，1983 年在山西省委农工部工作，被破格安排到山西省唯一的改革试点县原平担任县委书记。他根据当地农民的改革实践，创造发展了一种崭新的城乡经济组织形式，即风靡一时的"政府搭台，群众唱戏"。三年之后，他使穷困的原平县"咸鱼翻身"，财政收入相当于周边 12 个县的总和。柯云路成名作《新星》主人公李向南的改革经历即取材于此。作为李向南的原型，吕日周成为 20 世纪 80 年代的风云人物和一代改革者的缩影。2003 年 2 月 20 日，吕日周卸去长治市委书记一职赴太原上任山西省政协副主席，数万长治群众为他送行，打出了横幅："金杯银杯不如老百姓的口碑，吕书记有口皆碑！"仇和是近 20 年来中国官员群体中，最具争议的"明星式"人物之一，工作能力有目共睹，官至云南省委副书记，最后被开除党籍、开除公职。其落马并不是因为其工作实绩，而是由于其"严重违纪违法"。

一个科学家，在发明创造中历经磨难，纵有 999 次实验失败，最后一次实验成功了，仍然是杰出的科学家。一个企业家，生意场上，起起伏伏，勇于创新，跌倒了爬起来，仍然是成功的企业家，如巨人集团董事长史玉柱。一个官员，从政十年数十年，不可能万无一失，却可能一失万无，在仕途生涯中，纵有 999 次干成事，只要一次失足贪污受贿出了事，就可能身败名裂，成为阶下囚。万无一失功名就，一失万无全盘输。要想永葆英雄本色，就要始终有如履薄冰的警觉，决不能有"常在河边走，哪有不湿鞋"的侥幸心理。

▌ 感悟小语 >>>

人生没有如果，只有后果和结果。

十、经验之谈——人生三段论

1. 前段靠父母

"出身不由己"，不管是何出身，要明白"靠"父母的什么，怎么"靠"。

若出生在官宦之家或富贵之门，不学无术，靠父母的"权"或"钱"横行霸道、飞扬跋扈、恃财傲物，不可取。就像高喊"我爸是李刚"的"官二代"们和疯狂炫富的"富二代"们，如果有一天父母官位不保、钱财耗尽，该靠什么？所以，"靠父母"应该靠父母搭的"高平台"，接受更高端的教育，同时耳濡目染，从父母那儿学来更多的宝贵经验，让自己更高、更强。

李嘉诚的两个儿子都毕业于美国斯坦福大学，在读书期间，李嘉诚只给他们最基本的生活费，小儿子李泽楷当年曾经在麦当劳卖过汉堡，在高尔夫球场做过球童，李嘉诚对他们的忠告就是："克勤克俭，不求奢华。"

比尔·盖茨的孩子上学的第一天，比尔·盖茨亲自领孩子去学校报到，把孩子送进教室后对他说："今天，你已经认识到学校的路了，从明天起，爸爸、妈妈就不再接送你了，一是没有时间，二是没有必要。"比尔·盖茨说到做到，哪怕是顺路经过孩子学校的门口，哪怕是刮风下雨，他都坚持让孩子独自上学、回家。

像这样从小就接受自立自强教育的豪门子弟，将来无论是创业还是守成，都可能做出成绩。比如李泽楷仅用 10 年时间，便在事业上创造了辉煌，成为世人瞩目、有着"小超人"美名的香港大富商。

若出身于平民家庭，没有可"靠"的优势资源，那就秉承父母勤劳朴实、乐观坚强的性格，在父母的支持下，完成学业，同时制定切实的人生目标，并矢志不渝地去实现，也可能成就一番事业。2017 年 6 月，一篇博士帮环卫工父母扫街的报道引发媒体热议。主角是即将攻读上海同济大学博士学位的田俊涛，其父母 2011 年从河南老家来到嘉兴务工。田俊涛为减轻父母辛苦，利用暑假时间帮助父母清扫大街。田俊涛靠父母当环卫工人的辛苦所得，读完高中、大学，实现学业的初步积累，同时也养成了爱劳动、求上进的健康人格。某种意义上，这何尝不是一种家庭教养的积累、一种执着精神的积累、一种人生习惯的积累？就是这些积累奠定了他走向美好未来的坚实基础。

所以，无论是豪门子弟还是平民子女，"靠父母"不是靠权势靠官位，为自己谋福利，而是靠父母的教育成为一个有德行的人，并依靠父母的支持学到自我生存发展的能力，奠定成长成才的基础，以便为国家为人民做出应有的贡献。

▌**感悟小语** >>>

前段靠父母，重在夯基础。

厚积而薄发，铺就未来路。

2. 中段靠自己

人生中段，是立业、创业的最佳时机，如果能"靠父母"有份事业，然后"靠自己"把这份事业做好，无可厚非。如果不能"靠父母"创业、立业，就只有"靠自己"来成就一番事业。

毕业于农学院的阿成，从父母那里没有继承多少财产，他是从租 3 亩地搞培植树苗、种养盆景逐步起家的。开始时，他专门跑到偏僻的农村收购"树仔头"，低价收购成形老树。遇到出手阔绰的买家，一棵靓的九里香，能卖 1 万多元！随着房地产商越来越注重营造楼盘的绿化环境，阿成的各类树苗、成树大有市场。于是他又租了 10 亩地做园艺场，园艺场植物品种齐全，能满足不同人士的需要。阿成的生意也越来越红火。

著名品牌肯德基的创造者——哈兰·山德士，是美国传奇人物。他 6 岁时父亲去世，母亲带着 3 个孩子艰难度日。山德士是老大，勇敢挑起了照顾弟妹、为母分忧的重任，为养家糊口做过各种各样的工作。山德士 40 岁时来到肯塔基州，开了一家加油站。他看到很多来加油的顾客因长途跋涉而饥肠辘辘，就突发奇想，为什么我不顺便做点方便食品，来满足这些人的需求呢？于是，他在餐饮业上找到了事业的新起点，后历经艰难创造了辉煌，也就有了今天的肯德基。

倡导独立精神而享誉世界的犹太人中，有一些世界闻名的大富豪，他们将财富捐赠给了社会，而不是留给自己的子女。他们之所以这样做，就是为了培养孩子的独立精神，让孩子为自己赢得一切，而不是成为"寄生虫"。

我国著名教育家陶行知先生说："滴自己的汗，吃自己的饭，自己的事自己干。靠天靠人靠祖宗，不算是好汉。"

▌感悟小语 >>>

> 中段靠自己，有为不随嬉。
>
> 报答养育恩，培育好儿女。

3. 后段靠儿女

当今社会保障体系不断完善，政府承担了无子女老人的赡养职责，大多数没有子女的老人有了政府作为依靠。但是，对于有着几千年传统文化的中华民族来说，居家养老仍是最主要的养老方式，大多数老人对儿女的依靠度依然很高。

儿女养老需具备两个条件：一要有孝心；二要有能力。"孝心"是前段教育的结果，"能力"是中段奋斗的结果。这两个条件满足了，后段才能有所"靠"。比如，武汉大学"孝子博士"黄碧海用爱唤醒植物人母亲，让人感动不已。

《孝经》里说："立身行道，扬名于后世，以显父母，孝之终也。"儿女对国家、社会有突出的贡献，能"扬名于后世"，是光宗耀祖的事，即"显父母"。

历史上，"孟母三迁""岳母刺字"的故事流传至今，孟母、岳母才成为"教子有方"的楷模。北宋文学家苏洵 27 岁始发愤读书，虽起步较晚，但他教育出两个有出息的儿子苏轼与苏辙。后来苏轼与苏辙子承父业，不仅使父亲在学问和功业上难以实现的志向在儿子那里得到了实现，完成了父亲的心愿，而且父子之间相得益彰，使晚年的父亲政治地位和文学地位陡增，成就了北宋文学史上"三苏"的千古佳话。

现代社会中，经常有这种现象：有的人，一介平民，小病住院，探视的人络绎不绝，那是奔着他儿女去的；有的人，在世时，位高权重，门庭若市，离世时，门前冷落鞍马稀，那说明他儿女不行。

可见，人生"三段论"一脉相承，"前段靠父母"教育培养，成为一个好孩子；"中段靠自己"成就一份好事业；"后段靠儿女"老有所依。但目前社会上的"啃老族"，就不懂人生"三段论"：前段荒废时光，中段一事无成，后段靠"啃老"维持生计。

有位富人，30 岁喜得贵子，非常溺爱。不久，妻子去世了，他对儿子更是宠爱有加，甚至不让他干活学习本领，生怕宝贝儿子受苦受累。结果儿子成年后什么也不会干。一天，他和儿子出去游玩，碰到一个算命先生，请算命先生算算他们的寿命。结果出来了：富人能活 80 岁，儿子能活 60 岁。儿子听后大哭，说："父亲死后的 10 年我怎么办呢？"

▋ **感悟小语** >>>

> 后段靠儿女，颐养心有底。
> 心态调到位，保持好身体。
> 帮忙不添乱，做事力所及。

当然，"三"所蕴含的人生哲理和智慧绝不是这"三言两语"能说完的，其他还有：

人生三立：立德，立功，立言。

健康生活三个平：平常饭菜，平均身材，平和心态。

做事三不争：不与领导争锋，不与同僚争宠，不与下属争功。

做人三乐：助人为乐，知足常乐，自得其乐。

朋友分三种：一杯子的，一被子的，一辈子的。

人才三要素：人品，特长，贡献。

人生三追求：有声有色地工作，有滋有味地生活，有情有义地交往。

人生三大幸事：上学遇良师，职场好上司，婚姻配佳偶。

人生三大陷阱：大意，轻信，贪婪。

三个不能等：孝敬父母不能等，教育子女不能等，锻炼身体不能等。

三个抢不走：吃进嘴里的食物，学进大脑的知识，藏进心中的梦想。

三个要记住：吃一堑长一智，经一事长一能，交一友结一缘。

三个正确选择：审时度势，趋利避害，先易后难。

三个相反结果：求之不得，熟视无睹，欲速不达。

三个认识误区：对自己追求完美，对别人求全责备，对事物苛求圆满。

涵盖人生的三个字：尖——能大能小；斌——能文能武；卡——能上能下。

以上生活、工作中点点滴滴的感悟，经"三番五次"地修改、提炼，终成文字，拿来与"三山五岳"的"三朋四友"共飨。

第四篇
提升四种能力

能力如过河时的一座桥，上楼时的一部梯，划船时的一柄桨，拓荒时的一把镐。从茹毛饮血的远古到今天的文明社会，人类的进步实际上就是人的能力的进步。古往今来，每一个卓有成就者无不具有超强的能力。当今社会竞争激烈，重视和加强能力建设，不仅是一个社会命题，也是塑造精彩人生的必然之举。

一、应考能力

人生如赶考，从幼儿园到大学，从参加工作到退休，乃至从出生到死亡，考试、考核、考验，这"三考"如影随形，犹如锤炼人生的"三昧真火"。

1. 考试，通向完美人生的阶梯

知识决定命运，考试改变人生。十年寒窗无人晓，一举成名天下知。考试是历朝历代选拔人才的重要举措，是学子们改变命运的主要途径。据史料记载，中国科举史上，曾经涌现了数以百万计的举人和十多万名进士，产生文武状元777人。其中，官至宰相的唐有郭子仪等，宋有范仲淹、吕蒙正、文天祥等，明朝人数最多，共有黄观等17人。科举制为封建社会各阶层的读书人脱颖而出、施

展抱负提供了机遇，成就了一大批寒门学子"修身、齐家、治国、平天下"的梦想。

科举制诞生于隋朝，终结于晚清，历时 1300 年之久，深刻影响了封建社会的历史。梁启超曾评价说："科举，法之最善者也。"然而，它作为封建社会的产物，自实行起，便伴有不可克服的弊端，用一把尺子衡量士子，截长弃短，湮没了许多有特殊才能的人。特别是明清时期，考试内容以八股文为主，扼杀了知识分子的科学精神和创新思维，严重阻碍了社会的进步。鸦片战争后，中国社会遭受了有史以来最为严重的内忧外患，风雨飘摇中的清政府在各种压力下，被迫于 1905 年 8 月 4 日废止科举制度。

科举制度的终结，加速了现代考试制度的建立与发展。民国时期，由于战乱，基本上各大学自主招生，直到中华人民共和国成立后的 1952 年，我国才开始真正实行全国统一的高考制度。"文化大革命"期间，高考曾一度减招甚至停招，还曾出现招生不凭成绩凭推荐的现象，导致"拉关系""走后门"盛行，"白卷先生"大行其道。1977 年邓小平复出，很快主持恢复高考。高考改变了千百万人的命运，挽救了中国教育，也拯救了中国。

高考制度催生了无数时代精英，为国家建设培养了大量人才。当代党和国家领导人，大多经历了高考的历练。胡锦涛、朱镕基、吴邦国等毕业于清华大学，温家宝毕业于北京地质学院。当今中国社会的知名人士，也大都经历过高考。阿里巴巴 CEO 马云、新东方教育集团董事长俞敏洪都曾历经三次高考；张艺谋是恢复高考后的第一批考生，毕业于北京电影学院；神舟九号三位宇航员景海鹏、刘旺和刘洋也都是高考中的佼佼者。一位当代学者在谈高考时说，1977 年、1978 年的高考使他们一代人的命运产生了质的分化。现在，那一批高考的幸运者，一部分在各级学术、教育机构任领导；一部分进入政治管理层，其中多数为厅局级干部，少数进入部级，个别成为党和国家领导人，如赵乐际、李克强分别于 1977 年、1978 年考入北京大学；一部分进入经济领域，成为企业家或中高层管理人员。

当然，我国目前的高考制度并非尽善尽美，还有待进一步改进和完善。随着经济全球化深入发展，科技进步日新月异，人才竞争日趋激烈，知识经济已露端倪，不经高考的洗礼，不接受高等教育，无论是从政、经商，还是行医、执教，想成就一番事业，会越来越难。

在当今社会，考学、考证、考官是深刻影响人生的三类考试。

考学，获取知识，安身立命。考学是一个知识不断积累的过程，从幼儿园到大学，在不断的考试中，无数学子的知识和能力得到了有效充实和提升，为迈入社会打下了坚实基础。

考证，增加含金量，提升竞争力。证件是用来证明身份的"名片"，现实社会，许多工作都须持证上岗，如律师证、记者证、教师证等。多一个证件，就多一个展示才艺的窗口，也多一份竞争的实力。有证不一定好找工作，无证一定不好找工作。现在流行考证热，为了改变人生境遇，多少人拼搏在考证的前线。

考官，获得一个体面的职业，谋取一个"金饭碗"。"学而优则仕"，不仅古代如此，今天亦然。《南方日报》曾有一篇报道，深圳市公务员分类管理改革后，首次聘任公务员，共有40253人报名参加，平均115人竞争1个职位，最热职位是深圳市药品监督管理局的七级执法员岗位，2个空缺吸引了1613人报考。报考公务员，为读书人施展才华、报效社会搭建了一个坚实的平台。

"问渠那得清如许？为有源头活水来。"学习是获得知识的主渠道，是提升应考能力的根本。陶渊明说："勤学如春起之苗，不见其增，日有所长；辍学如磨刀之石，不见其损，日有所亏。"古往今来，人们为一举成名勤学不辍的故事俯拾皆是。战国说客双雄之一苏秦，所以能腰挂六国相印，叱咤风云，离不开他青年时期"头悬梁""锥刺股"勤学苦读的知识积累。匡衡凿壁借光，中举后因学识渊博，被汉元帝封为御史大夫，曾代为丞相，封乐安侯。车胤囊萤夜读，在东晋以寒素博学闻名于世，历任中书侍郎、吏部尚书等职。范仲淹断齑画粥，发愤苦读，官至宰相，为寒门学子树立了典范。

"书山有路勤为径，学海无涯苦作舟。"学习是一件辛苦的事，没有捷径可走，勤学得真知，一分汗水，一分收获。学习也是一件快乐的事，古人云"书中自有千钟粟，书中自有黄金屋，书中自有颜如玉""腹有诗书气自华"。在勤学中，我们吸收借鉴他人的智慧，站在巨人的肩膀上，洞悉万物，增长才智。巴菲特告诫青年人说，如果你想人生多彩多姿，就要试着学所有有兴趣的事。在当今知识社会，唯有勤学才能把握时代的脉搏，紧跟发展的步伐，从容应对各种挑战。

▌感悟小语 >>>
　　　　　　知识决定命运，考试改变人生。

2. 考核，改变人生境遇的契机

　　考核是依据一定的程序和方法，对被考核人员的整体素质和履职情况进行了解、核实和评价。考核制度，由来已久。《尚书·舜典》明确记载，"三载考绩，三考，黜陟幽明，庶绩咸熙"，《周礼》有"八法治官府""六计课群吏"之说。到秦朝，官员的考核制度日渐完备，主要有"上计制度"和"法官法吏制度"。汉代王符《潜夫论·实贡》："是故选贤贡士，必考核其清素，据实而言。"宋代欧阳修《勉刘申》诗："有司精考核，中第为公卿。"《清史稿·选举志一》："学政考核教官，按其文行及训士勤惰，随时荐黜。"这些史载都从不同的侧面反映了当时的考核制度。

　　现行的考核，充分吸收了古代考核的合理成分，考核的内容更加全面，考核制度更加健全，方式更加灵活多样，包括德、能、勤、绩、廉等方面。"德"即职业道德、社会公德、家庭美德、个人品德；"能"即能力，对领导干部而言，主要是科学判断形势的能力、驾驭市场经济的能力、应对复杂局面的能力、依法执政的能力和总揽全局的能力；"勤"即工作态度；"绩"即工作实绩；"廉"即廉洁奉公。"德"是品格，"能"是本领，"勤"是态度，"绩"是成效，"廉"是操守。

　　考核对象不同，侧重点也不尽一样。拿《西游记》说，唐僧作为 CEO，对其考核，重点看其贯彻执行董事长——如来佛制定的路线、方针、政策的情况。对悟空这位业务骨干，重点看其业绩。在取经之初，唐僧过分关注悟空的执行过程，而忽略结果，屡屡冤枉悟空，甚至炒了他的"鱿鱼"，将他轰回花果山。八戒作为中层干部，重点在自律方面，看其能否经得住诱惑。沙僧作为基层干部，其工作态度是关键。工作态度决定工作业绩。

　　考核在一时，关键在平时。有人平时不注重修养，"德"不足以服众，"能"不足以率众，"勤"不足以服众，"绩"不足以惠众，"廉"不足以威众。遇到考

核，临时抱佛脚，甚至拉票贿选。其实，每人心中有杆秤，关键时多数人会投出公正的一票。只有少数缺乏原则的人，因吃人嘴软，拿人手短，会有所动摇。能否在"票决"中胜出，业绩和人脉至关重要。有的人，平时甘于吃苦，勇于吃亏，敢于担当，乐于助人，广结善缘，综合素质又好，考核时自然票高。有的人，自私自利，斤斤计较，不学无术，油嘴滑舌，考核时，想让别人投他的票，无异缘木求鱼。所以，干得好，还要自身好、人脉好。

■ **感悟小语 >>>**

> 德能勤绩廉，考核来检验。
>
> 人缘锦上花，业绩最关键。

3. 考验，检验人生的试金石

人生就是一连串的考验。事业要面对成败的考验，交友要面对感情的考验，居家要面对养家的考验，退休要面对淡出的考验。人生的考验，有物质的，也有精神的，有金钱、美色、权力的考验，也有意志、品德、能力的考验。

人生旅途，有"春风得意马蹄疾，一日看尽长安花"的阳关大道，也有荆棘丛生的坎坷之途。人生犹如去西天取经，想修得正果，须经八十一难的考验。孟子曰："天将降大任于斯人也，必先苦其心志，劳其筋骨，饿其体肤，空乏其身，行拂乱其所为。"凤凰只有在浴火中才能涅槃，海燕只有在暴风雨中才能搏击，人只有在考验中才能奋起。

"艰难困苦，玉汝于成。"古今中外，成就大事者，无不经受过艰难困苦的考验。正如司马迁在《报任安书》中所说："西伯拘而演《周易》；仲尼厄而作《春秋》；屈原放逐，乃赋《离骚》；左丘失明，厥有《国语》；孙子膑脚，《兵法》修列；不韦迁蜀，世传《吕览》；韩非囚秦，《说难》《孤愤》；《诗》三百篇，大抵圣贤发愤之所为作也。"贝多芬在耳朵全聋、健康恶化、生活贫困、精神受到折磨的情况下，凭惊人的毅力创作了史诗般的《第九交响曲》。奥斯特洛夫斯基身残志坚，写成名著《钢铁是怎样炼成的》，激励了一代又一代热血

青年。

林则徐是清代政治家、思想家和诗人，官至一品，曾任湖广总督、陕甘总督和云贵总督，两次受命钦差大臣，因其坚持"禁烟"、虎门销烟，在中国有"民族英雄"之誉。林则徐初入仕途时，任福建厦门海防同知书记，颇受福建巡抚张师诚的赏识。时值除夕，依惯例各地官员都要向皇帝呈拜折。为考验林则徐，张师诚将幕僚放假过年，唯独把林则徐召来代草拜折。在写拜折过程中，张师诚故意整夜在林则徐居所外连放爆竹，又多次改动拜折，要求林则徐重抄，借以观察林则徐的修养和态度。林则徐毫无怨言地一遍又一遍认真誊写拜折，全然不顾其他。于是，张师诚更加欣赏他的人品及才华，遂将他招入幕府。张师诚位高权重，对典章大政等政治学问均有造诣，他将自己公事上的知识、权术一一传授给林则徐。林则徐忠于职守、不畏所难，经受住了关键的考验，为日后的"仕途"发展创造了良好条件。

逆境是一种考验，顺境更是一种考验。很多时候，人不是在逆境中跌倒，而是在顺境中沉沦。当鲜花、掌声、美酒、佳肴来临时，有的人陶醉了，飘飘然，意志松懈，忘却了曾经的追求，忽视了新的挑战，放松了对自己的约束，一失足而成千古恨。江西省原副省长胡长清，出生在偏僻的山村，从参军、入党，直至任副省长，可谓"一帆风顺"，但就在他人生辉煌的时候，却落得个身败名裂。明末农民起义领袖李自成，率军转战千里，一度攻克大明帝国京城，逼得崇祯皇帝自尽。但在江山未稳之际，其领导层已奢靡腐败，纪律松懈，大顺政权一年而亡。郭沫若先生在《甲申三百年祭》里指出："在过短的时间之内获得了过大的成功，这却使李自成以下的如牛金星、刘宗敏之流，似乎都沦进了过分的陶醉里去了。"清末洪秀全领导的太平天国，在取得辉煌胜利后，陶醉于胜利的喜悦中，争权夺利，贪享美色，结果迅速走向失败。

"视其所以，观其所由，察其所安。"古人对考验有精辟的见解。诸葛亮在《知人》一文中提出了考验七法："一曰，问之以是非而观其志；二曰，穷之以辞辩而观其变；三曰，咨之以计谋而观其识；四曰，告之以祸难而观其勇；五曰，醉之以酒而观其性；六曰，临之以利而观其廉；七曰，期之以事而观其信。"唐太宗李世民提出："贵则观其所举，富则观其所养，居则观其所好，习则观其所言，穷则观其所不受，贱则观其所不为。"明末大思想家吕坤说："大事难事看担当，逆境顺境看襟度；临喜临怒看涵养，群行群止看见识。"

人在一生中要面对各种考验。在大是大非面前，要坚守住原则，不能站错队；在急难险重时刻，要敢于担当，不能退缩；在金钱、美色、权力面前，要守住底线，不能逾矩；在为人处世方面，要诚信，不能奸诈；在干事创业中，要勤勉，不可懈怠；在退休淡出工作时，要保持晚节，不可有"59 岁现象"。

▍ **感悟小语 >>>**

> 人生无处不临考，成王败寇知多少。
>
> 金榜题名脱颖出，无数英雄竟折腰。

二、创新发展能力

创新是以新思维、新发明和新描述为特征的一种过程。其本质是突破，其核心是"新"。发展是指政治、经济、社会、文化、科技、教育等的繁荣和进步。创新是发展的根本动力和有效途径，发展是创新的目的和驱动力。

创新决定发展的速度和质量。江泽民同志曾指出："创新是一个民族进步的灵魂，是国家兴旺发达的不竭动力。""创新是一个政党永葆生机的源泉。一个没有创新能力的民族，难以屹立于世界先进民族之林。"

发展是当今世界两大主题之一。1992 年，邓小平在南方谈话时提出："发展才是硬道理。"在九届全国人大第五次会议上海代表团全体会议上，江泽民指出："增强综合国力，改善人民生活，离不开发展；巩固和完善社会主义制度，增强社会主义的凝聚力和生命力，离不开发展；保持社会稳定，实现国家长治久安，离不开发展；提高国际竞争力，在国际较量中掌握主动权，离不开发展；完成祖国统一大业，实现中华民族的伟大复兴，也离不开发展。"2003 年，胡锦涛考察江西革命老区时，强调"发展是党执政兴国的第一要务"。2013 年 2 月 26 日，习近平总书记在党的十八届二中全会上重申"发展仍是解决我国所有问题的关键"。这一脉相承的发展理念改变了中国，树起一个又一个里程碑。

1. 思维转变，前景无限

实践没有止境，创新也没有止境。世界每时每刻都在发生变化，中国也每时每刻都在发生变化，我们必须跟上时代，不断认识规律，不断推进理论创新、制度创新、管理创新、技术创新等。

创新理论，发展跃进。党的十八大以来，以习近平同志为核心的党中央举旗定向、谋篇布局、励精图治，谱写了中国特色社会主义新篇章，推进了党的理论创新。尤其是，党的十九大确立的"习近平新时代中国特色社会主义思想"，是对马克思列宁主义、毛泽东思想、邓小平理论、"三个代表"重要思想、科学发展观的继承和发展，是马克思主义中国化最新理论成果，必将对决胜全面建成小康社会，开启中国特色社会主义现代化建设新征程，起到巨大的指导和引领作用。

20 世纪 40 年代初，李四光创立地质力学理论，为我国甩掉"贫油"帽子立下了不可磨灭的功勋。中华人民共和国成立初期，作为中华人民共和国第一任地质部部长和全国石油地质工作委员会主任，在世界地质学界"中国贫油论"甚嚣尘上的氛围中，他根据多年潜心研究，提出扭动构造体系控油理论，大胆建议并实施了我国石油地质工作"战略东移"的重大决策，为大庆等一系列大型油气田的发现指明了方向，为国民经济的恢复和发展做出了巨大贡献。

创新制度，国强民富。创新制度是指在人们现有的生产和生活环境条件下，创设新的、更能有效激励人们行为、实现社会持续发展和变革的规范体系。

中国特色社会主义制度就是中国最典型的创新制度，坚持把根本政治制度、基本政治制度同基本经济制度等具体制度有机结合起来，坚持把国家层面民主制度同基本民主制度有机结合起来，坚持把党的领导、人民当家作主、依法治国有机结合起来，特别是把社会主义的政治体制与市场经济有机结合起来，开创了社会主义市场经济这一伟大壮举，符合我国国情，集中体现了中国特色社会主义的优势，是中国发展进步和取得巨大成功的根本制度保障。目前，我国集中力量办大事，超强的动员能力，国防、科技、经济等新成果井喷式地涌现，无不彰显着独特的制度优势。

为完成祖国统一大业，解决历史遗留的台湾、香港、澳门问题，邓小平同志提出"一个国家，两种制度"的伟大构想。正是依据这一构想，我国才顺利实现了香港、澳门的回归，并为将来解决台湾问题提供了很好的借鉴，也为世界各国处理类似问题提供了范例。

家庭联产承包责任制始于安徽省凤阳县小岗村。1978 年的一个冬夜，该村 18 人按下手印，搞起"包产到户"。此后，小岗村的经验被中央认可，并在全国推广。家庭联产承包责任制既规避了土地私有化的风险，又极大地激发了农民的生产积极性，推动了农业生产的发展，基本上解决了十多亿人口的吃饭难题，影响重大而深远。

创新管理，增强效益。1997 年亚洲金融风暴之际，三星集团走到了破产边缘。被称为"管理疯子"的尹钟龙临危受命，执掌管理帅印。上任后，他削价出售存货，回收应收账款，对三星电子的核心业务进行重组，大规模裁员。在尹钟龙的卓越管理下，三星起死回生，重塑世界顶级电子企业的神话。四川宜宾某丝绸厂曾因管理不善，资金短缺，发展举步维艰。新厂长到任后，创新管理，用仅有的资金购买蚕茧，再把蚕茧抵押给典当行，用典当得来的资金再次购买蚕茧，如此往复，可用资金像滚雪球一样越来越多，不仅化解了流动资金严重不足的难题，而且通过典当行解决了保存蚕茧所需的库房问题，节省了高额费用，一举扭亏为盈，创造了发展奇迹。

美国哈佛大学校长普西认为，是否具有创新能力，是一流人才与三流人才的分水岭。火车跑得快，全靠车头带。领导者作为管理活动的主导，肩负着改革和发展的重任。领导者创新能力的强弱，直接关系到事业的成败和发展的兴衰。创新能力是优秀领导和一般领导的本质区别。

1803 年，美国发明家富尔顿向拿破仑建议用他刚发明的蒸汽机铁甲战船代替正在使用的木制舰船。当时，拿破仑正在为进攻英国受阻而犯愁，本想接纳他的建议。可是富尔顿当时说错了一句恭维的话，触怒了个子矮小的拿破仑，使其与富尔顿的发明失之交臂。1812 年，英国人购买了富尔顿的轮船专利，英国因为有了它，最终以其船坚炮利确立了世界霸主地位。很多史学家认为，拿破仑如果接受了这项伟大的发明，他打败所有敌人，称霸世界应该没有多大悬念，也不会兵败滑铁卢、被流放到孤岛。拒绝创新，成了拿破仑永远的痛。

第二次世界大战期间，美国总统罗斯福接受了科学家迅速研制原子弹的建议，并付诸行动，最终美国最先研制出原子弹，并投在日本广岛和长崎，加速了日本军国主义投降。

乔布斯说："创新是区分领袖和追随者的准则。"星巴克是全球最知名的咖啡连锁店，在 40 年的发展历程中，一直牢牢占据全球第一连锁咖啡店的位置。然而，这个咖啡业的老大却在马来西亚和中国台湾地区遭遇到一个强劲对手，那就是 2010 年在台湾地区新崛起的 85℃咖啡连锁店。一年内，它在马来西亚开了 110 家店；16 个月内，在上海开了 97 家店；三年内在台湾地区开了 370 家店，平均开店的速度远远超过星巴克，而且还店店赢利。它的高招，一是置之死地而后生，把店开在强大的星巴克附近。二是以非常之举与"老虎"夺食，截取星巴克的客源。它以零利润销售咖啡，用星巴克一样的原料和工艺，却只卖星巴克三分之一的价。把真正的赢利放在星巴克视为副业的面点上，聘请世界顶级的面点厨师制作精美的面包和糕点，并配上厨师们的照片和权威部门颁发的证书。一样口感的咖啡，不一样的价格，再加独有的糕点，使顾客们纷至沓来。三是反其道而行之，开源节流。星巴克为顾客们喝咖啡提供宽敞舒适的环境，开支不菲，而"85℃"根据现代快节奏的生活，为顾客们打好包，让他们出店后边走边喝。这样，又省下了一大笔场地费和员工费。如今，"85℃"已在全世界布局，计划发起一场面包加咖啡的革命。

创新技术，发展加速。河南安彩巨亏证明，在现代科技迅猛发展的大背景下，不创新意味着落后。1998 年 9 月成立的河南安彩高科股份有限公司，其主营是生产、销售 CRT 彩色显像管玻壳。后来在发展过程中，面临技术创新和规模扩张两个选择时，决策者逆创新潮流，没有选择技术创新，而是选择了规模扩张。2003 年，河南安彩以 4990 万美元的价格收购了彩色玻壳领袖美国康宁公司的 9 条玻壳生产线，一举成为玻壳全球新霸主。而后，LCD 出现了，CRT 市场受到冲击、加速萎缩，价格大幅下滑，河南安彩出现了巨额亏损。而卸下包袱的康宁公司则致力于 LCD 的生产，2005 年利润达到 5.85 亿美元，不仅走出了困境，而且成为世界最大的 LCD 生产商。

数码相机的快速发展和普及，迫使胶卷行业"大洗牌"。有的不进则退，只能倒闭破产，如美国柯达胶卷；有的选择了与其他企业合并，如日本柯尼卡胶卷与相机厂家美能达"抱团"，谋求新的发展；还有的实现了创新转型，如日本富士胶卷大力研发复印机、数码相机、电子部件、电子材料等新技术，实现了产品的多样化。

"科学技术是第一生产力。"追溯人类发展史，每一次技术创新都深刻影响人类发展的进程。18世纪中叶开始的第一次技术革命，使人类社会进入了蒸汽动力时代，解放了生产力，为资本主义大发展创造了条件，成为从根本上动摇旧世界的强大杠杆。19世纪70年代开始的第二次技术革命，电力技术取代了蒸汽机，人类社会由机械化时代跨入了电气化时代。自20世纪40年代起，以原子能技术、计算机技术以及空间技术的发展和应用为特征的第三次技术革命，将人类社会从电气化时代带入自动化、现代化时代。目前，在激烈的国际竞争中，信息技术已成为科学技术新的制高点。技术创新革新了人类社会的组织结构，改变了人类的思维方式，为人类认识世界和改造世界，提供了新的工具、方法与手段，成为推动生产力空前发展和人类社会文明进步决定性的因素。

创新是国家发展的动力源，是民族兴旺的助推器。美国之所以能成为世界唯一的超级大国，主要是因为美国长期研发支出位居第一，知名大学排名位居第一，诺贝尔奖获得者位居第一。美国的芯片、薯片、好莱坞大片既是美国发达强盛的标志，也是创新发展的产物。

中国新四大发明——高铁、支付宝、网购、共享单车，又一次"光耀"了世界，其决定性因素在于中国科技创新力量的迸发与基础设施的完善。2017年8月29日，中国航天科工集团宣布，他们拟借助航天系统工程丰富的实践经验和技术积累以及国际一流的超声速飞行器设计能力，将超声速飞行技术与轨道交通技术相结合，研制最大运行时速4000公里的超级列车。有了科技创新，中国正在弯道超车。无论是高铁、大飞机、航空母舰、空间站、载人潜水器，还是可燃冰的开采、探索暗物质的"悟空"、探索宇宙的"天眼"、领跑的"墨子"号等等，无不是科技创新的结果。

有一则新闻：杭州的乞丐在路边乞讨，有一路人说自己没有零钱，乞丐立马掏出手机说："那就扫我的二维码，给我发红包吧。"据说连两岁半的小女孩买冰激凌，妈妈哄她说没带零钱，她也会让妈妈使用手机支付。互联网时代，创新思维在深刻改变着生活方式。

▌**感悟小语 >>>**

> 发展如登攀，步步皆维艰。
>
> 实现登顶梦，创新动力源。

2. 奇迹源于平凡，创新就在身边

有人认为创新都是伟人、科学家的事，神秘莫测，高不可攀。其实创新就在身边，源于平凡。在海南，农民种植的一种"白象牙"杞果，因为在开花时受粉不完全，导致"发育不良"，结出的果只有鸡蛋般大小，俗称"败育果"。一开始，这种果都被淘汰处理。后来一位经销商在低价购进后对其包装宣传，称这种果叫"珍珠果"，比正常果实果肉纤维少，核小甚至无核，口感好。经宣传后，深受人们欢迎，其价格比正常的优质杞果高出一倍，并成为送礼佳品。

茅台酒一摔成名。1915年2月20日，首届巴拿马万国博览会在旧金山开幕。这是20世纪初世界范围内最大的一次国际博览会，参展单位超20万家。当时，中国人用土陶罐盛装的茅台酒虽然质量上乘，但由于首次参展且装潢简朴，遭到冷遇。展会即将结束，中国代表团眼看茅台酒评奖无望，心中很不服气，团长陈琪心生一计，佯装失手摔坏了一罐茅台酒，顿时浓香四溢，招来不少看客。中国代表乘机让人们品尝美酒，这一大新闻很快传遍了整个会场。人人都争着到茅台酒陈列处抢购，认为中国酒比"白兰地""香槟"更具特色。评委们一下子被吸引住，经反复品尝后一致认定"茅台酒"是世界最好的白酒，于是向茅台酒补发了金奖。

把羊粪卖给总统。美国一位初中生韦克因卖羊粪而成为百万富翁，并荣登《财富》杂志。韦克家附近有一个养羊场，经常散发浓浓的羊粪味。一天，他在草地上玩耍，看见一堆羊粪附近的草长得特别旺盛，便萌发了把羊粪变废为宝、当商品出售的念头。起初，他把从养羊场无偿得来的羊粪拿到市场去卖，因羊粪的臭味，不但销售不好，而且遭到了城管的驱赶。回家后，他把羊粪晒干，直到没有异味，装在塑料袋里封好，在网上兜售，生意很快好了起来。有一天，他在电视上看到奥巴马总统欢迎胡锦涛主席到访的新闻，发现冬季的白宫草坪枯萎。

于是，他在总统信箱里留言，希望总统购买他绿色无异味的羊粪，为草坪施肥。很快，他就收到奥巴马总统 500 千克羊粪的订单。之后销售额开始急剧上升，不久，收入就超过百万美元。

"不登高山，不知天之高也；不临深溪，不知地之厚也。"元末明初的小说家施耐庵，在写作《水浒传》时，需要描写打虎的情景，但他从来没有见过老虎，打虎的场面更没有见过。为此他就到深山观察老虎捕食等动作，找到有经验的猎户，了解他们捕猎老虎的经过。后来，施耐庵写解氏兄弟猎虎、李逵沂岭杀虎、武松打虎等情节，都栩栩如生，扣人心弦！

"一语不能践，万卷徒空虚。"明代的徐霞客，在当时科举盛行的情况下，视功名如粪土。他拄一根拐杖，携一行囊，登危崖，历绝壁，涉洪流，探洞穴，饥啖野果，渴饮清泉，常年奔波于深山峡谷之中，掌握了祖国山川河流、溶洞地貌、风土人情等第一手资料，历时 30 多年，写下了几百万字的《徐霞客游记》，揭开了我国地理学发展的新篇章。

公元 105 年，身为中常侍并兼任尚方令的宦官蔡伦，看到当时可供书写的竹简、缣帛等，不是太笨重就是太贵重，于是"闭门绝宾，暴体田野"，终于琢磨出一整套完善的造纸术，研制出了第一批用废麻和树皮做原料的植物纤维纸，成为中国古代"四大发明"之一。随着国与国之间的贸易交流，造纸术由中国传到欧洲，很快便在全世界流传开来，大大加快了人类的文明进程。造纸术对人类的影响是巨大的，对文明的发展起到了不可估量的作用。

▌感悟小语 >>>

> 奇迹源于平凡，创新非不可攀。
> 秉持先进理念，成功与你相伴。

3. 风景这边独好，创新重在用心

用心，就是带着问题去思考。众所周知的万有引力定律，源于一个从树上掉落的苹果。1666 年，23 岁的牛顿还是剑桥大学一名三年级的学生，他一直困惑：

是什么力量驱使月球围绕地球转，地球围绕太阳转？为什么月球不会掉落到地球上，地球不会掉落到太阳上？一天，他坐在姐姐的果园里，正思考这个问题，忽然一个苹果从树枝上落下，砸到草地上，当他循声望去，又一个苹果砸到他头上。他茅塞顿开：苹果之所以掉落，是因为地球具有吸引力。由此而推，他打开了发现万有引力定律的大门。假如苹果砸在了一般人的头上，可能有人抱怨倒霉，砸疼了头；有人感到窃喜，有一个意外收获。但当它砸到了用心追求科学的牛顿头上，就有了万有引力的发现。只是一个苹果，成就了人类科学史上最伟大的发现之一。

洗澡这样一件日常小事，阿基米德却从中发现了浮力定律。据传，有一次国王做了一顶金王冠，但是怀疑金匠在王冠中掺了假。于是，他请阿基米德作鉴定，当然，前提是不许弄坏王冠。阿基米德冥思苦想了好多天，也没有好的办法。有一天，他去洗澡，刚躺进盛满温水的浴盆，水便漫溢出来。他忽然想到，相同重量的物体，由于体积的不同，排出的水量也不同。于是他从浴盆中跳出来，一丝不挂地从大街上跑回家做实验，把王冠放到盛满水的盆中，量出溢出的水，又把同样重量的纯金放到盛满水的盆中，但溢出的水比刚才溢出的少，便断定金匠在王冠中掺了假。

牛顿和阿基米德的发现，开辟了物理学发展的新纪元，推动了人类科学的快速发展。

用心，就是敢于打破思维定式，做第一个敢吃螃蟹的人。相传几千年前，江河湖泊里有一种双螯八足的甲壳虫，不仅偷吃稻谷，还用螯伤人，人称"夹人虫"。大禹到江南治水时，治水工程深受夹人虫的侵扰，于是他派善于创新的巴解前往督工。巴解多方调研，想出一法，在城边掘沟，沟里灌进沸水。夹人虫过来，纷纷跌入沟里烫死。烫死的夹人虫浑身通红，发出一股诱人的鲜美香味。但众人都不敢吃，巴解大着胆子咬一口，谁知味道鲜美，非常好吃。在他的带领下，夹人虫被一吃而空。此举不仅解决了治水问题，而且为大家带来了美食。后来人们为了纪念巴解，在解字下面加个虫字，称夹人虫为"蟹"，意思是巴解征服夹人虫，是天下第一个吃蟹的人。

大航海家哥伦布发现美洲后回到西班牙，在女王为他举办的庆功宴上，许多王公大臣、名流绅士都瞧不起这个没有爵位的人，纷纷出言相讥。哥伦布面对冷嘲热讽，从桌上从容地拿起一个鸡蛋，问大家："各位尊贵的先生，你们谁能使这个鸡蛋立起来？"那些自以为是的王公贵族纷纷尝试，可怎么也立不住。哥伦布拿起鸡蛋，"砰"的一声往桌上一磕，大头破了，鸡蛋牢牢地立在桌子上。众人见状嚷道："这么简单，谁不会呀！"哥伦布微笑着说："是的，这很简单，但在这之前，你们为什么想不到呢？"

用心，就要有好奇之心。好奇心是打开创新之门的钥匙。居里夫人曾说："好奇心，是学者的第一美德。"爱因斯坦有一句名言："我并没有什么特殊的才能，我只不过是喜欢寻根问底地追究问题罢了。"微软公司评判员工有十大标准，其中"对自己所在公司或部门的产品具有起码的好奇心"被列为首位。

用心，就要付出行动。"宁可站着来做事，不可坐着等事做。"邓小平曾说过："世界上的事情都是干出来的，不干，半点马克思主义也没有。"

▌感悟小语 >>>

创新能力，是一流人才与"跟屁虫"的主要区别！

三、有效运作能力

有效运作，指通过运筹帷幄、科学谋划，统筹协调、整合资源，全力以赴、狠抓落实，把成事的可能性变成现实，甚至化腐朽为神奇。

1. 运筹帷幄，提升决策力

运筹帷幄就是科学谋划。古今中外，无论是刀光剑影的战场，纵横捭阖的政坛，还是风起云涌的商海，都讲"谋略"二字。几千年的中国历史可以说是一部谋略家的历史。姜太公在商纣王麻痹松懈、众叛亲离时，以"吊民伐罪"为号，联合诸侯伐商，取得了牧野之战的胜利，成就了周朝八百年的王业。韩信以"明修栈道，暗度陈仓"之策，为刘邦攻下咸阳、收复三秦、统一中原奠定了基础。

诸葛亮巧借东风，火烧赤壁，避实就虚，拥蜀自重，成就了刘备三分天下的霸业。

运筹帷幄，要把握大局，体现战略性。"不谋全局者，不足以谋一域；不谋万世者，不足以谋一时。"只有把握大局，才能"登泰山而小天下"，以开阔的视野、宽阔的胸怀，从战略的、宏观的、全局的角度谋划未来。

运筹帷幄，科学决断，既需要远见和机遇，更需要必胜的信念、甘冒风险的勇气和不畏艰难的劳苦奔波。《史记·吕不韦列传》记载：秦庄襄王本名子楚，年轻时在赵国都城邯郸做人质，因为秦国屡次攻打赵国，他在赵国的处境非常艰难。当时卫国大商人吕不韦在邯郸做生意，知道子楚的情况，认为他是"奇货可居"，决定进行一次政治投资。吕不韦就向子楚游说，提出了保其做秦国君主的宏大计划。他为子楚分析了秦国国内的形势，并愿意拿千金赴秦促成子楚做秦太子安国君养子。在吕不韦的精心运筹下，子楚顺利地被过继给安国君做养子，不久安国君继秦王位，即后来的秦孝文王，子楚也顺理成章地做了太子，赵国立即护送子楚的夫人和儿子嬴政回到秦国。秦孝文王一年后暴薨，子楚即王位，就是秦庄襄王。秦庄襄王继位后，任命吕不韦为相，封文信侯。大商人吕不韦以政治家的远见、投资家的胸怀、冒险家的气魄和实干家的拼搏，取得了巨大的成功，拜相封侯，而且得以主持编写巨著《吕氏春秋》，在中国历史上留下了重重的一笔。

联合国成立之初，办公用址一直难以解决。美国商人洛克菲勒出资 850 万美元购买一块地，以 1 美元的价格卖给联合国。同时，他廉价买下了周边的土地。联合国大厦建好后，周边地价直线飙升。洛克菲勒凭其超前谋划，大赚了一把，可谓名利双收。

"视野决定格局，格局决定结局。"清末状元、中国近代第一实业家张謇有句名言："一个人办一县事，要有一省的眼光；办一省事，要有一国之眼光；办一国事，要有世界的眼光。"当前，经济全球化的影响越来越深入，新技术革命对人们生产活动和生活方式的影响越来越深刻，国际国内产业梯度转移大潮风起云涌，东中西部千帆竞发、百舸争流，领导干部唯有站位全局，才能抓好战略性、根本性和前瞻性的重大问题。

运筹帷幄，要审时度势，把握规律性。《资政新篇》云："夫事有常变，理有穷通。故事有今不可行而可豫定者，为后之福；有今可行而不可永定者，为后之祸。其理在于审时度势，与本末强弱耳。"河南省南街村在"玩泥蛋"起家时，有一个"指山卖磨"的经典案例。在筹建砖瓦厂时，面对资金瓶颈，村主任王宏斌在村里放出风声，如提前预购砖瓦可以享受优惠价，并发动村干部和亲属带头预购，其他人一看这阵势，纷纷要求预购。不到半个月，就筹集资金 30 万元，既解决了资金难题，又成功打开了市场。南街村从"玩泥蛋"起家，"玩面蛋"发家，逐步成为"豫中一枝花"。

审时度势是谋划的关键。中华人民共和国成立后，一次次海疆危机激发了国人强烈的"航母梦"，但一穷二白的现实让我们对航母的谋划只能从基础工业、军事经验等方面作点滴的积累。乌克兰独立后，经济陷入困境，军事工业荒废。我们正是抓住这个有利时机，几经周折，以民用商业方式购买了被视为废船的"瓦良格"号，利用我们的技术积累对其加以改造，成就了如今的国之重器"辽宁"号。明确的目标、长期的积累、良好的机遇，往往是运筹成功的必要条件。

亚投行的筹建与成立，也彰显着这种眼界、执着和智慧。长期以来，我国在国际经济体系中处于被动地位。国际货币基金组织、世界银行、世贸组织作为世界经济体系中的三驾马车，牢牢控制着世界经济走势，一直对我国经济进行排斥、打压和盘剥。摆脱这种尴尬局面，取得世界经济话语权，成了我国经济领域的一个漫长的梦。2013 年 10 月，我国不失时机地提出筹建亚洲基础设施投资银行的倡议，迅速得到了世界许多国家的积极响应，连美国的"铁哥们儿"英国，也不顾"老大"的劝阻，义无反顾地加入。2016 年 1 月 16 日，亚投行正式开业，57 个意向创始成员国开始谱写共同繁荣的乐章。

运筹帷幄，还要善于求新求变，富于创造性。思维一变，风光无限。

▎感悟小语 >>>

> 胸怀韬略谋全局，求新求变不拘泥。
> 任凭海空风浪急，运筹帷幄胜千里。

2. 有效整合，增强统筹力

整合，就是将零散的要素组合在一起，形成有价值、有效率的系统。整合资源，就是人尽其才，财尽其值，物尽其用，凝聚内力，借助外力，形成合力。

扬长避短，凝聚内力。古语云："善用人者无弃人，善用物者无弃物。"明代《泾野子内篇》记载，西邻先生有五子，长子质朴，次子聪明，三子目盲，四子背驼，五子脚跛。按常理，这家人日子难过。西邻让质朴的老大务农，让聪慧的老二经商，让目盲的老三按摩，让背驼的老四搓绳，让足跛的老五纺线。就这样一个由残疾人组成的家庭，不愁吃，不愁喝，生活其乐融融。清代将领杨时斋说："军中无无用之人，聋子可当侍者，哑巴可当信使，瘸子宜守炮台，瞎子安在阵前可听敌军动静。"

没有无用的人才，只有不会用人的领导。项羽弃用范增，放走陈平，只让韩信当了一个执戟郎，上演了从叱咤风云到四面楚歌的悲剧。而刘邦善用张良、萧何、韩信，由弱变强打败项羽。他说："夫运筹帷幄之中，决胜千里之外，吾不如子房；镇国家，抚百姓，给馈饷，不绝粮道，吾不如萧何；连百万之众，战必胜，攻必取，吾不如韩信。三人皆人杰，吾能用之，此吾所以取天下也。"

世界上没有垃圾，只有放错了地方的财富。《庄子》中有一棵神奇的树，树干粗大，需百人方可合抱，枝叶繁茂，足以遮蔽上百头牛。木匠说这棵树做船会沉，做家具易被虫蛀，是无用之树。但它可供人观赏、祭拜，可堪大用。没有绝对无用的东西，关键要找到使用的方法。安徽省砀山县种有大片梨树，以前每年修剪下来的枝条除了烧火，几乎没有别的用处。后来，县财政局副局长黄瑞奎用剪下的树枝种香菇，从这些枝条中每年"长出"上千万元的财富。

荀子曰："君子生非异也，善假于物也。"希尔顿买下华尔道夫大酒店后，通过有效运作，酒店迅速进入最佳营运状态。当所有人都认为无遗可寻时，希尔顿鹰一样的目光注视着大厅中央的通天圆柱。他叫来下属，把它们改造成四根透明玻璃柱，在其中设置漂亮的玻璃展示箱，作为广告宣传。仅此，就为公司节省了大笔广告费用。

有的人有钱，也不一定办成事；有的人无钱，却能办成事。某县有个旧厂倒闭了，100亩土地对外拍卖，价值500万元。有个开发商想搞到这块地，但苦于资金短缺，便找厂领导说："这地我550万元买下，3个月内先付200万元，一年后再付350万元。"厂领导一听多卖50万元，自然高兴。然后，开发商拿这块地去银行抵押贷款550万元。他把贷到的钱先给厂方200万元，剩余的除图纸设计、广告宣传、外部协调外，还有 100 万元。接着，他找来施工队，先付 100 万元的启动资金，等房建好后再付垫资。一年后，房子建好，卖房款远超 550 万元。就这样，他挖得了人生的第一桶金。

借势而为，巧用外力。我国的奶制品明星企业"蒙牛"公司，发展之初没有一头奶牛。牛根生用三分之一的启动资金，在呼和浩特大搞广告宣传，一夜之间，人们就知道了"蒙牛"奶业。接着，他与中国营养学会联合开发新产品，以投入品牌、技术、配方等方式与国内乳品厂联营生产，短短 3 个月时间，就筹了近 8 亿元的资金。半年后，"蒙牛"就从中国乳制品销售排行榜的千名之末跃升至第 119 位。目前"蒙牛"已成为中国乳业屈指可数的巨头之一，2015 年净利润达 23.67 亿元。

大英图书馆迁建后，馆长面对 350 万英镑的搬书费一筹莫展。在他愁闷时，一个馆员说，给我 150 万英镑，保证把图书搬完。馆长立即同意，并签订合同。馆员拿到钱后，在报纸上发出一条惊人的消息：从即日起，大英图书馆免费、无限量向市民提供图书，条件是从老馆借出，还到新馆去。结果，150 万英镑的零头都没用完，就把图书给搬了。

春秋时，诸侯割据，战事频仍。一次，齐相田常为转移内部矛盾，准备攻打鲁国。孔子不忍看到自己的国家灭亡，就派学生子贡设法救鲁。子贡到齐国对田常说："鲁国弱小，您即使打赢，也无助于声望的提高，若想提振威望，进攻强大的吴国才是上策。"田常以为有理，接受了建议。子贡又到吴国劝说吴王："现在齐国欲灭亡鲁国，唇亡齿寒，您的威胁大了。"吴王问子贡对策，子贡说："如果您派兵救鲁，既能赢得声望，又能威震齐国，岂不一举两得？"吴王甚感有理，可担心被越国偷袭。子贡说："我可以说服越王不但不袭击您，还帮您攻打齐国。"吴王甚喜，让子贡赶紧去办。子贡到越国说："越王啊，您可危险了，有人找吴王告密，说您要报仇雪恨，攻打吴国。吴王很生气，准备攻打您。"越王很着急，向子贡求教。子贡说："如果您请求和吴王一同攻打齐国，岂不化了嫌疑？"越王感激地接受了子贡的建议。后来，齐国与吴国果真打了起来，吴国打败了齐国，却遭到了越国袭击，国力大衰，逐步被灭亡。就这样，在子贡运作下，鲁国不发一兵一卒，转危为安，且达到了存鲁、疲齐、灭吴、霸越的目的。

团结协作，形成合力。协作不仅可提高个人的生产力，还可创造一种生产力，产生 1 加 1 大于 2 的神奇效果。"整体大于部分之和。"一个人就像一块砖，砌在墙里，谁也搬不动；丢在路上，就可一脚踢开。某富翁有 10 个儿子，天天争斗，不团结。富翁临死前为教育儿子，拿出一把筷子，先分每人一根，都能折断；再分每人五根，勉强能折断；后每人 10 根，都没折断。儿子们深悟父意，从此不再争斗。

某教授做了一个实验。他给 50 个互相认识的学生每人发放了一个气球，要求大家在上面写上自己的名字。接着将气球收集起来，放到一个教室里。然后，教授把这 50 名学生带到那个教室，要求各人找到写着自己名字的气球，限时 5 分钟。计时开始，学生们一窝蜂似的在 50 个气球中寻找自己的名字。大家碰撞、拥挤在一起，现场一片混乱。5 分钟过去了，现场的 50 名学生没有一个人在规定时间内找到自己的气球。此时，教授叫了暂停，又要求大家随便找个气球，然后把气球递给上面写有其名字的那个人。不到 3 分钟，这 50 个人都接到了自己的气球。实验结束，教授指出：你给予他人想要的，你就会得到你想要的，这就是互相协助的意义！

干工作好比"弹钢琴"，只有 10 个手指有机协调，弹出来的"曲子"才能完整和谐。

▌感悟小语 >>>

人生不能像做饭，把所有的料都准备好才下锅。有效运作，就是把可能变成现实，甚至把不可能变成可能。

3. 狠抓落实，提高执行力

思路再好，不去做，就等于画饼充饥；理想再好，不去实践，就是空想幻想。没有强有力的执行，再好的决策也是一纸空文。落实，态度是前提，行动是关键，制度是保障。

态度决定一切。能力不足，可以培养；态度不行，无可救药。海尔 CEO 张瑞敏精练概括："想干与不想干，是有没有责任感的问题，是德的问题；会干与不会干，是才的问题。"只要想干，可以通过学习、钻研，达到会干；会干，但不想干，工作肯定做不好。1加1可能大于2，100加0也可能等于0。1分的能力加上1分积极的态度，可能创造出3分的成绩；而拥有100分的能力，没有1分想干好工作的态度，很可能一事无成。有句经典语：原谅能力，不原谅态度。

一个人对待工作、生活的态度，决定了他事业成就的大小。有了要做就要做最好的态度，张瑞敏把海尔发展成中国旗帜企业，马云创造了阿里巴巴帝国神话，马化腾把腾讯做成中国浏览量最大的中文门户网站。

行动重于一切。《致加西亚的信》的主人公罗文，其精神至今令人感动。在美西战争期间，美国必须立即跟西班牙的反抗军首领加西亚将军取得联系，而加西亚正在古巴丛林里，没有人知道确切的地点，无法打电话给他。有人向总统推荐让罗文去送信。罗文从总统手中接过信后，没提任何条件就出发了。他经过千辛万苦，几个星期后，把信交给了加西亚，为美国赢得战争争取了先机。在世界快速发展的今天，机会稍纵即逝，只有果断执行，才能勇立潮头，把握主动。

执行"不到位"，相差100倍。一次，希望集团总裁刘永行到韩国参观一家面粉企业。这家只有66名雇员的小厂，每天处理小麦1500吨。在中国，相同规模的企业日产只有百余吨。就是效率较高的希望集团，同等条件下，日生产能力仅有韩国工厂的六分之一。怀着极大的好奇心，刘永行特意请教该厂厂长："为什么同样的设备，同样的管理，设在中国的工厂却需要雇用那么多人呢？"那位厂长含蓄地回答："也许是中国人做事不到位吧。"

制度高于一切。制度具有根本性、全局性、稳定性和长期性。西方有句谚语：总统是靠不住的，唯一可靠的是制度。邓小平说："没有制度，工作搞不起来。"

"没有规矩，不成方圆。"一个团队有无战斗力、凝聚力，能否做到政令畅通、令行禁止，关键取决于制度是否完善，是否有效执行。某大型国有企业，因经营不善破产后被外商收购，有人担心外商会大量裁员，也有人猜测生产线重组大换血。但出乎所有人的意料，一个星期后，外商不但没有裁员也没有大换血，一切保持原状，外商只派了财务、技术等重要部门的管理人员，其他的部门根本没变动：人事没变，制度没变，机器设备也没变。变的只有一条：把先前企业的制度坚定不移地执行下去。不到半年，企业不仅扭亏而且还赢利了2倍。

制度管根本，管方向，管长远。形成用制度管人、管事的机制，就能激励、调动人的积极因素。人生就像一场比赛，我们要想结果圆满、过程精彩，就要不断追求卓越，精准地把握每一个赛点，在落实上下功夫。

▎**感悟小语 >>>**

> 运筹帷幄善谋断，有效整合聚资源。
>
> 尽心竭力抓落实，化解腐朽神奇见。

四、与媒体良性互动能力

如今是信息时代、媒体社会，各种媒体无时不有、无处不在，它们以形形色色的样态反映生活，传递信息，制造热点，引领潮流，影响受众。

一个现代人，要生存与发展，媒介素养不可或缺。对领导干部来说，善于同媒体互动，更是必备的一项基本功。不管你喜不喜欢，只要走上领导岗位，就必须具备这种素质和能力。不善于面对媒体，很难成为一个现代意义上的合格领导者。

1. 一柄"双刃剑"——成也媒体，败也媒体

《战国策·魏策二》中有一个典故叫"三人成虎"："夫市之无虎明矣，然而三人言而成虎。"是说街市上明明没有老虎，但一两个人说了没人信，等三个人谎报说有老虎，听的人就信以为真了。同样的故事说，孔子的弟子曾参，根本没有杀人。但当人们一而再，再而三地向曾参的母亲述说曾参杀了人，曾参的母亲听了之后便由最初的不相信到最后的"惧，投杼逾墙而走"。谣言本不足信，造谣的人也是可耻的，但谣言本身也是一种舆论，而舆论的重要性也从这两个故事中得到了证明。

社会发展到现在，新闻媒介已成为政府、企业和公众之间的桥梁，正日益显

示出重要性：它可以使远在万里之外的社会公众，顷刻间了解到某地所发生的一切。明智的领导干部、企业家，无不对新闻媒体表示高度重视，无不乐于和记者交朋友。

如果选择中国最善于利用新闻传播品牌的企业，人们会毫不犹豫地投海尔一票。因为，张瑞敏和海尔的知名度，主要不是靠广告，而是靠新闻媒体、新闻渠道做出来的。这样不仅节省广告费，其可信度和随之而来的宣传效果是花多少广告费都买不来的。海尔能不花1分钱利用央视宣传自己的品牌。多年来，央视以每年至少3次、每次至少1分半钟在《新闻联播》中介绍海尔，央视所有节目中介绍海尔的时间长达7个小时！为什么海尔能够经常在媒体上占这么大篇幅？一个重要原因，就是海尔善于利用媒体，善于"造故事、讲故事"。比如海尔在美国买大楼，它是一个新闻性事件，国内外媒体能从不同的角度分析评价它。张瑞敏砸冰箱是故事，进德国市场是故事，洗衣机洗红薯是故事，进哈佛讲学是故事……这些故事都是事实，而不是凭空编出来的。它们都具体而生动，容易被媒体传播。

很多中国企业就不善于利用这一点，有很好的故事却不把它当成财富，造成企业的无形资源白白浪费。瑞士手表向我们提供说明书也没有直接讲质量，那里面全是讲故事。

在信息爆炸的今天，媒体与消费者都容易遗忘，因此，企业要反复地讲故事。张瑞敏只砸了一次冰箱，那还是在20多年前，但海尔天天讲、月月讲、年年讲，潜移默化中，使得新生代的年轻人都知道这件事，都信服海尔质量第一的品质。

曾经沸沸扬扬的"陕西华南虎"事件虽已逐渐为人们所淡忘，但留给公众的思考远没有终止，媒体在整个事件中扮演的角色令人深省。"华南虎事件"之所以能成为"娱乐事件"，这里面除了众多网民朋友的积极参与外，还与那些在事件中推波助澜的媒体分不开。是媒体把周正龙捧上了"拍虎英雄"的神坛，也是媒体第一个发出了质疑的声音。正是媒体的参与，才令虎照真伪的争论风波愈演愈烈，最终导致司法介入。正可谓成也媒体，败也媒体。媒体的力量是巨大的，在现实中扮演的角色无可替代。

▌感悟小语 >>>

　　媒体如药引，用对是良方，用错是砒霜。

2. 避免三大误区

　　在信息传播极为迅速的新媒体时代，面对新闻媒体，敢不敢说话，会不会说话，成为领导干部遇到的新挑战。当下，有些领导干部在面对媒体时往往会走入三个误区。

　　一是媒体崇拜。《京华时报》曾经刊登这样一篇报道：有前科的李毅用下岗工人当"记者"，自任"编导"，组建所谓的"央视中视台"摄制组，多次谎称拍摄宣传片，诈骗包括多个地方政府在内的多家单位 10 万余元。最后，海淀区法院以诈骗罪判处李毅有期徒刑 10 年。

　　随着时代的进步，许多部门的观念也在转变，由原来提倡"认真干活"转而推崇"认真干活，大声吆喝"，对开展的重大活动、新推出的政策法规、采取的便民措施，大都会提前向媒体记者通报；遇到重大事件，也会主动和媒体联系沟通，邀请记者到现场进行宣传。当然这样做无可厚非，展现了本部门的光辉形象，是一件名利双收的大好事。这也是许多部门和领导对正面报道青睐有加的原因。

　　媒体的力量是巨大的。古人云："一言兴邦，一言丧邦。"运用得好，就能引导舆论，从而树立勤政、高效、亲民的形象；如果运用不好，媒体也有可能推波助澜，使小危机演化为大灾难。媒体也不是万能的。我们既不能忽略媒体强大的穿透力，也不能过分迷信媒体的作用。曾经有位记者自我调侃：媒体不是组织部、发改委，也不是财政部，想让它帮你提职位、定项目、批资金，那是难为它。但是，媒体要坏别人一件事却很容易，一则批评新闻就足够了。所以，对媒体，我们不能抱着盲目崇拜的心理。但要善于运用媒体，做好宣传和解惑的工作，使其"活血化瘀"。领导干部应该坚持以积极主动、开放包容的态度对待媒体。媒介是政府与公众交流沟通的平台，对待媒体的态度，也就是对待公众的态度，这是执政水平和执政理念的一个具体体现。

二是谈媒色变。 在现实生活中，除了存在媒体崇拜这种认识上的误区外，还有部分领导干部走向了另一个极端：谈媒色变。

有的领导干部由于曾经身受媒体之害，对媒体很反感，甚至采取一些过激行为。表现为"一防二怕三应付"，即：一防记者；二怕网络；三消极应付，就是当记者出现后，被动仓促接待，以求敷衍了事。正是这些领导干部的畏惧心理，使其在与媒体打交道时窘态百出，有的甚至百般封堵，肆意阻拦；乱用警力，扣押记者等。

当然，对于媒体，绝不是怕的问题，更不是防的问题。作为领导干部，应该善于跟媒体沟通，通过媒体更好地引导社会舆论，而不是管制舆论，最终的目的是要实现与媒体的良性互动和双赢。

三是良莠不辨。 记者，号称"无冕之王"，本应是"铁肩担道义，妙手著文章"，本应是揭露丑恶、维护正义、守护社会良知的一种职业。可如今"记者"在一些地方却时常与"新闻敲诈"挂上钩，真真假假的记者们更让一些领导干部感到迷茫：有的"记者"完全没有新闻从业者的操守，与"李鬼"们唱着双簧大肆进行敲诈，而有的"记者"其实就是"李鬼"。这一乱象对整个新闻从业人员的社会评价带来的负面影响非常之大。

几年前，山西假记者猖獗全国闻名。如今，和山西一样拥有丰富矿产资源的陕北，也成了假记者敲诈勒索的"重灾区"。大量假记者整天活动于陕西的矿区、乡村，屡屡敲诈得手。榆林市一个实行有效记者证免费放行的公路收费站负责人说，一天之内，他们检查的 17 名记者中只有 3 名是真记者。某些假记者在陕北如鱼得水，很"吃得开"。一名在榆林颇有知名度的假记者，到一个偏僻县城后，竟能让警车开道，甚是威风。

假记者为什么如此猖獗？道理很简单，因为有不少真记者能够敲诈得手，对他们形成了示范效应。记者本身并不直接掌权，却与权力、利益紧密相连，甚至处于权力斗争和利益旋涡的中心。记者的一篇报道甚至可以决定一个官员或一个企业的命运。而这些"李鬼"们之所以能频频得手，在于太多官员身上有问题，太多企业游走在法律边缘。很多问题官员、无良企业或许可以在自己圈子的潜规则内游刃有余，但他们就怕记者，因为媒体可以形成一个正义的公共审判台。

应对无良记者或假记者，一是核实身份，二是从容应对，三是切忌信口"雷语"。一旦你稍不留意说出"雷人"之语，即便事件本身只是一件不值一提的小事，也可能让你一夜之间"名满天下"，等待你的就会是停职检查、撤职等。这些年，政府官员"雷人雷语"年年出，"要查处低于成本价的开发商""没有强拆就没有城市化""戴避孕套不算强奸""一听见焦裕禄精神就烦""你是替党说话，还是替人民说话"等，都曾经在网络上被渲染得沸沸扬扬。

▌**感悟小语 >>>**

　　媒体不是万能的，但与媒体对着干是万万不能的。

3. 与媒体良性互动

　　领导干部要与媒体建立良好的互动关系，将"要我传播"变为"我要传播"，积极主动与媒体打交道。在具体面对的过程中要把握以下五宜、五不宜。

　　一是宜友不宜敌。记者作为媒体的"代言人"，经常会和领导干部打交道。怎样处理同记者的关系，是当前领导干部亟须掌握的一项技能。那么，领导干部到底要怎样处理与记者的关系呢？相信盖尔局长的成功案例会给领导干部一些启发。

　　1988 年，美国西雅图市对该市的垃圾处理系统进行了一次翻天覆地的变革。盖尔局长对下属说，不要把媒体看成敌人，要成为他们的朋友。当改革计划在实施过程中，因固体废物处理局的工作失误，招来媒体一片冷嘲热讽、批评挖苦时，盖尔局长又教育下属要正确对待媒体的批评：如果有负面报道，那么请你加倍努力改正，不要试图掩盖和解释什么，越掩盖、越解释越糟糕；也不要试图封堵媒体，而要向记者继续提供好的素材。

　　正是这种对媒体和公众的态度，西雅图固体废物处理局实施的垃圾处理新计划，不仅得到了媒体的配合，也得到市民的理解和支持，使得西雅图的垃圾处理成为全美的典范。

　　从领导干部的使命和媒体的职责来看，媒体应是领导干部的朋友而不是敌人。真正的朋友不见得"只说好话"，所谓"忠言逆耳"，只不过是媒体在发挥舆论监督的职能罢了。领导干部应该明白，记者不是敌人，也不是部下，尊重记者的报道权就是尊重公众的知情权。

二是宜疏不宜堵。郑国人到乡校休闲聚会，议论执政者施政措施的好坏。郑国大夫然明问子产，把乡校毁了，怎么样？子产反问，为什么毁掉？人们早晚干完活儿回来到这里聚一下，议论施政措施的好坏。他们喜欢的，我们就推行；他们讨厌的，我们就改正。为什么要毁掉它呢？我听说尽力做好事以减少怨恨，没听说过依权仗势来防止怨恨。难道很快制止这些议论不容易吗？然而那样做就像堵塞河流一样：河水大决口伤害的人必然很多，我是挽救不了的；不如开个小口导流，在听取这些议论后把它当作治病的良药。

"子产不毁乡校"说明：对领导干部来说，对待舆论监督，与其"堵"不如"疏"。就是想堵，也很难堵住。堵得住地方媒体，堵不住中央媒体；堵得住国内媒体，堵不住境外媒体；堵得住传统媒体，堵不住新兴媒体。新闻媒体和记者本身固有的特点就是求新求异，你越是堵，他兴趣越高；你越想掩盖，他越是盯住不放。媒体和记者就是"事来疯"，事情越多越大，越亢奋。你不通过正当途径提供新闻信息，他就会从旁门左道挖掘小道消息，很可能会使事态急剧恶化，甚至造成无法收拾的局面。"非典事件""瓮安事件""三鹿奶粉事件"等，都有封堵的教训。

新闻宣传管理和舆论引导，要力争做到只疏不堵。要在各级和各部门建立新闻发言人和新闻通报制度，加强与新闻媒体的沟通，及时发布准确权威的信息，变被动为主动，先入为主，准、快、好地引导舆论。中国早有古训："防民之口，甚于防川；川壅而溃，伤人必多；民亦如之。是故为川者决之使导，为民者宣之使言。"今天的媒体管理和舆论引导要借鉴之。

谁都无法确保不出问题。重要的是出了问题要能够正确运用媒体，及时处理问题，这样不仅不会产生多大的负面影响，而且还可能成为"扬名立信"的契机。比如三菱帕杰罗汽车、东芝笔记本电脑等国外商品，经常通过媒体大张旗鼓地召回、检修，不仅没有影响公司的声誉，反倒成了这些公司对客户、对社会高度负责任的标志。

三是宜早不宜迟。突发事件在任何国家和地区都是无法完全避免的。面对突发事件，引导媒体有一个原则："快讲事实、慎讲原因。"因为，原因还在调查核实中。谣言传播的速度往往很快，当真理还在穿鞋，谣言已经跑遍了世界的每一个角落。在突发事件发生以后，我们的领导干部要放弃捂嘴，跟谣言赛跑，第一时间必须发言，通报得越及时越好。

过去我们习惯于采取"冷处理"办法，等查明后才由政府部门通过媒体发通稿公开事件前因后果。自从互联网发达以后，这种做法失效了。网络传播的速度快到删都删不及。这种做法易造成政府声音缺失和公信力下降，给谣言的传播留下足够空间，不利于事件的正确处理，因此要放弃这种"冷处理"的做法。

"抢占舆论先机"是应对突发事件的基本原则，我们在这方面有过深刻的教训。2008 年 7 月 17 日，河南省杞县发生的疑因放射源泄漏而导致的全县群众集体外逃事件，就是一起典型的信息公开不及时的例子。整个事件的酝酿、发展、爆发，经历了一个多月的时间。其中，至少存在 8 个重要的关节点，都是说明事情真相、有效引导舆论、消除群众恐慌的关键时机。遗憾的是，有关部门在这些重要的关节点上，都没有引导媒体特别是主流媒体及时发声。最终，造成群众产生恐慌心理，集体外逃。

而在"5·12"汶川大地震发生之际，报纸、广播、电视、网络等国内媒体全力以赴，打了一场漂亮的新闻主动仗，稳定了人心，澄清了流言，改变了西方偏见。这一次我们就赢在了"快"上。

四是宜真不宜假。突发事件发生后，面对媒体时，必须，也只能讲真话，千万不能撒谎。因为实事求是是我们的基本原则，不要抱有侥幸心理，媒体最后都会搞清楚。

2008 年 3 月 31 日，东航云南分公司大批客机异常返航，很多乘客滞留昆明机场。公司负责人现场解释是天气原因，而当天云南省范围内不存在天气问题，飞机完全可以执行飞行任务，不会影响起降。这位负责人的谎话激起了广大乘客的愤怒，该公司主要领导被就地免职。类似的事发生在很多地方，只要你撒谎了，记者的职责就是把你的谎言戳穿，最后倒霉的就是撒谎者。

在发生突发事件后，面对媒体最明智的办法就是：说真话。但说真话、实话是需要技巧的。因为有些问题一时还很难说清楚。在这种情况下，对于领导干部来说，其一是将你最想表达的信息先说出来，让记者准确地理解你的意思。其二是表态要十分谨慎，以免引起误会。其三是面对有关批评和指责，要沉得住气，表态不能太绝对，要留有一些余地。

五是宜低不宜高。求新猎奇是记者的天性。他不仅想要你提供的信息，更想探寻你不想提供的信息。每个领导干部在面对媒体采访时，都可能会遇到各种现场异常情况的干扰，如果出现了这样那样的尴尬局面，不要摆出一副高高在上的姿态，要放低身段，诚实、诚恳地面对媒体、记者。首先，别责问记者。在记者面前要始终记住：没有错误的提问，只有错误的回答。不要企图控制记者，而要控制自己的言行。面对问题尖锐和不讲情面的记者，一定要沉着冷静、真诚面对、据实回答，这样做会受到包括发难记者在内的社会各界的广泛赞誉。而绝不能恼羞成怒、情绪失控，因为一触即怒，一定会被视为缺乏涵养、无德无能，甚至会被传为笑谈。作为一名优秀的领导干部，在记者面前始终保持有礼有节、有理有据的谦谦君子风度，永远不失为明智之举。

美国总统特朗普自从参选以来，和媒体之间一直在相互叫板。在上任后首次举行的记者会上直接怒怼媒体，把美国主流媒体从纸媒到电视都点名骂了一遍，后来又发推特，说媒体是"美国人民公敌"。如今，特朗普有意对白宫新闻发布会进行重大调整，减少开会次数，改变记者的提问方式。美国媒体也毫不客气，指责特朗普是"特没谱"，欺骗大众；"另类"总统制造"另类事实"。

俄罗斯总统普京则是一位善用媒体展现自我形象、赢得民众喜爱的国家领导人。他在国内的高支持率与他的媒体公关不无关系，如亲自开飞机灭火，驾驶"拉达－卡琳娜"车沿途考察等，一次次吸引了全国人甚至全球人的眼球，赢得一片喝彩。还有在镜头前，给默克尔披外衣，扶英国女王下车，给世界上首位女宇航员过生日等暖心行为，都给普京赚足了分数。

总之，在媒体发达的今天，敢于、乐于、擅于和媒体打交道，不仅体现的是一种清醒、一种智慧，更是一种自信、一种能力。只有敢于、乐于、擅于和媒体打交道，学会在舆论监督中工作，给予媒体更多的理解和支持，才能巧借外力、形成合力，推动各项工作顺利开展。

▍感悟小语 >>>

善待媒体是必备的修养，善辨媒体是应有的眼界，善用媒体是成事的能力。

第五篇
探究为官五道

不想当将军的士兵不是好士兵。这是一种积极进取、不甘落后的精神，也是社会前进的动力。如果求官是尽其所能，实现自身价值，为社会做贡献，则利己、利民、利社会，属人之常理、官之常情。古往今来，才智之士莫不希望依附"明主"，施展本领，实现抱负。不管是"丈夫处世兮立功名，立功名兮慰平生"，还是"学成文武艺，货与帝王家"，说法不同，其意相通，都是想找个能重用自己的领导以建功立业。

▎**感悟小语** >>>

求官有五道，一首小诗表。

勤勉主渠道，比啥都牢靠。

才艺特而少，大都天赋好。

公选如电梯，可以连升级。

若想受重用，尚需自身硬。

当官不清廉，出事悔之晚。

一、勤勉之道

勤勉之道，即勤勉敬业、尽职尽责地工作，它是干部进步与晋升的主渠道。

勤勉是中华民族的传统美德，是一个人成功的基础。"业精于勤荒于嬉""天道酬勤"，这些脍炙人口、广为流传的格言，饱含着人们对勤勉敬业的肯定。勤勉，不仅体现了一个人良好的素质，也反映了其对工作的根本态度；不仅是求官的主要通道，也是事业有成的法宝。

1. 勤勉之要，尽责敬业

在有强烈责任心的人的字典里，没有"敷衍""推诿""塞责""扯皮"等词语。他们一心扑在干事创业上，把困难想在前头，工作做在前头，遇到问题和矛盾不回避、不退缩，积极探索解决问题、化解矛盾的有效办法。三国时期杰出的政治家、思想家、军事家诸葛亮，是勤勉敬业的典范。他于危难之际辅佐刘备，联孙抗曹，大败曹军于赤壁，夺占荆州，攻取益州，继而又击败曹军，夺得汉中。刘备建立蜀汉政权，诸葛亮任丞相，主持朝政。刘备病危托孤，诸葛亮更加勤勉谨慎，事必躬亲，赏罚严明。与东吴联盟，改善和西南少数民族的关系；实行屯田，加强战备，前后6次北伐中原，为"兴复汉室"鞠躬尽瘁，死而后已。

无论职位高低、身处何地，想有所成就，求官成功，赢得尊重和爱戴，就要牢记担负的责任，做到责随职走，心随责走，勤勉工作、履职尽责。要明白自己在什么岗位、有什么职责、应该怎么干，使经手的每一项任务、每一件工作都优质高效地完成。负责是人品，一个有责任心的人，就必然对他人负责、对家庭负责、对社会负责。牛玉儒以勤政为民、忘我工作诠释"生命一分钟，敬业六十秒"；桥吊工人许振超在普通岗位上创出世界一流的"振超效率"；导弹司令杨业功用赤胆忠心浇铸共和国的和平之盾。他们都是工作认真负责、恪尽职守的典范。

敬爱的周恩来总理一生对党和人民无限忠诚。他去世后，出现了"十里长街送总理"的传世景象。他一生勤勤恳恳、呕心沥血、任劳任怨，一天工作超过12个小时，有时16个小时以上。他始终把自己看成人民的"总服务员"，反复强调"我们的一切工作都是为了人民"，要"永远做人民忠实的勤务员"。周总理一生没有子女、没有房产、没有墓地，永远是人民心中勤勉敬业的楷模。

敬业，就是敬重所从事的事业，专心致力于自己的本职工作，千方百计地把各项任务完成好。这样，不仅可得到领导的赏识和同事的认同，晋升的机会也多。

"敬业乐群""忠于职守"，是中华民族的传统美德。孔子主张，人生在世，就应当始终做到勤奋、刻苦，为事业尽心尽力。孔子的弟子子张"问行"，孔子告诉子张两句话：一句是"言忠信"，说话要忠诚，讲信誉；一句是"行笃敬"，做事要厚道，要敬业。这样，即使走遍天下也行得通。反之，如果"言不忠信，行不笃敬"，就算在本乡本土也行不通。不爱岗，则下岗；不敬业，则失业。求官亦如此，勤勉敬业是选人用人的重要标准。

▌感悟小语 >>>

今天工作不努力，明天努力找工作。

2. 天道酬勤，勤能补拙

天道酬勤。林则徐早年家境贫寒，凭着自己勤勉务实的精神，曾任江苏巡抚、湖广总督、两广总督，官至一品，被史学界称为中国近代"睁眼看世界的第一人"。林则徐每任一职，每做一事，从不敷衍马虎，"无一事不尽心，无一事无良法"。他做京官期间，当过会试同考官和乡试正副考官。为了选拔人才，每个考试环节都十分认真，评阅考卷尤其细心。据 1816 年他出任江西副考官的《日记》记载，自八月初六进入贡院，到九月初九发榜，他闭门谢客，住在贡院寸步不离。为防止考试题泄密，他亲自写考题，传令刻字匠工进堂刻板，随后会同各帘官通宵监督印刷，从头天下午到第二天早上整整忙了十五六个小时，直到将 1.1 万份试卷交给监临官，才得入室补睡。为了不屈抑人才，他从八月十五日开始评阅各房帘官荐卷，到三十日才把 451 份荐卷批阅完毕。"凡头场四篇，逐篇皆有批语；被黜之卷，必将如何疵累之处分篇批出，自录底本，不使有一篇批语相同者。"评阅考卷如此，对待其他工作莫不如此。清朝统治到了嘉庆、道光时期，官吏不理政事，疲玩成风，已成"不治之症"。处于这个氛围中的林则徐，出淤泥而不染，"在官无一日不治事，无一日不见客，亦无一日不亲笔墨"，"一切谳牍，皆出亲裁，不肯稍有假手"。他常常是"昧爽视事，夜过半方息"。勤勉实干，贯穿于林则徐为官从政的全过程，成就了他辉煌的一生。

勤能补拙是良训。清朝咸丰、同治年间，位居"中兴名臣"之首的曾国藩，幼时天赋并不高。有一天，他在家中读书，一篇文章不知重复多少遍了，还没背诵下来。这时，他家来了一个贼，潜伏于屋檐下，想等他读完书睡觉之后下手偷东西。可是等啊等啊，就是不见他睡觉，还是翻来覆去读那篇文章。贼人忍无可忍，跳出来说："这种水平读啥书？"然后，贼将那篇文章背诵一遍，扬长而去。据梁启超考证，曾国藩在岳麓书院读书时，是同学中较笨拙的，却是最努力的。他总是起得最早，睡得最晚，老师的每一堂课，都反复研读，直至真正透彻理解，熟练掌握。进岳麓书院读书不久，他第一次参加湖南乡试，便中了举人第三十六名，同学都妒忌他抢占了风水之利。曾国藩虽然天赋不高，但以勤为径，一生勤奋不息，不因平庸而懈其志，以勤补拙，走向成功。他从湖南双峰一个偏僻的小山村起程入京赴考，中进士留京师后十年七迁，连跃十级，37岁任礼部侍郎，官至二品。升官之快，在清朝独此一人。毛泽东很推崇他，"愚于近人，独服曾文正"。

一分辛苦一分才。1970年，白春礼成为戈壁滩上的一名普通战士。在部队4年的时光里，读书求知成为他的精神源泉。在辛劳之余，他自学完成了高中的全部课程。1974年，他成为北京大学的一名学生。从上大学到读完博士，白春礼如饥似渴地在化学王国里钻研，整整10年，他乐于与书相伴，沉浸在科学的浩渺世界。这为他日后研究纳米科技打下了坚实的基础。1985年9月，白春礼受中科院委派，到加州理工学院做博士后和访问学者。其间，白春礼在STM领域创下辉煌的业绩，30来岁便得到了国际同行的认可。1987年10月，白春礼毅然决定，把在异国辛苦研究所学带回祖国。他克服研究经费短缺、实验条件简陋等困难，相继在原子力显微镜（AFM）、激光检测AFM、低温STM、超高真空STM等取得突破。STM被誉为纳米科技研究的"手"和"眼"，推动纳米科技成为一个新的前沿领域。白春礼因此被美国、英国、德国等聘请为科学院院士，现任中科院院长，中共十九届中央委员。

▌ 感悟小语 >>>

勤能补拙是良训，一分辛苦一分才。

3. 吃得苦中苦，方为人上人

俗话说："想要人前显贵，必定人后受罪。""吃得苦中苦，方为人上人。"一个人要想有作为，出人头地，获得成功，肯定是无数汗水浇灌出来的。

孟子曰："天将降大任于斯人也，必先苦其心志，劳其筋骨，饿其体肤，空乏其身，行拂乱其所为，所以动心忍性，曾益其所不能。"吃苦是人生的立业之本，求官成功的铺路石。要深谙"宝剑锋从磨砺出，梅花香自苦寒来"的道理，把吃苦当作磨炼自己意志的"磨刀石"，自觉投身艰苦的生活和工作中，在磨炼中积累吃苦的精神财富。今天的苦涩和艰辛就是明天的辉煌，这种甜前之苦包含勇敢、智慧、进取、奉献。它能苦出"横扫千军如卷席"的强者气魄，苦出"纵死犹闻侠骨香"的英雄本色，苦出"风景这边独好"的美好未来。

1990 年，周湘安主动申请转业到地方，毛遂自荐到湖南省税务局工作。由于当年两个转业指标已经招满，税务局不接收。他知难而进，对局长表态可以"三不"：一不要求安排职务，二不要求分配好工作，三不挑任何工作环境。精诚所至，金石为开。组织把他分到离家 32 公里的长沙县黄花税务所，当了一名办事员。他发扬吃苦耐劳的精神，每天提前半个小时上班，别人不愿干的活都包揽过来。单位的厕所多年没有认真打扫，白瓷砖墙变得黑不溜秋，他利用星期天，买了 5 千克盐酸，干了一整天，烧烂了一条裤子，把厕所打扫得干干净净。他这样脚踏实地、任劳任怨地干，很快打开了工作局面。同时，他抓紧时间补税务专业课，看了许多税法书，扎实的专业知识为他在税务系统立足打下了基础。由于勤钻苦干、成绩突出，提拔很快，1991 年，周湘安被提拔为郊区税务局副局长，1993 年到五分局当局长，1996 年被提拔为长沙市国税局局长，后任湖南省国家税务局副巡视员。

机遇偏爱勤勉的人。富兰克林曾说："勤奋是好运之母。"芬兰有"勤劳的人会有各种幸运，懒惰的人则只有一种不幸"的谚语。勤勉可"一举多得"，正如英国 18 世纪伟大的学院派肖像画家雷诺兹所说："如果你颇有天赋，勤勉会使其更加完美；如果你能力平平，勤勉会补之不足。"勤勉是立业之本，也是求官的主道。早在 1000 多年前，宋人吕本中所著《官箴》的开首之语即道："当官之法，惟有三事，曰清、曰慎、曰勤。"为官者明白了这三项法则，可以永保俸禄爵位，可以得到上司的赏识，还可以得到部下的爱戴。为官者要遵循"勤"法，求官者要运用"勤"道。勤勉要始终如一，持之以恒，不能"一曝十寒"。我们身边有好多人通过踏踏实实做人，勤勤恳恳工作，得到了大家的好评，实现了理想和抱负。

▌感悟小语 >>>

> 兢兢业业主渠道，求官唯此最牢靠。
>
> 勤能补拙是良训，功成名就乐逍遥。

二、才艺之道

才艺之道是指靠出众的才华、卓著的政绩，求得官职。这样的人才比较稀缺，通常在某一领域或某一方面取得骄人的成就，受到赞誉和重用。往往适合那些智商很高、有奇才者，特别在科教、文卫、军事、体育、艺术领域涌现得比较多。莎士比亚曾说："道德和才艺是远胜于富贵的资产。堕落的子孙可以把显贵的门第败坏，把巨富的财产荡毁，而道德和才艺却可以使一个凡人成为不朽的神明。""德艺双馨"铸辉煌，这不仅是优秀艺术家成功之路的科学概括，也是通过才艺求官成功的秘籍。

1. 才艺之路不寻常

才艺之路的不寻常，往往缘于人生的不寻常。老子的人生和他的天才著作《道德经》一样，如紫气东来，光彩照人。老子，姓李名耳，字聃，出生于春秋时期陈国苦县厉乡曲仁里，即今河南鹿邑太清宫镇，是我国古代伟大的哲学家和思想家。《史记》记载孔子曾三次问礼于老子，说老子"犹龙也"。老子修道德、做学问不求名利，正是这种清静无为、超然物外的境界与追求，使他成为周朝中央掌管文献、监察百官的柱下史，并在此官位上长期值守，博览群书，从而成就了他的《道德经》。该书仅五千言，却包罗万象，堪称万经之王。书中"以民为本""道法自然"等理念比德国哲学家黑格尔早2000年。"祸福相倚""治大国如烹小鲜""上善若水""见微知著"等思想，都对中国2000多年的思想文化产生了深远影响。老子被称为"东方哲学之父"、世界文化名人，世界百位历史名人之一，《纽约时报》将老子列为世界古今十大作家之首，可谓"老子天下第一"。

南北朝的周兴嗣，祖籍陈郡，即今河南沈丘，其先人在东晋永嘉年间南渡，徙居姑孰。周兴嗣自幼聪敏好学，长广事交游，博览群书，通晓古今，与江南名士吴均、谢朓等唱和，以"文采飞扬，才学迈世"而名重一时，被称为"姑孰才子"。梁武帝萧衍代齐称帝，周兴嗣以文采深得赏识，出入宫廷，每奏"帝辄称善"。梁武帝为教育子孙，从王羲之书法中选取1000个不重复的汉字，命周兴嗣属文。周兴嗣受诏当晚闭门家中，将千字摆于地，逐字揣摩，反复吟咏，直到天刚放晓，豁然贯通，一夜之间，须发皆白，著名的《千字文》奇迹般诞生。全文融知识性、可读性、教化性于一体，文采斐然，合辙押韵，易记易诵，朗朗上口。梁武帝大赞，提拔周兴嗣做员外散骑侍郎，助编国史。不久又升任给事中。《千字文》与《三字经》《百家姓》合称"三百千"，为皇家教育子孙的经典启蒙教材。周兴嗣以才艺而官场得意、青史留名，有天赋，有机遇，更有不懈的努力！

才艺之道，星光闪耀。当今，有许多文艺界、体育界的明星凭借出众的才能和技艺实现了自身价值，获得了官职。著名相声表演艺术家冯巩，现为中国广播艺术团团长、中国曲艺家协会副主席、中国文联副主席、第十二届全国政协常委。前央视名嘴张政，主持过多台大型文艺晚会，曾先后担任中国演出管理中心主任，新疆维吾尔自治区人民政府党组成员、主席助理，新疆维吾尔自治区阿勒泰地委副书记、贵州省铜仁市委副书记、贵州省黔西南布依族苗族自治州委书记，2017年6月任光明日报社总编辑。这些都是"才艺优则仕"的代表。

"台上一分钟，台下十年功。"光环背后凝聚着汗水和艰辛的劳动，"乒乓皇后"邓亚萍身上鲜明地验证了这一点。邓亚萍曾说:"竞技体育的残酷告诉我,人生没有捷径,只有靠自己去拼。"身高仅 1.55 米的邓亚萍,似乎不是打乒乓球的材料,但她凭着苦练,以罕见的速度、无所畏惧的勇气和顽强拼搏的精神,成为世界乒乓球史上最出色的女子选手之一。1997 年,邓亚萍结束运动员生涯,开始了 11 年的求学之路,分别在清华大学、英国诺丁汉大学和剑桥大学学习,先后获得英语学士、当代中国研究硕士和经济学博士学位。在剑桥大学近 800 年的历史上,第一次有像邓亚萍这种重量级的世界顶尖运动员拿到博士学位。邓亚萍取得了骄人的成就,有无数的荣誉加身,而这荣誉和成绩的背后是艰辛的付出。正如她自己所说:"我相信,没有超人的付出,就不会有超人的成绩。"2009 年,她就任共青团北京市委副书记,2010 年,被任命为人民日报社副秘书长、人民搜索网络股份公司总经理。

篮球巨星姚明,自 2002 年参加 NBA 选秀并被休斯敦火箭队挑中后,就开始了他的 NBA 生涯,被誉为 NBA 最优秀的球员之一。2016 年姚明正式入选篮球名人堂,成为首位获此殊荣的中国人。2017 年姚明当选为中国篮球协会主席,CBA 董事长。他的身份和角色多次转变,从球员到商人、形象大使、公益人、政府官员,被贴上了很多标签。从身材的高大到精神上的强大,巨人的成长之路备受瞩目。然而无论是篮球生涯,还是退役后在投资、教育、公益等领域的建树,他都用实力和经历做出了最有力的证明。

中国当代著名书法家张海,以隶书、行草为书法界所公认。他经过长期一点一滴的积累,韬光养晦,潜心研究汉代简书,以行草飞动圆劲的笔触,写庄重醇厚之体,形成了独具个性的草隶。其作品曾在德国、法国、日本、加拿大等国家展出。由此,张海被国务院命名为"有突出贡献的专家",任河南省文联主席,中国书协第五、六届主席,第八、九、十届全国人大代表,第十一届全国政协常委等。

▌**感悟小语 >>>**

台上一分钟,台下十年功。

2. 非凡才艺，卓越功绩

凭借着在某一领域的卓越成就为官，是才艺之道求官者的骄傲，为世人景仰。徐匡迪是中国第一位"院士市长"，钢铁冶金专家。他长期从事电炉炼钢、喷射冶金、钢液二次精炼及熔融还原研究，在这一领域卓有建树。由于其非凡的才能和魄力受到朱镕基的赏识，进入了政界，曾任上海市市长、中国工程院院长、第十届全国政协副主席，第十五、十六届中央委员等职。提起"三钱"这个最初由毛泽东主席喊出的"别号"，人们便会肃然起敬地想到中国导弹之父钱学森、中国力学之父钱伟长、中国原子弹之父钱三强。他们是中国科坛的杰出人物，世界顶尖的科学家。"三钱"才能非凡，官不求自来，让人仰慕。钱学森曾担任三届全国政协副主席等重要职务。钱伟长先后担任上海工业大学等多所名牌大学的校长，并曾连续4届当选全国政协副主席等要职。钱三强曾任中国科协副主席、中国科学院副院长兼浙江大学校长等职。他们的非凡才能成就了伟业功名，赢得了好评敬重。

1952年出生的上海"知青"、海外博士万钢，2000年底为了"把对汽车的理解和实践总结一下，带出一批人来"，毅然放弃在德国奥迪公司十年的功成名就回国，担纲国家"863计划"电动汽车重大专项首席科学家、总体组组长。之后，万钢带领团队克服了难以想象的困难，一年一个新台阶，先后研制出三款"超越"电动汽车，使我国实现了国产燃料电池轿车零的突破，拥有了具有完全自主知识产权的燃料电池汽车，在新一代轿车动力方面与世界强国站到了同一高度，有了对话的资格。2004年，万钢被任命为同济大学校长，2007年被任命为科技部部长，成为35年来第一个担任正部级官员的民主党派人士，2008年当选致公党中央主席和全国政协副主席。

卓越成绩的取得，靠的是干一行、爱一行、钻一行的精神。中国杂交水稻育种专家袁隆平，被誉为"世界杂交水稻之父"。他是杂交水稻研究领域的开创者和带头人，几十年如一日潜心研究杂交水稻，取得了举世瞩目的成就。报纸曾引述农民的话说："我们吃饱饭，靠的是两'平'——邓小平和袁隆平。"袁隆平先后成功研发出"三系法"杂交水稻，"两系法"杂交水稻，超级杂交稻一期、二期，提出并实施了"种三产四丰产工程"。20世纪80年代，国际组织给他的奖项多得像米粒一样。国际水稻研究所所长、印度前农业部长斯瓦米纳森博士高度评价说:"我们把袁隆平先生称为'世界杂交水稻之父',因为他的成就不仅是中国的骄傲,也是世界的骄傲,他的成就给人类带来了福音。"他一生淡泊名利,把专利无私地贡献给了国家,从未主动求官,但由于贡献巨大,人们赋予他许多"官帽"和荣誉:中国国家杂交水稻工程技术中心主任,湖南省政协副主席、湖南省科协主席、西南大学农学与生物科技学院名誉院长、政协十二届全国委员会常务委员、联合国粮农组织首席顾问、世界华人健康饮食协会荣誉主席……1995年被选为中国工程院院士,1999年中国科学院北京天文台施密特CCD小行星项目组发现的一颗小行星,被命名为"袁隆平星",2000年度获得国家最高科学技术奖,2006年4月当选美国国家科学院外籍院士,2011年获得马哈蒂尔科学奖。2017年,87岁高龄的袁隆平在水稻育种上又取得两大突破性新成果:水稻亲本去镉技术和耐盐碱杂交水稻("海水稻")栽培技术,不仅可解决人类"吃得饱"的问题,还将解决人类"吃得安全"这一大难题,是袁隆平对世界的又一重大贡献。这不仅对我国粮食安全影响巨大,甚至将深刻改变人类的命运。

▌感悟小语 >>>

　　饱满的谷穗总是谦逊地低着头,秕空的谷穗才高昂着空空的脑壳。

3. 德艺双馨铸辉煌

　　古人云:"才者,德之资也;德者,才之帅也。"被誉为"中国肝胆外科之父"的吴孟超,是中国肝胆外科的开拓者和主要创始人之一。他用高尚的医德感动患者,用精湛的技术服务病人,赢得了社会的赞誉,铸就了事业的辉煌,成为享誉中外的医学大师、著名肝胆外科专家、中国科学院院士,2005年获国家最高科学技术奖,2011年5月中国将17606号小行星命名为"吴孟超星",2012年2月当选"感动中国年度人物"。吴孟超曾任第二军医大学附属东方肝胆外科医院院长、东方肝胆外科研究所所长、总后勤部专家副组长、中华医学会副会长,12次担任"国际肝炎肝癌会议"等重要学术会议的主席。他说:"一个好医生，眼里看的是病，心里装的是人。"他每次接诊，都对病人亲切地微笑，聊聊家常，拉近与病人的距离。冬天查房，他总是先把自己的手焐热，再去触摸病人的身体，还常常用额头去感觉病人的体温。做完检查，他也不忘顺手为病人拉好衣服，掖好被角。2005 年冬天，吴孟超被推荐参评国家最高科学技术奖，上级派人对他进行考核，确定第二天上午和他谈话。组织上考虑到这是件大事，取消了他原定的手术。他得知后，坚持手术不能推迟。考核组的同志感到不解：这是个什么病人，怎么这么重要？第二天下午谈话时，禁不住问了一句："吴老，上午在给谁做手术啊？"吴老说："一个河南的农民，病得很重，家里又穷，乡亲们凑了钱才来上海的，多住一天院，对他们都是负担。实在抱歉，让你们等我了。"这就是吴老，他把患者的生命看得比天还大，把老百姓的利益看得高于一切！吴孟超总是设身处地为病人着想，想方设法为病人减轻负担。在东方肝胆外科医院，有一条不成文的规定：在确保诊疗效果的前提下，尽量用便宜药，尽量减少重复检查。至今，吴孟超做手术还沿用手工缝合的传统做法。他说，器械缝合固然很好，也省事，但"咔嚓"一声，1000 多元就花掉了，这可是一个农村孩子读书一年的费用啊！用手工缝合，医生是辛苦一些，但病人一分钱也不用花。很多群众说，我们从吴老的身上，看到了中国医疗界的良心和光明！

著名豫剧表演大师常香玉，是一位德艺双馨的艺术家，以《花木兰》等豫剧唱段享誉全国。她历任中国戏剧家协会副主席、河南分会副主席、河南豫剧院院长、河南省戏曲学校校长，是第一、二、三、五、六、七届全国人大代表，全国劳动模范。1951 年为支援抗美援朝，常香玉率剧社巡回西北、中南、华南各地演出，以演出收入捐献"香玉剧社"号战斗机一架，有"爱国艺人"之盛誉。

也有一些有才无德、德不配位的"明星"官员，如被称为"学者型官员"的天津市政协原副主席、市公安局原局长武长顺，在任期间发明及领衔发明了 35 项专利；被誉为"打黑英雄"的重庆市原副市长，公安局原党委书记、原局长王立军，获得专利 254 项。但两人皆因徇私枉法、滥用职权、受贿犯罪，先后落马。这正应了那句俗语：有德有才是精品，有德无才是次品，无德无才是废品，有才无德是危险品。

▌感悟小语 >>>

> 才艺价连城，无德步难行；
>
> 德才俱兼备，似锦好前程。

4. 才艺等于天赋加学习

高尔基曾说过："人的天才只是火花，要想使它成为熊熊火焰，那就只有学习！学习！"学习就是不断地给火花增加能量，使之变成熊熊烈火，发出光和热，否则火花就会熄灭。

东晋王羲之就是通过勤学苦练把天赋的火花变成熊熊烈火，书法艺术达到了登峰造极的高度，成就了"书圣"美誉。相传有一年春节，王羲之连写两副门联都被人趁夜揭走，只好又写了一副："福无双至，祸不单行。"家人大惊，可王羲之笑而不语，让儿子只管贴出去。夜间果然没有人偷揭了。初一早晨天刚亮，王羲之家门前已围了很多人，大家对书圣写出此联很是不解。这时王羲之提笔在原联下分别加了三个字，对联变成："福无双至今朝至，祸不单行昨夜行。"众人看了，齐声喝彩，拍掌称妙。

王羲之历任江州刺史、会稽内史，领右将军，人称"王右军""王会稽"。王羲之7岁时就擅长书法，字写得这样好，固然与他的天资有关系，但主要靠刻苦练习。他为了把字练好，无论休息还是走路，心里总是想着字体的结构，揣摩着字的间架和气势，而且不停地用手指头在衣襟上画着。所以时间久了，连身上的衣服也画破了。他每天坚持练字，练完后就在家边的一口池塘里洗笔，这样日复一日，竟将整口池塘的水染成了黑色，像墨一般，于是人们把这口池塘叫作"墨池"。他自幼好学，12岁在父亲枕头下发现了前代人谈论书法的书《笔说》，就迫不及待地拿来读。不到一个月，王羲之的书法便大有长进。晋代著名书法家、王羲之的启蒙老师卫夫人对担任太常官的王策说："王羲之一定是看了《笔说》，最近看他的书法，已有了老成稳重的风格，以后这孩子一定比我还有名。"晋帝要去祭祀，让王羲之把祝词写在一块木板上，再派工人雕刻。刻字者把木板削了一层又一层，发现王羲之的书法墨迹一直印到木板里面去了，削进三分深度才见底！木工惊叹：将军笔力雄劲，技艺炉火纯青，竟能入木三分啊！这就是成语"入木三分"的来历。

王献之是王羲之的第七个儿子，自幼聪明好学。他七八岁时始学书法，师承父亲。一天，小献之问母亲："我只要再写上 3 年就行了吧？"母亲摇摇头。"5 年总行了吧？"母亲又摇摇头。献之急了，冲着母亲说："那究竟要多长时间？""你要记住，写完咱院里这 18 缸水，你的字才会有筋有骨，有血有肉。"母亲说。王献之又坚持练了 5 年，把一大堆写好的字给父亲看。王羲之一张张掀过，一个劲地摇头，当他掀到一个"大"字时，随手在"大"字下添了一个点，然后把字稿全部退还给献之。小献之心中不服，又将字抱给母亲看。母亲指着"大"字下加的那个点儿，叹了口气说："吾儿磨尽三缸水，唯有一点似羲之。"献之听完后深受触动，又锲而不舍地练下去。功夫不负有心人，献之练字用尽了 18 缸水，在书法上突飞猛进。后来，王献之的字也到了力透纸背、炉火纯青的程度，父子俩被人们并称为"二王"。

相反，不重视后天的学习，神童也可变为普通人。北宋王安石有篇文章《伤仲永》，就讲述了这样一个故事。江西金溪神童方仲永，小时候天资聪慧，"指物作诗立就，其文理皆有可观"。父亲不让他学习、接受教育，只是把他当作挣钱的工具。成年后，方仲永最终沦落成一个普通人。

俗话说："家有黄金用斗量，不如自己本领强。"如果你在某方面有天赋，那么只要勤学苦练，使自己具有卓越的才能，也可以"官成名就"，造福百姓。

▌ **感悟小语 >>>**

才艺值万金，坐失憾终身。

自古美酒香，也怕巷子深。

德高孚众望，艺精鹤立群。

千古传佳话，首推德艺馨。

三、公选之道

公选，即"公开选拔、竞争上岗"，就是面向社会公开选拔人才，广纳天下贤士。广义的公选，包括中央及地方机关公务员考试、公务员遴选、事业单位招聘考试、党政干部公选等多种选拔人才的方式。

古人云："治国之道，务在举贤；为政之道，首在择人。"而公选恰恰切中了治国之道和为政之道，成为国家选人任人的重要渠道。2004年中共中央颁布《公开选拔党政领导干部工作暂行规定》，进一步规范公开选拔党政领导干部工作，为优秀人才脱颖而出提供了制度保障。2010年中共中央颁布《2010—2020年深化干部人事制度改革规划纲要》，规定"到2015年，每年新提拔厅局级以下委任制党政领导干部中，通过竞争性选拔方式产生的，应不少于三分之一"。《国家中长期人才发展规划（2010—2020）》中指出，完善党政领导干部公开选拔、竞争上岗制度，探索公推公选等竞争性选拔干部方式及深化党政领导干部选拔任用制度改革，提高选人用人公信度。2013年1月，中组部、人社部印发《公务员公开遴选办法（试行）》，明确定义了公务员遴选，是指市（地）级以上机关从下级机关公开择优选拔任用内设机构公务员。党的十九大报告中强调，"人才是实现民族振兴、赢得国际竞争主动的战略资源。要坚持党管人才原则，聚天下英才而用之，加快建设人才强国"。

近年来，中央推行一系列人事制度改革，实行公务员和事业单位"凡进必考"，实施公务员公开遴选、党政干部公开选拔等，大批高校毕业生和普通民众通过公开选拔考试的形式成为机关事业单位工作人员。如果说"凡进必考"为普通民众提供了"能进"机关事业单位的通道，那么公开选拔则为他们创造了"能上"领导岗位的机会。据"公务员思想动态观察公众号"统计，党的十七大以来，全国通过公开选拔、竞争上岗方式选拔厅局级以下干部23.4万名。全国组织工作满意度民意调查显示，公开选拔、竞争上岗连续多年被干部群众评为最有成效的干部人事制度改革措施。

1. 从古代科举看现代公选

作为一个具有 5000 多年灿烂历史的文明古国，我国建立了世界史上最完善、最先进的选官制度。通过各种选官制度涌现出来的杰出人才灿若星河，成就了辉煌的华夏文明。

我国早在"父死子继、兄终弟及"的上古"三皇五帝"时期，就出现了以推举、考核方式选拔最高领导者的禅让制度，产生了尧、舜、禹这些百代传颂的明君，以及用同样方式选拔产生了皋陶、伯益、"八元""八恺"这样受到世代赞美的贤臣。夏商以降直至先秦，官吏主要通过"世卿世禄"制度产生。所谓"世卿世禄"，就是"世世为卿，代代享禄"，国家最高权力通过世袭的方式把持在极少数豪门望族之手，如鲁国季氏、晋国赵氏、齐国田氏等。此外，像大夫、史官这样的职位，基本也都是世袭。但是同时，还有选举制、学仕制、军功制、客卿制、考核制、世官制等多种选官任官制度。比如大家熟悉的客卿制度，就产生了张仪、范雎、李斯这样的布衣名相；而军功制则使出身平民、小吏甚至刑徒的孙膑、吴起、赵奢和白起、王翦等拜将封侯。特别是战国后期，官吏的选拔制度发生了根本变化，"军功爵制"风行，文官武将的晋升只看"贡献"，不看出身。在此制度下，当时活跃于政治舞台上的著名将相，大多已不是出身于贵族，而是出身于微贱者了。

到了西汉，朝廷为了适应中央集权统治的需要，在秦的基础上，建立和发展了一套极为完备的选官任官制度，包括察举、皇帝征召、公府与州郡辟除、大臣举荐、考试、任子、纳资等等，而且还可以交互使用。但其中的"纳资"，可谓开了合法买官卖官的先河。

曹魏之时，多年混战，乡里组织遭到破坏，"乡举里选"的传统做法难以为继。于是推行了"九品中正制"。即在朝官中推选有声望的人担任各州、郡的"中正官"，负责察访当地人才，不计门第，按才德评定为九个品级，据此向吏部举荐、授官。这一制度是对汉代选官制度的继承发展。但到魏晋之交，由于各级"中正官"均被州、郡的门阀士族垄断，他们在评定人才品级时，偏袒名门大族，逐渐背离了"不计门第"的原则，沦为世袭政治的工具。此后 300 年间，出现了"上品无寒门，下品无势族"的局面，又仿佛回到春秋时期。

及至隋朝，国家终于结束了长达数百年的分裂，实现大一统。隋文帝废除九品中正制，于开皇七年（587）开始实行"分科取士"制度，隋炀帝时置进士科，王朝开始用公开考试的方法来选官任官，是为"科举"。从此，士子可自由报名参加应举考试，不必非得由公卿大臣或州郡长官特别推荐。这是中国古代选官制度的重大改革。至此，选官任官制度终于彻底面向社会中下层开放，科举制正式登上历史舞台，并为以后历代所承袭、完善，延续 1300 余年。尽管在不同朝代科举制的考试内容、形式不断变化，但面向社会各阶层这一特征始终未变。"朝为田舍郎，暮登天子堂。"科举制为封建社会各阶层通过读书改变命运提供了机遇，为"庶民"成为"士人"创造了一个相对公平的竞争平台，打破了王公贵族对社会权力的垄断，是巨大的历史进步。国外有学者评价说，中国科举制度是有史以来最好的人才选拔制度，没有之一。

明朝以后直到清末，八股文成为科举考试的主要内容。近代以来，中国饱受列强欺辱，知识界失去了文化自信，掀起了一股文化反思和自我否定浪潮，科举制度也受到诟病，不仅从内容而且从形式上都遭到彻底否定。1905 年，以袁世凯为代表的一批大臣联名上书要求废止科举制度，同年 8 月 4 日，光绪帝下诏"自丙午科开始，所有乡会试一律停止，各省岁科考试亦即停止"，科举制度被废除。

纵观中国历代选官任官制度演变，无不反映了统治阶级的政治需要，无不具有鲜明的时代特征。存在即为合理。仅从科举制面向社会各阶层、通过考试公开选拔人才这一点看，已经与现代社会选拔人才的原则毫无二致，其进步意义是毋庸置疑的。而且该制度形式之完备、程序之严格、社会参与之广泛，都是同时期世界各国所不能比拟的。如果把中国历史上选官制度的形式比作瓷器，而内容比作所盛的食物的话，那么科举制无疑是一个极其精美的瓷器。唐宋的科目内容或许勉强称得上色香味俱全，明清的八股，则是不折不扣的烂菜。

"世易时移，变法宜矣。"中华人民共和国成立以后，我国经历了高校单独招生、同一地区高校联合招生、大行政区统一招生阶段，1952 年开始全国统一招生。1966 年"文化大革命"开始，废除高考，高校停止招生。1971 年高等学校逐步举办试办班，恢复招生，但不再举行招生考试，改为"自愿报名，群众推荐，领导批准，学校复审"，招收的新生初中毕业即可，但须经过两年以上劳动锻炼，"工农兵大学生"由此出现。1977 年 10 月 12 日，国务院批转教育部《关于 1977 年高等学校招生工作的意见》，正式恢复高考制度。恢复高考，推行现代考试制度，反映了新时期国家经济社会发展的需要。在面向全社会、通过公开考试甄别、选择人才这一基本原则上，现代人才选拔制度与科举制度是完全一致的，所不同的只是具体形式和考试内容而已。近年来，随着国家在公务员遴选、事业单位招考、党政干部公选等领域全面推行"凡进必考"制度，我国现代考录制度更加完善也更加合理，公开、平等、竞争、择优的"赛场赛马"新机制已经形成。

▌**感悟小语 >>>**

应考：辛苦一阵子，受益一辈子；舒服一阵子，吃苦一辈子。

2. 不拘一格选人才

为政之要，首在用人。周文王渭水访贤，萧何月下追韩信，刘备三顾茅庐，不拘世俗，唯才是举，成就帝王大业。公开选拔工作为众多德才兼备的人才脱颖而出创造了优越的机会和平台，受到广大年轻人的关注和欢迎。全国各地纷纷推进竞争性选拔人才工作，在公开选拔的方式上，大胆创新，推出了一系列新举措，出现了很多新亮点，提高了选人用人公信度，拓宽了选人用人视野，促进了优秀人才脱颖而出，迈出了人事制度改革的新步伐。

公务员考录制度。公务员录用考试也就是为选拔、录用公务员而进行的考试，是指"国家公务员录用的主要机关根据有关法律规定，通过笔试、面试、现场操作、情景模拟测验、心理测验等方式来测量、评价应试者的知识、能力、专业水平、心理、品德等情况是否符合国家公务员要求的手段和方法"。自我国公务员制度推行以来，公务员考试如雨后春笋般迅猛发展。向社会公开招考，吸取"新鲜血液"补充到我国的干部队伍当中，有助于政府广纳人才，有利于提高公务员素质，适应日益复杂化和专业化的政府工作需要，从而达到提高行政效率的目的。近年来，公务员报考人数急剧上升，考试规模日趋扩大。据国家公务员网统计，中央国家机关公务员考试 2015 年参考 105 万人，招录 22249 人；2016 年参考 93 万人，招录 27817 人；2017 年参考 98.4 万人，招录 2.7 万人；2018 年参考近

166 万人，拟招录 2.8 万人。随着公务员考试制度的不断完善，公务员考录工作秉承"凡进必考"的原则，为人们提供了平等竞争的机会。不少人借助公务员考试这个平台完成自己的人生规划和职业理想，比如一些在县乡（镇）基层派出所工作的普通民警，通过公务员考试的方式考入公安部工作，实现了人生华丽的嬗变。

公务员遴选，全称为公务员公开遴选，是指党群机关、政府部门根据相关政策的规定，结合实际情况，从已经具备公务员身份和公务员相关资历的人员中选出符合组织或相关部门要求的部门工作人员，是党政部门选拔人才的重要途径和方法。遴选是公务员转任的一种重要方式，很大的一个特点是上级机关直接从下级基层机关选人，可越级遴选。《韩非子·显学》云："宰相必起于州郡，猛将必发于卒伍。"唐朝张九龄向唐玄宗建议："凡官，不历州县不拟台省。"意思就是没有在地方州县任职的经历，就没有担任中央台省官的资格。古往今来，各种人才尤其是政治人才，大都是从基层起步，在艰苦环境的锻炼中崭露头角、脱颖而出的。北宋政治家王安石，27 岁担任浙江鄞县县令，任职 3 年，"治绩大举，民称其德"，为以后革新变法打下了基础。清代郑板桥长期在河南范县、山东潍县担任知县，其诗句"衙斋卧听萧萧竹，疑是民间疾苦声。些小吾曹州县吏，一枝一叶总关情"千古流传。陶渊明、狄仁杰、包拯、海瑞等很多人都当过县令、知县。我们党和国家的许多高级领导人也都有丰富的基层工作经验，比如习近平、李克强等。2013 年 3 月 19 日，习近平同志在接受金砖国家媒体联合采访时就曾说过："我们现在的干部遴选机制也是一级一级的，比如，我在农村干过，担任过大队党支部书记，在县、市、省、中央都工作过。"

事业单位招聘考试。事业单位考试又称事业编制考试，由各用人单位的人事部门委托省级和地级市的人事厅局所属人事考试中心。截至 2012 年年底，事业单位新进人员公开招聘已在全国范围内基本实现全覆盖。事业单位公开招聘"凡进必考"制度的实施，进一步拓宽了事业单位的选人渠道，保证了新进人员的素质。近些年，随着事业单位招聘制度的落实完善，其规范性得到了很大提高，"公开、公平、公正"的理念已深入人心，这种制度也吸引了更多人报考，借助考试这个平台完成自己的人生规划和职业理想。

公选干部，党政领导干部公开选拔和竞争上岗，其考试形式一般来说包括"综合测试＋经历业绩评价＋岗位素质测试＋党政领导干部能力测试＋半结构化面试＋无领导小组讨论"，即"六位一体"的全新测评模式。干部选拔的"不拘一格"就是要打破传统选拔干部的旧观念，让优秀干部更快地脱颖而出，更好激发干部的整体活力。如果说常规晋升途径是"爬楼梯"，那么公选就是"坐电梯"，可以连升级，是当前干部提拔晋升的快车道。

公选"四处开花"，广东率先开启了中国公选潮流。1983 年年初，一个名叫乔胜利的年轻人抱着试试看的心理，报名参加蛇口工业区班子的公开选拔。任工业区劳动服务公司副经理不足两年的他，竟然被破格提拔为工业区党委副书记，成为改革闯将袁庚的助手。由此开启的公选潮加速发展，成为干部人事制度改革的一大趋向。"公推公选""公推直选""双推双选""量化比选"以健康的势头，由副科到副厅，由一职向多职，由副职向正职，由点到面，由试点向成熟，逐步延伸。2008 年，河南省公开选拔省直副厅级和高校校级领导干部 60 名；南京市政府 47 个工作部门一把手全部实行公推公选，最引人关注的是 3 月 27 日南京市正局级干部电视直播竞选；2009 年，作为一次党内自发的民主实践，深圳采取"公推直选"方式选干部，"黑马"频出；2012 年河南省公选 20 名省直副厅级领导……很多同志通过公选，实现了跨越式发展，彻底改变了自己的命运。我们身边也有许多这样的例子：从县级的宣传部长、统战部长到副厅级干部，如果按常规一步不落也需要 15 年，这一考缩短了 15 年；河南省 2003 年公选的副厅级干部至少有 2 名已晋升省委常委。

公选拓宽了干部选拔的范围，为年轻干部快速成长提供了一条"快车道"。2012 年，23 岁的清华大学毕业生焦三牛通过严格的公选程序，以知识测试、面试、差额考察、差额推荐、差额票决全部第一，考上了甘肃省武威市外侨办副主任，工作仅半年的他从普通科员一跃成为副县级领导。公选打破了以往干部选拔的黑箱和灰箱模式，提高了干部选拔的公开性和透明度；扩大了干部选拔的视野，有利于选拔人才，有利于优中选优；有效地防止了跑官要官、买官卖官；避免了论资排辈现象，有力地调动了广大公务员和其他领域管理人才的积极性；克服了家长制、任人唯亲等弊端，铲除了在选人用人中以人画线、搞团团伙伙的痼疾；有利于树立规则意识、程序意识、公平意识和竞争意识；推进了政治生态文明建设，做到干部清正、政府清廉、政治清明。

▎**感悟小语 >>>**

> 文凭不可少，年龄是个宝。
>
> 人脉行正道，德才最牢靠。

3. 猛龙才能过江

正确对待公选。公选是发现人才、培养人才的有效途径，是促进人才成长的助推器，为德才兼备的优秀干部脱颖而出搭建了更好的平台，既有利于挖掘优秀人才，又给寒门子弟拓宽了上升的通道，更有利于推进社会公平正义。当然，公选中也暴露出一些弊端，有的为考试而考，有的重理论轻能力。"凡进必考"制度尽管不能完全测试出考生的能力和水平，不能完全满足用人单位的要求和愿望，却很好地体现"公开、平等、竞争、择优"的选人用人原则，是目前单位满意、考生放心、政府支持、社会认可度最高的选人方法。

近年来，从中央到地方，拿出主要部门、热门岗位公开招聘，显著的意义在于，鲜明地强化了一种导向："唯才是举，机会均等，要想取胜，实力说话。"公选不光是考知识，更是量德才、比实绩、拼能力，而这些都需要在学习中提升，在实践中磨炼，在岗位上积累。唯有实际能力出色，才有可能在公选之路上获得成功。那些捧着书本的考试一族，要注重实践，提高工作能力；那些扎实肯干、实绩突出但不想、不敢参与的干部，也要认清公选是新时期选拔人才的重要途径，加强学习，提高素质，积极参与，扬长补短，在竞争中接受考验。公选的干部不能说个个优秀，但多数优秀；不能说绝无非议，但非议较少。公选打破了"窝里打转"、封闭保守的传统干部选用观念，改变了论资排辈的干部任用模式，极大地冲击了干部队伍不思进取的惰性。这样选上的人不骄傲，感恩于他获得的一切；落选的人不气馁，相信是金子总会发光的，还有从头再来的机会。

1970 年，年仅 16 岁的陈竺下乡插队，成为江西省信丰县的一名赤脚医生，经常点着煤油灯看书到深夜。恢复高考后，他以总分第二、专业第一的成绩，考取上海第二医学院血液病学硕士研究生，成为恢复高考后的第一批研究生。1995年 11 月，陈竺当选中国科学院院士，是当时中国医学界最年轻的院士。5 年后，由于在血液学、分子生物学等科研领域的杰出表现，他被任命为中国科学院副院长。2007 年 6 月被任命为卫生部部长，时年 54 岁，成为改革开放后首位出任国务院组成部门正职的无党派人士。2013 年 3 月，陈竺被推选为全国人大常委会副委员长，成为一名副国级领导人。

良才必受重用，猛龙才能过江。公选领导干部就是通过竞争，让选人、用人在阳光下运行，只有真正想干事、能干事、干成事的领导干部才能脱颖而出。2008 年以来，北京、山西、吉林、浙江、安徽、河南、广东、广西、青海等地面向国内外公选副厅级干部，引起广泛关注。浙江省在副厅级干部公选中引入电视直播，面试现场除了 10 位领导和专家外，还有 20 位来自环保系统的群众评委，群众评委打分占 30% 权重。按照笔试成绩占 30%、面试成绩占 70%，综合评分后当场公布入围人选，最终任用人选根据考察情况决定。广东省公选副厅级干部的面试、测试采取"大评委制"，一个环节最少 55 人，最多 380 人，累计超过 1 万人参加评委工作。所有评委由电脑随机抽签确定，提前一天由专人通知到位，每人在同一职位组中只能参加一个环节，以防止"拉票""打招呼"和"少数评委选人"。安徽省公选副厅级领导干部时，担任面试的主考官中有 10 多名是省级领导，每个考场均有 13 名评委，7 名旁听人员，考场内还有 1 名监督员和 1 名记分员，并进行全程摄像。

山西省在公选面试环节上增强命题的针对性，引入情景模拟等测试方法，考住了"会考不会干"的人，而工作扎实、具有较高专业知识水平及实际领导能力的报考者有了用武之地。组织考察既坚持群众公认、注重实绩，又防止简单地以票取人，防止和杜绝"带病上岗""带病提职"，防止和克服以分取人和"高分低能"现象。一位年轻干部参加了公选，他的同事说："考察组在我们单位整整调查了一天，让所有正处级和副高职称干部填写调查表，并且找每个人单独谈话，了解这名同志的日常工作和为人处世等方面的情况。"

▍**感悟小语** >>>

公选大趋势，升迁跨越式。

脱颖众人羡，功夫在平时。

四、关系之道

中国是一个讲究人情的社会，讲关系是一个传统。但随着干部选拔任用和监督制度的完善，我们的"官念"也要与时俱进。

1. "熟人社会"中的关系

中国传统社会是一个"熟人社会"。在"熟人社会"里，人与人之间的私人关系构成了一张张"关系网"。"背景"和"关系"是"熟人社会"的典型话语。民间"熟人好办事"的说法，正是对"熟人社会"的一种朴素表达。"熟人社会"亦称"关系社会""后门社会"。办事，爱找熟人是一些人的习惯，认为"三个公章不如一个老乡"，觉得不跑不找不踏实。做官、上学、办事或做生意，都习惯托关系，找背景。所以，人们费尽心机攀关系、拉关系。没有关系的，可以"造出"关系，也可以"叫出"关系，那"亲人"的"关照"就顺理成章了。

明朝抗倭英雄戚继光能创造盖世伟业，固然与其卓越的才干有极大关系，也与时任首辅大臣张居正的提拔与赏识密切相关。张居正历嘉靖、隆庆、万历三朝，仕途飞黄腾达，隆庆时任内阁次辅，为吏部尚书、建极殿大学士。万历初年，张居正任首辅，一切军政大事均由其裁决。以抗倭闻名于世的戚继光，一生"四提将印，佩玉三十余年"，在蓟州重镇任总兵一职就达十六年之久，之所以功成名就而不受猜忌，这其中有其个人的努力，更离不开张居正这个"熟人"的支持。可以说，张居正成就了戚继光。

近年来屡见报端的买官卖官、考试中的试题泄密、公开招聘中的舞弊、医院中的红包、司法中的有法不依等，无不在告诉我们：人情关系的作用有时超过了法律制度的约束力。人们往往倾向于通过已有和正在建立的各种关系，绕过法律和制度谋取职位和好处。这些现象败坏了社会风气，也误导了一些"求官"者。

全国政协原副主席苏荣是党的十八大之后首位落马的副国级官员，其妻即是利用丈夫的"关系"和影响力贪污受贿的典型，导致江西官场"地震"。还有近年发生的辽宁、湖南衡阳和四川南充等贿选案，冲击国家政治制度，影响恶劣，涉事官员受到了应有惩处。

【感悟小语】

> 一个好汉三个帮，借力使力事顺畅。
>
> 战友同乡与同窗，原则人情是非装。

2. 心想事成，重在"己行"

"世有伯乐，然后有千里马。千里马常有，而伯乐不常有。"韩愈的这一经典名言道出了发现人才、举荐人才的极端重要性。春秋时期，齐国管仲有经天纬地之才，济世匡时之略，但年轻时没人说他行，几次想当官，都没有成功。管仲与鲍叔牙相交莫逆，鲍叔牙知道管仲有才能。后来鲍叔牙辅助齐国公子小白成为国君即齐桓公，力荐管仲为相。知人善交的鲍叔牙说管仲行，鲍叔牙本人也确实很行。最终，管仲辅佐齐桓公成为春秋时期的第一霸主，被称为"春秋第一相"，不仅建立了彪炳史册的功勋，还给后世留下了一部以他名字命名的巨著《管子》。

秦汉时期，韩信自己很行，可在楚营时因为没人说他行，也只好干个扛戟站岗的大兵。韩信"跳槽"到了汉营后，丞相萧何慧眼识珠说他行，萧何本人也很行，是总管家，刘邦的第一亲信，德高望重，一言九鼎，韩信因此拜将，大显身手，建立不世之功。

中国古代的许多皇帝，天生贵胄，出身不可谓不好，机遇不可谓不佳，但由于懦弱无能，荒淫无行，落得个死于非命的下场。三国时期蜀国后主刘禅，就是千百年来不争气、败家子的典型，被称为"扶不起的阿斗"。史料记载，阿斗不思进取，只会吃喝玩乐，即使有诸葛亮这样的名臣辅佐也无济于事，最终江山易手，还落下了"乐不思蜀"的千古笑柄。

内因是根据，外因是条件。一个人要有所作为，得"自己能行"，自己不行，即使别人说你行，把你放到一定的位置上，也可能因为不适应、不胜任而处于进退两难的境地，给工作和事业带来损失。中国有两句老话与此相关：一是"烂泥巴糊不上墙"，二是"朽木不可雕也"。这两句话都跟一个人的能力大小有关。一个人，如果自己没有一定的基本素质，没有能力，没有魄力，没有魅力，那即便他拥有再好的出身，再好的机遇，也不可能获得成功。

可见，为官之道最重要的是自己要"行"，如此，才会有领导、组织和群众认可你，继而重视你、培养你、推荐你、拥戴你。毋庸讳言，也有少数人，有很好的群众基础，有较高的个人素质和较强的工作能力，却不被重用或大材小用，但这毕竟是极个别现象。

河南大学王立群教授，博古通今，著作等身，被誉为《百家讲坛》最佳学术主讲人。其主讲《我读史记之千古一帝秦始皇》系列节目，尽显大师风范，深受大众好评。在讲到秦始皇之父异人时，他颇有感慨："一个人一生是非常短暂的，在短暂的一生中，要想放出点光彩，要想有点作为，必须要做到四行"，即"首先是自己要行，其次是有人说你行，第三是说你行的人一定得行，最后是身体得行"。此番总结，应该说是对无数成功人士经历的概括，融入了王教授的人生智慧，确实精辟。

▌感悟小语 >>>

> 蜀汉刘阿斗，托孤承大统。
>
> 德才不配位，千古遗笑柄。

3. 关系正确用，原则记心中

关系对我们的工作生活有润滑作用，但如违背规则，就会起反作用。所以，我们一定要正确对待和运用"关系"。

作为领导者，正确处理好人际关系，是正常、必要的，如果整日苦心经营各种"关系"，就有可能走上邪道。为官从政，不可能与世隔绝，但要坚持原则。原则是说话行事所依据的基本法则，只有自觉遵守，坚定固守，才能站得端、立得正。反之，如果曲解原则、放弃原则，热衷于编织"关系网"，就会让人情超越法纪，用潜规则代替显规则，以"关系"代替原则。有许多官员就是因这种"关系人"而做出违法乱纪的事，断送了仕途，有的甚至锒铛入狱。

官至正国级的中共中央政治局原常委、中央政法委原书记周永康是党的十八大以来落马的最高级别官员。从中石油总经理，到四川省委书记、公安部部长、中央政法委书记，周永康在这些重要岗位，"拉山头"形成了"秘书帮""石油帮""四川系""政法系"等四大利益圈子，"门徒"众多。党的十八大以来落马的副国级以上"大老虎"中，令计划跟周永康类似，曾借助同乡会"西山会"，搞团团伙伙，导致山西塌方式腐败现象发生。

讲感情不忘道义，讲灵活不离轨道，讲交情不失原则，这样维护的关系才可靠。"靠关系管一时，靠能力管一世。"不论在哪个单位，一个干部要想得到领导的认可，要么有过人之处，虽不能说要处处胜人，但起码要有一两个强项为领导所赏识，这样才能充分展现自身的价值，继而拥有自己应有的地位；要么对工作兢兢业业，恪尽职守，有干事的能力。官场上所谓的"常青树"，也有枝叶枯黄的时候，甚至一场突如其来的风暴，就可能被连根拔起，殃及"猢狲"。"恃人者不久"，说的就是这个道理。

【感悟小语】

> 关系管一时，能力管永恒。
>
> 关系正确用，原则记心中。

五、风险之道

中国人逢年过节办喜事，见面有句吉祥语"升官发财"。"升官"和"发财"本来是不相关的两件事，一个是从政的追求，一个是经商的结果。但人们习惯把两件事紧密联系在一起，似乎有"权有多大，利有多大"的意思。吏治腐败是最大的腐败，被公认为"腐败源头"，所谓"用对一个人，激励一大片；用错一个人，打击一大片"。所以从中央到地方都重拳出击买官卖官。"要想富，调干部"，曾在基层流传甚广。有些求官者想通过"买"如愿，有些当权者想通过"卖"发财，于是"买官卖官"便有了市场。社会确实有买官成就了"求官梦"的现象，但也有买官被拒、被骗、被抓的。

1. 买官"三险"

买官被拒。碰见廉洁自律、操守好的领导，被一拒（当场拒绝）、二退（事后给你退回去）、三上缴（上缴到廉政账户上），不仅自己很尴尬，而且适得其反。东汉杨震为官清廉，不谋私利，赴任途中经过昌邑，县令王密为谢恩师来拜访，并怀金十斤相送。杨震说："故人知君，君不知故人，何也？"王密没听明白杨震的责备之意，说："暮夜无知者。"杨震说："天知，神知，我知，子知，何谓无知？"王密这才明白过来，大感惭愧，怏怏而去。

遇人不淑，所托非人。近几年在媒体上经常看到这方面的报道。重庆市江北区原区委常委传志福，为恢复自己被撤销的区委副书记职务，竟多次到北京跑官要官。为了积累跑官要官的资本，他索贿受贿近 400 万元。不料，他在跑官时，却被骗子骗走 240 万元。吉林延边州政府原副秘书长车钟日，自感草根出身、升迁无望时，偶然结识了一名 28 岁的女子，自称是州委书记的"情妇"，可以帮他运作"买官"。于是，他先后投入了 180 万元。谁知此女子是诈骗惯犯，并意外被警方抓获，牵出了他的腐败大案。这些官员智商都不低，为什么会轻信"骗子"？无非是利令智昏罢了。结果不仅钱财打了水漂，也没有圆当官梦，还落个身败名裂的下场。真是"偷鸡不成蚀把米"，"赔了夫人又折兵"。

"拔出萝卜带出泥。"送的对象出事了，自己也惶惶不可终日，弄不好"辛辛苦苦几十年，一夜回到解放前"。2009 年，浙江嘉兴爆发几十年来最大的腐败案件。在这起腐败案中，嘉兴市港区管委会原副主任李中杰首先被查处。接着发生了"多米诺骨牌效应"，导致 46 名领导干部被查处。类似情况绝非个案，纪检监察机关在查处腐败案时，往往"拔出萝卜带出泥"，查处一个带出一串，有的一家几口同进班房，腐败窝案、串案屡见不鲜。如广东湛江走私受贿案，安徽阜阳王怀忠、肖作新腐败案，黑龙江韩桂芝、马德腐败案，凡此种种，不一而足。2005 年查处的 1949 年以来最大的买官卖官案——马德案，拔出了韩桂芝、马德这两个"萝卜"，带出了 900 多人的"泥"，有多名省级干部、上百名地市级干部被查处，都受到了党纪国法的惩处。这些人自认为手段很高明，做得很隐蔽，以为"万无一失"，未想到法网恢恢，疏而不漏，最后落了个"一失万无"的结果。真是"机关算尽太聪明，反误了卿卿前程"。

▌感悟小语 >>>

> 古今有一理，买官是恶习。
>
> 误国坑百姓，毁家害自己。

2. 买官"三源"和"三无"

买官卖官风险那么大，为什么还有人铤而走险呢？其原因是多方面的。

历史之源。我国几千年封建社会遗留下来的官本位思想仍潜伏在社会生活的诸多方面。有的人"官本位"观念根深蒂固，认为有了权力就有了一切，有了官位就可以光宗耀祖；当官不是为了做事，而是为了谋取平民百姓得不到的特殊利益。只要能当上官，就能名利双收，富贵通吃。

利益之源。官员的权力太大了，官职的含金量太高了，由此产生了巨大诱惑。福建省周宁县原县委书记林龙飞一语惊人，"当官不发财，请我都不来"。他当县委书记不到三年，敛财百万元。在这类人眼中，"官"是升值潜力最大，收益最多、最快的"绩优股"。职务、职级越高，待遇越好，权力也越大。领导职位是一种稀缺资源，在一心只为自己谋利的官迷眼里，具有巨大的"综合投资效益"和不可抗拒的诱惑力，是孜孜以求的目标。有数据表明，从普通科员到处级干部的升迁比例仅为4.4%，而升迁至省部级的仅万分之四。"官场"这种典型的金字塔结构决定了，升迁之路如千军万马过独木桥，发生拥堵和"踩踏"，难以避免。有的人为达目的不择手段，最常见的就是用金钱、财物和美色，贿赂那些掌握干部提拔任用实权的人物，以博上位。

机制之源。干部选拔任用机制不完善，民主集中制、"问题干部"责任倒查制度贯彻执行不力。要么只讲民主，不讲集中；要么搞"家长制""一言堂"，使集体研究流于形式。有的地方干部选任工作公信度不高，群众有意见，便以"组织考察""集体研究""民主推荐"等托词搪塞，为"买官"者提供活动空间。如近年来发生的震惊全国的辽宁、湖南衡阳和四川南充等地贿选案，都是在"票决"这个金字招牌下，唯票是举、以票取人所导致的恶果。有的地方干部考核评价体系不完善、不科学，使一些跑官要官者凭"形象工程""政绩工程"得到提拔重用。有的地方监督、监察不力，任用干部出问题，责任倒查制度没有真正落实，"买官卖官"者付出的成本太低、代价太小，纵容了他们为获得"超额利润"而肆无忌惮。

买官者的"三无"。一是"无奈"。有个顺口溜是这么说的："不跑不送，原地不动；只跑不送，平级调动；又跑又送，提拔重用。"假如一个单位有 10 个官，其中 5 个都因花钱被提拔了，那么另外 5 人就会坐卧不安，乃至每天晚上躺在床上就会翻来覆去地琢磨："现在就兴这个，别人都在送，要不我也送点？"二是"无能"。凭他的人品和能耐，再干 20 年，也升不了官。但他自己心理不平衡："别人动得，我为什么就动不得？他人能升官，我为什么就不能升官？常言道，有钱能使鬼推磨，只要咱舍得花钱，还愁做不了官？"三是"无知"。买官者心存侥幸，认为卖官者不会出事；即便出事，卖官者也不会将他说出来；即便说出来，也是法不责众。事实上，卖官者欲壑难填，常常难以收手，这就使得其"出事"的概率很高，而一旦"出事"，他们无不为了"立功减刑"而积极坦白交代，检举买官者。

▌感悟小语 >>>

> 买官有恶源，制度能斩断。
> 选官堵"三无"，要靠修为补。

3. 守好"一口井"，求官不冒险

守好"一口井"，风险化为空。明太祖朱元璋曾规劝官吏：老老实实地当官，守着自己的俸禄过日子，就好像守着"一口井"，井水虽不满，但可天天汲取，用之不尽。后人谓之"一口井"理念，留给我们的启示颇深。翻开那些落马贪官的犯罪档案，可以发现一个共同特点，就是不愿只守自己那口"井"。这些贪官总嫌"井水"不满，于是不择手段地牟取不义之财。当不义之财如大江之水滚滚而来之时，也就是自己被"淹死"之日。权力是把"双刃剑"，用在正处，是利器，能带来成就和荣誉；用在歪处，就会反伤自身，甚至带来牢狱之灾、杀身之祸。面对因权力在手而遇到的种种诱惑，任何时候都不能心存侥幸。能清醒

认识当官的风险，时刻告诫自己不要利令智昏，从思想到行动都筑起坚固防线，就能化"险"为夷；反之，头脑中没有这种风险意识，思想上没有接受考验的准备，就可能"一朝权在手，便把利来谋"，到头来，只能是"爬得越高，摔得越重"！历史上也不乏这样的例子，唐朝"卒徒"出身的宿州太守陈蟠，因贪赃被处死时，索笔题诗："积玉堆金官又崇，祸来倏忽变成空。五年荣贵今何在？不异南柯一梦中。"四行小诗，言简意赅，将从高官到死囚的经历一语道尽，堪称悔过诗的极品，警世醒人。

"买官卖官"风险大，"触雷""抽身"悔之晚。汉代崔烈，位列九卿，名重一时，但仍不满足。在荒淫奢侈的汉灵帝卖官以填补空虚的国库时，他用 500 万钱买得司徒一职，从而得享三公之尊。然而，他的声誉也从此一落千丈。一日，崔烈问其子崔钧："我做了三公，外人对我有何议论？"崔钧回答："父亲年轻时名声很好，况且当过太守、九卿等要职，议论的人说您当上三公很合理；但现在您真的当上了，反而让人非议和失望。"崔烈急忙问为什么，崔钧如实答道："人们都嫌您有铜臭味。"连买官者儿子都这么看，更不要说外人了。后来，人们便以"铜臭"一词来讽刺用钱买官或俗陋无知的富人。

买官卖官这种潜规则的存在，败坏了政治生态，使勤奋工作的干部很受挫伤，使对组织充满信任的同志深感失望。他们要么坚守底线，忍受升迁无望；要么抛弃操守，随波逐流，以谋进阶；更有甚者铤而走险，大肆行贿，最终陷入囹圄，给国家带来损失，给家庭造成灾难。如河北省邯郸市原市长张秋阳交流到黑龙江工作后，虽在群众中威信较高，却晋升缓慢，不得已向时任省委组织部部长韩桂芝行贿，结果拔出韩桂芝这个"萝卜"，带出了他这个"泥"。

当官是暂时的，做人是长远的。钱多是儿女的，健康是自己的。行稳方能致远。求官要尽力争取，顺其自然，遵循原则，不触红线，确保平安。

▌感悟小语 >>>

> 买官代价高，违心掏腰包。
>
> 世事难预料，身心受煎熬。
>
> 不触高压线，风险化解掉。
>
> 守好一口井，无虞为至要。

第六篇

树立六种理念

一、终身学习的理念

终身学习，就是我们常说的"活到老学到老"。

中国人勤奋好学，是有文化基因的。《易经》乃众经之首，开篇即道："天行健，君子以自强不息。"大概是最早把终身学习提高到处世哲学高度的经典著作了。集儒家思想之大成的荀子，在其经典名篇《劝学》中，第一句话就是"君子曰：学不可以已"，把终身学习当作了对人生的基本要求。孔子"朝闻道，夕死可矣"；鲁迅"倘能生存，我当然仍要学习"；周恩来"活到老，学到老，改造到老"，无不反映往圣先贤对终身学习的深刻见解。

"终身学习"作为一种被当代社会广泛接受的理念，是 1965 年在联合国科教文组织法国巴黎年会上正式提出的。一经提出，便迅速得到世界各国的重视和响应。1971 年，法国颁布《终身职业教育法》；1976 年，美国颁布《终身学习法》；1983 年，韩国把终身教育写进宪法并颁布《终身教育法》；1988 年，日本设立终身学习局，并于 1990 年颁布并实施《终身学习振兴整备法》……1994 年，首届"世界终身学习会议"在罗马举行，提出了"终身学习是 21 世纪的生存的理念"。

1. 终身学习，大势所趋

随着计算机的发明和普及，人类社会进入"知识大爆炸"的信息时代，知识更新急剧加速。据统计，现代社会人们广泛应用的知识，90% 来自最近 30 年；而知识更新换代的周期已经缩短到 5 — 7 年。我国第一台超级计算机"银河"1983 年研制成功时，运算速度每秒 1 亿次。2017 年，我国研制的世界运算速度最快的超级计算机"神威"，已经达到每秒 10 亿亿次，34 年提高了 10 亿倍！2017 年 10 月，我国宣布，正在安徽合肥建造的量子计算机 2020 年建成投入使用后，计算能力将是当今世界所有计算机计算能力总和的 100 万倍！届时，我们对世界的认知，对未知领域的探索，将进入一个新的境界。可以预计，天量的新知识，将以前所未有的规模喷薄而出；人工智能的大规模应用，必将使社会产生天翻地覆的变化。技术的进步，让我们有一种喘不过气来的感觉。未来数年，知识爆炸的力度将会更加猛烈，知识更新换代的周期将不是以年，而是以月乃至以周计！在这样一个急剧变化的知识时代里，仅靠校园里所学的知识，莫说 10 年，也许仅仅 5 年、3 年后就难以立足。在这样的时代大背景下，每个人不仅要树立终身学习的理念，还要养成天天学习的习惯，不然就跟不上时代前进的脚步，在飞速发展的社会中落伍。

1993 年，我国颁布《中国教育改革与发展纲要》，提出成人教育是传统学校教育向终身教育发展的一种新型教育形式。新世纪初，我国在全面建设小康社会目标中提到，"形成全民学习、终身学习的学习型社会"。终身学习，已经不仅是个人适应社会的主观需要，更成为国家对每一位公民的基本要求。

目前，我国高等教育规模已经达到世界的六分之一，高等教育已经成为大众教育，2016 年毛入学率达到 42.7%。随着公考、公选的推行，行政事业单位工作人员、领导干部学历水平不断提高，高级领导干部中，名校毕业，拥有硕士、博士学位的大有人在，整体素质大幅提升。众所周知，高等教育是专业教育，学历越高专业性越强，学术领域也就越狭窄。习近平总书记在党的十九大报告中指出："当前，国内外形势正在发生深刻复杂变化，社会矛盾和问题交织叠加，挑战也十分严峻。"要求"全党同志一定要登高望远、居安思危，勇于变革、勇于创新，永不僵化、永不停滞"。这种形势下，领导干部仅仅作为一名专业人才，已难以适应新时期的工作要求。要不断加强学习，干什么学什么，缺什么补什么，努力使自己成为既专又通的复合型人才，才能更好地履职尽责。

我们党和国家的领导人，都是重视学习、善于学习的典范。胡锦涛同志是清华大学毕业的，毕业后 10 年内，先后在学校搞过科研，在工程局当过技术员，在机关做过秘书，后来逐渐走上领导岗位，最终成为党和国家卓越的领导人。

有为之人，皆是勤学、善学之人。学习，只有起点，没有终点。

▌感悟小语 >>>

> 一日不读书，别人看不出；
>
> 一月不读书，谈吐会爆粗；
>
> 一年不读书，思维笨如猪；
>
> 一生不读书，人生肯定输。

2. 知识改变命运，学习决定人生

知识是石，敲出生命之火；知识是火，点燃命运之灯；知识是灯，照亮人生之路；知识是路，通往梦想之境！

"知识就是力量。"这是培根在《新工具》一书中提出的著名论断。邓小平指出："科学技术是第一生产力。"权力有限，财富有价，而知识无限又无价。柏拉图在 2000 多年前就断言："知识是一切能力中最强的力量。"高尔基则认为"只有知识才是力量"。纵观人类发展史，不断学习新知识是发展、进步的关键，任何一个时代的人都不会忽视学习知识的重要性。是知识，让诸葛亮上知天文，下晓地理，运筹帷幄，决胜千里；是知识，让高尔基扼住了命运的咽喉；是知识，让爱迪生从贫民窟走入了曼哈顿；是知识，让轮椅上的霍金成了全世界的骄傲！彼得大帝乔装打扮，以平民身份微服遍访西欧各国，学习治国之道和先进的科学文化知识，他的"不耻下问"虽然掀起轩然大波，但最终改变了沙皇俄国的落后面貌。没有五四运动的启蒙，哪有现代中国？没有新文化运动，何谈中华之崛起？鲁迅之言犹在耳畔。是知识的人民挽救了中国，改变了落后挨打的命运；是

知识的人民建设了中国，谱写了波澜壮阔的复兴；是知识赋予了中华民族伟大复兴的动力。

书中自有千钟粟。北宋汪洙《神童诗》："天子重英豪，文章教尔曹。万般皆下品，唯有读书高。"在封建社会，科举是读书人唯一可以入仕的路径。古人说"学而优则仕"就是这个道理。这一方面可以满足物质生活需要，另一方面也是实现理想抱负的关键途径。

吕蒙，三国时期吴国名将。孙权曾对吕蒙说："你现在身居要职，掌管国事，应当多读书。"吕蒙以军中事务繁多来推辞。孙权说："你军务繁多，有我事务多吗？"于是吕蒙开始勤奋学习。鲁肃继周瑜掌管吴军后，上任途中路过吕蒙驻地，吕蒙摆酒款待他。鲁肃认为吕蒙不爱读书，有勇无谋，瞧不上他。但当两人纵论天下大事时，吕蒙不乏真知灼见，鲁肃感叹道："我一向认为老弟只有武略，时至今日，老弟学识出众，确非吴下阿蒙了。"吕蒙道："士别三日，即更刮目相待！"后吕蒙任都督，白衣渡江，袭取荆州，击败关羽，拜南郡太守，封孱陵侯。

目前，随着我国干部录用制度的改革，录用高学历者进入干部队伍成为一种必然趋势。《党政领导干部选拔任用工作条例》颁布以来，共招聘 21 万人，却有 1300 多万人报考，千万人参加考试，平均录取比例 47：1。如此多的报考者，如此低的录用率，高学历者胜出的概率理所当然大一些。在大范围公选中高层官员时，高学历者入选已经成为普遍现象，60 后副部级以上官员拥有本科及以上学历的超过八成。据清华大学统计，近 10 年来，清华大学毕业走上省部级以上领导岗位的已逾 300 人。清华大学还被誉为中共中央政治局常委的摇篮。据新华网公开的历届中共中央政治局常委资料看，第 14 届毕业于清华大学的 2 人，第 15 届毕业于清华大学的 2 人，第 16 届毕业于清华大学的 4 人，第 17 届毕业于清华大学的 3 人。4 届中央政治局常委，32 人次中 11 人次毕业于清华大学，超过了 1/3。不经过正规高等教育而走上重要领导岗位，特别是党和国家领导人岗位，是基本不可能的。而各省、市、自治区的很多中高层官员，师出于省内同一所高校的已司空见惯。

书中自有黄金屋。人总要生存，有谁不想过上高质量的生活呢？"书中自有黄金屋"直白地阐述了读书的重要性、学习的必要性。读书的目的是获取知识，而知识不仅创造财富，其本身就是财富。在农业经济时代，人们最大的财富是土地；到了工业经济时代，最大的财富是资源，谁拥有资源谁就拥有了财富；在今天的知识经济时代，人们最大的财富是知识。不仅如此，知识财富还是永远不会贬值、不会丧失的财富。有位记者曾问李嘉诚："今天你拥有如此巨大的商业王国，靠的是什么？"李嘉诚回答说："依靠知识。"有位外商也曾经问过李嘉诚："李先生，您成功靠什么？"李嘉诚毫不犹豫地回答："靠学习，不断地学习。"

知识就是财富。有这样一个案例：据《楚天都市报》报道，武汉一市民在古玩市场花 5 元淘得一陶罐，后经专家鉴定属稀世古董，价值 126 万元。卖罐人得知后悔恨不已。知识为"市民"带来丰厚的财富，无知为"卖罐人"带来无尽的懊悔。如果卖罐人有知，岂会以 5 元卖宝？如果卖罐人知道自己无知，为何不找专家鉴定？无知并不可怕，可怕的是，不知道自己无知。

改革开放初期，一些人一夜暴富，靠的是勤劳、经验和胆子大。他们大都没有经历正规的高等教育，有的是工人，有的是农民，有的甚至是文盲。当然也涌现了一批知名企业家，如鲁冠球、牛根生、年广久等，但这样的情形已难以再现。纵观中国当今商界风云人物，大多师出名门。北京大学毕业的，有百度CEO 李彦宏和新浪网创始人王志东。复旦大学毕业的，有新浪 CEO 曹国伟、盛大创始人兼 CEO 陈天桥。中国人民大学毕业的，有京东商城 CEO 刘强东。联想集团名誉主席、高级顾问柳传志，毕业于中国人民解放军军事电信工程学院。恒大集团董事局主席许家印，毕业于武汉钢铁学院。"巨人"史玉柱，毕业于浙江大学数学系。搜狐公司董事局主席兼首席执行官张朝阳，毕业于清华大学。360董事长周鸿祎，毕业于西安交通大学。创立网易公司的丁磊，毕业于电子科技大学。阿里巴巴董事局主席马云，毕业于杭州师范学院。腾讯公司董事会主席兼首席执行官马化腾，毕业于深圳大学。

书中自有颜如玉。这句话从人们追求美色的角度阐述了读书的重要性。我们不能因为这句话的功利性而完全否认其积极意义，至少它是劝人努力学习、进取向上的。即使从获取知识、完善自我的角度出发，我们也应该热爱读书。"书籍是人类进步的阶梯"，读书是人生一大快事，何乐而不为？

有一句话：读万卷书，行万里路。王安石 20 岁时赴京赶考，元宵节路过某地，边走边赏灯，见一大户人家高悬走马灯，灯下悬一上联，征对招亲。上联曰："走马灯，灯走马，灯熄马停步"。王安石见了，一时对答不出，便默记心中。到了京城，主考官以随风飘动的飞虎旗出对"飞虎旗，旗飞虎，旗卷虎藏身"。王安石即以招亲联应对，被取为进士。归乡路过那户人家，闻知招亲联仍无人对出，便以主考官的出联回对，被招为快婿。人生四大喜事：久旱逢甘霖，他乡遇故知，洞房花烛夜，金榜题名时。一副巧合对联，竟成就了王安石两大喜事！一举两得，双喜临门！王安石醉中挥笔写下的双喜字，从此流传开来。

北宋词坛才子秦观，是"苏门四学士"之一。传说秦观娶苏东坡的妹妹苏小妹为妻时，曾被苏小妹出联难倒。新婚之夜，新郎官秦观因为高兴喝醉了，正准备兴冲冲地进入洞房时，苏小妹突然双手将门关上，并随口吟出上联："双手推出门前月"，要秦观对出下联才能入洞房。秦观因为酒醉，脑子有点不够用，徘徊在院子里冥思苦想，迟迟进不了门。旁边看到这一幕的人，马上告诉了苏东坡。苏东坡隐身假山后面，捡起一块小石头向水池扔去。只听"咚"的一声，一下子惊醒了秦观，秦观兴冲冲地说："有了！"随后吟出下联："一石惊破水中天。"见秦观吟出如此绝妙的下联，苏小妹高兴地打开房门，迎秦观入了洞房。

腹有诗书气自华。一次，苏轼游完莫干山，来到山腰一座寺庙。方丈见来人穿着格外简朴，淡淡地应酬道："坐！"对小和尚吩咐道："茶！"苏轼落座，喝茶。方丈随便和他谈了几句，见来人出语不凡，马上请苏轼入大殿，摆下椅子说："请坐！"又吩咐小和尚："敬茶！"苏轼继续和他攀谈。苏轼妙语连珠，方丈连连称是，于是起身，请苏轼进入一间静雅的客厅，恭敬地说："请上座！"又吩咐小和尚："敬香茶！"苏轼见方丈十分势利，坐了一会儿就告辞了。方丈见挽留不住，就请苏轼题字留念。苏轼写下了一副对联："坐，请坐，请上座；茶，敬茶，敬香茶。"这个故事提醒我们不能以貌取人，同时也证明了"腹有诗书气自华"。

爱读书的女人更优雅。从现代社会看，女性的美大致可分为三类：形象美、气质美和知性美。长相天生来自父母，自己无法选择，而气质和知性美则可以通过后天努力获得。美丽的女人应该是爱读书、读好书的，爱读书的女人亦会变得像一本好书那样经久耐看。诚如孟子所言："充实之谓美，充实而有光辉之谓大。"知识可以培养女人的内涵。所以，要想做一个美丽的女人，就要多读一些书，不断地充实自己，完善自己。读书还可以提升一个人的品位，喜欢读书的人，都是不俗的人；只有不俗的人，才有资格做优雅的人！

■ **感悟小语** >>>

> 知识宝中宝，用时方恨少。
>
> 无知闹笑话，有知格局高。

3. 善于学习，终身受益

让学习成为一种信仰。梁启超说："信仰在一个人为一个人的元气，在一个社会为一个社会的元气。"信仰如灯塔，能给人指明前进的方向。一个崇尚读书、勤学善谋的民族必然勇于在百折不挠中频奏凯歌、屹立于强者之林；一个志存高远、勤思敏行的团队必然敢于在艰难困顿里背负使命、谱写壮美诗篇。饱学之士自会"眉睫之间舒卷风云之色，吟咏之间吐纳珠玉之声"，所以，要记住和相信"有关家国书常读，无益身心事莫为""天下良谋读与耕，世间善事忠和孝""男儿欲遂平生志，五经勤向窗前读""黄金非宝书为宝，万世皆空善不空""日月两轮天地眼，读书万卷圣贤心"。

习近平同志在中央党校 2009 年秋季学期第二批进修班开学典礼上严肃指出：有些党员干部不思进取、碌碌无为，不愿学；有些党员干部热衷应酬、忙于事务，不勤学；有些党员干部装点门面、走走形式，不真学；有些党员干部心浮气躁、浅尝辄止，不深学；有些党员干部食而不化、学用脱节，不善学。习近平同志痛批的"五不"干部，入木三分，一针见血地指出了党员干部在学习上存在的不良风气，戳到了"五不"干部的脊梁骨！只有把学习当作信仰，才能把学习作为一种使命、一种动力、一种精神追求，才能增强学习的紧迫感和坚定性，才能自觉地变"要我学"为"我要学"，才能"风声、雨声、读书声，声声入耳；家事、国事、天下事，事事关心"，才能真信、真学、真悟、真用，从而学得更加自觉、更加扎实、更加有效。

让学习成为一种追求。读书学习之益，正如培根在《谈读书》中所说："读书足以怡情，足以傅彩，足以长才。"读书学习，以古喻今，能在《论语》中学习智慧的思考；在《史记》中感受历史的严肃；感悟左宗棠的"身无半亩，心忧天下"；咀嚼"勤学如春起之苗，不见其增，日有所长；辍学如磨刀之石，不见其损，日有所亏"的深刻；铭记"三更灯火五更鸡，正是男儿读书时。黑发不知勤学早，白首方悔读书迟"的古训；让笔和键盘去追述唐诗宋词在花间的轻轻诉说，让理性的阳光，展示自己独特的风景线。宁可食无肉，不可读无书。莎士比亚有言："书籍是全世界的营养品。生活里没有书籍，就好像大地没有阳光；智慧里没有书籍，就好像鸟儿没有翅膀。"作家刘白羽也这样描述爱书的情状："我爱书，我常常站在书架前，这时我觉得我面前展开了一个广阔的世界，一个浩瀚的海洋，一个苍茫的宇宙。"高尔基有"书籍是人类进步的阶梯"之言，弥尔顿有"优秀的书籍是抚育杰出人才的珍贵乳汁"之谈，毛泽东有"有了学问，好比站在山上，可以看到很远很多的东西；没有学问，如在暗沟里走路，摸索不着，那会苦煞人"之教诲。人类最伟大的思想、最优秀的文明成果在哪里？就在书里。思想文化的传承靠什么？靠学习。读书能够铸就一个国家的文化根基，构建共同的精神家园，使一个民族的品质得到优化、升华并形成传承的巨大力量。古语云："治天下者先治己，治己者先治心。"治心养性，一个最直接、最有效的方法就是读书学习。

让学习成为一种时尚。时尚是指美好、流行的风尚。追求时尚是人的一种本能、一种天性。"知之者不如好之者，好之者不如乐之者。"让学习成为一种时尚，就会大大激发自觉学习的动力、定力、毅力，变被动学习为主动学习，一时学习为终身学习，强迫学习为自觉学习。欧阳修说："立身以立学为先，立学以读书为本。"让学习成为一种时尚，就会品味到"闲坐小窗夜读书，不知春去几多时"的味道。

让学习成为一种习惯。《汉书》中说："少成若天性，习惯成自然。"养成了"习惯"也就化为"自然"。人的一生中会养成很多种习惯。习惯，指人们在长时间里逐渐养成的、一时不容易改变的行为方式。一个好的习惯，可以使人终身受益，拥有精彩人生；一个坏的习惯，则使人如鬼魅附身，往往遗祸一生。培根曾经说过："习惯是一种顽强而巨大的力量，它可以主宰人生。"美国心理学巨匠威廉·詹姆斯对此有一段经典注释："种下一种行为，收获一种习惯；种下一种习惯，收获一种性格；种下一种性格，收获一种命运。"让学习成为一种习惯，让读书成为一种自然，风吹浪打不动摇，不因工作繁忙而忽视，不因过程艰辛而放弃。人的素质固然有先天的成分，但真正有所成就者，无一不是长于学习、善于实践的结果。古今中外的历史彰显了这样一个真理：事有所成，必是学有所成。综观那些风云人物，无论其背景如何、学历高低、出身贵贱，无不具有孜孜不倦、学而不厌、学以致用和"活到老，学到老"的学习态度。孙中山在总结自己的人生时说："我一生的嗜好，除了革命外，就是读书。我一天不读书，便不能生活。"

人，与书籍为伍才能创造世间奇迹，与墨香相伴才能玉成精彩人生。古往今来，凡把读书学习作为一种生活习惯和生存方式的人，都备受社会的推崇。读书应该是人生的重要部分，人生应当与读书同行。不过，学习习惯的养成，并非一朝一夕之功，不是一蹴而就之事，而是一个持之以恒、不断内化、自我完善的过程。必须始终有一种"事业无止境，奋斗无穷期"的进取意识，有一种"秉烛夜读书，品茗独炼句"的精神境界，面对诱惑不动心，定力如山不迷失，把身边的喧闹关在心灵大门之外。宋代政治家、文学家欧阳修倡导利用"三上"的时间，即把"马上、枕上、厕上"的点滴时间用于学习，就是让学习成为习惯的最好注释。所以，要养成随时学习的习惯，平时多一些阅读、少一些应酬，多一些思考、少一些空谈，成为理论学习上的"活字典"、工作上的"活档案"、与时俱进的"活电脑"。只有这样，才能适应形势发展的需要。

让学习成为一种责任。书是人类智慧的结晶，是社会进步的阶梯。一个不喜欢读书的人，是一个没有内涵的人；一个不喜欢读书的民族，是一个没有前途的民族。冯友兰先生把人生分为四个境界：自然境界、功利境界、道德境界、天地境界。一个人读书多了，就会超越自然境界、功利境界，达到道德境界、天地境界。进入这种境界之后，就会养成自强不息、厚德载物的大气，蓬勃向上、永不懈怠的朝气，光明磊落、刚正不阿的正气，与时俱进、开拓进取的锐气，淡泊名利、宁静致远的雅气；就会做到怀德自重、修身自省、清廉自警、正直自律。崇尚学习、勤于学习、善于学习，是适应新形势、新任务、新要求的重要保证。胡锦涛同志指出："一个领导干部学习的勤奋程度，决定着他的思想深度。"习近平同志强调："学习是立身做人的永恒主题，也是报国为民的重要基础。梦想从学习开始，事业从实践起步。当今世界，知识信息快速更新，学习稍有懈怠，就会落伍。有人说，每个人的世界都是一个圆，学习是半径，半径越大，拥有的世界就越广阔。"

让学习成为一种乐趣。古人云："至乐莫如读书，至要莫如教子。"宋代有个叫倪思的大臣关于读书有一段朴实的高论，他说："松声，涧声，山禽声，夜虫声，鹤声，琴声，棋子落声，雨滴阶声，雪洒窗声，煎茶水声，皆之至清者也。而读书声为最。"清代梁同书言："至乐无声唯孝悌，太羹有味是诗书。"读书是件乐事，正所谓"得好友来如对月，有奇书读胜看花"。读书越多，思考的原始材料就越丰富；读书越细，就越能启发思考的灵感，引起疑问，引出新的想法，逐步深化对问题的认识，进而开启创造的闸门。读书是人生付出代价最小的幸福之途，读书也是每一个人付出代价最小的成功之途，读书还是走向成功和幸福之桥。

兴趣是激励学习最好的老师。"知之者不如好之者，好之者不如乐之者。"孔子讲的就是这个道理。习近平同志曾说："我最大的爱好是读书。"他认为，读书可以让人保持思想活力，让人得到智慧启发，让人滋养浩然之气。2013 年 5 月 4 日，习近平同志在同青年代表座谈时，曾以自己早年在梁家河村下乡的经历勉励大家："上山放羊，我揣着书，把羊圈在山坡上，就开始看书。锄地到田头，开始休息一会儿时，我就拿出《新华字典》记一个字的多种含义，一点一滴积累。很多知识的基础是那时候打下来的。"

开卷有益似明灯，最是书香能致远。一日不读书，心源如废井。宋代尤袤说："饥读之以当肉，寒读之以当裘，孤寂而读之以当朋友，幽忧而读之以当金石琴瑟也。"所以，有诗道，"心无俗虑精神爽，座有清谈智慧生""吾当抽暇困苦学，处处逢人劝读书"。行千里路，读万卷书。学习没有终点，只有起点；没有毕业，只有毕生。

▎感悟小语 >>>

　　　　人生有涯知无涯，学海泛舟迎朝霞。
　　　　书山有路勤为径，腹有诗书气自华。

二、有为有位的理念

"有为"，是指具有良好职业素养的人努力进取，在本职岗位上有所作为，拿出看得见、摸得着的成果。"有位"，通常指的是所在的岗位、所处的职位和地位。

1. 有为才能有位

"位子、票子、房子、车子、孩子"是网络流传的新"五子登科"，人们都在努力向更高的位子攀登。好的位子是稀缺资源，到底应怎样赢得自己心仪的位子呢？"位"不是天生的，没有人生下来就功勋卓著，位高权重，受人景仰。人类数千年文明史中，大多数杰出人士都是在"无位"之时，努力"有为"，从而在历史的书页中拥有了自己的一席之地。

有一则民间故事：古代有一个县令，在任上虽然碌碌无为，但也算得上兢兢业业、勤勤恳恳，没有大的作为但也没啥过错。死后到阎王那里报到，心里想，这阎王不得表扬表扬我吗？结果阎王却把惊堂木一拍，说："你可知错！"县令说："我当县令十多年，勤政爱民、兢兢业业，为了给老百姓省柴火，到老百姓家里只喝凉水，连开水都不喝，虽然无功，但也无过啊！"阎王说："设你这个县令，就是要你为民办事，不给老百姓办事，要你县令何用？如果在公堂上设一木偶，连老百姓的凉水也不喝，岂不比你更强啊？"县令听后无地自容。这个故事充分说明当领导得有作为，不能尸位素餐。现在有的人上班就是喝茶、抽烟、上网、聊天，有的人将青春的火花在酒杯中泯灭，将理想和信仰在麻将中消磨。

欲戴其冠，必承其重。从某种意义上说，"有为"和"有位"是互为因果的关系。"有位"是"有为"的前提和基础，"有为"是"有位"的保障和关键；而"有位"则是"有为"的直接结果，只有有所"为"，才能得到更高的"位"。

伊尹是商汤的一个厨师，奴隶身份，他为了引起商汤的注意，就在饭菜上做文章，有时把饭菜做得美味可口，有时却故意做得咸淡不均。商汤很纳闷，把伊尹找来问是怎么回事。伊尹说：做菜不能太咸，也不能太淡，只有把佐料放得恰到好处，吃起来才有味道。治理国家也一样，既不能操之过急，也不能松弛懈怠。只有把握好分寸和时机，才能把事情做好，国家才会兴旺。这几句话说到了商汤心里，没想到一个奴隶竟是如此人才，商汤解除了伊尹的奴隶身份，任命他为右相。后来伊尹帮助商汤灭了夏朝，建立了商朝。伊尹为商朝理政安民 60 余载，三朝元老，治国有方，被后世称为贤相。

一分耕耘一分收获。西汉著名将领卫青，幼年为家奴，备受人凌辱歧视，饱尝酸辛。他长大以后，在平阳侯家当了一名骑奴，凭着打仗机智勇敢、身先士卒，屡胜匈奴，立下赫赫战功，被汉武帝封为"大将军"。独臂将军丁晓兵，1983 年入伍，参加过两山战役，曾任某军区侦察大队侦察连捕俘手。1984 年，时年 19 岁的他在执行任务中负伤，失去右臂，荣立一等功并获得为他特设的第 101 枚"全国优秀边陲儿女"金质奖章。战后，丁晓兵拒绝了许多单位提供的优厚待遇，继续留在部队。1988 年，丁晓兵毕业于解放军南京政治学院部队政工系，此后在部队从事政治工作，后转任武警某部副政委、政委，跻身副军职。他是中共十七大代表、第十一届全国人大代表，被评为"中国武警十大忠诚卫士""保持英雄本色的忠诚卫士""全国自强模范""全国优秀共产党员""感动中国年度人物"。

千里之行，始于足下。要有所作为，须从本职工作着手，从最基层的工作做起。如果老在那里空谈，嫌这个单位不理想，那个岗位不顺心，不干实事，频繁跳槽，最终将一事无成。

以有为求生存，以有为求有位，以有为求发展。1979 年 5 月，驻守台湾金门马山的上尉连长林毅夫，游过 2300 米的海峡到大陆，进入北京大学经济系学习政治经济专业，以深厚的理论功底、流利的英语口语，很快在同学中脱颖而出。1980 年，诺贝尔经济学奖得主舒尔茨来北京大学讲学，林毅夫凭借"有为"的优势荣幸地成为舒尔茨的翻译。而后，舒尔茨回美国不久，正式将林毅夫推荐到美国芝加哥大学，并收为弟子。1987 年，林毅夫学成回国，成为我国改革开放后的第一位从海外归国的经济学博士。1990 年后林毅夫在世界权威经济学杂志连续发表多篇文章，奠定了他在国际经济学界的地位。卓越的学术成就使林毅夫得以走出国门，享誉世界，曾任世界银行高级副行长、首席经济学家。他现任全国工商联副主席，北京大学国家发展研究院名誉院长、北京大学新结构经济学研究中心主任、教授，是第七、第八、第九、第十届全国政协委员，第十一届全国人大代表，第十二届全国政协常委，是朱镕基、温家宝、李克强倚重的经济决策智囊，是"十一五""十二五""十三五"规划的主要参与者，尤其在中国经济决策、金融改革等领域，极具影响力。

在职场打拼，每个人都希望谋得心仪的职位，获得好的待遇和地位。我们凭什么使自己脱颖而出，并且不断晋升到更高位子上呢？有人说，靠学历——有一张金光闪闪的毕业证书，就能谋到好职位，拿到高薪水。有人说，靠关系——朝里有人好做官，大树底下好乘凉。有了铁关系，不愁没有好职位。有人说，靠口才——只要口才好，领导就会给自己一官半职。还有人说，靠拍马溜须——把上司忽悠"晕"了，自然就会受到重用。上述说法，有的有一定道理，有的是邪门歪道，不可当真，更不可效法。实际上，要想在单位取得理想的待遇与职位，最硬气的还是业绩和作为。

▍感悟小语 >>>

> 宝剑锋从磨砺出，梅花香自苦寒来。

2. 无为必然失位

孔子曰："不患无位，患所以立。"意思是说，不要担心没有自己的位子，要更多地去考虑如何通过努力获得立足之地。即使你获得了位置，你还要考虑如何通过有所作为巩固已有的位置。

古人云："知屋漏者在宇下，知政失者在草野。"金杯银杯不如老百姓的口碑，金奖银奖不如老百姓的夸奖。群众对领导干部的政绩感受最直接、最真切，也最有发言权。只有被老百姓公认、被领导认可，才能获得自己应有的地位。有"位"必须尽其责、谋其事，否则，就会离"位"越来越远，最终丢位。有"位"而忽视有"为"，就会产生惰性，碌碌无为，最终被无情的竞争所淘汰。

战国时期，齐宣王喜欢听合奏，有个不会吹竽的南郭先生也混在里面假装会吹，得到了和会吹竽的人一样多的钱。后来齐宣王死了，湣王继位，他也喜欢听吹竽，但他喜欢听独奏，南郭先生只好溜了。这一事实告诉我们，在其位就要谋其政，碌碌无为者最后必定无处藏身。

在热播剧《人民的名义》中，京州市光明区区长孙连城是一位庸政懒政的奇葩官员，尽管不贪污不受贿，但不干事不作为，每日得过且过，碌碌无为，上班例行公事，下班准时开溜，"懒癌"严重，最后被连降三级。在党和人民的事业中，没有坐享其成的理由，没有唾手可得的成功。

2017年8月，新疆和田地委书记张金标，因严重违纪、失职失察，被开除党籍和公职。张金标的落马，固然与其违法违纪、贪污腐败有关，最主要的原因还是他宗旨意识和责任意识淡薄，严重违反政治纪律和政治规矩，履行反恐维稳责任不力，工作消极应付，严重失职失责，造成了严重后果。这正应了"无为必然失位"。

干，是我们每个人的安身立命之本。不干，再好的愿望也只是一种幻想，再好的蓝图和规划也只是一张废纸。

▌感悟小语 >>>

世界上的事情都是干出来的，不干，半点马克思主义也没有。

——邓小平

3. 有位更要有为

岗位是发挥作用的平台，有了平台才能如鱼得水。但"有位"后更应"有为"。新的职位，只是一个新的起点，为你发挥潜能、创造辉煌搭建了更大的平台。只有不断突破自己，有新的作为，才能更进一步，晋升到更高的位子上去。只有作为无止境，晋升才能入佳境。

古有大禹治水"三过家门而不入"的佳话。相传在舜统治天下的时候，洪水泛滥，人民饱受其苦。舜开始命令禹的父亲鲧去治水，但是鲧不得其法，洪水依旧泛滥，舜下令处死了鲧，命禹来治水。为了完成任务，禹曾三过家门而不入，历时13年，终于把滔滔洪水疏导分流不再泛滥成灾。舜任其为相，后来又把帝位禅让给他。大禹之所以能够成其"帝位",关键就在于他的作为。

20 世纪 70 年代中期,索尼彩电在日本国内已经很有名气了,但在美国市场的销售境况相当糟糕。被派往美国的负责人,都无功而返。盛田昭夫十分着急,连忙整顿公司国际部,任命卯木肇为索尼公司国际部部长,并且要求他立下军令状:半年内打开美国市场。卯木肇到美国芝加哥,实地调查后,弄清了其中的原因。原来,以前的负责人不仅没有努力推广产品,还糟蹋了公司的形象。他们曾多次在媒体上发布削价销售索尼彩电的广告,使得索尼在消费者心目中留下了"低贱""次品"的印象,索尼的销量当然受到严重打击。在这种时候,卯木肇似乎可以回国了,并且理由充分:前任把市场破坏了,不是我的责任!但他没有那么做。他首先想到的是,自己既然被公司委以重任,就要担当起责任,有所作为。就这样,凭着他的韧劲、担当和智慧,索尼彩电很快占据了美国市场,进而横扫全世界,成为彩电市场上的一大王牌。回国后,卯木肇被提拔为公司的营销总监。

有位之后,还会面临更多的挑战。只有不断超越自己,加倍努力,巩固地位,才能铸就更大的业绩和作为,从而不断地超越已取得的"位子",争取更大的作为与更高的地位,在人生和事业中实现突破和飞跃。

▌感悟小语 >>>

> 有为事事兴,无为万事空。
> 大为求大位,似锦好前程。

三、大智若愚的理念

"大智若愚"在《辞源》里的解释:才智很高而不露锋芒,表面上好像愚笨。该成语出自《经进东坡文集事略》中的《贺欧阳少师致仕启》:"大勇若怯,大智如愚。""大智如愚"者实指勇于吃苦、善于吃亏、乐于奉献的人;大事清楚、小事糊涂,大事讲原则、小事讲风格的人;豁达大度、厚积薄发、宁静致远的人;世事洞明、内方外圆、志存高远、有大作为的人。

1. 世事洞明，善于守拙

世事洞明、善于守拙，体现着一种成熟、聪慧、睿智，能够把握事情的发展规律。时机不成熟的时候，善于忍耐和等待，积蓄力量，不急于求成，在适当的时候一举成功。

春秋末，越大夫文种向越王勾践举荐了才华横溢的范蠡，两人共同辅佐勾践。经过多年的卧薪尝胆，终于灭吴，勾践成为霸主。范蠡卓识远见，深深懂得功高盖主的道理，于是，范蠡给勾践写了一封信，请求归隐。勾践泪流满面地挽留范蠡。范蠡一语双关地说："君行其法，我行其意。"遂不辞而别，乘一叶小舟，入三江，泛五湖，跳出了是非之地，来到了齐国。此时，他并没忘记有知遇之恩且风雨同舟多年的文种，便写了一封信说："凡物盛极必衰，只有明智者了解进退存亡之道，而不超过一定的限度。俗话说：'飞鸟尽，良弓藏；狡兔死，走狗烹；敌国破，谋臣亡。'越王为人，长颈鸟喙，鹰眼狼步。可与共患难，而不可共处乐；可与履危，不可与安。"范蠡三散家财，自号陶朱公，乃中国儒商之鼻祖。世人誉之："忠以为国，智以保身，商以致富，成名天下。"熟谙进退方略的范蠡可称得上是一位真正的大智者！

《史记·孔子世家》中有个"三八二十三"的故事。颜回爱学习，德行又好，是孔子的得意门生。有一次，颜回上街，见一家布店前买布的和卖布的人在吵架，买布的大声说："三八二十三，你为什么收我二十四枚钱？"颜回见状，就上前劝架，对买布者说："是三八二十四，你算错了，别吵了！"谁知这人不服气，指着颜回的鼻子说："谁要你来评理的？你算老几？要评理只有找孔子，错与不错只有他说了算！"颜回说："好。孔子若评你错了怎么办？"买布的说："评我错了输上我的一条命。你错了呢？"颜回说："我就把帽子输给你。"于是，两人一起去找孔子。孔子问明情况后，对颜回笑笑说："三八就是二十三嘛，颜回，你输了，把帽子给人家吧！"对孔子的评判，颜回表面上服从，心里却想不通。事后孔子开导颜回说："我知道你以为我老糊涂了。你想想，我说三八二十三是对的，你输了，不过输个帽子；我若说三八二十四是对的，他输了，那可是一条人命啊！你说帽子重要还是人命重要？"颜回恍然大悟，"扑通"跪在孔子面前，说："老师重大义而轻小非，学生差之甚远，我真是惭愧万分！"

从这以后，孔子无论去哪里，颜回再没离开过他。这正如一首歌所唱的："如果失去了你，赢了世界又如何？"很多事情不必争，退一步海阔天空，只有舍小真才能保大义。

《三国演义》中有一段"曹操煮酒论英雄"的故事。刘备落难投靠曹操，在衣带诏签名后，为防曹操谋害，就在后园种菜，以此迷惑曹操，使其放松对自己的警惕。一日，曹操约刘备入府饮酒，以龙状人，议起谁为当世之英雄。刘备点遍袁术、袁绍、刘表、孙策、张绣、张鲁，均被曹操一一否定。曹操指出英雄的标准是"胸怀大志，腹有良谋，有包藏宇宙之机、吞吐天地之志"。刘备问："谁人当之？"曹操说："今天下英雄，惟使君与操耳！"刘备本欲以韬晦之计栖身许都，不料被曹操点破，着实吃了一惊，手中所执匙箸不觉落于地。恰好当时大雨将至，雷声大作。曹操问刘备为何匙箸落地？刘备假装从容，俯拾匙箸说："一震之威，乃至于此。"曹操说："雷乃天地阴阳击搏之声，丈夫亦惧雷声乎？"刘备说："圣人迅雷风烈必变，玄德安能不惧？"自此曹操认为他胆小怯懦，胸无大志，必不能成就大事。刘备在这里用的就是守拙之术，引经据典，掩饰自己的慌乱，解除了曹操对他的戒备，后来得以逃脱虎狼之地，避免了一场劫难。至于三国后期的司马懿，更是个韬光养晦的高手，他佯装成快要死的人，瞒过了大将军曹爽，达到了保护自己、待时而动的目的。

历史上不乏大臣自污以求自保的事例。秦始皇在扫平北方列强后，南方还剩一个楚国在苟延残喘，他就派大将王翦带 60 万人马灭楚。王翦原本是个淡泊清高的人，但在临出发时却一反常态，请求赐予许多良田、美宅、园林池苑等。秦始皇说："将军尽管上路好了，何必担忧家里日子不好过呢？"王翦说："替大王带兵，即使有功劳也终究难以得到封侯赐爵，所以得趁着大王特别器重我的时候，给子孙后代置份家产。"秦始皇听了哈哈大笑。王翦出发后到了函谷关，又连续五次派使者回朝廷请求赐予良田。有人就问："将军请求赐予家业，也太过分了吧？"王翦说："秦王性情多疑。现在倾全国之兵委托给我，我如果不多次请求赏赐田宅，秦王就会怀疑我另有异志，那就麻烦大了。"凯旋之后，王翦一点不少地退还了封赏，还了自己一个清白。

萧何与张良、韩信并称"汉初三杰"。萧何与刘邦自小相识交厚，后来刘邦起兵造反打下江山以后，萧何在评功中获得首功。为此，刘邦恩赐他上朝时可穿鞋带剑，不必遵循常礼。刘邦还把国家大事交给了萧何，萧何代天子行事。刘邦隔三岔五地派人来细问萧何饮食起居，让萧何感动得不得了。但有心机深者点拨说：你以为高祖关心你的健康？他更操心的是怕你有取而代之的野心啊！一句话，萧何如梦方醒，惊得半天没缓过神来。从此以后，他故意拖延朝政，还时不时地指使下人侵扰邻居，强买强卖，放高利贷等，给自己的形象抹黑。消息传来，刘邦终于释怀。在刘邦看来，萧何既能干工作，又没有野心，是靠得住的，所以他破例没有铲除萧何，君臣得以相安无事几十年。

晚清时期，曾国藩哥儿俩一起发力，组建湘军镇压太平天国运动立下大功。曾国藩被封侯，曾国荃当总督，一时间权倾朝野，门生故吏遍布全国。清廷对权重势大的曾国藩极度猜忌，怕他有非分之想——也确有人劝他效司马代曹之举。曾国藩为表明心迹，故意做出很多有违个人准则的事：刊印《家书》招摇于市；在咸丰帝大丧期间偷偷娶小妾；高调请人喝酒；频繁收人礼品……镇压太平天国后，还主动交出兵权，想借此给人这样的印象：他也是一个贪图享受、胸无大志的庸常之辈，根本不值得清廷忌惮。曾国藩的心机还真没白费，基本上打消了清廷的猜疑，避免了"兔死狗烹"的结局。

▍感悟小语 >>>

世事洞明皆学问，人情练达即文章。

——曹雪芹

2. 豁达大度，内方外圆

豁达大度，内方外圆，是一种宽广的胸襟，是一种处世的智慧。自古至今，豁达大度被圣贤奉为做人的准则，成为中华民族传统美德的一部分。

战国时的蔺相如就是个豁达大度、内方外圆之人。蔺相如原本是赵国宦官头目缪贤的一名舍人，地位很低，但秦赵之间的尖锐斗争，为其提供了脱颖而出的机会。他先在秦廷智斗秦王，完璧归赵，不辱使命；后在渑池迫使秦王为赵王击缶，维护了赵国的尊严。由于巨大的功绩，蔺相如被拜为上卿，地位超过了宿将廉颇，惹恼了急躁刚直的廉老将军。廉颇发誓：他原来地位那样低贱，现今却官居我之上，我怎能咽下这口气？见到他，非羞辱一顿不可。蔺相如听说这事，就经常托病不朝，避免和廉颇争高下。有时外出，远远见到廉颇的车马，蔺相如就令人把车避到小巷子去。蔺相如的门下看到这些情况，颇为不解，纷纷说："我们仰慕您高尚的人品，才投到您的门下。现在您位居廉颇之上，他说出那样难听的话，您居然躲起来。对那种难听的话，平民百姓都难以忍受，何况像您这样的大臣呢？我们没什么本领，请允许我们辞别吧！"面对众门客激动的情绪，蔺相如岔开话题问："你们看廉将军和秦王哪一个厉害？""廉将军当然不如秦王！"众门客异口同声地回答。"那么，秦王有那样大的威风，我敢在秦廷大声叱责他，还敢责骂他的文武高官，难道我会害怕廉颇吗？我所想的是：强暴的秦国之所以不敢发兵侵扰我赵国，只是因为我和廉颇两人在罢了。现今两虎相斗，必有一伤。我这样避让廉将军，就是把国家的利益放在前面，而把私人的恩怨放在后面啊！"众门客顿时领悟，由衷折服。这番话传到廉颇耳中，这位久经沙场的老将军羞惭不已，立即负荆上蔺府请罪，在历史上留下了一段美谈。

生活中经常有些人，无理赖三分，得理不让人，小肚鸡肠。相反，有些人真理在握，不声不响，得理也让三分，显得谦恭有礼，颇有君子风度。有的人常为了一些鸡毛蒜皮的小事争得面红耳赤；而有的人豁达大度，从不计较个人得失。

内方外圆，并非老于世故、老谋深算者的哲学。圆，是为了减少阻力，是方法；方，是立世之本，是实质。船头为什么不是方形而是尖形或圆形的呢？是为了劈波斩浪，更快地驶向彼岸。人生也像大海，处处有风浪，时时有阻力。我们是与所有的阻力较量，还是积极地排除万难，去争取最后的胜利？事事计较，哪怕壮志凌云，也往往落得"壮志未酬泪满襟"的结果。

然而，只圆不方，是一个八面玲珑、滚来滚去的"球"，那就是圆滑了。方，是人格的自立，自我价值的体现，是对理想的坚定追求。毛泽东曾经评价邓小平"外柔内刚、绵里藏针"。改革开放初期，邓小平针对"姓资姓社"问题果断提出了"不争论，大胆试"。针对香港问题与撒切尔夫人谈判时，邓小平斩钉截铁地说："主权不是一个可以讨论的问题。1997年中国将收回香港。也就是说，中国要收回的不仅是香港岛，而且包括新界、九龙。"方圆之间，尽显乾坤。

如果不懂"形圆"，缺乏驾驭情绪的技巧，往往会碰得头破血流，一败涂地。威名赫赫的三国名将关羽，就是一个典型的例子。关羽武功高强，重情重义，但他最终却败在被其视为"孺子"的吴国将领吕蒙之手。究其原因，关羽虽有万夫不当之勇，但为人心胸狭窄。除了刘备、张飞等极个别的铁哥们之外，其他人都不放在眼里。他一开始就排斥诸葛亮，继而排斥黄忠，后来又和部下糜芳、傅士仁不和。在与东吴的斗争中，凭着一身虎胆、好马快刀，从不把对方放在眼里。孙权为了与关羽拉近关系，派诸葛亮的哥哥诸葛瑾做媒，想娶关羽的女儿做自己的儿媳妇。关羽知道后，当着诸葛瑾的面大骂孙权说："虎女焉能嫁犬子！"孙权震怒，与曹魏结盟，遣吕蒙白衣渡江奇袭荆州。关羽的那句"虎女焉能嫁犬子"招来败走麦城、杀身之祸，并最终导致张飞惨死、刘备托孤的悲剧，蜀汉从此一蹶不振。

人生在世，心胸豁达，为人内方外圆，才能无往不胜，所向披靡。无论是趋进，还是退止，都能泰然自若，不为世人的眼光和评论所左右。

▌感悟小语 >>>

睿智者：站得高，看得远；胸豁达，守方圆。

3. 厚积薄发，宁静致远

厚积薄发，形容只有准备充分才能办好事情。"宁静致远"出自诸葛亮的《诫子书》："夫君子之行，静以修身，俭以养德，非淡泊无以明志，非宁静无以致远。"意思是君子的操守，恬静以提高自身的修养，俭朴以淳养品德。不淡泊就不能明晰志向，不宁静就不能高瞻远瞩，达到理想的境界。

成功都是靠一步一步努力积累而取得的。奥运会金牌得主表现出的高水平，与其平时的训练有极大的关系。商界领袖也一样。维斯卡亚公司是20世纪80年代美国最为著名的机械制造企业，其产品销往全世界，并代表着当时重型机械制造业的最高水平。许多人毕业后到该公司求职均遭拒绝，原因很简单：该公司的高技术人员爆满。但是，令人垂涎的待遇和足以自豪的地位仍然令求职者接踵而来。史蒂芬是哈佛大学机械制造专业的高才生，和许多人的遭遇一样，应聘该公司被拒。但史蒂芬并没有死心，发誓一定要进入维斯卡亚公司。他假装自己一无所长，找到公司人事部，提出为该公司无偿劳动，分派任何工作都不计报酬。公司起初觉得这简直不可思议，但考虑到不用任何花费，便派他去打扫车间里的废铁屑。一年中，史蒂芬勤勤恳恳地重复着这种简单却劳累的工作。为了糊口，下班后他还要去酒吧打工。

20世纪90年代初，公司的许多订单被退回，理由均是产品质量问题，公司由此蒙受了巨大的损失。董事会为了挽救颓势，紧急召开会议商议对策。当会议进行很长时间却未见眉目时，史蒂芬闯入会议室，面见总经理。在会上，史蒂芬对产品质量问题做了令人信服的解释，并从技术角度提出了自己的看法，随后拿出了产品的改造设计图。这个设计非常先进，恰到好处地保留了原来机械的优点，同时克服了已出现的弊病。总经理及董事们见这个编外清洁工如此精明在行，破格聘史蒂芬为公司负责生产技术的副总经理。原来，史蒂芬在做清扫工时，细心察看了公司各部门的生产情况，并一一做了详细记录，发现了所存在的技术性问题并找出了解决的办法，为一展雄姿奠定了基础。

春秋时期，吴王夫差大败越王勾践后，要捉拿勾践。范蠡出策，假装投降。夫差不听老臣伍子胥的劝告，留下了勾践等人。越国君臣在吴国为奴3年，饱受屈辱，终被放回越国。勾践暗中训练精兵，每日晚上睡觉不用褥，只铺些柴草，又在屋里挂了一只苦胆，不时尝尝苦胆的味道，为的就是不忘过去的耻辱。最终勾践励精图治，成功复国，成为春秋时期最后一个霸主。

秦末汉初，张良拥有过人的胆识和谋略，曾经在博浪沙狙击秦始皇；辅佐刘邦，助其从鸿门宴全身而退；运筹帷幄，屡出奇谋，最终帮助刘邦统一天下。为了"椎秦博浪沙"，他用了10年时间积蓄力量。汉中封地之事上，张良更是以自己的沉着让刘邦避免了一场注定失败的战争，还利用项伯使项羽遵守约定将汉中封给刘邦。继而又让刘邦明烧栈道，暗蓄力量，韬光养晦，争取人心。最后，厚积薄发，取得天下。汉朝建立后，张良没有居功自傲，而是翩然退隐，并以"帝师"之称青史留名。在"汉初三杰"中，张良是最受刘邦尊重之人。

中国科学院院士、光学领域的专家、哈尔滨工业大学教授马祖光，曾多次拒绝参评院士。他说："我年纪大了，评院士已经没有什么意义了，应该让年轻的同志评。我一生只求无愧于党就行了。"每次发表文章，他总是把自己的署名放到后面。被评为院士后，他拒绝装修办公室，最后还直接把办公室改成了实验室，和六名同事挤在一起。大伙说太挤，他却说："挤点好，热闹！"

正如马祖光所说："事业重要，我的名不算什么！"一个人无论取得了怎样的成绩，都应该清醒地看到：个人的力量和作用是有限的。不计名利得失，不计荣辱进退，吃苦在前，享乐在后，才能真正做到宁静致远。

▌ 感悟小语 >>>

> 高屋建瓴胸襟宽，绵里藏针至方圆。
>
> 长于守拙结善缘，一鸣惊人飞冲天。

四、细节决定成败的理念

《道德经》云："天下难事必作于易，天下大事必作于细。"人的一生，真正遇到的大事并不多，更多的是小事。这些小事年复一年、日复一日地积累，组成了多彩的人生。一沙一世界，一叶一春秋，一树一菩提。生活原本就是由细节构成的，想成就一番事业，必须从小事情做起，从细微之处入手。认真做好每个细节，成功可能不期而至。决定成败的往往是微若沙砾的细节，这就是细节的魅力。

1. 小细节，大话题

古人说得好："泰山不让土壤，故能成其大；江河不择细流，故能就其深。"细节差之毫厘，结果谬之千里，真理和谬论往往只有一步之遥。相信大家都有这样的共识：一个错误的数据，可以导致整个报告成为一堆废纸；一个标点的错误，可以使几个通宵的心血化为乌有；一个烟头的失误，可以导致一生的努力付诸东流，一生的命运彻底改变。这就是细节的重要，这就是细节的力量。

不会做小事的人，很难相信他会做成什么大事。做大事的自信心，是由做小事的成就感积累起来的。可惜的是，我们平时往往忽视了它，让那些小事擦肩而过。那些真正伟大的人物常常重视日常生活中的各种小事。很多时候，小事不一定就真小，大事也不一定就真大，关键在于做事者的认知能力。有些一心想做大事的人，常常对小事嗤之以鼻，不屑一顾。其实连小事都做不好的人，做大事是很难做成功的。

忽视细节了不得。《左传·宣公二年》载：公元前607年，宋国和郑国打仗，宋国将士士气很高，胜利在望。主帅华元在决战前杀羊激励部下，却忘了给他的马夫羊斟分一份，羊斟大为不满，怀恨在心。次日开战，华元命羊斟驾车赶到敌人力量薄弱的地方，羊斟却说："畴昔之羊子为政，今日之事我为政。"意思是说，昨天分羊肉的事，您说了算；今天驾车的事，我说了算。说完，他就驾车驶入郑军阵地，郑军一哄而上把华元捆了个结实。看到主帅被俘，宋军人心涣散，顷刻间土崩瓦解、一败涂地。

1%的失误会导致100%的失败。1930年5月，蒋、冯、阎中原大战，双方投入100多万兵力。冯玉祥和阎锡山战前商定在沁阳会师，然后集中兵力一举歼灭驻守河南的蒋军。但是，冯玉祥的一名作战参谋在拟定命令时，误把"沁阳"写成"泌阳"。泌阳在河南南部，沁阳在河南北部，两地相距数百里。结果，反蒋联军误入泌阳，贻误了聚歼蒋军的有利战机，让蒋军争得了主动权。在近半年的大战中，冯玉祥、阎锡山的军队处处被动挨打，中原大战以蒋介石的胜利而告终。"泌"与"沁"仅仅一撇之差，如果作战参谋不写错，历史很可能改写。

"蝴蝶效应"是气象学家洛伦兹1963年提出来的，大意为：一只南美洲亚马孙河流域热带雨林中的蝴蝶，偶尔扇动几下翅膀，可能两周后在美国得克萨斯引起一场龙卷风。其原理在于：蝴蝶翅膀的扇动，产生微弱气流，微弱气流的产生又引起四周空气或其他系统产生相应的变化，进而引发连锁反应，导致其他系统发生极大变化。此效应说明，初始条件的极小偏差，将会引起结果的极大差异。"蝴蝶效应"在社会学界用来说明：一个小的坏的机制，如果不及时加以引导、调节，会给社会带来非常大的危害，成为"龙卷风"或"风暴"；一个微小的好的机制，只要正确指引，经过一段时间的努力，将会产生轰动效应。

2010年12月，突尼斯26岁青年阿齐吉在街头卖水果和蔬菜，遭到当地执法人员粗暴对待。委屈到极点的他在政府大楼前自焚抗议，被送至一家医院抢救，18 天后不治身亡，最终引发"茉莉花革命"。总统本·阿里被迫辞职，逃往沙特避难。革命迅速传至其他阿拉伯国家。而后又有埃及总统穆巴拉克身陷囹圄，也门总统萨利赫流亡海外，利比亚总统卡拉菲死于非命，叙利亚山河破碎、生灵涂炭。

中国古代有这样一个故事：黄河岸边有一片村庄，为了防止水患，农民们筑起了坚固的长堤。一天，有个老农偶尔发现堤上的蚂蚁窝突然增加了许多，心想：这些蚂蚁窝会不会影响长堤的安全呢？他回村报告，路上遇见儿子。他的儿子不以为然地说：那么坚固的长堤，还害怕几只小小蚂蚁吗？就拉着老农一起下田了。当天晚上风雨交加，水位暴涨。河水从蚂蚁窝渗出，继而喷射，最终冲决长堤，淹没了大片村庄和田野。这就是成语"千里之堤，溃于蚁穴"的来历。

韩国第 18 届总统朴槿惠下台并被拘押待审判，是由其闺密崔顺实丢弃一台电脑引起——这台电脑存放了崔顺实干政的大量资料。可见，无意间忽略一个细节，往往会造成无法预料的后果。

▌**感悟小语 >>>**

天下难事必作于易，天下大事必作于细。

——老子

2. 成也细节，败也细节

差距始于细节。成与败就是从那么一点点的差距开始的。有两位下岗女工，各自在路边支了个早点摊，都卖包子和油茶。一个月后，一个生意兴旺，另一个则黯然撤摊。差别是从一个鸡蛋开始的。生意兴隆的那家，每当食客光顾时，总会问："油茶里打一个鸡蛋还是两个鸡蛋？"而撤摊的那家问的是："要不要鸡蛋？"一问之差，使得前者卖出了更多的鸡蛋，于是盈利就大。而后者鸡蛋卖得少，除去费用就不赚钱了，最后只好撤摊。

很多时候，事情的成败往往取决于不为人知的细节。古英格兰有一首著名的民谣："少了一枚铁钉，掉了一只马掌；掉了一只马掌，跌倒一匹战马；跌倒一匹战马，败了一场战役；败了一场战役，丢了一个国家。"这是发生在英国查理三世时期的故事。查理三世准备与里奇蒙德决一死战，他让马夫给自己的战马钉马掌，铁匠钉到第四个马掌时，差一个钉子，便偷偷敷衍了事。不久，查理和里奇蒙德交上了火，大战中那只马掌忽然掉了，国王被掀翻在地，王国随之易主。一钉损一马，一马失社稷。从这个故事里，你是否听到一个远去的王朝风中的悲鸣?!

一般情况下人们都想做大事，而不屑于做小事。但事实上，正如汪中求先生在《细节决定成败》中所说："芸芸众生能做大事的实在太少，多数人的多数情况总还只能做一些具体的事、琐碎的事、单调的事，也许过于平淡，也许鸡毛蒜皮，但这就是工作，是生活，是成就大事不可缺少的基础。"

2003 年，美国"哥伦比亚"号航天飞机在返回地球时发生爆炸，7 名宇航员全部丧生，原因是"哥伦比亚"号航天飞机外部燃料箱表面泡沫材料安装过程中存在缺陷。每一个庞大的系统都是由无数个细节结合起来的统一体，忽视任何一个细节，都会带来意想不到的灾难。

美国质量管理专家菲利普·克劳斯比曾说："一个由数以百万计的个人行动所构成的公司经不起其中 1% 或 2% 的行动偏离正轨。"注重细节、把小事做细是一件比较难的事。丰田汽车前社长丰田英二认为，其公司最为艰巨的工作不是汽车的研发和技术创新，而是生产流程中一根绳索的摆放，要不高不低、不偏不倚，而且要确保每位技术工人在操作这根绳索时都要无任何偏差。要想达到完美很难，因为需要把每个细节都做好；而毁掉完美却很容易，只要一个细节出错就可以。

▍感悟小语 >>>

> 人生没有重来，细节决定成败。

3. 细节的实质

细节看起来是小节，但在决定成败的意义上，细节有时又是大节。细节是平凡的、具体的，如一句话、一个动作、一颗螺丝钉等。细节很小，容易被人们所忽视，但它的作用不可估量。有些细节会改变事物的发展方向，使人们的命运发生转变。智者善于以小见大，见微知著，从平淡无奇的琐事中参悟深邃的哲理。成功者之所以成功，仅仅是比普通人多注重细节而已。

细节体现精神。重视细节是一种精益求精、追求卓越的精神。台湾"经营之神"王永庆早年因家贫读不起书，只好去做买卖。1932 年，16 岁的王永庆从老家来到嘉义开一家米店。当时，小小的嘉义已有米店近 30 家，竞争非常激烈。他感到要想在市场上立足，就必须有一些别人没有的优势才行。仔细思考之后，王永庆很快找到了突破口。他带领两个弟弟一起动手，不辞辛苦，不怕麻烦，一点一点地将夹杂在米里的秕糠、砂石之类的杂物拣出来，并且主动送货上门。每当给顾客送米，王永庆就细心记下这户人家米缸的容量，并且问明这家有多少人吃饭，有多少大人、多少小孩，每个人饭量如何，据此估计该户人家下次买米的大概时间。到时候，不等顾客上门，他就主动将米送到客户家里，并帮人家将米倒进米缸里。他周到的服务令不少顾客深受感动，赢得了更多顾客。就这样，王永庆从小小的米店生意起步，开启了问鼎台湾首富之路。

细节体现修养。一滴净水能折射太阳的光辉，一片落叶能预告秋天的脚步。一句不经意的话，一个不自觉的表情，一个未经设计的动作，往往能最真实地反映出人们的内心世界，折射出素养的高低。邢台大地震后，周恩来总理视察灾区，当他准备讲话时，突然发现群众都迎着风坐着。他立即说："同志们向后转！"自己立即转到群众面前。这样，全场观众都能背风听他讲话，而他却迎着刺骨的寒风面向大家。从这个细节我们可以看到敬爱的周总理人格的光辉。

第一位进入太空的加加林，为什么能够从 20 多名宇航员中脱颖而出？原来在确定人选前一个星期，飞船的主设计师罗廖夫发现，在进入飞船前，只有加加林一个人脱下鞋子，只穿袜子进入座舱。就是这个细小的举动一下子赢得了罗廖夫的好感。加加林一个不经意的细节，体现了他极高的职业修养和素质，使他成为遨游太空第一人。

细节隐藏机会。一个阴云密布的午后，由于瞬间的倾盆大雨，一位老妇蹒跚地走进费城百货商店避雨，她略显狼狈，装束简朴，几乎所有的售货员都对她视而不见。这时一个年轻人走过来诚恳地对她说："夫人，我能为您做点什么？"

老妇人莞尔一笑："不用了，我在这儿躲会儿雨，马上就走。"当老妇人觉得不买人家的东西，却借用人家的店堂躲雨而感到不好意思时，年轻人搬来了一把椅子，请老妇人坐着休息。就是这把椅子，让这位年轻人菲利与"钢铁大王"卡内基攀亲附缘，从此走上了让人梦寐以求的成功之路。原来那位老妇人是美国"钢铁大王"卡内基的母亲。菲利的故事告诉我们：机会隐藏在细节之中，你做好了这些细节，未必能够遇到平步青云的机会，但你不做，就永远不会有这样的机会。

▎感悟小语 >>>

> 要成就一件大事业，必须从小事做起。
>
> ——列宁

4. 至微至显，善作善成

荀子在《劝学》中讲道："不积跬步，无以至千里；不积小流，无以成江海。"他告诉我们小事不愿做，大事就会成空想。树立细节意识，注重细节，这是事业成功最基本的前提。看不到细节，或者不把细节当回事的人，往往对工作敷衍了事，缺乏认真的态度。这种人小事看不上，大事又做不来，一事无成。而考虑细节、注重细节的人，更容易在工作中发现机会，从而走上成功之路。

要做到正确理解和认识细节，并能按要求去做，是一件很不容易的事。它是努力提高自身素质、自觉养成良好习惯的结果。只有在日常生活中注重训练和提高洞察力，认真做好、做细每一件事，一点一滴积累，才能实现量到质的飞跃。能做到这一点的人就是智者，命运之神一定会垂青于他。

有位医学教授，在上课的第一天对他的学生说："当医生，最要紧的就是胆大心细。"说完，他将一只手指伸进桌子上盛满尿液的杯子里，接着再把手指放进嘴中，随后教授将那只杯子递给学生，让学生学着他的样子做。看着每个学生都把手指探入杯中，然后再塞进嘴里，忍着呕吐的狼狈样子，教授微微笑了笑说："不错，不错，你们每个人都够胆大的。"紧接着教授又难过起来："只可惜你们不够细心，没有注意到我伸入尿杯的是食指，放进嘴里的却是中指啊！"教授这样做的本意，是教育学生在科研与工作中都要注意细节。相信尝过尿液的学生将终生记住这次"教训"。注意细节是日积月累养成的习惯，而习惯正是最重要的素质之一。

我们经常听到一句话："大丈夫不拘小节。"首先，"拘"在这里是拘泥的意思，形容被束缚。很明显，不拘泥并不等于不注重，不遵守。不拘泥于小节，让我们做事的眼界更宽阔、更灵活。其次，"小节"是指无关大局的细枝末节，非原则的琐事。它的外延非常之广，小到生活琐事，衣着起居；大到切身利益，生死攸关。大科学家爱因斯坦整日蓬头垢面，可谓不拘小节；大文豪李白豪放不羁，也是不拘小节。此外，小节不等于细节，细节是构成事物的要素，不可或缺。小节是事物发展的次要矛盾，把握事物的发展更应看方向和主流。不拘小节，但要注重细节。

一个人之所以能成大事，一定经过了长期的"小"的积淀。海尔总裁张瑞敏说："把每一件简单的事做好就是不简单；把每一件平凡的事做好就是不平凡。"所以，无论做人、做事、做官，都要注重细节，从小事做起，从点滴做起。

▌**感悟小语 >>>**

> 小小细节须认真，一钉失国教训深。
> 天下大事成于细，千古箴言铭记心。

五、投资理财的理念

1. 金钱面面观

金钱是什么？自古及今，仁者见仁，智者见智。有人视之如粪土，有人视之如生命。

莎士比亚说："金子，黄黄的，发光的，宝贵的金子！只要一点点儿，就可以使黑的变成白的，丑的变成美的，错的变成对的，卑贱的变成尊贵的，老人变成少年，懦夫变成勇士……"

富兰克林说："钱财并不属于拥有它的人，而只属于享用它的人。"

马克·吐温说："一个人在年轻的时候，感到世界上一切都生气勃勃、趣味无穷，那才需要钱财啊。老天爷为什么不把通常的过程颠倒一下，让多数人首先获得财富，慢慢把它花掉，然后让他们在不需要再有钱的时候，变成一个穷光蛋死去呢？"

鲁迅说："钱这个字很难听，或者要被高尚的君子们所非笑，但我总觉得人们的议论是不但昨天和今天，即使饭前和饭后，也往往有些差别。凡承认饭需钱买，而以说钱为卑鄙者，倘能按一按他的胃，那里面怕总还有鱼肉没有消化完。须得饿他一天之后，再来听他发议论。"

林则徐说："子孙若如我，留钱做什么？贤而多财，则损其志；子孙不如我，留钱做什么？愚而多财，则增其过。"

有多少人，就有多少种对金钱的看法。但是不管如何看它，金钱是任何东西都不能代替的。获取金钱是我们生存的手段，不是目的。人可以贫贱而幸福，也可以富有而幸福。人可以贫穷而痛苦，也可以富有而痛苦。如果金钱能代表快乐，世界上的穷人应该都痛不欲生，可事实上自杀的富人也屡见不鲜。

在现代社会中，金钱渗透到人们衣、食、住、行各个方面。有了钱，就可以得到物质享受，于是它就有了一种令人疯狂的魔力。在有的人眼里，金钱是万能的，只要有了钱，就会有一切。

钱不是万能的。我们的生活绝不是只要拥有高档的物品就一切美满了，因为幸福的生活除了物质享受，精神上的愉悦也是必不可少的，甚至更为重要。抗日战争时期，许多青年甘愿放弃城市的优裕生活，到延安去睡土炕，吃小米。中华人民共和国成立初期，许多侨居海外的科学家，舍弃洋房、汽车，回国住集体宿舍，骑自行车，薪金少了，物质生活水平降低了，却感到很幸福。

一个人即使有很多钱，精神世界如果是空虚的，或者生活并不自由，也不会有幸福，有时甚至万分痛苦。《红楼梦》里的贾宝玉生长在一个门第显赫、极为富贵的封建官僚家庭里，过着饭来张口、衣来伸手的奢侈生活。按理说他是很幸福的，但事实并非如此。他为封建礼教所禁锢，没有自由，并不幸福。古罗马皇帝尼禄富甲天下，他的富有、尊贵却导致他兽性大发，弑母戮师，甚至荒唐到火烧罗马城，最后众叛亲离，绝望自杀。

▍**感悟小语 >>>**

　　钱，可以买到房子，却买不到家；可以买到婚姻，却买不到爱情；可以买到钟表，却买不到时间；可以买到医疗，却买不到健康。

2. 你不理财，财不理你

　　《增广贤文》中说："君子爱财，取之有道。"钱不是坏东西，正人君子也希望拥有财富，但获得财富的方法，要符合道德和法律。

　　很多人渴望富有，但又不想付出。有这样一个寓言：有个人每天都在菩萨塑像前祷告，求菩萨保佑中大奖。时间长了，菩萨显灵了，对他说：你老让我保佑你中大奖，你总得买张彩票吧！这个寓言告诉我们，致富首先要有行动。如果光有美好的愿望而不去付诸行动，怎么可能实现目标呢？

　　如果你想给世界上以正道致富的人找出一个共同点的话，你会发现，他们都热爱工作，并且他们的工作效率要比一般人高得多。努力工作、心无旁骛、充满激情是这类人的共同特征。如果你想和他们变得一样富有，就得付出同样艰辛的劳动。贫穷值得同情，但不值得赞美。天上不会掉馅饼，想致富就要努力工作。

　　思考是更高一级的劳动，善于思考的人才能发现机会。有些人一心想成为富人，但是工作之余，整天上网玩游戏，呼朋唤友喝闲酒，从来不会有成为富人的机会。看到身边的人致富了，老说某某从前怎么怎么不如我之类的话，羡慕嫉妒恨，只叹自己生不逢时、怀才不遇、天道不公。

　　富人善于思考，从不轻易浪费机会。他们也看电视，也上网，也喝酒，但他们无时不在为致富寻找机会。他们总能把握先机，出奇制胜，趁机取财。他们所做的事，谁都有可能做到，但是，大部分人都没有做。在信息高度发达的今天，很多人抓住了稍纵即逝的机会，一跃成了富人。

也有人为了金钱，不择手段，走上邪路。这方面的例子不胜枚举。靠歪门邪道挣钱，活得不会踏实。据某贪官交代，随着自己财富的增加，越来越提心吊胆。白天看见警察就心慌，夜里睡觉不能听到警笛响，后来变得夜里听到狗叫就害怕。如此哪有幸福可言？财富再多又有何用？

理财需要付出劳动。财富不会自己找上门，任何人要想获得财富，必须付出努力。财富一方面来自辛勤的劳动，另一方面靠科学打理。

富有是一种生活方式，但许多人却选择了另外一种生活方式——贫穷。他们不是根据自己的财务状况量力而为，也不通过投资理财增加自己的财富，却总是抱怨收入太低，其结果入不敷出，越来越穷。

如果换一种生活方式，量入为出，有计划地做一些积累和投资，成为富人只是时间问题。有人算过一笔账，如果每月存 775 元，年收益率 12%，60 年后这笔钱就能变成 1 亿元。也许你没有足够的时间，收益率也达不到 12%，但是积累百万元，总该没问题吧。只要坚持，谁都可能成为百万富翁。积少成多，集腋成裘，生活富足是没有问题的。

2000 多年的封建官场中，有的官员贪婪成性，敛财无数，下场悲惨，如和珅；有的官员两袖清风，一尘不染，清苦凄惨，如海瑞；有的官员为民请命，不贪不占，生活富足体面，如马丕瑶。第一类官员千夫所指，万人唾弃；第二类官员官德可嘉，百世传颂；第三类官员事业有成、家庭美满，不乏可借鉴之处。

晚清"百官楷模"马丕瑶，同治元年进士，历任山西平陆县令、贵州按察使、广西布政使、广西巡抚、广东巡抚等职。马丕瑶无论是做官还是做人都到了极致。为官，不仅清正廉洁而且敢作敢为，无论官大官小，对民亲，对友厚，疾恶如仇，勤政爱民，百姓称他"马青天"，皇上赞他"百官楷模"。"不爱钱，不徇情，我这里空空洞洞；凭国法，凭天理，你何须曲曲弯弯"，是马丕瑶做人做官、治家教子的秘诀。马丕瑶为子是个孝顺的儿子，为父是个称职的父亲，为友是个敢为朋友两肋插刀的挚友。马丕瑶不仅兴办实业，富甲一方，而且治家有道，教子有方，被誉为"一门双进士，三代五俊杰"。他共有四子三女，多远见卓识，在近代史上占有一席之地。长子马吉森，开河南地方民族工业之先河，是一位著名的企业家；次子马吉樟，历任翰林院编修、国史馆协修、湖北按察使、袁世凯总统府内史、北洋政府总统府秘书等职，不但思想新、学问深，而且品德高、书法好；女儿马青霞被光绪帝封为"一品诰命夫人"，是我国著名的教育家，中国同盟会会员，革命先行者孙中山的秘书，有"南秋瑾、北青霞"之美名。

清代书画家、文学家郑板桥，为"扬州八怪"重要代表人物，其诗、书、画世称"三绝"，"难得糊涂"流传至今。他出身书香门第，康熙五十五年（1716）中秀才，雍正十年（1732）中举人，乾隆元年（1736）中进士，50 岁起先后任范县、潍县知县计 12 年。"得志加泽于民"的思想，使得他在为官时对遭遇连年灾荒的平民百姓采取了"开仓赈贷""捐廉代输"等举措，引起贪官污吏、恶豪劣绅的不满，被贬官。郑板桥辞官归家时，"一肩明月，两袖清风"，靠卖画谋生。由于他非常旷放，仅凭借自己的喜好作画，对得来的润笔费也不打理，而是"不废声色，所得润笔钱随手辄尽"。郑板桥晚年生活清苦，饱尝酸甜苦辣。

新时代，我们既要旗帜鲜明地高压反腐，坚持有贪必肃，"无禁区、全覆盖、零容忍"，也不希望官员都过苦行僧式的生活。如果一个官员连家人都养活不好，他可能是个好官，但绝不是一个合格的家长。笔者所提倡的是廉洁自律、生活自足，即在做好官的同时，诚实劳动，合法理财，不贪不占，生活体面，追求做好官与居家幸福兼得与双赢。

▌ **感悟小语** >>>

理财如怀孕，时间短了不显，时间长了就看出来了。

3. 养成理财好习惯

胡适是著名的学者、教育家、外交家。他一生始终处于社会的上层，在步入中年之前，一直收入丰厚。1917 年，27 岁的胡适留学回国，在北京大学任教授，月薪 280 银圆，在当时是很高的收入。除了薪水，他还有版税和稿酬。1931 年，胡适任文学院院长，月薪 600 银圆。当时他著作更多，版税、稿酬更加丰厚，月收入达 1500 银圆。他家住房十分宽敞，雇有 6 个佣人，生活富裕。但胡适不注重理财，经常吃干花净，长期没有积蓄。抗日战争爆发后，他的生活开始拮据起来。进入晚年，胡适每次生病住院医药费都告急，总要提前出院。他多次告诫身边的工作人员："年轻时，要注意多留点积蓄。"这句话是多么发人深省啊！从胡适的故事可以看出：不注重理财、不善于理财，即使有再高的收入，生活也可能度日艰难。

据南方网报道：曾靠拳击赚了 3 亿美元的世界拳王泰森后来穷困潦倒。根据破产法庭的报告，泰森的口袋里只剩下 3000 英镑，而他的债务总额超过了 1440 万英镑，其中有 910 万英镑属于拖欠的个人所得税。美国媒体给泰森破产事件起的标题是"没脑子的笨蛋跌入无底洞"。拳击给泰森带来了数亿美元的收入，但是他花钱的速度同样惊人。购物是泰森最大的嗜好，而且他为人非常"慷慨"。1995—1997 年，泰森仅购买 BP 机和手机就花费了 23 万美元，他的一场生日派对就用了 41 万美元。一次在拉斯维加斯的珠宝店里，泰森 1 个小时就花了 50 万美元购买珠宝，而事后他竟然想不起来送给了谁。《名贤集》云："常将有日思无日，莫待无时思有时。"美国理财专家柯特·康宁汉也有句名言："不能养成良好的理财习惯，即使拥有博士学位，也难以摆脱贫穷。"

管理财富首先要知道什么才是真正的财富，有些人拥有亿万元资产，却整天为钱奔忙，辛苦程度是普通老百姓的好多倍。更有甚者，竟然选择了自杀。为什么在别人看来这些成功人士会如此痛不欲生呢？在亿万元资产光环背后，一定有着鲜为人知的难言之隐。其实，巨额资产的背后，往往有着更大的负债。一旦资产负债表出问题了，名义财富越多，他们越是不堪重负。

每个人都有一份资产负债表，比如说你买的房子是你的资产，按揭贷款就是你的负债。汽车是资产，车贷和油费就是你的负债。如果你的资产大于负债，你的财富就是正值；如果你的资产小于负债，你的财富就是负值。有人可能会说：这太简单了。但是，多数情况下不是这么简单。很多负债你自己不一定知道，比如：养老、医疗、子女上学、赡养老人、非常支出等，这些事件的发生都将减少你的资产，增加你的负债。

会计学是这样定义资产和负债的：资产是能给所有者带来经济利益的经济资源；负债是所有者承担的现实义务，是需要付出经济利益去偿还的。按照这个定义，重新审视你现有的东西，包括房产、汽车、电器、股票、基金等，看看哪些能给你带来经济利益，哪些会使你的经济利益减少。凡是能带来经济利益的便是资产，使经济利益减少的便是负债。明辨资产和负债对理财和生活非常重要。收入相同的人为何有的生活很富足，有的生活很潦倒？区别就在对个人资产负债判别上。

家有余粮，心中不慌，做到这一点并不难。我们的生活时时刻刻都可以理财：上街买菜砍价，是一种理财；出差选择适合的交通工具，是一种理财；外出就餐把吃剩的饭菜打包，也是一种理财。心中牢记自己的资产负债表，就会知道理财是我们日常生活的一部分，时时刻刻都可以管理好自己的财富。

养成好习惯，学习好方法。随着社会制度的不断完善，一夜暴富的神话基本不复存在。普通人怎样才能让手中的钱为自己"广开财路"呢？俗话说：聚沙成塔。财富也可以通过行之有效的方法、持之以恒的打理来积累。不知不觉，一笔可观的财富悄然形成。

那些天天省吃俭用、日日勤奋工作的上班族欠缺了什么？富人到底拥有什么特殊技能，能在一生中积累如此巨大的财富？答案无非是：投资理财的能力。理财知识的差距，是造成穷富差距的主要原因。理财就像怀孕，时间短了不显，时间久了才看得出来。养成良好的、长期的理财习惯，幸福生活可期可待。

近年来流行一句话：成功＝智商＋情商＋财商＋健商。可见，对财富管理好坏已经成为衡量成功与否的重要标准。理财需要培养习惯，这是从理财师到普通投资人的共识。养成良好的理财习惯，可以助你理财成功。

习惯一：明确经济目标。确立经济目标，使之清楚、明确、真实，并具有一定的可行性。没有明确的目标和方向，便无法做出正确的预算；没有足够的理由约束自己，也就不能达到你所期望的效果。

习惯二：确定净资产。为什么一定要算出净资产呢？因为只有清楚每年的净资产，才知道自己又朝目标前进了多少。

习惯三：坚持记收支流水账。俗话说："吃不穷，花不穷，没有计划一世穷。"很少有人清楚自己的钱是怎么花掉的，甚至不清楚自己到底有多少收入。不了解这些信息，就很难制定预算，并以此合理安排钱财的使用，也就不能在花费上做出合理的改变。所以，要养成记收支流水账的习惯。

习惯四：增收节支。很多人在刚开始时都抱怨拿不出更多的钱去投资，以实现经济目标。其实目标并非必须依靠大笔投入才能实现。削减可有可无的开支，节省每一块钱，也一样会带来不小的财富。

好的开始，是成功的一半。以上四个习惯，可以帮助我们开始自己的理财生活。

■ **感悟小语 >>>**

储蓄有点像买个冰糕舍不得吃，任其慢慢融化掉一样。

4. 远离投资陷阱

投资一定要在自己熟悉的领域进行，不懂的领域尽量别涉足，盲目进入是要付出代价的。

在理财领域，存在着很多陷阱。有许多非法机构和人员，打着投资理财的幌子骗人，投资者血汗钱糊里糊涂地投进去，结果血本无归。2011年10月，多位投资者来到河南新通商投资集团有限公司，要求兑付他们此前交由该公司打理的资金。根据协议，这些资金的月息为1.6—1.8分不等，但是协议到期了，投资者不仅拿不到利息，本金也成为泡影。

近年来，社会上出现了电信诈骗、网络诈骗、校园贷诈骗等新的诈骗形式，危害更大。2017年1月，长春警方破获一起特大"校园贷"诈骗案。该案涉及黑龙江、辽宁、吉林、山东、重庆等8省市17所高校，被骗大学生150余人，涉案金额超过100万元。诈骗团伙利用学生的单纯，打着"内部有人，贷款不用还"的名义组织了一支具有传销性质的学生大军，最终这些学生都被骗。目前各类"校园贷"已大范围渗透进高校，在校大学生要牢固树立防范意识，切勿将个人身份信息随意告知他人。

理财都是有风险的，收益具有不确定性。如果有人以高出社会平均利润几倍的固定收益率拉你投资，那一定是骗局，因为在投资领域从来就没有确定的事件。投资理财要基于一个原则，就是世上没有免费的午餐。如果你心存侥幸，妄想不劳而获，一夜暴富，最终必然上当受骗。

　　传销皆违法，荡产又倾家。传销是经济发展的蛀虫，最无耻、最没有底线，全靠骗来维持运营。可怕的是，很多人也知道传销是骗局，可是都以为自己很聪明，可以快速地捞上一把全身而退，遂把亲朋好友骗进来，最后大家都成了受害者。一群想不劳而获的人被几个真正不劳而获的骗子坑了。2017 年 12 月 18 日，沈阳警方宣布成功侦破一起涉及 25 个省市 10 多万人的特大传销案件，共刑事拘留犯罪嫌疑人 24 人，查扣涉案现金 3.64 亿元人民币，扣押机动车 12 辆，查封房产 5 套。该传销团伙通过编造谎言：每人缴纳会费 3900 元取得入会资格，届时每年可获得不低于 15 万元的收益，同时每名会员发展一名新入会人员即可获得奖金数百元，以此骗取群众信任，吸收群众参与，对社会经济秩序、治安秩序造成了严重影响及巨大潜在威胁，最终被一网打尽。据有关媒体报道，河南商丘一个备受社会同情、曾含冤坐牢 11 年的"杀人犯"，2010 年无罪释放，获得国家赔偿款及困难补助 65 万元。1 年后，他与妻子到宁夏贺兰入伙传销，结果越陷越深，最后搭进去 17.5 万元。

　　有些人错把非法集资当投资，上了当还浑然不知，比如原始股、黑基金、高利贷等，最终落了个鸡飞蛋打；有些人误把慈善作为投资，不惜血本买福彩、体彩等，最终债台高筑。山东聊城辱母杀人案、浙江吴英案，作为典型的民营企业家集资类案件，都曾引发全国广泛关注，引起学界与舆论一波又一波的大讨论，从普通案件演变为法治事件。

　　任何一个骗子设定的陷阱都会有一个金幌子，比如有人打着西部大开发、专家理财、收益保证、产权分割等旗号招摇撞骗。如果你想投资理财，要擦亮眼睛，透过华丽的外衣，看清问题的实质，远离投资陷阱。

▌**感悟小语 >>>**

　　如果你想体验什么是希望，就买一注彩票；如果你想体验什么是绝望，就买一堆彩票。

六、共建共享的理念

1918 年 6 月，青年毛泽东任湖南第一师范学校附小主事期间，曾写过这样一副对联："世界是我们的，做事要大家来。"对联不仅通俗易懂，明白如话，而且富有崭新的时代内容和深刻的教育意义。2007 年 3 月 7 日，胡锦涛同志参加政协十届五次会议讨论时指出："最大限度地激发广大人民群众的参与热情和创造活力，最大限度地实现好、维护好、发展好广大人民群众的根本利益，把共同建设、共同享有和谐社会贯穿于和谐社会建设的全过程，真正做到在共建中共享、在共享中共建。"2017 年 10 月 18 日，习近平同志在党的十九大报告中指出："打造共建共治共享的社会治理格局。"这一重要论断为在新时代加强和创新社会治理指明了方向、提供了遵循。

共同的世界共同建设，美好的成果共同分享。没有共建，何来共享？没有共享，共建的动力又从何而来？只有在共建中共享，在共享中共建，世界才会更加美好。

1. "共"是共建与共享的根基

"共建""共享"的关键在一个"共"字。一个人建设不是"共"，少数人建设不是"共"，多数人建设也不是"共"，只有全体成员群策群力才是"共"。一人拾柴火不旺，众人拾柴火焰高；一人难挑千斤担，众人能移万座山；一人踏不平地上草，众人能踩出阳关道；一根线容易断，万根线能拉船。只有共同的努力，才能实现共同的目的。

"共建"的最终成果，必须由大家"共享"。一个人享受不是"共"，少数人享受不是"共"，多数人享受也不是"共"，只有全体成员都享受建设成果，才是"共"。众人拾的柴火要供众人取暖，众人移的山要由众人享受方便，众人踩出的阳关道要让众人通行。

被誉为"现代经济学之父"的亚当·斯密在《道德情操论》中指出："如果一个社会的经济发展成果不能真正分流到大众手中，那么它在道义上是不得人心的，是有风险的，因为它注定要威胁社会稳定。"宋王朝虽是军事弱国，但经济文化强盛，其经济总量占当时全世界的 30% 左右。一些到过中国的西方人说，大宋开封守城士兵都比欧洲国王生活得好，这话倒也不完全是夸张的。但经济文化如此强盛的大宋王朝，为什么还有农民起义呢？一个重要原因就是两极分化严重，一部分人富得流油，另一部分人却穷得叮当响。"朱门酒肉臭，路有冻死骨。"所以王小波、李顺揭竿而起，大喊"吾疾贫富不均，今为汝等均之"。其后钟相、杨幺起义更是提出"法分贵贱，非善法；我行法，当等贵贱，均贫富"。还有宋江、方腊等绿林好汉，占山为王。他们不但要"共享"经济成果，而且要"共享"政治地位。所以，共建之后必定要共享，否则，建设者只有建设的义务，却没有享有的权利；享有者有享有的权利，却不尽建设的义务，社会必定陷入极度的两极分化——穷者愈穷，富者愈富；贵者愈贵，贱者愈贱。而社会的偏沉、不平衡，必会造成动荡与混乱。一部分没有享受到成果的人，定会想方设法寻求平衡，争取"共享"之果，甚至不惜重新洗牌，推倒重来。

▎**感悟小语 >>>**

一人难挑千斤担，众人能移万座山。

2. 共建是共享的基础

共建是前提，共享是目的。只有在共建中取得成果，才有共享的资本。没有共建，拿什么来共享？

团结一心方能共建。"共建"就是团结起来，人人参与，人人努力，共同克难攻坚。"土帮土成墙，人帮人成城；众人植树树成林，大家栽花花遍野。"只有众志成城，才能建墙筑城，才能乘阴纳凉，才能花香满园。

一箭易断，十箭难折。从前，吐谷浑国国王阿豺有 20 个儿子，他们个个本领高强，却明争暗斗，互不相容。阿豺担心敌人利用这种不睦的局面各个击破，使国家四分五裂，就经常教导儿子们要团结友爱。可是他们表面上遵从教诲，实际上却依然我行我素、貌合神离。一天，久病在床的阿豺把弟弟和儿子们召集到病榻前说："你们每个人都放一支箭在地上。"儿子们不知何故，但还是照办了。阿豺叫自己的弟弟慕利延随便拾一支箭折断，慕利延顺手捡起一支箭，稍一用力，箭就断了。阿豺又说："现在你把剩下的19支箭全都拾起来，把它们捆在一起，再试着折断。"慕利延抓住箭捆，使出吃奶的劲儿也没能折断。阿豺语重心长地说："一支箭，轻轻一折就断了，可是合在一起的时候，却怎么也折不断。你们如果互相斗气，很容易被各个击破，但20个人联合起来，齐心协力，必能战无不胜，攻无不克！"

统揽全局方能共建。"共建"不是盲目的傻冲蛮干，不是只顾自己不顾全局的独干，而是统筹全局的巧干，为大局、为长远不惜暂时牺牲局部利益和眼前利益的真干，在全局利益共享中，分享彼此的喜悦和快乐。一位外籍女士来到中国一所小学，找了5位小朋友，要求他们配合做一个实验。她拿出一只瓶子，里面有5个小球，每个小球有一根线牵着。她对5位小朋友说："你们每人拽住一只小球，在7秒内必须全部从瓶中拽出。"5位小朋友中最大的一位想了想，然后和其他4位小朋友耳语了几句，之后示意女士可以开始了。女士说："开始！"只见年龄最小的小朋友最先将小球拽出，第二、三、四个小球随后出来，最后拽出的是年龄最大的小朋友。7秒内5只小球全部拽出。这位女士被中国小朋友的表现惊呆了，她说："这个试验我在其他国家做过好几次，那些小朋友都争着往外拽，结果挤在瓶口谁也出不来。中国小朋友了不起！"所以，共建不是争先恐后当英雄，不是内部竞争搞个人主义，而是通过局部的战术微调去实现长远的战略目标，必要时为了大局而牺牲局部利益。

只共享不共建，共享必无以为继。共建与共享互为支撑，只有在共建中共享，在共享中共建，处理好共建与共享的关系，才能共赢。这就像蓄水与放水，只放不蓄，终究会干涸；也像取暖，只伸手取暖，而没人添柴，早晚火要熄灭。一棵参天大树，如果大树枝繁叶茂，就能够遮阳避雨，乘风纳凉；大树硕果累累，人人可以分享。反之，大树被虫蚀病侵，枯萎倒下，树下无人能够幸免。

2008年，美国次贷危机波及全球，自2009年下半年起，欧洲债务危机相继在希腊、爱尔兰、葡萄牙、西班牙、意大利等国爆发，部分国家陷入财务困境。欧债危机与欧洲国家长期奉行的高福利政策有关。希腊等国在加入欧元区后，大幅提高本国福利和社会保障水平。各国建立了各类社会福利制度，涵盖社会生活方方面面。希腊、葡萄牙等国社会福利支出占国内生产总值的比重高达 20% 以上。希腊的社会福利不仅高昂且名目繁多，高标准失业救济、高福利社会保障使希腊人不愿意出去工作，而宁愿在家里等待政府救助。这种只愿共享劳动成果，不愿共建美好家园的思想和政策，是引发欧债危机的重要原因之一。

目前，很多欧美国家已开始压缩财政预算，削减福利，把调整社会保障体系、使福利制度合理化提上改革日程。英国财政大臣早已主动削减政府开支。美国"政治素人"特朗普以废除奥巴马的医改法案作为总统竞选纲领之一。他入主白宫后，积极推动参众两院废除奥巴马医改法案。可见，加强共建，刺激经济发展，改革不可持续的共享模式，调整好共享与共建的天平，是解决债务危机的有效之策。共建一定而且必须是共享的前提，没有共建，共享只能是无本之木、无源之水、无米之炊，只能是养懒人的政策。

▌感悟小语 >>>

众人植树树成林，大家栽花花遍野。

3. 共享是共建的动力

共享是目的。只有在共享的动力下，大家才会积极主动、齐心协力去共建。没有共享，谁肯来共建?

人人共建、人人共享，是经济社会发展的理想模式。放眼世界，只有推进共享发展，促进社会公平正义，才能促进国家繁荣、社会安定、民族团结；环顾国内，只有坚持共享发展，让人民不断增强获得感、幸福感，才能全面建成小康社会、实现民族伟大复兴。

党的十八届五中全会明确提出："坚持共享发展，必须坚持发展为了人民、发展依靠人民、发展成果由人民共享，使全体人民在共建共享发展中有更多获得感，增强发展动力。"把共享作为发展的最终落脚点。近年来，我国稳步推进社会保障体系建设，建立了覆盖全民、城乡统筹的多层次社会保障体系，完善了城镇职工基本养老保险、基本医疗保险和"新农合"、大病保险制度，基本解决了老有所养、病有所医问题。

目前，我国义务教育阶段已实现"两免一补"全覆盖，农村寄宿学生还有免费营养餐等，中职教育也已不收学费。党的十九大报告把普及高中教育提上日程，高中的免费教育也呼之欲出。高校学生享受奖、助、贷、勤、补、免等政策，确保学生不因经济困难而失学。农民种地享有"两免一补"：免交公粮，免交农业税，享有各种补贴。60 岁以上老人按年龄段享受相应的补贴。实施脱贫攻坚，确保到 2020 年农村贫困人口全部实现脱贫。以上惠民政策都是共享的重要体现。把发展成果更多地惠及普通民众，特别是低收入群体。

澳门是世界上少有的实行高福利政策的地区之一。随着财政盈余年年递增，政府推行"共建共享、藏富于民"和"取之于民，用之于民"政策。从 2008 年起，实施"现金分红计划"，每年给居民发现金。2015 年给永久性居民每人发放 9000 元，非永久性居民每人发放 5400 元。澳门人享有近乎完全免费的医疗，每户每月可领取 200 元电费补贴。澳门居民在子女教育上毫无经济压力，从幼儿园到高中不仅免费，而且政府每年还发放教育津贴：中学生每人 2500 元，幼儿及小学生每人 2000 元。大学除了名目众多的奖学金，在校生每人每年都有 3000 元补助，家庭经济困难学生还有额外的膳食津贴。年满 15 岁的居民，参加政府的"持续进修发展计划"，每人最高可获得 6000 元的资助。澳门的福利制度，足够让一个完全没有收入的人吃饱穿暖。然而即使在如此优裕的"共享"政策下，澳门仍有极少数吃不起饭的——拿了钱就进赌场的人。

只共享成果，却不参与共建，再好的制度也保障不了永远衣食无忧。而健全的共享制度，则会充分调动人们共建的积极性，为大家更多地享有成果提供共建动力。

▎感悟小语 >>>

没有动力人不动，共享调动积极性。

4. 共享不是大锅饭

共享不是平均主义，平均主义只会阻碍人们共建的积极性。共享是让所有人享有发展成果，但不是所有人享有同等份额的成果。太平天国洪秀全起义，提出"凡天下田，天下人同耕；无处不均匀，无人不饱暖"。虽然在初期赢得了人民的响应，然而不过十几年，太平天国的熊熊烈火即被扑灭，这不能不说与他的绝对平均主义有关。大锅饭式的共享只会削弱人们共建的积极性，不是真正的共享。真正的共享是依据每个人在共建中所做的贡献，使其享有应得的份额。

1958 年，人民公社化运动在我国兴起。伴随着这场"大跃进"，一种新兴的社会现象"共产风"也同时出现。大办人民公社超出了当时的生产力和群众觉悟的水平。一味地搞平均主义，实际上损害了群众利益，挫伤了广大群众的生产积极性，造成社会生产力大幅度下降。加之天灾，全国农村出现了一场前所未有的大饥荒，人口大量非正常死亡。河南信阳是最严重的地区之一，发生了震惊全国的"信阳事件"。

20 世纪 50 — 60 年代，在经历了二战的巨大创痛之后，西欧、北欧的一些发达国家选择了计划经济与自由市场经济相结合的"第三条道路"，即企业按市场方式运行，政府则以二次分配手段提高社会福利。之后，西欧各国纷纷建立起以高福利为特色的社会保障制度，涵盖社会生活各个方面，被称为"从摇篮到坟墓的福利体系"。如此高的福利固然令人羡慕，但能否持续却是个大问题。道理十分简单，一个人如果不工作却可以享受很高的福利，那么他所拿到的钱就只有两个来源：一是来自那些辛勤工作的人，还有就是对外借钱。事实上，"欧债危机"中各国都面临着同样的问题——福利国家式的"大锅饭"鼓励了懒惰，只注重财富的分配，却无视财富的创造。如果这个问题不能得到有效解决，其国家财政的破产就只是时间问题了。

▌ **感悟小语** >>>

　　　　　共享凭贡献，方能促共建。

5. 共建与共享互为支撑

共建的水平越高，共享的程度就越高；共享的程度越高，共建的合力就越大、动力就越持久。共建的过程就是共享的过程，共享的过程也是共建的过程，两者不能截然分开。每一个组织成员都是双重身份，既是建设者，也是享受者。

1933 年 3 月 4 日，罗斯福就任美国第 32 届总统。当时美国正处于大萧条的低谷期，全美大约 25% 的劳动者失去了工作；农产品产出较危机前降低了 60%，农村一片凋零；工业产出不足 1929 年的一半，200 多万人无家可归。罗斯福就任当天，48 个州中，有 32 个州的银行无法开业。社会动荡，犯罪率尤其是有组织的犯罪率迅速上升，美国正处于风雨飘摇之中。面对这样一个亟须收拾的烂摊子，罗斯福决定推行新政。此时他的一位朋友说："假如你成功了，你就是美国历史上最伟大的总统。"罗斯福沉吟良久道："假如我失败了，我将是美国历史上最后一位总统。"他用霹雳手段推动社会财富二次分配：大幅度提高富有阶层的税率，同时降低中下层的税率；大幅度增加公共开支，为中下阶层提供基本保障；强制收购民间黄金，当富人将黄金换成美元后，他果断将美元贬值50%……在通过"劫富济贫"推进共享的同时，罗斯福积极进行共建，开工了一大批政府投资项目，大量雇用失业者，使其自食其力。这些政策，迅速缓和了美国社会危机。随着二战爆发，美国获得了大量的军需订单，彻底摆脱了经济萧条。

非洲南部的内陆国家津巴布韦，近年来以通货膨胀、天价钞票"享誉"全球，通货膨胀严重到 100 万亿元只能买 1 个面包，2000 万一张的钞票在地上没有人去捡。从非洲的"面包篮子"沦为最穷国家，其最深刻的教训之一就是总统穆加贝没有处理好白人与黑人、黑人与黑人之间共建与共享的关系。为了摆脱西方白人对土地的控制，穆加贝实行了"土改"，执行激进的政治经济改革政策，强行驱逐白人农场主和雇工，将土地收归"国有"，这导致白人农场主带走生产和管理技术，西方资本大量流出，以及腐败横生和贫富差距拉大，社会出现动荡，经济一再下滑。2017 年 11 月 15 日，穆加贝被军方扣留，21 日被迫宣布辞去总统职务，终结了长达 37 年的执政生涯。

21 世纪初，在我国公立医院改革的大潮中，河南省西华县人民医院脱颖而出、一枝独秀，获得业界好评。经验很多，最重要的一招就是坚持"经营者持大股、管理层控股、全员参股"，妥善处理共建与共享的关系，避免了"一股独大""共建不共享"和股权分散、急功近利、不可持续两个极端。

共建与共享，是理念，是精神，是行动。大到国家策略，小到生活细节，莫不应如此。俗话说，"打虎亲兄弟，上阵父子兵""家和万事兴""夫妻同心，其利断金"。家庭的兴旺，少不了每位成员心往一处想，劲儿往一处使；单位的发展，少不了领导与职工的共同努力。有的单位，领导只强调共建，不考虑共享，领导威风耍尽，便宜占尽，下属巴不得领导出事，有的甚至联名举报，其结果可想而知。所以，我们一定要处理好共建与共享的关系，只有共建共享，方能共赢。

┃ 感悟小语 >>>

共建不共享，炒你没商量。

共享不共建，树倒猢狲散。

第七篇

增强七种意识

胸怀全局，游刃有余；善抓机遇，连台好戏；团队协作，气吞山河；清醒忧患，处险不乱；勇于担当，人格闪光；规则于前，内方外圆；品牌效应，大象无形；

一、大局意识

大局意识强调的是从整体、全面出发，对事态进行综合考量和谋划，要求做到认清大局、看透大局、服务大局、贡献大局。大局意识让人审时度势，"不畏浮云遮望眼"，甚至如"转圆石于千仞之山"，高屋建瓴。毛泽东的"论持久战"，邓小平的"三步走"发展战略，江泽民的"两个一百年"奋斗目标，胡锦涛的"全面建成小康社会"，习近平的"中国梦"，无不体现领袖人物的大局意识。

1. 胸怀全局，游刃有余

统揽全局，方能站得高，看得远；悟得透，谋得当；成大器，创大业。

战国时赵国大夫蔺相如，因在外交上为赵国两次立下大功，被赵王拜为上卿，位在大将军廉颇之上。廉颇不服，私下里说见到蔺相如，定要羞辱他一番。蔺相如知道后，推病不朝，路上见到廉颇的车老远就躲。蔺相如不争、不斗不是他软弱可欺，而是他清醒地认识到只有顾全大局，不计个人恩怨，不与廉颇争长论短，才能使赵国国泰民安。当廉颇知道蔺相如是为国家安定而忍辱负重后，负荆请罪，"卒相与欢，为刎颈之交"。

1936 年，红二方面军和红四方面军在西康甘孜胜利会师，时任红二方面军政委的任弼时，得知张国焘分裂党和红军的行为后，致电中央，认为党内团结一致、建立绝对统一的最高领导"万分迫切需要"，建议召开一次包括中央政治局委员和一、二、四方面军主要干部参加的会议，解决团结统一问题，强调二方面军在促成三军大会合上"负有重大责任"。之后，三大主力红军在甘肃胜利会师。任弼时在反对张国焘分裂活动的斗争中顾全大局，为推动红二方面军和红四方面军共同北上，实现三军大会师作出了特殊的贡献。1945 年 6 月，在中共七届一中全会上，任弼时与毛泽东、朱德、周恩来、刘少奇一道，被选为中共最核心的"五大书记"之一。

在足球场上，德国球员无论是领先、僵持还是落后，总是胸怀全局，保持着统一的基调，寻找机会，不到最后一刻绝不放弃比赛。英格兰前著名前锋莱因克尔曾说过："足球就是 11 人对 11 人的运动，最后取得胜利的总是德国人。"成功取决于团队中每个成员胸怀大局，从全局角度处理问题，克服狭隘的个人英雄主义和本位主义，充分发挥整体效能。反之，不仅自身价值难以实现，还会影响整个团队的发展。

▌感悟小语 >>>

> 胸怀大局视野宽，不畏浮云遮望眼。
> 审时度势善决断，三军过后尽开颜。

2. 不顾大局，只能出局

大局决定全局。漠视大局，就会以小毁大，最后出局。

有一颗小水滴，来到奔腾不息的河流里，傲慢地对河流说："如果没有我的汇入就没有你。"河流听了，和蔼地对小水滴说："你何不试试离开我，看看会发生什么事？"骄傲的小水滴听后，就孤身一人离开了河流，开始了自己的旅行。第一天，天上下起了倾盆大雨，小水滴别提多高兴了，看着身边成千上万的小水珠，觉得自己出来对了。可惜好景不长，第二天就烈日炎炎，小水滴感觉口干舌燥，身体越来越轻，最后被蒸发了。自命不凡者往往会失去赖以生存的组织，被社会前进的洪流淘汰。

唐朝开国元勋徐懋功的孙子徐敬业，和骆宾王等起兵反对武则天擅权，曾问计于军师魏思温。魏思温说：你既然因武后挟天子而起兵，就该亲自率兵去攻洛阳，这样做，山东和韩魏等地的人知道你要帮助天子，拥护你的人必然很多，天下很快就会平定下来。徐敬业却认为：金陵靠着长江，有帝王之气，应该先占领金陵等地，建立强大的基地，然后再向北挺进。魏思温答：你这是以卵击石，到金陵去等死。徐敬业坚持己见，很快便被武后所灭。

1856 年太平天国发生"天京事变"，洪秀全在当时严峻的形势下，为解燃眉之急，召石达开回京辅政。石达开带军回到天京，军事节节取胜，极大地鼓舞了太平军的士气，安定了人心，使天国转危为安。然而，洪秀全并没有从天京事变中吸取教训，天国形势稍有好转，又开始把斗争的目光转向内部。他任人唯亲，对石达开进行限制、排挤，甚至意欲除之。石达开无奈之下，被逼出走，致使太平天国元气大伤。

石达开出走后，天京被重重包围，上游军事重镇武昌、九江失陷，安庆也处于清军包围之中。洪秀全决定由仅存的陈玉成部与李秀成部两大主力会同进行第二次西征，重夺武昌，断敌后路，迫敌解围。而李秀成忙于巩固苏浙根据地，到达武昌时已比计划晚了 3 个月。按期到达的陈玉成只好先回皖南支援安庆。当时武昌是座空城，李秀成兵力达 40 余万，即使误期也可拿下。李秀成见陈玉成已撤，随即撤回苏浙，致使太平天国失去一次中兴的大好时机。后石达开兵困大渡河，在成都英勇就义。洪秀全没有高瞻远瞩的眼光和统揽全局的能力，是太平天国覆灭的重要原因。

1937 年 5 月，张伯伦出任英国首相。此时欧洲已受到德意法西斯的威胁，张伯伦对希特勒和墨索里尼作出一系列让步，签订《慕尼黑协定》，推行"绥靖政策"，牺牲捷克、波兰等小国利益，讨好法西斯，换取和平。但张伯伦的绥靖政策，非但没有给英国带来和平，反而助长了法西斯的嚣张气焰。1939 年 9 月，英国被迫对德宣战。张伯伦因绥靖政策，众叛亲离，黯然下台，一年后，在孤独抑郁中病逝。

同一时期的美国总统罗斯福却清醒地认识到法西斯的野心，竭力说服美国人接受将法西斯德国作为主要敌人，推动国会通过《租借法案》，把军火租给英、法等国。他说："我向房子着火的邻居，出借我花园的水管救火。"在复杂的国际形势面前，罗斯福胸怀大局，审时度势，把欧洲战争与美国安全绑在一起，加速了法西斯的灭亡，避免了战争殃及美国本土。

英国是欧盟中的一个"捣蛋鬼"，与欧盟的关系很微妙。为了享有加入欧盟前身欧共体的利益，在 1973 年加入了欧共体。但英国在欧盟大家庭中却是另类，一直阻碍一体化进程，选择自我孤立，拒绝加入欧元区和申根协定。英国首相卡梅伦上任后，借助较高的人气，希望以脱欧做筹码与欧盟谈判，获得对英国更为有利的成员国条件，在欧盟内分得更大一杯羹，并进一步巩固其执政优势。2016 年 6 月 23 日，英国公投通过了"脱欧"，成为轰动全球的"灰犀牛事件"。卡梅伦误判形势，结果让世界大跌眼镜。脱欧使英国经济持续低迷，前途未卜。卡梅伦也随着英国的出局而黯然出局，悔之晚矣。

▎**感悟小语 >>>**

不畏浮云遮望眼，只缘身在最高层。

——王安石

3. 覆巢之下，岂有完卵

成语"唇亡齿寒"的故事十分经典。春秋时期，晋国称霸一时。虞国与虢国是两个近邻小国，虞国处在晋国通往虢国的必经之路上。晋国想吞并它们，又担心两国联合起来，难以取胜。于是晋献公派人带着重礼向虞国国君借道攻打虢国。虞国国君不仅爽快答应，而且还自告奋勇率先去攻虢国，以取媚于晋国。大臣宫之奇劝道："虢国与虞国唇齿相依。唇亡则齿必寒。"虞国国君不听。晋军灭掉虢国后，回师途中果然也把虞国给灭了。虞君不知大势，不顾大局，落了个亡国的下场。

三国时期，一代名儒孔融因触怒曹操被杀。孔融被捕时，大儿子九岁，小儿子八岁，两个孩子依旧在玩琢钉戏，没有一点儿恐惧的样子。孔融对前来逮捕他的差役说："希望惩罚我一个人，保全两个孩子的性命。"这时，儿子从容上前说："覆巢之下，岂有完卵？"不久，拘捕两个儿子的差役也到了。

解放战争中的淮海战役是事关国共两党生死存亡的决战之一，是一场连毛泽东也认为是"夹生饭"、没有把握的战役。当时，无论兵力还是武器装备等，国民党均占优势，但国民党将领不讲大局、各自为政、保存实力、互不配合，解放军最终以少胜多，以弱胜强。淮海战役前一个月，解放军发起济南战役，围歼王耀武兵团，黄百韬等迟迟不予救援。消灭王耀武兵团后，解放军剑指黄百韬兵团。慌张撤退中，黄百韬要求李弥分兵掩护自己侧翼，但李弥只顾逃跑，拒不配合。黄百韬部被围。邱清泉去救，却又不尽全力，坐视黄百韬被歼灭。而南边增援的黄维兵团，又因"友军"李延年兵团畏缩擅退而孤军突出，遭到合围。不顾大局、自私自利的结果，就是国民党军队土崩瓦解，最后这些将领也无一能"保存实力"，要么覆亡毙命，要么获罪下狱……

读史使人明智。以上事例充分证明了"唇齿相依，唇亡齿寒""覆巢之下无完卵"的真理。但现实社会中，仍有一些人重蹈历史的覆辙，要么为一些蝇头小利，要么为看别人的笑话而不顾大局。这正如杜牧的《阿房宫赋》所言："秦人不暇自哀，而后人哀之；后人哀之而不鉴之，亦使后人而复哀后人也。"

▌ 感悟小语 >>>

假道伐虢教训深，国家覆亡痛锥心。

皮之不存毛焉附？唇亡齿寒警后人。

4. 政治生态，折射政德

"政治生态"这个概念，是习近平总书记 2013 年 1 月在十八届中央纪委二次全会上第一次提出来的。他在很多重要场合多次强调："做好各方面工作，必须有一个良好政治生态。""解决党内存在的种种难题，必须营造一个良好从政环境，也就是要有一个好的政治生态。"

政治生态是各类政治主体生存发展的环境和状态，是政治制度、政治文化、政治生活等要素相互作用的结果，是党风、政风、社会风气的综合反映，影响着党员干部的价值取向和为政行为。

政治生态决定人心向背。政治生态好，人心就顺、正气就足；政治生态不好，就会人心涣散、弊病丛生。"蓬生麻中，不扶而直；白沙在涅，与之俱黑。"人在集体中都会受到周围环境、风气的影响。党的十八大以来，党中央高压反腐，铁腕治吏，查处的大案往往也是窝案。在近年来落马的一些"大老虎"背后，多有一帮官员与之有着千丝万缕的利益勾连，形成一个个或明或暗、或松散或紧密的"帮派""团伙"，如"秘书帮""石油帮""山西帮"等，极大损害了广大人民群众的利益，影响了党在群众心目中的形象。因此，必须下大气力拔"烂树"、治"病树"、正"歪树"，营造"人人是环境，个个是生态"的政治生态氛围。

"用得正人，为善者皆劝；误用恶人，不善者竞进。"选人用人是党内政治生活的风向标，用人上的不正之风和腐败现象对政治生态危害最烈。如陕西省西乡县粮食局原局长王安武"带病提拔案"。王安武因犯强奸罪，被判处有期徒刑。作为一名曾被开除公职的刑满释放人员，竟然能顺利地再次回到原单位上班，并先后任县五金公司经理、县商贸总公司副总经理，最后当上县粮食局局长。其"强悍"的运作能力让人惊诧不已。石家庄团市委原副书记王亚丽通过编造虚假身份、干部档案、工作经历等，被违规录用为国家干部并入党，职位不断晋升，直至 2009 年 5 月东窗事发。一身是假的王亚丽，虽然连初中都没有毕业，却在当地官场上左右逢源、步步高升。案卷最终揭露：在她的"银弹""肉弹"公关之下，一群重量级人物藐视党纪国法，甘当"无形推手"。因此，必须坚决整治选人用人不正之风，坚决纠正"劣币驱逐良币"的逆淘汰现象，形成能者上、庸者下、劣者汰的选人用人导向，以用人环境的风清气正促进政治生态建设。

政治生态污浊，从政环境就恶劣；政治生态清明，从政环境就优良。政治生态和自然生态一样，稍不注意，就很容易受到污染，一旦出现问题，再想恢复就要付出很大代价。中组部曾就党风政风问题组织了一次调研，一位老同志说，如果河里有一两条鱼死了，这是鱼的问题；如果一群鱼死了，可能就是河流受到污染，水生态出问题了。从政环境也是这样，一个地方，如果个别干部出问题，那可能是他个人有问题；如果许多干部出问题，那说明这个地方政治生态有问题。从党的十八大以来查处的一批典型案件来看，一些地方贿选案件发生、腐败窝案出现、买官卖官盛行，都与这些地方政治生态不好有关。

"新松恨不高千尺，恶竹应须斩万竿。"惩治腐败，营造风清气正的政治生态，是一项持久的工作。自然生态要山清水秀，政治生态也要山清水秀。习近平总书记针对不良生态问题曾指出："搞任人唯亲、排斥异己的有之，搞团团伙伙、拉帮结派的有之，搞匿名诬告、制造谣言的有之，搞收买人心、拉动选票的有之，搞封官许愿、弹冠相庆的有之，搞自行其是、阳奉阴违的有之，搞尾大不掉、妄议中央的也有之。"政治生态问题，既有大环境，也有"小气候"。一些地方，拉帮结派、认干亲、拜把子，搞同学会、战友会、老乡会，正气不彰，歪风邪气盛行。作为党员领导干部，一定要把好用权"方向盘"，系好廉洁"安全带"，致力于营造风清气正、绿水青山般的政治生态。

▌ **感悟小语 >>>**

> 大局重于山，时刻铭心间。
> 河盈沟渠满，覆巢无完卵。

二、机遇意识

机遇意识是一种体现预见性、把握规律性、富于创造性的战略思维。"花开堪折直须折，莫待无花空折枝。"一次机遇的得失，不足以决定人生事业的成败，但不断失去机遇，则注定抱憾终生。牢牢抓住机遇，积极用好机遇，不仅体现一种能力，更体现一种眼界、一种睿智。

1. 机不可失，时不再来

机遇不等人，稍纵即逝。抓住机遇，就会赢得新的发展；失去机遇，英雄无用武之地。机遇像小偷，来时无声无息，溜走时你却损失惨重。

春秋时，宋襄公兴兵伐郑，郑告急于楚，楚成王派成得臣率兵伐宋救郑，宋襄公急忙从郑撤兵，回师迎击楚军。宋军在泓水北岸摆开阵势等待楚军到来。楚军进到泓水南岸，渡河发动攻击。此时宋国的大司马公孙固鉴于敌众我寡，向宋襄公建议乘楚军半渡而击之，宋襄公未采纳公孙固建议，让楚军从容渡河。楚军列阵时，宋公子目夷又劝宋襄公乘楚军列阵未成时发起攻击，宋襄公又说不可，在楚军布阵完成后才击鼓下令全力进攻，结果大败，宋襄公自己也受了重伤，一年后身亡。宋襄公两次错失战机，不仅使自己重创身亡，更给国家带来了沉重打击。

秦末，刘邦和项羽先后攻入咸阳。当时，项羽率部40万驻扎新丰鸿门，刘邦率部10万驻扎灞上，两军相距很近，此时项羽气势正盛，消灭刘邦可谓易如反掌。谋士范增献计在鸿门设宴击杀刘邦，以绝后患。项羽优柔寡断，一再放弃杀掉刘邦的大好时机，放走当时处于绝对劣势的刘邦，并封其为"汉王"。"鸿门宴"后，又从咸阳引兵东归彭城，回乡炫耀，贻误战机。而刘邦的势力日益壮大。最终，十面埋伏，四面楚歌，一代霸王诀别虞姬，乌江自刎，令人唏嘘。

1965年，中国在世界上首次人工合成有生命活力的结晶蛋白质——牛胰岛素，使人类在探索生命奥秘的道路上迈进了一大步。但当有人提名牛胰岛素研制者申报诺贝尔医学奖时，国内却为上报的名单争论不休。最后，达成了一个令人啼笑皆非的一致意见："要上一块儿上，要不都别上。"报给评奖机构的名单达14人之多。而诺贝尔奖的评奖原则是只奖给作出主要贡献的一两个人，最多不超过3人。结果，我们与诺贝尔奖擦肩而过，让人扼腕。

在国家区域中心城市的竞争中，郑州这座有着区位、交通、人口等诸多显著优势的城市，与武汉、西安、合肥、长沙等相比，因知名高校少、科技教育支撑力弱而"自卑"。可在1969年，中国科学技术大学有意迁往河南时却遭到冷遇。时任安徽省革委会主任的李德生，则主动要去了这所名校。从此，中国科学技术大学成为安徽的骄傲和优势，河南却追悔莫及。

1943年，在开罗会议上，罗斯福与蒋介石单独会谈，曾两次提出战后让中国管理琉球群岛，但蒋介石顾虑重重，认为能将东北、台湾及澎湖争回来就不错了，琉球的问题比较复杂，推托由中美共同管理为好。二战末期，美国占领了琉球群岛。朝鲜战争爆发后，出于冷战和围堵中苏的战略考量，美国将琉球群岛交给日本。蒋介石放弃琉球群岛，日本、美国深受其益，中国则坐失收回良机，成为历史的伤痛。

▌ **感悟小语 >>>**

机遇来时悄无声息，一旦丧失追悔莫及。

2. 没有机遇是失败者的借口

我们不能制造机遇，也不能随意安排它出现的时间和场合，但我们要有机遇意识，主动抢抓机遇。

强者总善于发现机遇。日本水泥大王、浅野水泥公司的创建者浅野总一郎，23 岁时穿着破旧不堪的衣服从故乡富士山走到东京，身无分文，又找不到工作，经常陷入半饥饿状态。就在走投无路之时，他灵机一动，干脆卖水算了，便在路旁摆起了卖水的摊子。一杯水一分钱，第一天卖得 6 角 7 分，他不必再挨饿了。成名后他说："人生所遇到的危机就是一个绝好的机会，人在困厄时，想法就会改变，反而给予他一个转机。"

英国亿万富翁查理·菲勒布斯是得利昂房产公司董事长，1937 年他建造了一座高达 57 层的国际贸易大厦，并在报上连篇累牍地做广告，但购买者寥寥无几。一天，一个职工报告说楼内来了一群鸽子。他灵机一动，将鸽子都引诱到房间内，还通知动物园来捉鸽子。在这一切准备好后，他通知全市新闻媒体，说公司将有重大事情发生。这次捕鸽活动共进行了 3 天，电视台和电台在介绍捕鸽的同时，也对大厦的地理位置、室内设施、商业用途做了报道。国际贸易大厦的房子很快被抢购一空。

刘玉芬原是河北邢台一位普通的农村妇女。20 世纪 70 年代末，她看准了党的农村富民政策，先搞起家庭副业，一年成为"万元户"。1986 年又办起高碳石墨厂等26家企业,组建"邢东春蕾集团",年产值2.4亿元,利税1800万元,成为远近闻名的企业家,荣获"全国十大女杰"称号。她坦言:这个世界从来就不缺少机遇,真正缺少的,是发现机遇的敏锐眼睛和把握机遇的睿智心灵。

世界著名跑车品牌兰博基尼的创始人兰博基尼,出生于意大利北部的费拉拉市,在制造跑车前是拖拉机制造商。1963年夏季,兰博基尼造访法拉利,喜爱戴墨镜、不多言语的法拉利,静静地听着兰博基尼细数法拉利250GT跑车是如何优越。但是在听到兰博基尼指出变速箱的缺点时,法拉利眼皮也不抬地说:"用不着制造拖拉机的人告诉我如何造车!"会面不欢而散。兰博基尼受此刺激,遂决定要争一口气,制造一部比法拉利更好、更快、更强的超级跑车。于是,兰博基尼跑车厂就此成立。1964年,兰博基尼推出第一款量产跑车——350GT,1966年又推出400GT型跑车,一举击败了法拉利。兰博基尼从法拉利的妄自尊大中发现并抓住了机遇,铸就了自己的辉煌。假如当年法拉利能够倾听兰博基尼的意见,就不会有今天"天地之间,任我驰骋"的兰博基尼跑车了。

▌感悟小语 >>>

机会没来要"忍",机会来了要"狠"。

3. 机遇总是垂青那些有准备的人

没有准备的人,纵然有十次百次的机遇,也只能与其擦肩而过。

孟浩然40多岁时游历京师,在太学作诗,满座宾客都佩服至极。一次,大诗人王维邀请他到内署,忽报唐玄宗到了,这正是孟浩然展示才华的绝佳时机,但他惊慌地躲到床底下。王维实话实说,玄宗大喜道:"我听说过这个人,但从来没有见过,他为什么要害怕得躲起来呢?"急忙叫孟浩然来见。这原本能让他平步青云,但当皇帝问他的诗时,他朗诵的却是怨天尤人之诗,到了"不才明主弃"一句,唐玄宗很不高兴地说:"我何曾抛弃过你,为什么要诬蔑我呢?"孟浩然一生未受重用。

英国著名物理学家麦克斯韦16岁入爱丁堡大学攻读数学物理,后来又到剑桥大学深造。他刻苦勤奋，博览群书，但是由于没有名师指点，学习缺乏系统性和计划性。一天，著名数学家霍普金斯教授到图书馆借一本高深的数学专著，却被告知该书让一个学生借走了。霍普金斯非常好奇：到底是哪个学生在看这样一本常人难以看懂的学术著作呢？于是找到麦克斯韦，见他正在认真地看这本书。教授喜欢他的好学精神，遂收他做自己的研究生，对他悉心培养，又介绍另一位数学家斯托克斯对他进行指导。麦克斯韦终成著名的物理学家。

高考对于每个考生来说都是机遇，都是公平的。抓住机遇就可能成就非凡的人生，抓不住机遇就可能平庸一生。每年高考过后，总是"几家欢喜几家愁"。各省市县的高考状元，从数十万考生中脱颖而出，摘取桂冠，出书、受奖，在镜头前频繁亮相、现身说"教"，忙得不亦乐乎。一位高考状元由衷地说："我觉得是努力成就了我。所有的机遇都来自努力。"中科院心理研究所的王极盛教授，在5年时间里研究过全国300多名高考状元。他发现，高考状元的智商和普通孩子没有明显区别，只不过他们更勤奋、更讲学习方法而已。

大部分人获得机遇的次数是一样的，如果你准备充足，则可以把握机遇开始绚烂的人生；如果你没有准备，只能眼睁睁看着机遇溜走。

▍**感悟小语 >>>**

机遇总是垂青那些有准备的人。

4. 机会没来要等，机会来了要"猛"

机会是通向成功的桥梁。君子藏器于身，待时而动。没有机会时，耐心等待；机会到来，就要果断地猛扑过去，抓住不放。

元末明初杰出的军事家、政治家、文学家刘伯温，年轻时在元朝为官，郁郁不得志，后来干脆辞官隐居。朱元璋攻下金华、平定括苍后，礼请刘伯温为其建造礼贤馆。得遇明主，刘伯温紧抓机遇，为朱元璋定下西平陈友谅、东灭张士诚、北定元大都的统一战略，辅佐朱元璋取得天下。刘伯温在没有机会时隐忍等待，蓄势待发，一旦机会到来，他便乘势而上，一飞冲天。

1793 年 9 月，拿破仑还是一个小小的上尉，被派往参加围攻土伦的战役。拿破仑一到防守坚固的土伦，就仔细观察，然后向特派员萨利切蒂提出了新的作战方案。特派员对新方案十分欣赏，立即任命拿破仑为攻城炮兵副指挥，提升少校。拿破仑敏锐地意识到这是一个机会，下定决心，要一举成功，于是全身心投入战前的筹划准备中，显示了过人的精力、才智和胆略。最后土伦战役取得了胜利。拿破仑初露锋芒，赢得了将士们的交口称赞，次年 1 月被破格提拔为少将旅长。土伦之战虽然规模不大，但拿破仑能抓住机遇，一战成名，为他日后叱咤风云、横扫欧洲奠定了基础。

很多时候，人类的发现和发明常常是"灵光"一闪的结果，往往是理论或设想在先，而实际做法在后。如果没有立即行动，设想只能是幻想。英国物理学家卢瑟福在思考射线的本质时忽然想到，如果射线的本质是氦原子核流的话，它的性质便很容易说明。虽然已是深夜，他却立即抓起电话，叫醒了助手索迪，一口气把想法告诉了他。索迪深更半夜被喊了起来，电话里传来的又是一个没头没脑的设想，有点不高兴，反问道："为什么？"卢瑟福的回答却是："理由嘛，还没有，只是个感觉。"他们马上进行实验，结果证明卢瑟福的感觉是对的。由此，卢瑟福建立了他的理论体系，并在 1908 年获得了诺贝尔奖。有了好的设想，若不马上行动，定会坐失良机。贝尔在研制电话时，一个叫格雷的人也在改进实验装置。两个人同时取得了突破。但贝尔最终赢得了胜利——他比格雷早两个小时申请了专利。贝尔因这至关重要的 120 分钟一举成名，格雷却抱憾终生。

▎**感悟小语 >>>**

机会没来要等，机会来了要"猛"。

三、团队意识

一堆沙子是松散的，但它和水泥、石子、水混合后，像花岗岩一样坚韧。一滴水只有放进大海里才永远不会干涸，一个人只有把自己和集体融合在一起才最有力量。你把身边的人看成草，你会被草包围，你就是"草包"！你把身边的人看成宝，你会被宝包围，你就是"聚宝盆"！懂得放大别人的优点，欣赏别人的长处，想别人之所想，急别人之所急，才能与人相互协助、相互支持，实现共赢。

1. 火车跑得快，全靠车头带

领导者对整个团队起决定性作用，一个好的领导者能够极大地提升团体的战斗力。领导的最高境界应当是团结带领被领导者，充分发挥所有成员的个人能力和积极性，将整个团队打造成一个团结协作、优势互补、充满活力的整体。

兵强强一个，将强强一拨。1961 年 10 月，江阴县（今江阴市）华墅公社最西端的村子，正式定名为"华西大队"，33 岁的吴仁宝任村党支部书记。那时的华西，由于卖了"过头粮"，一人一天只剩半斤口粮，集体负债 1.5 万元，人穷村破。如今的华西村跟周边 20 多个村庄，组成了一个占地 30 平方公里，人口数量超过 3 万的"大华西"。"山北是粮仓，山南是钱庄，中间是天堂。"拥有固定资产 62.77 亿元，8 家上市公司，1000 多个产品。华西村成为中国第一村。吴仁宝被人们誉为"农民思想家""中国农民第一人"。吴仁宝就像一个火车头，带领华西人驶向幸福的康庄大道，为全国农村树立了典范。

郎平是世界排球界的传奇人物，她所代表的"女排精神"，激励着一代代国人。2004 年中国女排雅典夺冠之后不久进入低谷，并持续了 12 年。12 年间，中国女排从未夺冠，最好的成绩是 2008 年北京奥运会铜牌。而阻止中国女排进入决赛的，是由郎平率领的、不太被人看好的美国女排。2013 年，郎平执掌中国女排。她仅仅用了两年半的时间，就将跌入低谷的中国女排带回世界巅峰，一举夺得 2015 年女排世界杯冠军和 2016 年女排奥运会冠军，时隔 10 多年后重返巅峰。郎平成为中国女排球迷心目中的绝对"女神"。粉丝们说："只要看到有'铁榔头'在，心里瞬间就踏实了许多。"有知名媒体评论："郎平给中国女排带来自信。"一个优秀的领导者会将自己与团队紧密结合在一起，激发每个人的潜能和荣誉感，创造出卓尔不凡的成就。

吉鸿昌，抗日英雄、爱国将领，河南扶沟人，以骁勇善战、带兵有方而著称。1927 年 4 月，吉鸿昌任第 19 师师长。北伐战争中，国民革命军沿陇海路东征，吉鸿昌率部攻克洛阳、巩县（今巩义市），强渡黄河，占领豫北重镇新乡，打得奉军抱头鼠窜。吉鸿昌所部被誉为"铁军"。1933 年 5 月 26 日，"察哈尔民众抗日同盟军"在张家口宣布成立，吉鸿昌任前敌总指挥兼第 2 军军长。他率部向察北伪军进击，收复康保、宝昌、沽源、多伦等重要城池。1934 年 11 月被国民党反动派逮捕，后被杀害于北平陆军监狱，时年 39 岁。慷慨就义前，吉鸿昌用树枝在雪地上写下"恨不抗日死，留作今日羞。国破尚如此，我何惜此头？"的英雄诗篇。2009 年 9 月 10 日，在中宣部等 11 个部门开展的评选活动中，吉鸿昌被评为"100 位为新中国成立作出突出贡献的英雄模范人物"。

反之，兵熊熊一个，将熊熊一窝。有的单位、部门、系统和地区，原本发展得不错，换了个"一把手"，很快风光不再，乱象丛生，问题频出，甚至出现塌方式腐败，全军覆没，究其原因，大多是"火车头"出了问题。

▎感悟小语 >>>

一头狮子带领的一群羊，能打败一只羊带领的一群狮子。

2. 不怕神对手，就怕"神"对友

管理学上有一个著名的"木桶理论"。用一个木桶来装水，如果组成木桶的木板参差不齐，那么盛水的容量由木桶中最短的板决定。正如一件产品，质量的高低，取决于品质最次的零部件，而不是取决于品质最好的零部件；一个组织的整体素质高低，不是取决于组织中最优秀分子的素质，而是取决于组织中最一般分子的素质。只有严密有序的集体组织和高效的团队协作，才能克服重重困难，创造奇迹。

战国时期，燕国受到秦国攻击，秦大军逼境，太子丹费尽心思寻觅刺客，刺杀秦王，结识了被称为"神勇"之士的荆轲。刺秦计划秘密进行：一张绘着大片肥沃土地的地图，秦王早欲得而诛之的叛将樊於期的头颅。此时，荆轲只等一位协助刺秦的挚友来会合后，便可启程。然而，在荆轲等待助手的过程中，太子丹怀疑荆轲的赤胆忠心，催其动身。荆轲只好带着太子丹派遣的鲁莽小子秦舞阳仓促出发。结果是"风萧萧兮易水寒，壮士一去兮不复返"，令无数人扼腕叹息。东晋大诗人陶渊明曾说："惜哉剑术疏，奇功遂不成。"其实，荆轲不是败于剑术，而是败于队友。市井屠夫秦舞阳在关键时刻临阵畏缩，乱了阵脚，导致荆轲刺秦王失败。

1972 年的美国总统大选中，为了获得民主党内部竞选策略的情报，经白宫律师迪安策划，6 月 17 日，以共和党竞选班子首席顾问麦科德为首的 5 人准备进入水门大厦，安装窃听器并偷拍有关文件。他们使用一小块胶带，在侧面贴住水门大厦的门锁，但这块胶带被值班警卫发现后揭掉了。半夜时分，麦科德等人走到水门大厦大门的时候，发现胶带被揭掉了，门是锁着的。这是一个非常危险的信号，但急功近利、忘乎所以的现场指挥麦科德决定继续行动。他们用特殊工具费了很大劲打开大门后，又用胶带贴住门锁。这完全是画蛇添足，这扇门是限进不限出的。他们进入民主党全国委员会办公室前，安排了一个人望风。水门大厦的警卫当天因故便衣执勤，望风人员看到两个人过来，居然就没想到向里面的人通报。警卫发现刚撕掉的胶带又贴上了，而且办公室里有光条闪动，随即报警。麦科德等人当场被捕。随着"水门事件"持续发酵，尼克松被迫辞职，成为美国历史上首位因丑闻而辞职的总统。

日本前防卫大臣稻田朋美深受首相安倍晋三赏识，被视为将来的首相人选，而稻田朋美却频频失言。2017 年 6 月香格里拉对话会上，稻田朋美自称与法国、澳大利亚两位女防长的共同特点是"长得漂亮"，此番言论被批"不得体""没常识"。在东京都议会选举之前，稻田朋美为自民党候选人助选时再次失言，以自卫队名义为候选人拉票，被批"公权私用""破坏自卫队政治中立立场"。她的言行直接导致自民党选情亮起"红灯"，随后自民党在东京都议会选举中惨败。稻田朋美由未来的首相接班人沦为安倍的"替罪羊"。

▍感悟小语 >>>

不怕神对手，就怕"神"队友。

3. 相互补台好戏连台，相互拆台一起垮台

一花独放不是春，百花齐放春满园。一个团队，如果没有良好的配合意识，不能做好互相补位和衔接，最终必然导致失败。

古时候，在一个寒冷的冬天，一个卖烧饼的和一个卖被子的同住在一个破庙里。卖烧饼的很冷，卖被子的很饿，但他们都很自信，想看别人的笑话。就这样，卖烧饼的一个一个吃烧饼，卖被子的一条一条盖被子，谁也不愿意主动为对方"补台"。到最后，卖烧饼的冻死了，卖被子的饿死了。如果懂得相互"补台"的道理，他们都会活得好好的，不至于落个"一个冻死，一个饿死"的可悲下场。

李自成在起义过程中，吸纳一些失意之人如牛金星、宋献策、李岩、刘宗敏等加入起义军。他们为李自成出谋划策，攻城拔寨，立下汗马功劳。攻占北京后，基于对李岩的妒忌，牛金星等人诬陷李岩谋反。李自成设局杀害了李岩。由此，李自成将相离心，宋献策他往，刘宗敏率众逃往河南，义军迅速走向分裂。后来，牛金星投降清军，宋献策与刘宗敏为清兵所杀，李自成兵败下落不明，大顺亦不复存在。

现实生活中，有些人常怀嫉妒心，犯"红眼病"。一旦看到别人比自己强，就拆台阶、下绊子，竭尽倾轧之能事。其动机不外乎一条：我不行，你也别行；我得不到，你也别想得到。于是，有多少聪明才智，在争斗中被内耗掉；有多少贤能人士，被埋没在英雄无用武之地；有多少"千里马"，活活老死于槽枥之间。这一切都源于私心杂念作怪，缺失团队合作意识，没有认识到团结合作才能共荣共赢。

"补台"和"拆台"虽一字之差，却反映了不同思想境界和有没有团队意识。只有团队的每一个成员，心往一处想，劲往一处使，恪尽职守同心协力，认真做好职责范围内的事，这样的团队才有凝聚力，反之，一事当前先替自己打算，都想当主角，又要争高低，满足不了自己的要求就拆台，最终只能是共同垮台。补台，补的是友谊，彰显的是胸襟，赢得的是事业，像手提灯笼的人照亮别人，也照亮自己。闹分裂、争权力，拆别人的台，看起来是搬起石头砸别人，但最后也会殃及自己。只有共同补台，把台子做大了，上面才可以站更多的人。

▌感悟小语 >>>

　　拆别人的台，也许你就在台下。

四、忧患意识

　　人无远虑，必有近忧。忧患意识是强烈的责任感，是未雨绸缪的预见性。人无忧患，睿智不成；国无忧患，大器不成。没有强烈的忧患，就会盲目乐观，安于现状，甚至在颓废享乐中丧失斗志。安不忘危，治不忘乱。有终身之忧，无一朝之患。忧患意识让我们时刻感到如履薄冰，从而鼓起勇气和斗志，从山麓攀向顶峰，从平淡渐趋绚丽。

1. 生于忧患，死于安乐

　　忧患伴随着人类成长，教会人们怎样生存、怎样发展。忧患激励着人类奋发，使人变得顽强、坚韧、富于理想。一个国家如果没有忧患意识，迟早会出问题；一个企业如果没有忧患意识，迟早会垮掉；一个人如果没有忧患意识，必然陷入不可预测的逆境。未来是不可预知的，有忧患意识，在思想及行动上有所准备，才能应付突如其来的变化。有忧患意识，或许不能把问题消除，却可把损害降到最低限度，甚至能转危为安，化危为机。

　　孟子云："生于忧患，死于安乐。"19 世纪末，美国康奈尔大学一次著名的"青蛙实验"，验证了这一先哲名言。实验人员先把一口油锅加热，然后把一只青蛙扔进油锅。生死关头，这只青蛙反应非常敏捷，它双腿一蹬，一跃而起，竟跳出油锅，安然逃生。隔了半小时，实验人员又架起一口锅，注入满满的清水，然后把那只青蛙放进锅里。这次，青蛙游得逍遥自在，怡然自得。实验人员则悄悄在锅下面加热。青蛙并不在意，仍然一副优哉游哉的样子。等到水不断升温，青蛙终于感到难以忍受，但它却再也没有那一跃而起的力量，只能葬身锅底。人生旅途中，逆境催人警醒，激人奋进；安逸优越的环境却消磨意志，使人耽于安乐，甚至自我毁灭。这与青蛙遇险时的奋起一跃和温水中的坐以待毙是何其相似！

沙丁鱼是北欧人喜爱的食品，尤其是活鱼，价格比死鱼高得多。但沙丁鱼保持鲜活很难，绝大部分会因缺氧而死亡，但有一条渔船总能让大部分沙丁鱼活着。船长严格保守着秘密，直到去世，谜底才揭开。原来船长在装满沙丁鱼的鱼槽里放了一条鲇鱼。鲇鱼进入鱼槽后，四处游动，沙丁鱼见了鲇鱼十分紧张，左冲右突，四处躲避，缺氧问题迎刃而解。一条条沙丁鱼活蹦乱跳地回到了渔港。这就是著名的"鲇鱼效应"。

河北一家养鹿场，饲养了 6000 多只鹿。在人们的精心照料下，这些鹿不再被天敌追杀，自由自在地生长繁衍，过着没有危险、食物充足的幸福生活。可是，好景不长，令人意想不到的事情发生了。这些鹿体质明显下降，不久便有很多病死。养殖场请专家会诊，结果是"请回几只狼"。原来，狼对鹿有着天然的"优育"作用。狼的袭击，使鹿群经常惊悸奔跑，从而使鹿群格外健壮，病疫也就消失了。可见，忧患的作用不仅对人，对社会，对整个自然界都有极大的激励作用。

▌**感悟小语 >>>**

人无忧患意识，如盲人骑瞎马，夜半临深池——危险！

2. 清醒忧患，防微杜渐

百尺之树，以甲虫之攻毁；千里之堤，以蝼蚁之穴溃；万间大厦，以突隙之烟焚。思所以危则安，乱则治，亡则存。清醒忧患，才能够从平静中预见波澜，防患于未然。

五代十国时期，中国纷扰割据。沙陀首领李克用因出兵镇压黄巢起义军有功，被朝廷封为晋王。907 年，朱温代唐称帝，国号梁，改元开平，史称后梁。李克用以复兴唐朝为名与后梁争雄。908 年，李克用病危，弥留之际，取出三支箭交给儿子李存勖说，梁、燕、契丹是我的遗恨，你不要忘记为我报仇。李克用死后，李存勖称帝。他牢记父志，将三支箭祭在太庙，每次出征必盛以锦囊，负而前行。讨梁、伐燕、灭契丹。仇敌已灭、天下既定的李存勖逐渐狂妄自大起来，他宠信伶人，疏于治政，盘剥百姓，导致王权分崩离析、社会动荡不安，最后落得个身死国灭、贻笑天下的结局。隋炀帝始兴修运河、打通丝绸之路，继而急功近利、不惜民力，导致国破身死；唐玄宗始任贤用能、励精图治，继而沉溺声色、听信小人，引发安史之乱，使大唐由盛转衰。戚戚涛声犹在，历历殷鉴不远。古往今来，无论是帝王将相还是政治集团，成功的路径各不相同，但失败的教训如出一辙。

在危机四伏时保持清醒容易，在太平盛世时保持清醒则难。南唐李后主的亡国史大家并不陌生，就是因为李煜沉溺于靡靡之音，荒废政事才造成了亡国悲剧。尽管当时大臣已经提醒政治并不安稳，但他一味苟安，贪图安逸，在"后庭花"的靡靡之音中逐渐沦为亡国奴的悲惨境地。因为没有居安思危，他最后惨遭毒害。

最近，美国前总统卡特的国家安全事务助理、著名战略家布热津斯基的"奶头乐理论"被网民热议。"奶头乐理论"是布热津斯基于 20 世纪 90 年代初与美国前总统老布什、英国前首相撒切尔夫人等齐聚旧金山时提出的。意思就是：通过一个"奶头"，像安抚婴儿一样，麻醉人的灵魂，消磨人的斗志。西方政要们利用"奶头乐理论"对苏联进行侵蚀颠覆，成为苏联解体的幕后推手之一。长期以来，以美国为首的西方敌对势力一刻也未停止扼制、颠覆我国的企图，在西化、分化、丑化、腐化、淡化、融化的同时，不断加强西方价值观和腐朽思想的侵蚀与渗透。美片、韩流、日漫的泛滥，不能不引起我们的高度警惕。武器摧残的是肉体，"奶头乐"摧残的是民族的灵魂！硝烟散尽，枪炮声歇，无论是辉煌的文明，还是庞大的帝国，如果没有忧患意识，就难以逃脱覆灭的命运。

"鉴前世之兴衰，考当今之得失""历览前贤国与家，成由勤俭败由奢"，无数的醒世恒言如闪烁的夜航灯，矗立在历史长河的暗礁险滩处，成为中国文化的一道源流和景观，长波万里，伏脉千年。

▌感悟小语 >>>

忧劳可以兴国，逸豫可以亡身。

——欧阳修

3. 居安思危，行稳致远

洪水未到先筑堤，豺狼未来先磨刀。斑马从不忘记奔跑，因为它知道只有跑得快才能获得生存；蚂蚁入秋就开始不停忙碌，因为它知道只有积累得多才能穿越寒冬；树在幼苗时就不停地向深处扎根，因为它知道只有根扎得牢才能抗住狂风。居安思危，不是妄自菲薄，不是杞人忧天。每个人都有长处和弱点，居安思危能够帮助你在发挥个人长处的基础上完善自己，发展自己。

加拿大丘吉尔瀑布水电站，是当今世界最伟大的建筑工程之一。与一般水电站不同的是，丘吉尔瀑布水电站所有的控制室都在地下 300 米处，由于汇集了当时全世界最为优秀的建筑学专家和技术人员，水电站的各项安全保护设施可称得上尽善尽美。但就在整个工程接近完工时，水电站的一位工程师却在例行检查中无意间听到一个施工工人说：如果出现更大的灾难，所有的防护措施都无效了，里面的人该怎么逃？这可能是一句脱口而出的话，却很快被汇报到工程总部，总部立即召开会议，寻找解决办法。他们决定在控制室的出口旁放一台紧急逃生巴士，这个逃生巴士一天 24 小时待命，而且雷打不动每天都要检修一次，以防止它因故障在紧急情况下开不走。此时，设计师们又开始扪心自问，如果发生意外，地下控制室的人员上不了巴士，又该怎么办？于是他们又决定开凿出一个临时避难所，让其与控制室相连。临时避难所建好后，里面除了放置足够的食物外，睡觉和洗浴等设施也一应俱全，食物和补给还定期更换，始终保持新鲜。但正如当初一些人认为的那样，逃生巴士和临时避难所完全多余。自 1941 年运行以来，丘吉尔瀑布水电站从未发生一起事故和意外，但是历任站长都严格地按照当初所制定的制度，一丝不苟地执行。丘吉尔瀑布水电站设计人员的居安思危意识，直到今天都令人肃然起敬。

魏徵常以隋朝灭亡作为教训，规劝唐太宗要"居安思危，善始克终，戒奢以俭"。唐太宗励精图治，实现"贞观之治"。迈克尔·戴尔说过："我有的时候半夜会醒，一想起事情就害怕。但如果不这样的话，那么你很快就会被别人干掉。"正是因为他能意识到潜在的危机，才有了如今戴尔电脑的辉煌成就。"我们离破产永远只有 18 个月"的告诫，使比尔·盖茨率领微软席卷全球。居安思危则存，贪图安逸则亡。"居安思危，思则有备，有备无患"，是一种超前的忧患意识。居安思危者，则昌则盛；反之则衰则亡。如夫差之于勾践、项羽之于刘邦。居安思危的价值导向是自强不息，始终保持昂扬向上的精神状态。小到一个人、一件事，中到一个单位、一个团队，大到一个民族、一个国家，都不可以没有忧患意识。

孟子云："入则无法家拂士，出则无敌国外患者，国恒亡。然后知生于忧患，而死于安乐也。"在经济发展迅猛、生活水平不断提高的今天，人们往往会沉浸于自我的优越感之中，而忽视了来自周围的危机和挑战。一个人，一个单位，甚至一个民族，永远保持忧患意识，永远保持清醒的头脑，才能不断推动自身前进发展，才能永远立于不败之地。

▌ **感悟小语 >>>**

> 古今中外家与国，生死存亡何其多。
> 安不忘危危转安，胸无忧患患成祸。

五、担当意识

担当，是一种勇气、一种襟怀、一种品格。世间处处有担当。"一人做事一人当"，是普通百姓对担当率直快意的表达；"穷且益坚，不坠青云之志"，是有志者身处困境担当意志的坦露；"国家兴亡，匹夫有责"，是仁人志士丹心报国的忠贞誓言；"人生自古谁无死，留取丹心照汗青"，是英雄人物国家危亡之时挺身而出的英勇品格；"维护世界和平，促进共同发展"，是一个国家承担国际责任的庄严承诺。

1. 敢于担当，人格闪光

2014 年 3 月，习近平总书记在全国组织工作会议上提出了好干部的五条标准：信念坚定、为民服务、勤政务实、敢于担当、清正廉洁。可见，敢于担当多么重要。一只蜂，穿梭来往，担当起了酝酿甜蜜的责任；一方石，架桥铺路，担当起了天堑变通途的承载；一片瓦，覆顶遮檐，担当起了遮风避雨的使命。蜂如此，石如此，瓦如此，人更应如此。担当，是为己、为人、为国的不朽诗篇；敢于担当，才能创造人生的精彩，书写事业的辉煌。

19 世纪中期，面对伤寒、白喉、狂犬病、鼠疫等致命传染疾病，法国著名医学家巴斯德在没人自愿做试验时，主动在自己身上试验，无数次失败后，成功研制出伤寒、白喉、狂犬病、鼠疫等疫苗。当人们对他说："当世为您所救的人无以计数，后世受您恩惠的更是无穷无尽。"他却说："只要我所做的能为社会带来一份幸福，我就满足了。"正是巴斯德的担当意识，成就了他在人类卫生史上不可磨灭的贡献。

1934 年 9 月下旬，蒋介石在庐山秘密召开军事会议，制订了"围剿"中央红军的"铁桶计划"。时任国民党赣北第四行署专员兼保安司令的莫雄是中共秘密情报员。得知"铁桶计划"后，立即将情报交给中共联络员、保安司令部机要秘书项与年。当时敌情严重，每个村子都驻有进剿的敌军，所有进出苏区的道路都被严密封锁，发现可疑之人立即逮捕。为迅速将情报安全送到苏区，项与年用一块石头敲下自己四颗门牙，扮成一个蓬头垢面、让人厌恶的老叫花子，双腮肿胀，面部狰狞，头发蓬乱，衣服破烂不堪。沿途敌军哨兵见了，很远就捂住鼻子将他赶走。项与年终于混过层层哨卡，于 10 月 7 日到达瑞金。当周恩来、李克农接过项与年的绝密情报时，感动之情无以言表。有了这份绝密情报，中央红军正确分析形势，实施战略转移，走上长征之路，保全了实力。项与年、莫雄在关键时刻挺身而出，勇于担当，谱写了一页动人篇章。1956 年国庆节，项与年、莫雄到北京参加国庆典礼，叶剑英元帅代表党中央设宴招待两位功臣，称赞他们为革命事业作出的重大贡献。20 世纪 90 年代上演的电影《英雄无语》，就是专门描写他们这一历史功勋的。

2008 年 5 月 12 日，汶川大地震发生当天，四川省德阳市东汽中学教师谭千秋正在给学生上课，在地震发生的瞬间，他像童话里的天使，张开双臂趴在课桌上，死死地护住身下 4 个学生。一双曾传播无数知识的手臂，在地震发生的一瞬间，承受住了千钧重压，以无与伦比的坚强和大爱从死神手中夺回 4 个年轻的生命，而他却如天使般飞入天堂。

2012 年 5 月 26 日，在 106 国道河南省淮阳县王店段，一辆疾驰的汽车眼看就要撞到一名 3 岁男童，淮阳县打鸡园村的老党员彭秀英老人正好在男童旁边。上前一步是死，后退一步是生。在生与死的一瞬间，有着 46 年党龄的彭秀英老人作出的选择是上前一步，推开 3 岁男童，用血肉之躯挡住了滚滚车轮。小孩得救了，而她却把生命化作了天边一道美丽的彩虹。后来，中共中央组织部追授她"全国创先争优优秀共产党员"荣誉称号。

担当是一种精神，存在于人的生命和社会发展的历程之中。世事危难之秋，思想禁锢之地，人性扭曲之时，平凡工作之中，都需要我们勇于担当。

▌**感悟小语 >>>**

这个社会尊重那些为它尽到责任的人。

——梁启超

2. 勇于担当，民族脊梁

公元 73 年，东汉王朝为了西和西域，派班超率领 36 名部下踏上行程，展开了东汉建国以来对西域国家的首次友好访问。班超先到鄯善国。鄯善王对班超的来访，起初态度热情，但是几天以后突然冷淡下来。班超敏感地觉察到这种变化，对部下说："这一定是匈奴使者来了，鄯善王心怀畏惧，首鼠两端，所以有意疏远了咱们。"他把客馆的侍者找来问："匈奴的使者来了几天啦？住在哪儿啊？"侍者老老实实把情况都说了。班超立即把 36 名部下召集起来说："不入虎穴，焉得虎子。"当天夜里，班超率众直奔匈奴使者驻地，把匈奴人全部杀死。鄯善王来后，班超乘机宣扬汉朝国威，鄯善王惶恐之下，满口应承归附汉朝，并把王子送到汉朝为质。班超圆满完成了结好鄯善的使命。

1867 年，匪首阿古柏在英帝国的支持下侵入南疆，自封为王，国号哲德沙尔汗国，宣布脱离清廷。1871 年，俄国也乘机出兵占领时为新疆军政中心的伊犁地区，加紧与英争夺中国西北边陲。面对新疆局势，清廷上下有两派观点，李鸿章认为新疆乃化外之地，人烟稀少，新疆不复，与肢体之元气无伤，收回伊犁，还不如不收。时任陕甘总督的左宗棠认为，收复新疆，"胜固当战，败亦当战。倘若一枪不发，将万里腴疆拱手让人，必将成为中华民族的千古罪人"。左宗棠收复新疆的强硬主张，得到两宫皇太后的支持。慈禧任命他为钦差大臣，督办新疆军务。左宗棠连夜出京，前往甘肃兰州做出征准备。他首先撤换了一批骄横荒淫的旗人军官，整训队伍，率6万湖湘子弟从兰州出发，移驻肃州。1877年，新疆全境收复。左宗棠收复新疆是晚清历史上最扬眉吐气的一件大事，是晚清夕照图中最光彩的一笔。左宗棠也因此成为著名的民族英雄。

历史上的朝鲜，长期是中国的属国。1882年，朝鲜发生"壬午军乱"，23岁的袁世凯跟随吴长庆秣马厉兵，东渡朝鲜，平息了"壬午军乱"。袁世凯作为清廷代表，常驻朝鲜。1884年12月，在日本的支持下，朝鲜突然爆发"甲申政变"。袁世凯为拯救朝鲜，在来不及请示的情况下，果断出击，并承诺"如果因为挑起争端而获罪，由我一人承当，决不牵连诸位"。"甲申政变"以中国大胜、日本惨败而告终。袁世凯粉碎了"甲申政变"，虽年方25岁，但英名在朝鲜尽人皆知。他在朝鲜的9年间，成为清廷的代言人，稳定了风雨飘摇的朝鲜政局，并实际上监控着朝鲜的内政和外交。袁世凯以勇于担当的精神，维护了清帝国的利益。

"不管前面是地雷阵还是万丈深渊，我都将勇往直前，义无反顾，鞠躬尽瘁，死而后已！"朱镕基铿锵有力的声音，在多年之后，依然让人们感受到一个大国总理的抱负和决心，感受到在其位就要谋好政的责任担当。1998年当选总理后，朱镕基把国务院60多个部长一个一个找来，告诉他们，他打算把国务院的部门大大裁撤，不只是减少部长和副部长、司局长和副司局长，还要把国务院的工作人员减少到三分之一。部长们心中忐忑，压力很大，都说自己的部门如何重要，不能撤销。面对重重阻力，朱镕基"义无反顾，勇往直前"，最终完成了国务院精简机构改革。朱镕基经常引用林则徐的诗句"苟利国家生死以，岂因祸福避趋之"，始终牢记为人民服务的宗旨，时刻把群众的冷暖挂在心头，时刻牢记自己的职责。朱镕基的勇于担当，令人肃然起敬。

▌感悟小语 >>>

一个人能够担当多大的责任，就能够取得多大的成功。

3. 尸位素餐，朽木一般

《汉书·朱云传》："今朝廷大臣，上不能匡主，下亡以益民，皆尸位素餐。"
尸，是古代祭礼中的一个代表神像端坐着而不需要做任何动作的人。"尸位"源
出《尚书》，用来比喻一个有职位而不用做事情的人，如同古代祭礼中的尸。
"素餐"出自《诗经》"彼君子兮，不素餐兮"，就是吃白饭的意思，后用来比喻
无功受禄。所以，"尸位素餐"就是白占着职位而不做事，无功受禄吃白饭的意
思。尸位素餐者之所以"上不能匡主，下亡以益民"，"只要不出事，宁可不干
事"，甘愿当"平庸官"，其实就是怕出事，缺乏干事创业的责任意识，只求过
得去，不求过得硬，敷衍塞责，得过且过。

当今社会中，有不少这类人：饱食终日，无所用心，不求有功，但求无过；
不求上进，但求乌纱帽不掉；脚踩西瓜皮，手抓两把泥，能抹就抹，能滑就滑；
紧睁眼，慢张口，遇到问题绕着走，把难题推给领导，把小过诿于下属……

在"2006年福建三明沙溪河儿童落水事件"中，一位8岁的女孩和4岁的
小表弟去沙溪河玩耍，不慎滑落水中，从此再也没有回家。落水儿童的母亲，为
了不让悲剧重演，要求上级部门去改造一下这个"危险护栏"。只要再加密一点
点，就安全了！可是她上访了几个月，去了好多部门，却一而再、再而三地遭到
拒绝，悲剧也接二连三地发生。截至2007年3月，有20多名儿童落水死亡，可
是这条"危险护栏"却一直无人治理。面对记者的采访，水利局负责人竟然微笑
着说："这不是我们一个部门的事情……"身在其位，不谋其政，没有担当，这
个负责人就是尸位素餐的典型。

由于某些部门工作人员尸位素餐，不敢担当，以致出现了各种奇葩怪事。有
位画家曾经送一幅画给自己的弟弟，弟弟想把画变现，但需要认定机构认定该画
的真伪。那位画家只好自己到认定机构证明是自己画的。奇怪的是，认定机构认
定不是他画的，理由是你自己不能证明自己。结果这幅画还真的没卖成，弄得画
家哭笑不得。

南京市一位市民家中的现金被老鼠咬碎，他拿着破碎的人民币到银行换钱。
而银行要求他开个钱被老鼠咬了的证明，也就是说要证明人民币并非人为故意损
坏。有的人现金被孩子撕碎了，银行就让开个孩子撕钱的证明；有的人钱被火烧

坏一半，银行就要求开个非故意烧毁钱币的证明。

某社区的工作人员吐槽说，由于一些单位缺少担当精神，来开各种奇葩证明的人太多了。比如人品证明，开这类证明的多是准备应聘保安、内勤等工作的。还有一名男子来社区要开一个不喝酒证明，让工作人员哭笑不得。原来，这名男子应聘幼儿园校车司机，幼儿园要求他到所在社区开具"平时没有喝酒习惯"的证明。诚然，如果确有必要，开个证明也是正当的，问题是事情明明摆在那里，非要人家给开证明，岂不是瞎折腾?!

▌感悟小语 >>>

不敢担当，不是懦夫，便是废物。

4. 善于担当，无限风光

责重山岳，能者方可当之。担当重任必须具备优良的素质。担当不仅要有勇气，还要有担其当时、担其当事的眼界。担当不仅要有埋头苦干的执着，还要有独辟蹊径的创新;不仅要有义无反顾的果敢，还要有如履薄冰的谨慎;不仅要有夺取成功的信心，还要有接受失败的准备。有把握时势的睿智才能有效担当，不识时务往往陷入虚无和盲动。

美国前总统林肯说:"我绝对不会提拔一个不敢担当、不善担当的人。这样的人，更适合被人支使着干一点简单的工作。"《清史稿》里记载了这样一个故事:康熙末年，还是亲王的雍正奉命去户部巡查，偶然发现户部有一个库房年久失修，存在着安全隐患。雍正认为户部官员没有尽到修理职责，因此大发雷霆。面对这个"冷面王"的雷霆之怒，户部尚书和侍郎们吓得瑟瑟发抖，一句话也不敢说。这时，负责巡视库房的吏员李卫站了出来，承认这是自己工作不够认真，没有及时报修所致，并且立即提出了解决方案。雍正见有人站出来承担责任，气就消了一半，接着查问库房巡查方面的事宜，李卫对答如流，业务十分熟练。雍正对眼前这个精明强干的小伙子刮目相看。从此，他开始留心李卫。登基后，他逐步考察和提拔李卫，最后竟然让他做到了河道总督的高位。李卫本身文化水平不高，没读过多少书，最后却能成为封疆大吏，这不能不说是清代的一个职场奇迹。一向以苛刻著称的雍正为何对看似不起眼儿的李卫青睐有加呢？据说，雍正曾在大臣的奏折上评价李卫，说他"知事善任"，赞赏之意，溢于言表。

1981 年 3 月 30 日，里根总统在华盛顿希尔顿饭店一次劳工集会上发表演讲，在返回自己的轿车时突然遭到一名刺客枪击，胸部严重受伤，躺在了血泊中。按照常规，工作人员应把总统送往华盛顿市郊医疗条件最好的海军总医院抢救。可是，70 多岁高龄的总统咳血不止，呼吸困难，情况危急无比，很可能还没把总统送到海军总医院他就断气了。其他副官都看出了这点，但没人敢随便说话。里根的侍从副官帕尔当机立断，命令司机掉转车头，以最快速度把总统送往距希尔顿饭店最近的华盛顿大学医院，赢得了极为宝贵的 30 分钟。正是这短短的 30 分钟救了里根的命。事后，帕尔被通令嘉奖，官升一级，并成为里根最信任的人。但是，没有人嫉妒他，按照他同事的话说："这是帕尔应得的！"所有人都知道他承担的风险。在总统遇刺的危急时刻，如果按照常规办，就算总统最后身亡，这笔账也算不到帕尔头上。但改变常规，随机应变，情况就不一样了，一旦出事，帕尔会被列为第一责任人。但帕尔在关键时刻，想的不是个人风险，而是勇于担责，从而挽救了总统的生命，真正尽到了一个侍从副官的责任。

乐于担当是一种态度，勇于担当是一种魄力，善于担当是一种艺术。

▌**感悟小语** >>>

> 难事大事看担当，善于担当德彰扬。
> 难事担当显品格，大事担当是栋梁。

六、规则意识

规则是指制定出来供大家共同遵守的制度或章程。规则关系到社会的有序运转，关系到人与人之间的和谐共处，关系到每个人的家庭幸福。当规则意识深深地镌刻在一个人心灵的碑石上时，责任感自然地融入个人的行动中，使人感觉不到规则的束缚，且会在精神的自我完善中筑起一道义不容辞和责无旁贷的"防线"。构筑、加高和夯实这条"防线"，就会让遵守规则成为人的内在需要，达到"从心所欲不逾矩"的境界。

1. 没有规矩，不成方圆

规则是社会运行的基石。规则意识不强，必然影响社会的正常运行，带给人们错误的信号，助长不择手段实现个人目的的风气。规则形同虚设，社会必定混乱无序。遵守规则和法律才能保障社会有序运行，人人得享平安与稳定；突破规则，违反法律，祸人殃己，必受严惩。

孔子说："从心所欲不逾矩。"规则既是一种外在强制，也是人的内在自我约束。唯有遵守规则，才能真正自由。中国入世首席谈判代表龙永图曾讲过这么一件事："我有个中国同事在联合国任职，他的孩子从小在瑞士长大。一次，大家在日内瓦湖上划船，我们代表团有个成员喝完可乐后，顺手把可乐瓶扔到湖里。这在国内司空见惯，可是这个在瑞士长大的小孩当时脸都白了，好像扔可乐瓶的人犯了很大错似的。"有则新闻报道"美国女士街头救人，武汉数十名同胞围观"。为什么在瑞士长大的小孩会在意一个小小的可乐瓶？为什么美国女士在异国街头援救并非"同胞"的外国人？一句话，习惯使然。这是他们自小培养的习惯。他们知道，不能随手扔垃圾、不能污染环境、不能见危不救，这是必须遵守的行为规则，很自然地做了他们认为应该做的事情。

一位男士遇红灯，两次不同态度，却是同一结果。一次在北京，男士半夜开车在郊区遇到红灯，便停了下来。他女朋友说："走啊！这时候又没警察又没人，怎么不走？"他说："这红灯咱敢闯吗？"两人为此大吵一场。到了目的地，女朋友说："你真是死心眼儿，拜拜！"后来，男士去日本东京读博士。一次，他开车带着新女朋友去兜风，真是巧合，碰到同在北京一样的场景，便汲取过去的教训，对着红灯就闯过去了。刚过红灯，女朋友就说："停！你连红灯都敢闯，将来啥违法事不敢干，拜拜！"男士心里很郁闷。其实，我们每个人都生活在规则之中，有的人被规则限制着、驱使着，感觉很被动；有的人把规则装进了心里，化作了行动，感觉很自由。

坐市内公交车，一上车就看到一个票箱，乘客直接往里面投币。票箱上有一行字：司机接触票款视为贪污！如果没有这行字，就没有人警惕，每一个乘客一上车就见到这行字，必然警惕司机的一举一动，这样，司机就被"规则"约束手脚不敢乱动。这不是不尊重司机，而是规则，确保公款不受损失。

2016 年 10 月，在香港立法会新一届议员宣誓仪式上，梁颂恒、游蕙祯两名候任议员和梁国雄、刘小丽、罗冠聪及姚松炎 4 名议员在宣誓时故意亵渎誓词，侮辱国家，违反《基本法》和《宣誓及声明条例》之规定，被裁定宣誓无效。11 月 15 日梁颂恒、游蕙祯被取消议员资格，186 万港元的议员薪金被追讨，并须偿还高达 1200 万港元的诉讼费用。2017 年 7 月，梁国雄、刘小丽、罗冠聪及姚松炎 4 人被取消议员资格，同时还须向律政司支付诉讼费及退还立法会薪金约 2000 万港元。他们不按规矩宣誓，付出了应有的代价。

规则是社会得以维持的必要条件，人们必须依照规则来分享自然、社会、政治和权利资源。要想生活在一个和谐的社会，享受自由的空间，就要时刻将规则放于心中，自觉、严格地约束自己。

▌感悟小语 >>>

欲知平直，则必准绳。欲知方圆，则必规矩。

——吕不韦

2. 遵守规则，利人利己

一个人如果不按规则行事，就会陷入困境；一个企业如果不按规则出牌，就会陷入绝境；一个政府如果不按规则运作，就会陷入危境；一个社会如果不按规则运转，就会陷入乱境。只从自身利益出发，不遵守公共规则，这世界必定永无宁日，也必定危及每个人的利益。把规则装进了心里，化作了行动，自觉捍卫和遵守，生活中才会享受更多的明媚阳光。

一位父亲带着年幼的孩子去钓鱼。河边的告示牌上写着："钓鱼时间从上午九点至下午四点。"父子俩从上午十点半开始钓鱼，直到下午三点多，仍一条鱼都没有钓到。四点刚过的时候，父子俩终于钓了一条大鱼。父子俩高兴地欣赏着眼前的大鱼。这时，父亲突然想起了什么，看了一眼手表，收起笑容严肃地对孩子说："现在已经是四点十二分了，按规定我们只能钓到四点，因此我们必须把这条鱼放回河里去。"孩子恳求父亲："爸爸，就这么一次啦！我也是第一次钓到这么大的鱼，妈妈一定很高兴，这儿又没有人看到，就让我带回家去吧！"父亲斩钉截铁地说："不能因为没人看到就可以把鱼带回家。"说着，把大鱼放进河里。孩子眼里含着泪水看着大鱼游走了，没有再说一句话，默默地和父亲一起收拾起钓具回家了。孩子慢慢懂得了要遵守社会规则，当自己的需求与社会规则产生冲突的时候，要对自己的行为作适当的控制和调整。十多年以后，那个孩子成了一名口碑很好的律师。

2012年1月16日，香港网友上传了题为"火车内香港人大战大陆人"的两段视频，一位内地母亲和女儿在地铁内吃干脆面，被港人韦先生制止，从而引发骂战。按照港铁规定，任何人不得在港铁付费区内饮食，包括月台及车厢等地方，否则可罚款2000港元。暂且不说内地香港的风俗文化差异，单从遵照规则的角度说，内地游客便理亏了。连小女孩都说"是老妈不对吧"，大人却连一句"是我错了"或者"不好意思"的话都没有。"港铁骂战"背后折射的乃是一些国人规则意识的欠缺。2016年，我国道路交通事故造成约5万人死亡，17万人受伤，近九成人身伤亡交通事故是因违规行为导致。道路交通伤害已取代自杀成为"伤害死亡"的首要死因。违反交通规则，导致道路交通伤害成为"头号杀手"。遵守规则不仅是对规则的尊重，更是对生命的珍爱。

"没有规矩，不成方圆"是中国人常说的口头禅，但"知易行难"也是一些中国人的习惯，许多人往往漠视规则。闯红灯、随地吐痰、排队加塞、乱扔垃圾等不遵守规则的陋习随处可见。不少中小城市有人摆摊做买卖侵占人行道、非机动车挤占机动车道，造成交通不畅，事故频发。

美国著名经济学家萨缪尔森在其《经济学》一书中给大家描述了一个关于"合成谬误"的例子：足球场的观众席上，前面的观众站起来能看得更清楚，而当全部人都站起来的时候，结果就是谁都看不清楚。他的意思是说，规则乃是经济学上提高效率的制度安排，如果不遵守规则，结果只能是大家都遭殃。要建立一套有效的体制，谁不履行规则，就要付出代价。不如此，国人的规则意识依然淡薄，更难与国际接轨。

▌感悟小语 >>>

目失镜，则无以正须眉；

身失道，则无以知迷惑。

3. 规则转换，光明一片

规则一般是人为制定出来要求大家遵守的，但它也不是一成不变的。一位哲学家说过，当上帝关上一扇门时，会为你另外打开一扇窗。

《制度经济学》中有一个经典案例。18 世纪末期，英国政府决定把罪犯统统发配到澳大利亚去，建立殖民地。于是，一些私人船主承包了从英国开往澳大利亚运送犯人的工作。英国政府实行的办法是按上船的人数支付费用。船主为了牟取暴利，尽可能地多装人，使船上条件更加恶劣。一旦船只离开了岸，船主按人数拿到了政府的钱，就不管这些人是否能远涉重洋活着到达澳洲了。有些船主为了降低费用，甚至故意断水断食。3 年后，英国政府发现：运往澳洲的犯人在船上的死亡率达 12%，其中最严重的一艘船上，424 个犯人死了 158 个，死亡率高达 37%。英国政府花费了大笔资金，却没能达到大批移民的目的。英国政府想了很多办法。每一艘船上派一名政府官员监督，再派一名医生负责犯人的医疗卫生，同时对犯人在船上的生活标准做了硬性规定。但是，死亡率不仅没有降下来，有的船上的监督官员和医生竟然也不明不白地死了。原来一些船主为了贪图暴利，贿赂官员，如果官员不同流合污就被扔到大海里喂鱼了。政府支出了监督费用，却照样死人，死亡率一直居高不下。后来，一位英国议员认为那些船主钻了规则的空子，提出改变规则：政府以到澳洲上岸的人数计算运费。问题迎刃而解。船主主动请医生跟船，在船上准备药品，改善生活，尽可能地让每一个上船的人都能健康地到达澳洲。至此，船上的死亡率降到了 1% 以下，有些运载几百人的船只经过几个月的航行竟然没有一个人死亡。

我国民间有一个关于和尚分粥的故事。从前，山上的寺庙有 7 个和尚，僧多粥少。为了公平，开始固定由一个小和尚负责分粥。结果，除了小和尚每天能吃饱，其他人都饿肚子。之后，和尚们轮流主持分粥。但是，一周下来，只有自己分粥的那一天能吃饱。最后，他们想出一个办法，分粥的那个人要等到其他人都挑完后再拿剩下的最后一碗。令人惊奇的是，在这个规则下，每只碗的粥几乎都是一样多。因为如果碗里的粥不一样，分粥僧确定无疑将享用分量最少的那碗。从此，和尚们分粥不公的问题彻底解决。

古罗马时代，一位预言家在一座城市设下了一个奇特难解的结，并且预言，将来解开这个结的人必定是亚细亚的统治者。长久以来，虽然许多人勇敢尝试，但都以失败告终。当时身为马其顿将军的亚历山大听说这个预言后，借驻兵之机，尝试解结，连续好几个月，用尽了各种方法都无法解开。最后，亚历山大恨恨地说："我再也不要看到这个结了。"当他强迫自己转移注意力，不再去想这个结时，忽然脑筋一转，抽出佩剑，一剑将结砍成两半，结打开了。亚历山大最终建立了横跨欧亚非的马其顿帝国。

生活中会碰到很多难解的结，这需要我们敢于突破传统的思维方式，跳出思维定式，尝试改良游戏规则，把主动权掌握在自己手中。

▌ **感悟小语 >>>**

打破常规的道路，指向智慧之宫。

——布莱克

4. 善用规则，达己达人

个人的发展离不开规则。人作为社会的主体，只有遵守规则，充分发挥主观能动性，才能达到自己预定的目标。

如果违反了规则，必将受到规则无情的惩罚。2002 年，欧盟各国开始把本国原有货币按照固定的比率换成欧元，商品重新换算成欧元定价。欧元刚刚推行的时候，德国、荷兰、西班牙这些国家都发生了小商品趁机涨价的情况。对此，各国政府都采取了一些制止措施，只有意大利政府没有采取任何措施。意大利当时正好赶上政府换届。开始实行欧元时是新政府，而作出加入欧元区决定的是上一届政府。新政府不喜欢上届政府做出的这个决定，放任小商品涨价，以此来贬损上届政府。就是这个欧元引起的涨价事件，导致意大利经济陷入低迷，贫富差距加大，中产阶级人数减少。意大利无视规则的教训是惨痛的。

在遵守规则的基础上创新，摒弃墨守成规的思想，打破陈规陋习，追求思想解放，才能化不利为有利，让规则为我所用。

2005 年，欧洲冠军联赛决赛上，利物浦队与 AC 米兰队点球对决，最终，AC 米兰以 1 分憾负。正是利物浦队的门将杜德克巧妙地运用了规则：门将可以在门线上来回横向移动，但不可以纵向移动。于是，他利用这个规则，在门线上跳动及横向移动，巧妙地干扰了对方球员，最终为利物浦队赢得了冠军奖杯。

20 世纪 50 年代，周恩来总理代表中国政府提出"和平共处五项原则"，在世界上得到广泛认同，奠定了国际关系的基本准则。今天，和平与发展、多极世界、和谐世界以及上海合作组织、博鳌亚洲论坛、金砖国家峰会、亚投行、"一带一路"等议题的设置，为中国赢得了更多的国际话语权。

▌**感悟小语 >>>**

> 违规犯禁忌，无序祸端起。
> 善用不逾矩，创新驰天地。

七、品牌意识

品牌是形象，是信誉，是价值的体现。品牌向他人传递一种积极的信息，是对别人的承诺，是受众的首要印象。2014 年 5 月 10 日，习近平总书记提出"三个转变"的重要论述，其中就包括由中国产品向中国品牌转变。2017 年 4 月 24 日，国务院决定自 2017 年起，将每年 5 月 10 日设立为"中国品牌日"，这意味着"品牌战略"已经上升为国家战略。"国家平台，成就国家品牌。"做好品牌文章，讲好品牌故事，提高品牌影响力和认知度，推动中国品牌走向世界，刻不容缓。一个商品需要树立品牌，一个企业需要树立品牌，一个人同样需要有品牌意识。人这一生，就是一个不断推介自己的过程，其最高境界就是打响做人的品牌。做事、做官亦是如此。

1. 品牌是成功的信用卡

一个口碑不佳的人，不管是做人还是做事、从商还是从政，都很难被社会认可，更谈不上功成名就。

《三国演义》中，关羽和吕布都是以武闻名于天下，但他们却有着截然不同的"品牌"。论武功，吕布胜过关羽，三英战吕布中关羽和刘备、张飞三兄弟齐上阵，都没能够拿下吕布，可见吕布武功超群。论外表，吕布相貌英俊，不在关羽之下。可是吕布为人所不齿，关羽却被人敬若神明，奉为忠义的象征。造成这样截然不同结果的原因，就是因为吕布不具备恪守诚信的品质，而关羽却素有忠义、诚信的美誉。吕布曾杀掉与自己一起起事、情同手足的兄弟朋友，曾为美女貂蝉亲手杀死对自己有知遇之恩的义父董卓。吕布的背信弃义、见利忘义，最终使其四面树敌，众叛亲离，不得善终。关羽虽武功在吕布之下，却受到世人敬重，即使对手曹操对他也是热情款待、再三挽留。曹操看重关羽的忠义诚信，多次诱之以金钱、美女和宝马，并给予高官厚禄，都没有让关羽背叛兄长刘备，违背兄弟三人的桃园盟誓。关羽在弃曹操投奔刘备时，过五关斩六将，杀死曹操手下数员大将，反而使曹操更加敬重他的忠义守信。关羽的义还表现在他愿意为放过曹操付出代价。在华容道与曹操狭路相逢时，尽管他知道自己已立下军令状，放人就是违背军令，罪当杀头，但仍放走了曹操。关羽死后，曹操给予厚葬。忠义守信的品牌，成就了关羽永世英名。

苏东坡曾被贬官到海南岛，一天，当他进了一个集镇，拐入一条小巷时，香味直钻鼻孔。循香而去，原来香味是从一个老妇人的油馓子摊上飘来的。油馓子色泽嫩黄，形如黄金镯子。他买了一个品尝，入口酥软喷香，忍不住啧啧夸赞。但发现光顾者寥寥无几，原来油馓子摊摆在巷尾的偏僻处，知道的人不多，生意冷清，苏东坡建议把摊点设到热闹些的地方去。老妇人得知这个顾客是个大文人时，便央求他写几个字装点门面。苏东坡欣然应允，于是询问了制作技巧，又细看了操作过程。次日上午，诗作送到，老妇人张贴在檐下，诗云："纤手搓来玉色匀，碧油煎出嫩黄深。夜来春睡知轻重，压扁佳人缠臂金。"字里行间，油馓子的滋味、色泽之美显现无遗，还把老妇人美化成了绝色佳人。苏学士的粉丝们，不但不予计较，反而恭敬有加，有朗读的，有抄录的，油馓子摊前变得热闹起来了。随着这首广告诗的传诵，男女老少食客纷至沓来，老妇人的生意日益兴隆，常供不应求。苏东坡的品牌效应，使老妇人的油馓子至今仍是海南的一个著名特产。

明太祖朱元璋是草根出身，对贪官污吏深恶痛绝。官员贪污银子超 60 两，不仅枭首示众，而且剥皮后塞进稻草，立于案旁，以示警诫。无论是劳苦功高的大臣，还是至亲至近的亲属，只要犯事，一概不会赦免。他的四女婿就因私贩茶叶被杀。但是，有一位叫范从文的大臣却是例外。范从文因直言惹怒朱元璋，被判死刑。在被处死前，朱元璋发现范从文与范仲淹籍贯、姓氏相同，性格、风格相似，便问范从文与范仲淹有无关系。范从文道："吾乃范文正公第十三代孙。"并当面向朱元璋陈述了"国家要立法、罪过分清、等级分明、法大于权"的谏议。朱元璋听后深受感动，加之范仲淹是朱元璋的偶像，所以当即免其死罪，并让人取来文房四宝，亲笔书写五幅"先天下之忧而忧，后天下之乐而乐"的条幅，赐予范从文，每一幅都可免一次死罪。范仲淹怎么也不会想到，自己的"品牌"影响力如此之大，竟荫及十三世孙。

中国近代著名红顶商人胡雪岩，是富可敌国的晚清企业家，他的成功不仅仅因为他懂得人情世故，编织了一张人情网，更重要的是他懂得如何利用品牌达到目的。晚清时，杭州钱塘江上没有一座桥梁，钱塘江两岸的人只能乘舟渡江。浙江绍兴、金华等一带的人进出杭州城都要从西兴乘渡船，到望江门上岸。于是，胡雪岩在杭州鼓楼开办胡庆余堂，兴建义渡，让浙江绍兴、金华等一带的人改道由鼓楼进入杭州城，大大方便了杭州与外地交流，同时也改变了胡庆余堂的地理劣势。"胡大善人"声名远播，胡雪岩名利双收，事业蒸蒸日上。

一句老话说"好事不出门，坏事传千里"，品牌也是如此。树立一个好的个人品牌，就是找到一把通往成功大门的钥匙。三国时期，张辽、太史慈、黄忠在当时都可称为"忠义之士"，而且具有很高的品牌知名度。曹操听说张辽忠义，乃放之；孙策听说太史慈忠义，招安之；刘备听说黄忠忠义，劝降之。为何三人兵败之后，反被敌方礼遇厚待？答案就是忠义品牌。古今中外的名人之所以为人们敬仰，最重要的就是其个人品牌魅力无限，影响深远。

▌感悟小语 >>>

　　品牌是品质的象征。

2. 在塑造品牌中升华

　　定位清晰的个人品牌一旦形成，将被赋予无懈可击的力量。个人品牌的建立过程不单是吸引公众的过程，更是一种自我完善的过程。在这个过程中，你会意识到自己的个人品牌是什么，并调整自己的个人形象，使它更符合你的目标。一个人只有持续专注于自己的优势资源，才能确立自己鲜明的个人品牌。

　　《三国演义》中孟德献刀、望梅止渴、煮酒论英雄、官渡之战等，无不体现曹操的雄才大略。毛泽东、鲁迅等都对曹操有过高度评价。在毛泽东看来，曹操是中国古代少见的一位集政治、军事、文学才能于一身的人。但就是这样一个雄才大略的英雄人物，在民间和戏剧舞台上，仍然被刻画为白脸奸雄。而刘备少时曾织席贩鞋，但即便是在最落魄之时，他也没忘记自己是"中山靖王之后，孝景帝玄孙"，以一个汉室捍卫者和复兴者来包装自己。于是，刘备身上贴了两个品牌标签，一个是"卖草鞋的"，一个是"皇亲"；一个外在，一个内在；一个现实，一个理想；一个地上，一个天上。吸引力法则说，当一个人天天想着某件事的时候，他就真的会实现某事。当然，前提是你要有行动。刘备自举兵起，就一直坚韧不拔地进行着"汉室捍卫者和复兴者"的品牌塑造工程。他先战黄巾，后抗董卓，立下战功，在曹操的引荐下受到皇帝接见，被尊为"皇叔"。正是这个"品牌认证"让刘备一举成名，天下无人不知。尽管那时皇权已形同虚设，但汉室人心尚未尽失，名义上仍是国家代表，刘备的这个"皇叔"品牌在当时具有相当大的号召力和影响力，俨然是正义和正统的化身。因此，就算刘备和曹操干着同样的事，也仍然颇受高洁之士的支持，且不会有道德负罪感。品牌的重要性，由此可窥见一斑。

1917 年，蔡元培到北京大学任校长。在此之前，北大学生多是有钱人家子弟，他们对读书毫无兴趣，上大学只是为了做官。蔡元培来到北大以后，使北大逐渐发生了变化。他在就任演说中说："大学者，研究高深学问者也。"指出读书是为了研究学问，不是为了做官。蔡元培在北大实行改革，提出"思想自由、兼容并包"，主张办学平民化。他到校不到十天，就聘请陈独秀担任文学院院长，后来又请了李大钊、胡适、钱玄同等人来北大当教授。这批青年教授主张废除文言文，提倡白话文，推动了新文化运动的发展，在当时引起了很大的反响。在蔡元培的领导下，北京大学逐渐成为中国传播新思想、新文化的中心。蔡元培的个人品牌所带来的价值是无形的。无论是制定纵横捭阖的战略，实施个人的品牌理念，还是言谈举止、仪表仪容，都无所不在、无时无刻地表达、张扬着自己的个人品牌。

世界知名企业英国维珍集团创始人布兰森爵士，是位具有鲜明品牌个性的领导者。布兰森成功地通过塑造个人品牌去影响企业品牌：他独自驾驶热气球穿越大西洋，赤身裸体在海滩跑步，驾驶水陆两用汽车穿越大海，开着坦克进入美国时代广场。他不断以这些标新立异、博人眼球的行为去阐释自己的人生态度，从而建立起鲜明的个人品牌，获得高度的社会认知，成功地宣传了维珍集团。正是这种长期行为，使布兰森成为英国民众心目中最具创新精神的商界人士，维珍集团也因此在社会上有着良好的品牌美誉度。

▍感悟小语 >>>

诚信塑造品牌，品牌铸就名牌。

3. 永葆品牌魅力

品牌最核心的东西是品质保障。要想永葆品牌魅力，必须保持品牌的品质，提高人们的欢迎度，增强人们的认可度。

儒家学派创始人孔子，年轻时"有志于学"，奠定了事业的基础，有了个人品牌影响力。周游列国，孔子的影响力由教育界扩展到政界。周游列国的过程，是孔子思想广泛传播的过程，也是孔子个人品牌影响力扩大的过程。"读万卷书，行万里路"，理论和实践相结合的教学思想，使孔子的教育方式灵活、内容丰富，大大拓宽了学生们的视野。孔子一生"述而不作"的缺憾，被其弟子编辑的《论语》弥补，更加增强了孔子的人格魅力。孔子对他学生的影响，一部分通过言传，更多的、更为深刻的则是通过身教。他的勤奋好学，他对真理、理想和完美人格的追求，他的正直、善良、谦虚、有礼，他对国家的忠诚与对老百姓的关心，都深深地感染了他的学生与后人。孔子对华夏民族的性格、气质产生了极大的影响。他刚正不阿、乐观向上、积极进取，追求真、善、美，追求理想社会。他近乎完美的品质，几千年来一直影响着中国人，成就了不朽的儒家品牌和无人企及的"万世师表"。

三鹿奶粉曾是国内知名大品牌奶制品生产企业。2008 年因奶粉中三聚氰胺含量严重超标，致婴幼儿死亡。三鹿奶粉事件，砸了三鹿乳业长期苦心经营的品牌，直接导致三鹿乳业集团破产。

包拯公正清廉、刚直不阿；诸葛亮雄才大略、英明智慧；吕布言而无信、背信弃义；秦桧残忍阴险、卖国求荣，这些历史名人都有自己的"品牌"。在现实生活中，人们一提到某人，大多数人就说这人真诚善良、重情重义、宽容大度，愿意与他交往；而提到另一个人，大多数人就说这人不讲信誉、斤斤计较、小肚鸡肠，不愿意与他结交，这就是"品牌"的魅力。"品"自内而生，"牌"是印在别人心中的形象。有品无牌，价值不能被别人认可；有牌无品，价值不能持久存在。个人品牌的塑造非一日之功，也没有止境。大千世界里，他方唱罢你登场，每个人都有亮相的机会，是名垂青史，还是遗臭万年，一切都由自己做主。只有不断向高处攀登，永葆个人品牌魅力，才能更好地成就自我，奉献社会。

▌感悟小语 >>>

品牌虽无形，价值却连城。

创牌路迢迢，毁掉很稀松。

第八篇
精彩人生八戒

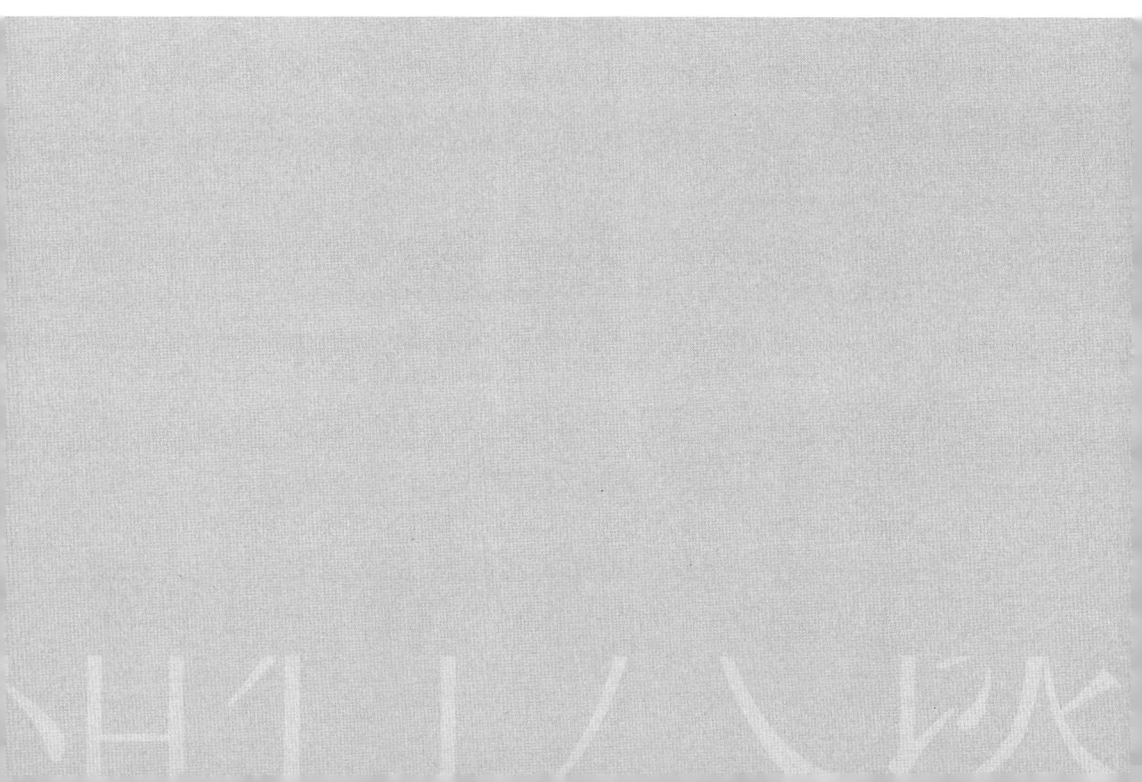

《西游记》中，贪吃好色的猪八戒在途遥行艰、金钱美色诱惑下，非但没有堕落，反而历经八十一难，助唐僧圆满完成了取经任务，这不能不说是个奇迹。究其原因，主要得益于"八戒"。当初唐僧为其取名"八戒"，意即希望他谨遵八条佛家清规戒律，全心奉献取经事业。尽管八戒在取经途中各种欲念时有萌生，但是有了戒律的约束，并在师傅的教导和两位师兄弟的监督下，始终不曾破戒，最终到达圣地灵山，取得真经，修成正果，被封为"净坛使者"。

人生追寻成功的过程也如迢迢取经路，处处有禁区，时时有暗礁，要想守得住清贫，耐得住寂寞，禁得住诱惑，以修成"正果"，同样需要条条戒律来提醒自己，约束言行。

一、戒人为财死

追求财富，是人的天性。孔子云："富而可求也，虽执鞭之士，吾亦为之；如不可求，则从吾所好。"可见，追求金钱财富，人之所欲也，圣人亦为之，没有什么羞于启齿的。君子爱财，重在取之有道。

金钱虽不是万能的，但离开金钱是万万不能的。它早已渗透人们衣、食、住、行的各个方面。一个人如果没有钱，在社会上将寸步难行。"一文钱难倒英雄汉"足以印证这个道理。在市场经济条件下，金钱越发重要：生活水平的提升，工作价值的体现，社会效益的达成……在很大程度上都要通过财富来衡量。所以有些人将追求金钱作为人生的唯一目标，堕入了拜金主义的迷魂阵。在金钱的诱惑下，不择手段去获取经济上的利益，道德良心、人格尊严、人身自由甚至身家性命都弃之不顾。"人为财死，鸟为食亡"成了他们的真实写照。老子说："祸莫大于不知足，咎莫大于欲得。"金钱就像水一样，缺了它，会渴死；沉溺于它，会淹死。对金钱的过度渴求，往往就是堕落的开始。

1. 沉溺物欲，必进地狱

古往今来，总有人在永无止境的物欲中迷失自我，导致"政治生命"的终结，甚至付出生命的代价。比如南北朝时期，南朝梁代武陵郡王萧纪因惜金如命而失信三军，在位仅一年就被其兄梁元帝萧绎部下杀害，死后被开除族籍，赐姓"饕餮"。他为何落得如此下场呢？历史上是这么讲的——萧纪好学，少得父宠，家族富甲一方，按说不应该把钱财看得太重，但他偏偏嗜财如命，吝啬成性。成年后的萧纪颇有武略，"内劝农桑，外通商贾，财用丰饶，器甲殷积"，本可以成就一番霸业，但就因为爱财如命，在历史上成了一颗政治流星。萧纪率军攻打江陵时，他熔金成饼，100个金饼一篮，装了100多篮，高高挂起，许诺赏赐立功者，但这只是这位吝啬鬼的"望梅止渴"之计罢了，每战结束总舍不得兑现。最后将士们大失所望，斗志锐减，人心思变，在很短的时间内两岸十四城俱降。萧纪自感败局已定，正准备乘船而逃，却被部下一跃而上，一矛取了性命，金银财宝尽被掳去，空留历史笑柄。萧纪到底是赚了还是亏大了呢？

清朝的和珅也是一个典型的例子。历史上真实的和珅聪明决断、办事利索、学识渊博、多才多艺，精通满、汉、蒙、藏等文字，乾隆年间班禅与满清政府交往，主要的使者和翻译便是他。如此才情兼备的和珅深受乾隆皇帝的宠信，可谓红极一时、权倾天下。可惜他却因过度贪财害了终生。当时民间流传：和珅跌倒，嘉庆吃饱。从史料来看，在他不到50年的生命里，敛聚了令人咋舌的财富，相当于当时清廷15—20年的财政收入。不过这些亿万资财和珅没来得及享受，嘉庆皇帝便宣布他二十大罪状，"着即赐自尽"。一代名贪，遗臭万年。据传，和珅死前恰逢元宵节，他对着皎洁的月光，不由感怀，写下了一首《狱中对月》："夜色明如许，嗟余困不伸。百年原是梦，廿载枉劳神。室暗难挨晓，墙高不见春。对景伤前事，怀才误此身。余生料无几，空负九重仁。"这字里行间饱含的无限凄凉，真实道出了和珅对财富化为乌有、人生一遭枉为财亡的悲痛之情。

已被处极刑的巨贪、河北省对外贸易经济合作厅原副厅长李友灿，在监狱中交代自己受贿动机时说，自己根本不缺钱，平素生活简单，不嗜烟酒，不近女色，贪来的那些钱基本上没有动，就连一手抚养他长大、生活贫寒的亲姐姐，他也不舍得给予分文。既然如此，为什么还一包一包地往家里藏钱，到底图个什么呢？他说，只不过偶尔到藏钱的房子，把那些现金一摞摞铺在地上，"静静地欣赏"。于是便觉得"我现在终于有钱了"！这是十足的当代守财奴！但他怎么也想不到，自己在疯狂追逐金钱的时候，死亡已悄然而至。

在人生的历程中，我们应该做金钱的主人，而不是金钱的奴隶，为金钱丧失自我，更不能犯"人为财死"的人生大戒。

▌感悟小语 >>>

人不能把钱带进坟墓，但钱可以把人带进坟墓。

2. 不能自律，追悔莫及

绝大多数官员出问题出在经济上。官员要做到不因财而"死"，关键是要处理好政商关系，切实做到习近平总书记所倡导的"亲"和"清"。只有立党为公，亲商、爱商、护商，才能强化招商理念，营造利商环境，夯实发展基础，造福一方百姓；只有清正廉洁，方能避免"如入鲍鱼之肆，久而不闻其臭"，做到"出淤泥而不染"。

在金钱的诱惑下，有不少人为"财"而"亡"。菲律宾前总统马科斯，权倾一时，聚敛财富亿万，最后却卧病异域，客死他乡。著名的"慕马案"中，之所以有一大批官员被刘涌收买，并鞍前马后为其奔忙，根本的原因就是他们见钱眼开、见利忘义。"力拓案"中的胡士泰，为了金钱，宁做经济间谍，葬送了自己的下半生，还受到亿万国人的唾骂。热播电视剧《人民的名义》中赵德汉的原型、国家发改委煤炭司原副司长魏鹏远被有关部门调查时，其家中有现金 2 亿元，重 1.15 吨。检察官从北京一家银行调去 16 台点钞机清点，当场烧坏了 4 台。秦皇岛市北戴河区供水总公司原总经理马超群严重违纪，纪检机关在其家中搜出 1.2 亿元现金，37 千克黄金，68 套房产手续。马超群可谓小官巨贪的典型。云南省第一人民医院原院长王天朝收受房地产公司老板贿赂房子 100 套、车位 100 个，受贿总金额达 1.16 亿元，被网友戏称为"双百院长"。

某省会城市市委原副书记、纪委书记把贪污受贿的 387.2 万元钱存入 8 张存折，放进一盒陈茶里，"贤内"卖破烂时，把这存放数百万元巨款的陈茶以三毛钱的价格卖给了两个收破烂的农民。收得这盒茶叶后，"破烂王"向他索要"辛苦费"，该书记派人讨价还价。双方协商不成，于是被揭发出来，被开除党籍，没收非法所得。

2012 年 12 月，豫南某县公安局刑警队抓获了一个以县领导住所、办公室为目标的盗窃团伙。该盗窃团伙交代：不仅在本县县委书记的办公室盗窃了 100 多万元，此前还在相邻三个县的县委住所或办公室盗窃，且金额惊人。刑警队立刻按程序向上级反映此情况，此县县委书记赵某却说："没有丢 100 多万元，只丢了几千块钱。"随后，刑警队工作人员开始反复给盗窃团伙做"工作"，并晓以利害。盗窃团伙明白了民警的意图，更改了口供，100 多万元被改为 6040 元。相邻三个县通过相关渠道得知盗窃自己住处的人被抓，领导们或亲自或派代理人前往该县求情，要求修改笔录。如张某曾两次到来，"希望能大事化小"，把笔录中盗窃张某的 90 万元改为 3 万元。最后，县委书记赵某被纪委调查，涉案民警也被追究刑责。

芸芸众生中，有多少父子、夫妻、兄弟、朋友为钱而反目！据调查，夫妻间发生矛盾 60% 是因为金钱。美国的婚姻专家们也发现，高达 50% 的离婚案例是因为夫妻对金钱的争执。看来，不论是多么亲密的关系，在金钱的诱惑下都可能会支离破碎。

看到这些为金钱付出惨重代价的人，我们不禁反思：这到底为的是什么？江苏省徐州市建设局原局长靖大荣因贪财入狱后给自己算了"七笔账"：算政治账自毁前程；算经济账倾家荡产；算名誉账身败名裂；算自由账深陷囹圄；算家庭账夫离女散；算亲情账众叛亲离；算健康账心力交瘁。种种教训足以使我们警醒：金钱是把"双刃剑"，既能给人们带来快乐，也能把人带入牢房甚至地狱。贪如火，不遏则燎原；欲如水，不遏则滔天。金钱本无原罪，罪在永不满足的贪欲。

唐朝名臣张说，文武兼备、才华横溢，可他为官时好物贪财，为了钱财栽了个大跟头。事发后被贬到岳阳做了一个地方官。至此，张说才有所醒悟，认识到人离不开金钱，但金钱也能害人，痛定思痛写下了奇文《钱本草》："钱，味甘，大热，有毒。偏能驻颜采泽流润，善疗饥寒，解困厄之患立验。能利邦国、污贤达、畏清廉。贪者服之，以均平为良；如不均平，则冷热相激，令人霍乱。其药，采无时，采之非理则伤神。此既流行，能召神灵，通鬼气。如积而不散，则有水火盗贼之灾生；如散而不积，则有饥寒困厄之患至。一积一散谓之道，不以为珍谓之德，取与合宜谓之义，无求非分谓之礼，博施济众谓之仁，出不失期谓之信，入不妨己谓之智。以此七术精炼，方可久而服之，令人长寿。若服之非理，则弱志伤神，切须忌之。"全文虽只有区区两百来字，却褒贬扬抑，把钱之本质、利弊、积散之道描写得淋漓尽致。文章借药喻钱，借钱言药，告诫世人：以"道、德、义、礼、仁、信、智"对待金钱，才能不为其所累，不遭其所害。

▌感悟小语 >>>

　　鸟儿翅膀系上黄金，它便永远不能在天上翱翔。

——泰戈尔

3. 坚守清廉，体面尊严

法国小说《茶花女》中有一句名言："金钱是好仆人、坏主人。"当你欲壑难填、贪无止境时，就会被金钱牵着鼻子走，成为金钱的仆人；当你取之有道、乐善好施时，你就会在善用钱财中主宰金钱，成为金钱的主人。

大文豪鲁迅先生很看重钱，对金钱的重要性有着深刻感悟，但他并未倒向拜金主义。鲁迅一方面肯定金钱的力量，一方面又不唯钱是举。他提醒人们既要重视金钱的作用，又不要做金钱的奴隶。对于金钱，鲁迅不故作清高，却又始终保持着做人的傲骨与尊严，真正地践行了"君子爱财，取之有道"。

钱不是万能的，人生的许多要义都是钱所无法买到的。钱可以买到药物，却买不到健康；钱可以买到书籍，却买不到知识；钱可以买到服从，却买不到忠诚；钱可以买到虚名，却买不到实学；钱可以买到房子，却买不到家；钱可以买到小人之心，却买不到君子之腹。

人要活得精彩，除了需要一定的金钱作保障外，更需要有正确对待金钱的心态。26岁的爱因斯坦创立"狭义相对论"后，荣誉和金钱潮水般涌来，但他对这一切很淡泊。他说："人们努力追求庸俗的目标——财产、虚荣和奢华，从青年时，我就觉得是可鄙的。"他曾把一张1500美元的支票当书签用，有人很惊讶，他却平静地说："重要的不是这个，而是科学。"民族英雄吉鸿昌把父亲遗言"做官即不许发财"印在茶碗上，一直带在身边。黄埔军校门前对联："升官发财请走他路，贪生怕死勿入斯门。"这与那些整天把"当官不挣人民币，不如回家去种地"挂在嘴边甚至当成"座右铭"的人，是多么鲜明的对比！

"千锤万凿出深山，烈火焚烧若等闲。粉身碎骨全不怕，要留清白在人间。""手帕蘑菇与线香，本资民用反为殃。清风两袖朝天去，免得闾阎话短长！"民族英雄、明代名臣于谦的这两首言志诗，是作者为国尽忠、不怕牺牲、坚守高洁决心的表达，更是他磊落襟怀和崇高人格的真实写照。人家当官前呼后拥，尽显官威；于谦当官便服一套，瘦马一匹。廉洁正直、为民请命的于谦和他的《石灰吟》《入京》诗一起为后人代代传诵。清代于成龙为官也以廉能著称，青史留名。他平生三次被举为"卓异"，被康熙皇帝誉为"天下廉吏第一""古今廉吏第一"，卒后谥号"清端"，深受百姓爱戴和朝野人士敬重。

▌感悟小语 >>>

文官不贪财，武官不怕死，何患天下不太平。

——岳飞

4. 致力慈善，扬名立万

有人心系国家建设而甘愿奉献自己的财富。20 世纪 60 年代，著名科学家钱学森的《物理力学讲义》《星际航行概论》出版后，获得了一大笔稿酬。这笔稿酬由秘书取回后，钱学森连信封都没打开便说："现在国家正处于困难时期，人民吃不饱饭。这笔钱我不能要，把它作为党费交给组织吧！"对此，有人幽默地赞道："钱老姓钱不爱'钱'！"

还有的人在拥有了巨大的财富后，不是为自己享受，而是将财富用于造福社会、助力慈善。连续十多年蝉联世界首富的比尔·盖茨在 2008 年捐出 580 亿美元用于慈善事业，这个数目占了他全部资产的 98%。

邵逸夫，香港电视广播有限公司荣誉主席，邵氏兄弟电影公司的创办人之一。自 1985 年以来，邵逸夫先生通过"邵逸夫基金"与教育部合作，连年向内地捐赠巨款建设教育教学设施，"逸夫楼"成为很多学校的标志性建筑。截至 2012 年，邵逸夫赠款金额近 47.5 亿港元，建设各类教育项目 6013 个。历年捐助社会公益、慈善事业超过 100 亿港元。

陈嘉庚，著名爱国华侨领袖。1938 年 10 月，"南洋华侨筹赈祖国难民总会"成立，陈嘉庚先生被推举为主席。他带头捐款、购债、献物，精心筹划组织，使南侨总会在短短三年多的时间内，便为祖国筹得 4 亿余元的款项。此外，他还组织各地"筹赈会"为前方将士捐献寒衣、药品、卡车等物资，在新加坡和重庆设立制药厂，直接为前线将士供应药品，为抗战胜利做出了重大贡献。1961 年 8 月 12 日，陈嘉庚先生在京病逝，周恩来总理亲自担任"陈嘉庚先生治丧委员会"主任委员，与朱德委员长一同执绋，廖承志在追悼会上致辞，陈毅在吊唁的时候激动地说："陈嘉庚先生是一个有骨气的中国人。"

恒大董事局主席许家印，是一位会挣钱会"花钱"的人物。2015 年 12 月，为响应国家全面脱贫号召，恒大集团通过资金捐赠等多种形式，开始帮扶贵州毕节市大方县。在已有 20 亿元资金捐赠到位的情况下，2017 年，恒大集团决定在未来 4 年再捐资 80 亿元。早在 2000 年 3 月，许家印就投资近亿元独资创办恒大中学，并于 2011 年无偿捐赠给周口市政府。2016 年，恒大集团又出资 4.5 亿元在河南太康兴建学校，为地方教育事业积极作贡献。恒大集团还致力于体育事业，广州恒大足球俱乐部曾有过三年两夺亚冠冠军的壮举。恒大集团高薪聘请郎平回国任恒大女排主教练，当国家需要时，动员郎平担任中国女排主教练，并承诺："恒大和郎平原有工作合同继续履行，岗位工资待遇不变。"解除了郎平的后顾之忧，助力中国女排连续夺得世界杯、奥运会冠军。恒大集团一直勇于承担社会责任，累计为民生、扶贫、教育、环保等慈善公益事业捐款 100 余次。

正是钱学森、邵逸夫、陈嘉庚、许家印这些人对金钱的超然态度，铸就了他们高贵的人格和伟大的形象，闪耀出耀眼的光辉，赢得了世人的尊重和景仰。

▌感悟小语 >>>

子孙若如我，留钱做什么？贤而多财，则损其志；

子孙不如我，留钱做什么？愚而多财，益增其过。

——林则徐

二、戒嗜酒招罪

关于酒的来历，民间有一个很有趣的传说：相传酿酒鼻祖杜康，幼年常牧羊于家乡附近的空桑洞，一次偶然发现自己吃剩放在桑树空洞中的米饭有特殊的香味，于是受到启发，经过反复研制，终于发明了酒。酒作为生活中的饮品，千百年来为人们所钟爱，享有"玉液琼浆"之美誉。

5000 年的华夏文明史，酒渗透于文学艺术、娱乐、养生保健等各个领域。古人把酒的社会功能归纳为"成礼、养老、疗疾"；现代科学研究证明，适量饮酒有益健康。但自古以来酒还有一个别称：祸泉。为何酒还背负着这么一个沉重的罪名呢？盖因酒虽能助兴解忧，但若饮用不当却会招惹是非。正如司马迁在《史记》中所言："酒极则乱，乐极生悲，万事尽然。"从古至今不乏因酒跌入由"醉"及"罪"深渊的例子，大到王朝衰败、国家灭亡，小到滋事生非、纵酒伤身，不一而足。时至今日，嗜酒招罪之事仍时有耳闻，痛惜之余，历数嗜酒之罪，与大家共警醒。

1. 酒后无德，失言失态

"酒后无德"出自清代曹雪芹《红楼梦》第四十五回："我当着大奶奶姑娘们替你赔个不是，担待我酒后无德罢。"意思是指醉酒之后胡言乱语或行为出格。"酒后吐真言""言多必有失"。人如果喝多了，往往控制不了自己的嘴巴，该说的不该说的统统无所顾忌，甚至胡言乱语。俗话说，病从口入，祸从口出。古今中外，典型事例不胜枚举。

历史上曾有高官、能臣，因醉酒失态而被罢免。西晋时期，好酒、尚酒之风盛行，奇事频出。石崇的晚宴上，宾客们不醉不归；名臣卫瓘，醉倒在皇帝身边；竹林七贤，嗜酒如命。虽说西晋的酒文化成就了一批文人旷士，但晋臣庾纯却没有这么幸运，他因在酒宴上与权臣贾充争吵，竟引发了一场惊动皇家的酒官司，最后晋武帝不得不两次出面才平息了风波。而石崇更是因酒而丢官。当时石崇为太仆，出京任征虏将军、假持符节，监领徐州诸处的军事。石崇来到任所下邳，邀当地各位行政长官及同僚宴饮，醉酒后忘了身份，大失风度，与徐州刺史高诞为争酒喝隔桌互骂，险些动起手来。这一丑闻经人告给朝廷，石崇被免职。

北宋名相张齐贤因酒罢相。宋真宗咸平三年冬至，皇宫举行朝会，文武百官朝见天子。如此庄重场合，宰相张齐贤却醉酒，衣冠不整，站立不稳，摇摇晃晃，"几颠仆殿上"。御史中丞当即弹劾张齐贤失仪。宋真宗说："卿为宰执大臣，何以做百官表率？朝廷有宪典，我不敢徇私，卿即听候处理。"三天以后，朝廷罢免了张齐贤的宰相职务。客观地说，张齐贤堪称一代名相。他出身贫寒，幼年丧父，志存高远，苦心向学。中进士后，先后担任通判、枢密院副史、兵部尚书、吏部尚书等官职，还曾率军与契丹作战，颇有战绩。为相21年，对北宋初期政治、军事、外交都作出了极大贡献。因饮酒失仪被罢相，令人扼腕。

寇准是北宋名臣，他一生三度为相，多谋善断，功高威重，是一位富有远见卓识、雄才大略的政治家。但他有一个致命的缺陷——嗜酒如命，并且喜欢在酒后胡言乱语。《资治通鉴》记载：丁谓任参知政事时，对寇准非常恭敬。一次宴会，豪饮而醉的寇准胡子沾了汤汁，丁谓忙上前替他擦干净。寇准却醉醺醺地讥讽说："参政，国之大臣，乃为长官拂须耶？"此言让丁谓面红耳赤，既羞又恼，遂记恨在心。自此，丁谓极力诋毁寇准，并与同样受过寇准酒后挖苦、谩骂的官员结成同盟，经常在皇帝面前说寇准的坏话。有道是三人成虎，寇准因此一而再、再而三被贬谪，直至客死贬所。可怜这样一位一人之下、万人之上的丞相大人，却栽在一个"酒"字上，落了个罢相遭贬、郁郁而终的凄惨下场。

很多人喝酒前是谦谦君子，几杯下肚就发酒疯，做出失态之事。近年来，官员、公众人物在公开场合因酒后言辞不当而减分甚至吞苦果的事情屡见不鲜。

联合国副秘书长酒后失言。据《外交》杂志报道，在联合国任副秘书长的某高级外交官，在奥地利举行的晚宴上醉酒后当众对潘基文说："我知道你从来就不喜欢我，好吧，我也从来不喜欢你。""我是不想来纽约的，那是我最不想做的事。"他还对在场的一位美国同僚猛烈抨击："我真的不喜欢美国人。"等到第二天，他才认识到昨天的言行有失外交官身份，并进行道歉，但影响已无法消除。

2002年，兰考县历史上最年轻的一位县委书记，一个很有才华和前途的"希望之星"，在醉酒状态下面对记者不慎出言"焦裕禄精神，我一听就烦"。作为焦裕禄的继任者，他无疑说了一句最不该说的话。虽说酒醒之后他很快认识到了错误，并采取了许多补救措施，但还是被免去了职务。

2008年11月，山西垣曲县委书记在国家行政学院培训期间，酒后严重失态，殴打保卫干部，侮辱女服务员。最后由当地派出所出警才平息事端。此事引起中央领导高度重视，该县委书记迅即被撤职。同样在全国造成重大影响的深圳海事局党组书记酒后涉嫌猥亵女童事件，虽被警方认定猥亵罪不成立，应为酒后行为不当，但其造成了恶劣的社会影响，严重损害了党员干部的形象，该书记因此被撤销党内外职务。

央视名嘴酒桌失言遭"封杀"。毕某，央视前名嘴、春晚主持人，曾主持《梦想剧场》《星光大道》等综艺节目，可就是这么一位才华横溢的大名人却因酒后失言，人生发生逆转！2015年4月6日，毕某在饭桌上唱评《智取威虎山》的一段视频流出，视频中毕某神态微醺地边唱边戏谑，口无遮拦，对革命先烈及开国领袖大不敬，舆论大哗。中央电视台立即就此事展开调查并依规对毕某做出严肃处理。毕某虽发微博致歉，但为时已晚。毕某原本可以继续主持王牌节目《星光大道》，在中央电视台风光无限，如今因为酒后的不当言论，已在电视屏幕上消失很长时间了。

湖南永州法官醉酒致休庭。据澎湃新闻报道，2017年8月，湖南省东安县法院公开审理一起侵权责任案件，主审法官魏某开庭时醉倒在法庭，拿审判台当床睡觉，最后导致休庭。魏某严重违反公职人员工作期间禁酒规定，影响庭审，损害法官形象，社会影响恶劣，被免职和审查。

上述"酒后失言失态"事件，当事人一定追悔莫及，旁观者也为之惋惜。也许这些领导干部、公众人物在工作岗位上业绩突出，然而无论如何，醉酒失言失态，党纪政纪难容。

▌感悟小语 >>>

酒场后浪推前浪，前浪死在"茅台"上。

2. 醉伤身体，殃及儿女

欲知酗酒害，醒后看醉人。元代名医忽思慧曾在《饮膳正要》中说："少饮为佳，多饮伤神损寿，易人本性，其毒甚也。"常过量饮酒，会令脑质缩小发硬，运用不灵；酒侵蚀肝、胃，也会使肝、胃缩小发硬甚至产生癌变。另据有关调查，长期大量饮酒，会导致食管癌、喉癌以及肝、脾、肾和心脑血管等系统的大量病变，无异于慢性自杀。

过量饮酒，身体很受伤。据研究，正常人平均每日饮 40 ～80 克酒精，10 年即可能出现酒精性肝病；如平均每日 160 克，8 —10 年就可能发生肝硬化。有专家曾对浙江省城乡 2 万人口做了一个有关酒精摄入方面的调查，结果表明：人群酒精性肝病患病率为 4.34%，连续 5 年以上每天摄入酒精超过 40 克者，48% 的人会患有不同程度的酒精性肝病；酒精性肝病基本发生在饮酒年数大于 5 年，酒精总摄入量超过 100 千克的人群中。有研究表明：过量饮酒比非过量饮酒者口腔、咽喉部癌肿的发生率高出两倍以上，甲状腺癌发生率增加 30%～150%，皮肤癌发生率增加 20%～70%；妇女发生乳腺癌的机会增加 20%～60%；在食管癌患者中，过量饮酒者占 60%，而不饮酒者仅占 2%。有人曾调查了 53 名支气管哮喘患者，其中有 30 人反映在饮酒后哮喘发作，这个比例是相当高的。同时发现给哮喘患者饮烈性酒时，可引起患者立即发病；在饮低度酒时，哮喘患者也出现明显的呼吸阻力增加。

北京大学生殖专家沈鸿敏教授指出，长期过量饮酒和酗酒对人的损害是很大的。酒精能损伤精子，会影响胎儿的发育，导致畸形、低能儿，甚至诱发白血病。孕妇饮酒对胎儿发育危害更直接。因为胎儿不具备独立的血液循环系统，所需的营养物要从母亲的血液中摄取。如果母亲饮酒，母亲和胎儿血液中的酒精浓度是一致的，可能会导致胎儿出现酒精综合征：发育迟缓、中枢神经系统机能障碍、发育缺陷。

从遗传学角度看，嗜酒对后代智力影响甚大，育龄男女过度饮酒，可能导致严重后果，正所谓"醉酒成欢儿女痴"。笔者早年在乡镇工作时，发现一个怪现象，百思不得其解。该乡的村组干部，其子女残疾的比例偏高，多是智障。后来到市县工作后，和一些人谈起此事，多数人分析可能与当时假酒盛行、拼酒成风，村干部喝酒频繁有关。

晋代大诗人陶渊明才华横溢，给后人留下了许多脍炙人口的诗篇。但他一生嗜酒，正如他在自论中所言："性嗜酒，期必醉。"结果 5 个儿子均愚昧不堪。陶渊明到了晚年，已觉察到儿子的低能可能是自己长期嗜酒所造成的。他后悔莫及地写道："后代之鲁钝，盖缘于杯中物所贻害。""但恨多谬误，君当恕醉人。"沉痛之情，溢于言表。

▌**感悟小语** >>>

"溺"死在酒杯中的人，远比溺死在大海中的人多。

3. 贪杯害命，肇事孽重

自古以来，人们在饮食中往往喜欢以酒为伴。不论是朋友聚会，还是战友相逢，总会以酒助兴，表示友好和亲热。然而，因过量饮酒而导致的意外事故层出不穷，这必须引起我们的警醒。

盛唐著名边塞诗人王昌龄游襄阳，访孟浩然，二人"酒逢知己千杯少"。孟浩然不顾大病初愈，与王昌龄纵情豪饮，结果引发旧病身亡。好友相见竟因酒而成永别，令人叹息！据《唐书·杜甫传》记载，杜甫在寄居湖南耒阳时，遇到洪灾，一连十天未能吃上饭，耒阳县令听说后，专门派人送上很多酒肉。杜甫空腹饮酒过量，醉倒后再也没能醒来。而孟浩然和杜甫共同的好友李白，竟因醉酒后"欲上青天揽明月"而溺亡。可叹"诗圣""诗仙"两位成就斐然的诗坛巨匠一生酷爱饮酒，最后竟都因酒而亡，真是应了那句"酒是穿肠毒药"的古训了。

世界卫生组织一组数据显示：由酒精引起的死亡率和发病率高于吸烟，是麻疹和疟疾的总和。在中国，每年有超 11 万人死于酒精中毒，约占总死亡率的 1.3%。卫生部门的统计表明，我国因心血管病死亡者中，长期大量饮酒的高达 81%。

2003 年 12 月 9 日，曾成功飞越长城、黄河、布达拉宫的飞车特技演员柯受良在上海猝逝。警方在调查柯受良死因过程中，发现他在 8 日至 9 日活动繁忙并过量饮酒，断定死因是饮酒过量引发哮喘所致。50 岁的"小黑哥"英年早逝，应引起人们对过量饮酒的警惕。

黑龙江原副省长、亚布力旅游区开发指挥部副总指挥付某某，因私公款消费，大量饮酒，并造成陪酒人员一死一伤。中纪委研究并报中央批准，给予付某某留党察看一年处分，由副省级降为正局级。某集团军原军长张某，遇两名老部下来看望，在军部热情接待，因过量饮酒导致一人死亡，有关人员受到严肃查处，张某被撤职，由正军级降到副军级。2017 年 9 月，中央军委发布史上最严禁酒令《关于严禁违规宴请喝酒的规定》，包括"十个不准""十一个严禁"。

近年来，醉酒驾车的危害触目惊心，已成为马路第一大"杀手"。研究表明，在酒精麻醉下，驾驶人的判断能力、反应能力、操控能力明显下降，易引发交通事故。在中国，每年由于酒驾引发的交通事故达数万起，而造成死亡的 50% 以上都与酒驾有关。例如在社会引起广泛关注的成都孙伟铭案、佛山黎景全案、南京张明宝案、杭州胡斌案等都是因醉驾引起。其中孙伟铭醉驾案，是我国首例以危害公共安全罪对醉驾者判处无期徒刑的案例，孙伟铭因醉驾造成连撞 5 车、4 死 1 伤的惨剧，为醉驾者立下血的戒碑。

已故笑星洛桑，天资聪颖、多才多艺，在 20 世纪 90 年代红遍大江南北。遗憾的是，这位年轻的笑星因醉酒驾车失去了年仅 27 岁的生命。一个极具天赋的艺术明星因为一次不当饮酒陨落了，广大观众无不为之痛惜、痛心。时至今日，仍有很多人对他的英年早逝不能释怀。

2011 年，著名艺人高某某因酒驾发生追尾事故，造成 4 车连撞，4 人受伤，最终被判入狱 6 个月。昔日风光无限的明星因须臾杯盏之乐沦为"阶下囚"，个中滋味，我们恐怕难以想象。为吸取教训，警示世人，他写下了"对不起！永不酒驾！""酒令智昏，以我为戒！"的悔过书。但愿他的忏悔能给贪杯者以警示。

2017 年 10 月，前央视名嘴郎某因醉驾被拘役 6 个月。郎某 1995 年进入央视，多次主持大型新闻专题类直播节目，2015 年 9 月从央视离职，2016 年 12 月任找钢网高级副总裁兼首席战略官、胖猫创投合伙人。郎某才华横溢，却犯下如此低级的错误，着实令人扼腕，这也足以警示我们：从鼎鼎大名到入狱服刑，可能仅仅因为一次醉驾。

▍**感悟小语** >>>

> 酒盅浅浅水却深，醉驾肇事祸端频。
>
> 奇才洛桑今安在？英年早逝警后人。

4. 日饮无何，足以误国

酒能误国，这绝非无稽之谈。酒祸之大，莫过于此。据《战国策·魏策》载："昔者，帝女令仪狄作酒而美，进之禹，禹饮而甘之，遂疏仪狄，绝旨酒。曰：后世必有以酒亡其国者。"大禹的预言确实应验了。到了商末，纣王通宵达旦喝酒作乐，"以酒为池，悬肉为林"，终将一个商王朝在酒色里沉没了。还有的君王虽不嗜酒，却也因酒断送了国家前程。春秋时期，楚恭王与晋国军队战于鄢陵，首战失利，楚恭王的眼睛也中了一箭。为准备下一次战斗，楚恭王召大司马子反前来商量，子反却喝醉了酒，无法前来。楚恭王只得对天长叹："天败我也！"遂将醉酒误了战事的子反斩了，被迫班师回朝。

其实，自古以来人们就对嗜酒的危害有了清醒的认识。周代曾专门设置一种叫"萍氏"的官职，督察提醒人们饮酒须谨慎、节制。为引导人们崇尚酒德，古人还专门制定"酒礼",《礼记·乐记》中说道:"一献之礼,其宾主百拜,终日饮酒而不得醉焉,此先王所备酒祸也。"意即在烦冗的礼仪中,延长每喝一盅酒的时间来防止醉酒。《左传·宣公二年》中有言:"臣侍君宴,过三爵,非礼也。"说明古人对饮酒的量有着严格的规定。在《酒谱·内篇上·戒失七》中记载了这样一个故事:管仲与齐桓公喝酒时,把齐桓公给他的一杯酒倒掉一半,只喝下了半杯。齐桓公见了有些奇怪,便问他为什么要这样做,他说:"我听说饮酒过量容易失礼,很多人因酒后失言而丢了命。我想,与其放弃生命,还不如放弃酒。"熟读历史的康熙大帝为避免"因酒误国""因酒亡国"的悲剧重演,不但自幼不喜饮酒,还特地将戒酒的御制诗刻于元朝遗留下来的黑玉酒瓮上,置于宫中,以做警示。

毛泽东一生慎对饮酒。史料记载:一次,毛泽东在江西偶遇三弟毛泽覃。毛泽覃见到日夜思念的大哥,提出共饮一杯酒,以叙兄弟之情。兄弟多年未见,此刻久别重逢,毛泽覃提此要求也是人之常情。然而对此要求,毛泽东笑而言道:"喝酒误事,请你自便。"

1953年3月5日,苏联最高领导人斯大林因脑出血去世,继任的是赫鲁晓夫。他的一次醉话,竟然让斯大林原本清晰的死因变得扑朔迷离。1963年7月19日,赫鲁晓夫接待匈牙利代表团,酒宴上赫鲁晓夫喝醉了,扔掉演讲稿,即兴演讲。他当着来宾的面,形容斯大林是暴君。最后还说了句:"人类历史上曾有过不少残酷的暴君,但他们都没有好下场……都是被他们所赖以保住权力的斧头砍死的。"后来赫鲁晓夫的话被报纸公开发表,全苏联都猜测这句话的深刻含义,觉得这是赫鲁晓夫酒后吐真言,质疑斯大林也许是死于非命。这件事在苏联国内外引起轩然大波。1964年10月,赫鲁晓夫被勃列日涅夫等人联手逼宫,黯然下台。

1994年9月,俄罗斯总统叶利钦从华盛顿飞回莫斯科,计划途中与爱尔兰总理雷诺兹举行会谈。离开华盛顿前,美国总统克林顿宴请他,叶利钦频频举杯,杯杯见底。醉酒后的叶利钦说了不少粗话、"三级笑话",翻译官为了"净化"他的语言,绞尽了脑汁。当飞机抵近会面地点时,陪同的官员见势不妙,经过一番讨论后,决定让副总理代表总统与雷诺兹举行短暂的会谈。副总理下机后,叶利钦痛心疾首,对陪同官员羞愧地说:"我在世界面前丢尽了脸。"

顾炎武曾说："水为地险，酒为人险。"其实酒之罪在于人而不在酒。物无美恶，过则为灾。酒"美"与"恶"的界限，以适量和过量为分。适量，有益健康、怡情遣性，是谓酒之"美"也；过量，则必醉，神志不清，惹是生非，招罪上身，是谓酒之"恶"也。所以，饮酒要把握一个因人而异的"度"，正如《菜根谭》所言："花看半开，酒饮微醺。"这也是文学大师梁实秋所推崇的饮酒最高境界，其中也契合了中国人所推崇的中庸和谐之道，蕴含着过犹不及、物极必反的哲理。所以，拒绝滥饮，饮而有节，量力而行，以文明健康之酒风远离"酒之罪"，是每个善饮之人必须牢记的人生戒律。

▌感悟小语 >>>

　　　　家国重任肩上扛，饮酒务必要适当。
　　　　耗财费时误多多，用之无度损健康。
　　　　多少痛心疾首事，何必醒后悔断肠。

三、戒诚信破产

《狼来了》的故事在中国家喻户晓、妇孺皆知，故事中的放羊娃因为说谎他的羊都被狼吃掉了。这个故事启示我们：诚信的破产是要命的。

1. 人无信不立

"诚于中"才能"信于外"。诚信是一个人思想道德的体现，是衡量一个人品行优劣的试金石。守诚信，是做人最基本的原则，是立世行事的根本，是做官终身受用的无形资产。

人生"小胜凭智，大胜靠德"，欲"齐家治国平天下"，必先"正心修身"。做官必做事，做事先做人，做人当以诚信为本。诚信的力量让人言必行、行必果、重品行、讲操守，以高度的自律去勇担责任、追求价值。诚信于润物细无声中，鞭策人树形象、立威信，彰显品格魅力，奠定人生基石，实现人格与事业双修。在电视剧《士兵突击》中，正是诚信的力量，让无人看好却具有慎独品质的"孬兵"许三多，成长为"兵王"。

弄虚作假、欺上瞒下等不诚无信之举往往得不偿失，"机关算尽太聪明，反误了卿卿性命"。失信之人，必然被别人划入"黑名单"，路就会越走越窄，甚至处处碰壁、身败名裂。

台湾地区前领导人陈水扁也是一个毫无诚信的典型。他以反对国民党"黑金政治"上台，却因"海角七亿"成巨贪。面对民众他的承诺层出不穷，但真正兑现的是少之又少。在两岸问题上，他充分暴露了言而无信的丑态，一会儿说"三通是必走之路"，仅仅几个月后就变成"三通不是万灵丹"；上台之初承诺"四不一没有"，后又推翻并提出相反言论。诸如此类，不胜枚举。如此谎话连篇，终使诚信破产，引发"倒扁"风潮，成为首位因贪入狱的台湾地区前领导人。

司法部原党组成员、政治部主任卢恩光，其年龄、入党材料、工作经历、学历、家庭情况全部造假，被称为"五假副部"。出生日期由1958年窜改为1965年；有七名子女，却只填报了两名；没读过博士却照样弄了顶博士帽。中央巡视组进驻司法部后，他造假的"缝"终于裂了：在1990年写的入党申请书上，他就提到了学习1992年邓小平同志南方谈话的体会。顺藤摸瓜，追查下去，一条缝隙最终颠覆了一栋大楼。此即孔子所言："人而无信，不知其可也。"亦即《左传》所云："失信不立。"

▌感悟小语 >>>

失足，你能够立刻恢复站立；失信，你也许永难挽回。

——富兰克林

2. 业无信不兴

诚信是企业得以发展的根本，决定着企业兴衰。正如为挽企业诚信怒砸76

台冰箱的海尔集团老总张瑞敏所言：一个企业要长盛不衰，首先要得到社会承认、用户认可。诚信是声名显赫的晋商得以称雄百年的重要因素。晋商一贯秉承"信誉第一"的职业精神，就连外国人也赞叹"晋商笃守信用"。因诚信享誉中外，其生意独步天下，真正做到了"生意兴隆通四海，财源茂盛达三江"。

胡雪岩是大清国最耀眼的红顶商人。他从一个钱庄小伙计，凭着过人的眼光和聪明，短短十几年，在政商两界如鱼得水，开设阜康钱庄、丝行、胡庆余堂等，总资产达 2000 万两白银以上，成为当时的"大清首富"。但他却也跌倒在诚信上。当时，左宗棠受命西征新疆，是要钱没钱、要枪没枪。正一筹莫展之际，胡雪岩雪中送炭，设法从外资银行先后 6 次贷款 1595 万两白银。因助左宗棠收复新疆有功，胡雪岩被清廷赏赐黄马褂一件，官帽上可戴二品红色顶戴，成为著名的"红顶商人"。但在借款这件事上，胡雪岩瞒着朝廷浮报利息款，从中赚取了近 300 万两白银。胡雪岩的"不诚信"行为给李鸿章打击左宗棠留下了把柄，也使他最后倾家荡产，郁郁而终。

山东假疫苗一案发人深省。2010 年以来，庞红卫与其女儿孙琪，非法购进 25 种儿童、成人用疫苗，未经严格的冷链存储、运输，就销往全国 24 个省市。庞红卫购入疫苗共计 2.6 亿元，销售金额 3.1 亿元，违法所得近 5000 万元。此案在社会上影响极坏，党中央、国务院高度重视。2017 年 1 月，山东省济南市中级人民法院判处庞红卫有期徒刑 15 年，孙琪有期徒刑 6 年，并处没收个人全部财产。

如果企业漠视自身诚信问题，或许能在短期内获得利润，但失信就等于失去客户、失去市场，成了"无源之水、无本之木"，最终难逃惨败的厄运。三鹿集团曾连续 6 年入选中国企业 500 强，2006 年位居《福布斯》排行榜"中国顶尖企业百强"乳品行业第一位。但就是这样一个获得众多荣誉的明星企业，在 2008 年 8 月爆发了震惊中外的"三聚氰胺事件"。三鹿集团在赔付了 9 亿多元后，严重资不抵债，不得不破产清算，昔日辉煌的奶企轰然崩塌。此前，原三鹿集团董事长田文华曾说过："诚信对于企业，就如同生命对于个人，没有了，肯定走得不长远。"不料她一语成谶，三鹿是成也"诚信"，败也"诚信"。无独有偶，百年老字号"冠生园"，因陈馅月饼导致信誉扫地，最终百年名号，一夕而亡。如今"三鹿奶粉""冠生园月饼"成了假冒伪劣、坑蒙百姓的代名词，被钉于历史的耻辱柱上。

日本第三大钢铁联合企业神户制钢所，是世界 500 强之一。然而这家百年名企却曝出重大造假丑闻。2017 年 10 月 8 日，神户制钢所公开承认，长期大面积窜改产品的重要出厂数据，将它们冒充达标产品出售，还修改了产品质量检测证明书。10 月 12 日，日本株式会社神户制钢所董事长兼社长川崎博首次公开道歉。这一震惊世界的造假事件波及全球约 200 家企业，遍布汽车、飞机、高速列车等多个领域。从高田隐瞒安全气囊质量缺陷，三菱汽车和铃木汽车窜改油耗数据，到东芝公司三任社长财务造假，再到神户制钢所以次充好窜改数据，日本制造业近几年违规、造假、瞒报、谎报等丑闻频发，令全球震惊。

▌感悟小语 >>>

信用既是无形的力量，也是无形的财富。

——松下幸之助

3. 国无信不存

在《论语》中有一段孔子特别重视"信"的对话："子贡问政。子曰：'足食，足兵，民信之矣。'子贡曰：'必不得已而去，于斯三者何先？'曰：'去兵。'子贡曰：'必不得已而去，于斯二者何先？'曰：'去食。自古皆有死，民无信不立。'"

孔子这些话是很有道理的，治国当以诚信为根。历史上因为不讲诚信而败身亡国者屡见不鲜。

西周末年，周幽王有个宠妃叫褒姒，为博其一笑，周幽王下令在都城附近 20 多座烽火台上点燃烽火——烽火是边关报警信号，只有在外敌入侵需召诸侯来救援时才能点燃。诸侯们见到烽火，率领兵将们匆匆赶到，当明白这是君王为博美人一笑的戏谑后，愤然离去。褒姒看到平日威仪赫赫的诸侯们手足无措的样子，终于开心一笑。几年后，敌寇大举攻周，幽王烽火再燃却无人来救。诸侯们不再相信烽火的警示了，结果幽王被逼自刎，褒姒被掳，周朝灭亡。周幽王为博美人一笑,不惜以关系国家安危的信物——烽火台为娱乐工具,在诸侯国中丧失了一个国王的诚信,最终落得自取其辱、身死国亡的结局。

成语"瓜代有期"源自春秋时期一个著名的历史故事。《左传·庄公八年》记载:齐国国君襄公不仅荒淫无耻,而且言而无信。公元前684年,齐襄公派遣连称和管至父两位将军,前往边境一个叫葵丘的地方戍守。当时正当瓜熟的季节,襄公就对二位将军说,明年瓜熟的时候会派人来接替他们。一年过去了,戍守的期限已到,襄公的命令却没有传来。连称和管至父请求国君派人来换防,可是齐襄公不顾当初的承诺,要求他们在边境继续戍守。于是两位边将与内廷勾结,发动叛乱。第二年冬天,叛军从边境长驱直入,冲进宫殿,杀死齐襄公,拥立襄公的堂弟做了新君。齐襄公因失信而引发政变,身死失国,被传为千古笑谈。

300多年后,有一个相反的故事。战国时期,商鞅在秦孝公的支持下主持变法。为了树立威信,推进改革,商鞅下令在都城南门外立一根3丈长的木头,并当众许下诺言:谁能把这根木头扛到北门,赏10金。围观的人不相信做如此轻而易举的事能得到如此高的赏赐,没人肯出手一试。商鞅便将赏金提高到50金。终于有人站出来将木头扛到了北门,商鞅立即赏了他50金。商鞅这一举动,在百姓心中树立起了威信,而接下来的变法很快在秦国推广开来。新法使秦国渐渐强盛,最终统一了天下。

近年来,我国积极践行亲、诚、惠、容的外交理念,把诚实守信作为外交工作的指导原则之一,通过一系列重大外交行动,赢得了友谊,赢得了和睦,赢得了很好的国际环境,开辟了中国外交科学发展的新境界。

▌感悟小语 >>>

人无信不立,家无信不旺,国无信不存。

4. 诚信折射中华文明

在历史长河中,诚信之风早已融入我们民族的血脉,成为中华文明不可或缺的积极因素。

曾子是孔子最得意的弟子之一。曾子的夫人要到集市上去，儿子哭着要跟去。母亲说："你别去了，我回来给你杀猪。"一个时辰后，她从集市回来，曾子正在杀猪，她说："我不过是开玩笑罢了，你居然信以为真了。"曾子说："父母教育孩子，就应该说到做到。欺骗孩子就是在教他欺骗别人，就很难再教育好孩子了。"

季布是项羽的大将，曾屡次大败汉王刘邦。项羽死后，刘邦出千金悬赏捉拿季布。因季布口碑好，讲诚信，无一人因千金而告密。后来，在汝阴侯夏侯婴的劝说下，刘邦赦免了季布，并任命他为郎中。季布一生以重守诺言闻名，只要答应办的事情就一定办到，从不失信于人。因此人们常说："得黄金千斤，不如得季布一诺。"一诺千金，流芳百世。

在全面推进精神文明建设的今天，诚信作为优秀传统文化的积淀越发重要。胡锦涛同志在"八荣八耻"中提到"以诚实守信为荣，以背信弃义为耻"，这正是对我们当代公民提出的诚信准则。诚信，在中华大地薪火相传，历久弥新。2009年，罗永群的丈夫杨启强带着13位农民工在某工地做泥水工。当年10月，杨启强因为车祸意外离世，罗永群和13位农民工继续在此务工。工程完工后，由于承包商和房地产商之间扯皮，农民工们拿不到应得的血汗钱。罗永群认为："这些人是因为跟着我丈夫打工才遭遇欠薪的，我即使再困难，也不能丢失做人的良心，这个钱我还。"农民工遗孀打工还"良心钱"这件事经媒体报道后，人们纷纷交口称赞。

浙江省衢州市的老奶奶毛师花，从1993年开始，在当地小学附近卖早餐，自己包的粽子、磨的豆浆、煎的鸡蛋饼、熬的稀饭，都是5角钱一份。她不图利润，关心的是孩子们能否吃饱，能否吃得干净卫生。岁月不断流逝，物价不断上涨，25年来，毛师花老人却始终坚持早餐不涨价，以爱心温暖着周边做工的人们和上学的孩子，被老百姓亲切地称为"早餐奶奶"。

泰戈尔说过："信用的坠地，犹如打碎的镜子再不能复圆。"《西游记》中，失信于老鼋嘱托的唐僧师徒落入了通天河，最后落得经书字迹不全、空留遗憾。追溯历史，从"瓜代有期"到"食言而肥"，从"安然破产"到"达芬奇家具谎言"……抛弃诚信的行为犹如皇帝的新装。正如明代学者薛瑄所言："以诚感人者，人亦以诚应；以诈御人者，人亦以诈应。"所以，不论对个人、对企业，还是对国家，诚信都不可或缺。历史终将选择诚信者，精彩人生"非诚勿扰"！

▌感悟小语 >>>

诚信大如天，失信祸无边。

稚童狼谎言，羊命丧黄泉。

幽王戏诸侯，命亡都东迁。

谨记前车鉴，信誉系心间。

四、戒奢华炫富

"历览前贤国与家，成由勤俭败由奢。"中国人向来是崇尚节俭的，然而近年来似乎有了些许变化，在网络上炫耀奢华生活的人层出不穷。"烧钱男"以百元人民币点烟，"雅阁女"大谈"月入 3000 元以下都是下等人"，还有"兰董姐姐""郭美美"等炫富新闻让人眼花缭乱，难道勤俭理念已经过时？早在 2300 年前，《左传》就有云："侈，恶之大也。"一味追求奢华炫富的心理犹如裹着糖衣的毒药，会将人生渐渐腐蚀掉。

1. 奢靡之始，危亡之渐

奢华浪费、炫耀攀比的生活方式会助长心灵的贪欲，最后发展成滋生贪污腐化的温床。在中国历史上，西晋洛阳贵族以"斗富"为趣味的奢靡风气空前绝后。晋武帝司马炎凭借武力实现统一后，开始沉湎声色，穷奢极欲。上有所好，下必甚焉。其中最著名的是巨富石崇和武帝的舅舅王恺之间的斗富。石崇听说王恺家洗锅用饴糖水，他就命厨房用蜡烛当柴烧；王恺在家门前的大路两旁，夹道40 里，用紫丝编成屏障，石崇就用更贵重的彩缎铺设 50 里；王恺用赤石脂当涂料，石崇就用香料和成泥来刷墙。有一次，王恺把晋武帝所赐的珊瑚树拿出来当众炫耀，高 2 尺多，堪称稀世珍宝。石崇当场用铁如意将其击碎，然后取出他所藏的 7 株珊瑚树,每株高达 4 尺,光彩耀目,让王恺随意挑选。石崇每次宴客,都让美人劝酒,客人不喝,便杀掉劝酒的美人。有一次,大将军王敦故意不喝,欲看石崇杀人取乐,石崇竟连杀数人。为维持这种奢侈的生活方式,他们千方百计聚敛钱财,广占田园,收受贿赂。一个统治集团腐败到这个地步,它的灭亡也就为期不晚了。公元 316 年,曾兴盛一时的西晋仅存 49 年便呜呼哀哉了。追根溯源,祸根就在以晋武帝为首的奢侈成风、挥霍无度的统治者身上。石崇作为斗富的主角,最后被腰斩于市,其母、兄、妻、子共 15 人,无论长幼,皆被处死。

再看当代的鲜活事例:收藏大量奢侈品牌衣物的重庆市沙坪坝区原征地办公室干部丁萌,被讽为"最时尚贪官";拥有几十只单价上万元名牌包的温州经济技术开发区管委会原主任戴国森,被戏称为"戴包包";还有追求高档美容消费的风华集团原总经理石永怡等,无不是"因奢而腐"。奢华生活带来的满足感让他们甘之如饴、不能自持而滑向贪腐的深渊。

广东省委原常委、广州市委原书记万庆良在中央八项规定出台,特别是中央整治"会所中的歪风"通知下发以后,仍然多次出入私人会所,在被组织调查的前几天,他还到会所大吃大喝。海南省委原常委、副省长谭力被中纪委调查之前,还在外省由私营企业老板陪同打高尔夫球。安徽省政协原副主席韩先聪 2013 年 1 月任职后,多次出入高档酒店和私人会所接受宴请,在被中纪委宣布调查的当天还有两场饭局。北京工业职业技术学院财务人员王连凤贪慕虚荣,盲目攀比,追求高消费,贪污公款 300 余万元用于购买豪车和美容、美臀,被判 14 年有期徒刑。

周本顺调任河北省委书记后,违规住进河北军区大院的一座二层小楼里。该楼上下 16 个房间,面积 800 多平方米,还住着他的秘书、司机,两个保姆、两个厨师。一个保姆专门负责养宠物,两个厨师也是特意从湖南选来,专门照顾其口味。保姆和厨师两年多的工资就上百万元。2017 年 2 月,周本顺被判处有期徒刑 15 年,没收个人财产 200 万元。

正如古人所言:"侈则多欲。君子多欲则贪慕富贵,枉道速祸;小人多欲则多求妄用,败家丧身。"无论是泱泱大国还是凡夫俗子,皆可毁在"奢"字上。这也充分说明一个朴素的道理:不知节制,过度追求奢华炫富的生活,就等于埋下了丧身甚至亡国的祸根。

▌**感悟小语 >>>**

历览前贤国与家，成由勤俭败由奢。

——李商隐

2. 奢华炫富误导价值取向

目前，社会上一些"先富起来"的人，不是将财富投入生产，更不去做慈善回报社会，而是一味地盲目攀比、炫耀消费。或许有人认为，这样的生活方式可以拉动内需，其实这是一种谬论。社会发展需要健康的经济拉动，科学的、可持续的消费是应提倡的，而奢华炫富之风犹如精神鸦片，不但腐化人们的思想，还败坏社会风气。社会大众如果沉溺于对奢侈生活的无限憧憬与膜拜，往往会忽略对财富来源的关注和对财富创造者的尊重，这其实就是异化的、极端的消费主义。它侵蚀着社会的精神内核，悄然裹挟着一颗颗心灵，误导着价值取向。

2012 年年初，山西煤商邢某某在海南三亚一掷 7000 万元，给女儿办了一场极尽奢华的婚礼。两年后，邢某某因资不抵债而破产。2011 年 6 月，郭某某在微博上以"中国红十字会商业总经理"的身份炫富而备受关注。她在微博上多次发布其豪宅、名表、名包、名车等照片。2012 年 9 月更是晒出了自戴的泰国佛像，并声称价格昂贵，非诚勿扰。郭某某晒出的私藏奢侈品还有爱马仕手袋，鳄鱼皮、鸵鸟皮款式手袋，纪梵希经典项链等。其一连串的炫富行为，引发社会对红十字会铺天盖地的质疑，中国刚刚兴起的公益慈善事业遭遇信任危机，受到沉重打击。

不能不提到两起"买苹果"的悲剧。学历不高的 80 后夫妇滕某、张某双双待业家中，靠父母接济度日。婚后不久，夫妻俩生下一个男孩。后来，张某再次"意外"怀孕，生了一个健康女婴。然而，等待孩子的是一场不可告人的交易。夫妻俩竟然将婴儿以 5 万元明码标价卖出，拿到钱后立刻上网购买了苹果手机。为买苹果手机，17 岁的安徽高中生小王在网上中介的安排下，跑到湖南郴州，以 2.2 万元卖掉了自己的左肾，后被鉴定为三级伤残。2012 年 11 月 30 日上午，郴州市北湖区人民法院对此案做出一审判决，7 名被告人被判刑。2013 年 2

月 21 日，杭州 9 人"地下卖肾团伙案"在杭州市江干区人民法院开庭审理。可叹的是，这 9 名组织卖肾的犯罪嫌疑人中，有 6 人也卖掉了自己的肾；更可悲的是，这些卖肾的人是因为看到网络上关于"卖肾买苹果手机"的新闻之后，才动了卖肾的念头。夫妻卖女、少年卖肾仅仅是为了买部高档手机，正是奢靡之风对他们进行了无形的熏染，才导致发生如此荒唐的事件。

▌ 感悟小语 >>>

> 奢华危之渐，炫富价值偏。
> 卖肾与卖女，可恨又可怜。

3. 奢华炫富炫出了什么

从心理学的角度来看，一些人之所以炫耀，是想通过他人羡慕的眼光，实现自我满足。凡是那些爱炫耀的人，通常都是因为技无所长、空虚自卑、怕被人瞧不起，才拼命高调宣扬自己的财富，以渴求得到别人的认同。这其实是被"面子"所绑架，为虚荣而消费。更有甚者，为满足虚荣心理不惜负债和透支，打肿脸充胖子也要"奢"也要"炫"，这种以损害自己基本生活质量为代价的炫富，就成了"死要面子活受罪"。奢华炫富，炫出的是内心的虚荣与自卑，炫出的是自身的浅薄与无知，引来的是鄙夷的眼神、纷飞的嘲讽，甚至是烧身之火和杀身之祸。

莫泊桑的小说《项链》是一个经典的例子。小说的主人公玛蒂尔德为了显得体面，借项链去参加舞会，却不慎丢失。追求虚荣的她为了偿还这串项链耗尽了 10 年的青春。后来，玛蒂尔德提及此事，项链的主人惊讶地告诉她："唉！可怜的玛蒂尔德，我那一串本就是假的！"此时此刻，玛蒂尔德不知做何感想？

南京市江宁区房产局原局长周久耕，2008 年 12 月因发表"将查处低于成本价卖房的开发商"不当言论，而遭到网友人肉搜索，被曝出抽天价香烟、戴名表、开名车等问题，引起社会舆论极大关注，成为"最牛房产局长""天价烟局长"。2009 年 10 月周久耕被判处有期徒刑 11 年。2012 年 8 月 26 日，陕西延安发生 36 人遇难的特大交通事故。陕西省安全生产监督管理局原局长、党组书记杨达才因在事故现场面带微笑而成为舆论关注的焦点。网友发现，这位"微笑局长"也是一个名表的爱好者，手上频繁出现各类名表，最贵的 3.5 万元。2012 年 9 月 5 日，网友"晨曦微播"在微博上贴出照片，称杨达才的眼镜超 10 万元。不久，这位"表哥"被陕西省纪委查处并撤销职务，最后获刑 14 年。这种依靠"奢华炫富"来满足虚荣心，标榜成功，是否真的值得呢？

昔日有极度"炫富"情结的项羽说："富贵不归故乡，如衣锦夜行，谁知之者！"这一言一行不仅显示了其洗刷出身的自卑心理，更是令部下失望的短视行为，难怪名士韩生闻听此言后讥讽他为"沐猴而冠"。

奢华炫富"引火烧身"。俗话说财不露白，以免遭无妄之灾。奢华炫富可能"炫"出别人的"羡慕嫉妒恨"，更有可能"炫"出"烧身之火"。明朝就有江南首富沈万三炫富激起朱元璋的杀心，以致家破人亡的例子。然而可惜的是，许多人忽略了这个历史教训，不断重复同样的错误。

谷俊山，解放军总后勤部原副部长、中将军衔。2015 年 8 月 10 日，军事法院依法对谷俊山贪污、受贿、挪用公款、行贿、滥用职权案进行了一审宣判，判处其死刑，缓期二年执行，剥夺政治权利终身，并处没收个人全部财产，赃款赃物予以追缴，剥夺中将军衔。据媒体报道，谷俊山有能耐，会办事，就是爱显摆，摆阔气。在家乡，耗时近三年，建造了一座被当地人称作"故宫"的"将军府"。将军府由故宫博物院的工程师设计，仿照故宫建筑建造，主楼三层，配楼两层，雕梁画栋也出自故宫画工手笔。他还在家乡闹市区，为父亲建了一座约 6 亩的陵园，把其父塑造成一位烈士，并以一本《生死记忆：周镐与谷彦生的故事》佐证。

公安机关、纪检机关往往从高消费中，发现违法违纪线索，并顺藤摸瓜，将犯罪嫌疑人绳之以法。2013 年 8 月，纪检部门到北京某豪华酒店调查公职人员高消费情况。为避免被纪检部门发现贪腐线索，老板指使下属将 2008 年开业至 2013 年度会计账目全部销毁。现已落马的河北省政法委原书记张越、国安部原副部长马建等，均与此有关。

近年来，新闻屡屡报道，有一些华人在海外因炫富而频成被抢的目标。真是"奢华"有风险，"炫富"须谨慎！

▌感悟小语 >>>

> 霸王锦衣不夜行，一世英名绝江东。
>
> 万三炫恼朱皇帝，家灭九族京师城。
>
> 玛蒂尔德慕虚荣，十年青春一场空。
>
> 维罗炫富惹众怒，殃及大韩朴总统。

4. 厉俭戒奢——中华民族传统美德

诸葛亮把"静以修身，俭以养德"作为"修身"之道；朱子将"一粥一饭，当思来之不易；半丝半缕，恒念物力维艰"当作"齐家"的训言。"戒奢"让我们少了虚荣心；"厉俭"让我们能以一颗平常心对待物质世界。个人私欲得到抑制，就能耐得住寂寞，抵得住诱惑，离腐化远一些。1936 年春天，美国记者埃德加·斯诺访问延安。当看到毛泽东吃的是粗糙的小米饭，周恩来睡的是简陋土炕，彭德怀穿的是用缴获的降落伞做的背心，林伯渠戴的是断了腿儿的用绳子系着的眼镜时，他被共产党领袖的清贫节俭感动了。他断言，这种作风会产生一种无往而不胜的伟大力量——"东方魔力"，将会是中国的"兴国之光"。胡锦涛同志提出的"以艰苦奋斗为荣，以骄奢淫逸为耻"，就是对这种优秀美德的传承和发展，应当成为我们每个人铭记的处世箴言。

当然，随着经济发展，人们的生活水平也相应提高，今天反"奢"倡"俭"并非要求大家节衣缩食、过苦行僧式的生活，而是倡导物尽其用、合理适度的消费观念。同时，人是有思想有追求的高级动物，真正"富且贵"的人不会沉溺于奢华炫富的生活，而会尽己之力担当应有的社会责任，造福大众。

欲望简单，不被浮华束缚，摆脱外物纷扰，这是不少科教界领军人物的人生选择，也是他们事业的成功之道。破旧的木沙发，几张用铁丝绑了又绑的椅子，老式的电视，锈迹斑斑的铁架子床，挂帐子用的是竹竿儿，一头绑着绳子，一头用钉子固定在墙上……走进这样的屋子，你能想到这是一位中科院院士的家吗？87 岁的"布衣院士"卢永根的感人事迹戳中了无数人的泪点。身患重病的他，在生命接近尾声的时候，选择将"一点一点省下来的"880 多万元积蓄全部无偿捐献给教育事业，为国家"做最后的贡献"。要知道，卢永根院士平时的生活节约得近乎苛刻。为了少花钱买菜，他自己在楼顶种菜；平日在学生食堂吃饭，一荤一素二两饭就是他的"标配"；看到学生浪费饭菜，总忍不住提醒"多少棵水稻才能长成一碗米饭？"如此"慷慨"与"节俭"的对比，产生了震撼人心的力量！

像卢永根这样，不追求生活奢华，不攀比物质的享受，为事业奉献一生的科研工作者还有很多。"钢铁院士"崔崑一件衬衣穿了30年，却捐出全部积蓄420万元资助贫困学生；坐着高铁二等座修改报告的院士刘先林，掉漆的写字台和硬木椅子用了30多年，要给他换新桌椅，他却以"椅子太舒服了容易走神，只有坐硬椅子，才能出灵感"为由屡屡拒绝；而曾在网上走红的"布鞋院士"李小文，甚至因为穿得太"土"，被学生误认为是"讨要修空调工钱的师傅"。在生活上做减法，在科研上做加法，他们的价值选择和人生追求，映照出光风霁月的磊落胸怀，标注着令人景仰的精神高度。今天的"中国速度""中国质量""中国奇迹"，又何尝不是来自他们的默默付出和始终坚守？

▌感悟小语 >>>

> 闯王奢靡国不立，石崇斗富身首异。
> 浪琴表哥拉下马，至尊久耕进牢狱。

五、戒信仰缺失

人民有信仰，国家有力量，民族有希望。党的十八大以来，习近平总书记多次特别强调，理想信念是中国共产党人安身立命的根本。他指出："理想信念是'主心骨'，纪律规矩是'顶梁柱'，没有了这两样，必然背离党的宗旨，做人做事就会走偏走邪，思想就会百病丛生，人生就会迷失方向。"

电视剧《潜伏》火遍全国。男主角在严酷的环境中，为了崇高的信仰而矢志不渝、无所畏惧的执着精神，感动了很多人，观众们也从中深深地感受到了信仰的力量。正如英国作家塞缪尔·斯迈尔斯所说："能够激发一颗灵魂的高贵、伟大的，只有虔诚的信仰。"的确，信仰是人类对崇高价值目标的敬仰和追求，它关乎一个人的精神境界、追求方向。罗曼·罗兰说过："整个人生是一幕信仰之剧。没有信仰，生命顿时就毁灭了。"信仰是有意义的人生之本，有信仰才能立志、立德、立身、立行。它如前行中的指南针、暗夜中的灯塔、旅途中的加油站，给予我们正确的方向、美好的希望、力量的源泉。信仰在人生中一刻不可缺失！

1. 信仰是道德的根基

人生一世，有许多东西可以缺失，唯独不能缺德。否则，不论事业上获得多大成功，仍免不了背后被人戳脊梁骨。如果他还有良知，内心深处也会感到十分内疚。所以，德者，得也。有道德的人生未必精彩，可精彩的人生必然有道德。

什么决定了人的道德？是信仰！道德是信仰的体现，有坚定的信仰，方能有崇高的道德。缺少道德的背后，是信仰的缺失。因为信仰是个人对社会的责任感和使命感。信仰缺失，个人对社会的责任感也就荡然无存，就会无所敬畏、无所顾忌，就会陷入"我是流氓我怕谁"的紊乱和肆意妄为中。目前社会上出现的麻木不仁、见死不救、弄虚作假、漠视人性等现象，出现的足坛假赌黑、三聚氰胺奶粉、地沟油、瘦肉精、皮革胶囊等事件，就是信仰缺失下道德底线的失守。

江西省原副省长胡长清因贪污受贿数额巨大，于 2000 年 3 月 8 日被依法执行死刑。胡长清是中国改革开放以来第一个被判处死刑的省部级官员。办案人员搜出其假身份证两个，化名高峰和胡诚；护照两本，化名陈凤齐和高峰。胡长清还给妻子和子女办了假身份证和因私出国护照，把儿子送到国外，并说，"总有一天中国会不行的，有两个国籍，将来就有余地了"。

福建省政和县委原书记丁仰宁，他的"官念"是："千里来当官，为了吃和穿""当官不发财，请我都不来""当官不收钱，退了没本钱"。他看破"红尘"，对妻子的悄悄话是："权有多大，利就有多大。"最终，丁仰宁因买官卖官、收受巨额贿赂，被判无期徒刑。

"大师"王林不仅与商界精英交往很深，也与不少政界高官来往密切。江西省人大常委会原副主任陈安众、江西省政协原副主席宋晨光、广东省政协原主席朱明国、江西省人民检察院原检察长丁鑫发、铁道部原部长刘志军等都与王林打得火热。这些人遇到麻烦，不是想方设法解决，而是向王林请教。最后，上述官员皆因贪腐落马。而"大师"王林非但不能救人，还为掩盖犯罪真相、摆脱纠缠，杀害了大弟子邹勇，最终锒铛入狱，病死狱中。邹勇这个企业家拜"大师"，为的是消灾求财保平安，却落得财命两失。这是多么残酷的讽刺啊！

▌感悟小语 >>>

　　有信仰未必成就大事，而没有信仰却将一事无成。

2. 信仰主导正确方向

　　人生抱负的施展必须有确定的方向，否则就分散精力，不易取得成功，甚至会使各种力量相互抵消，一事无成。信仰作为一种人生态度，主导着人生的方向。一个人如果没有正确的方向，就可能走上歧途，给迷信和邪教等留下可乘之机。"法轮功""全能神"等这些荒诞不经的邪教能在社会上大行其道，正是由于信仰真空的存在。

　　1927 年，大革命失败后，陈铁军放弃了胞兄为她安排的出国机会，和周文雍以假夫妻的身份开始了组织起义工作。他们一方面掩护党的机关，另一方面准备广州起义。在共同的生活和斗争中，他们逐渐萌发了真挚的爱情。广州起义失败后，由于叛徒告密，二人被捕。在狱中，陈铁军和周文雍互相激励，经受住了敌人的威逼利诱和严刑拷打。就义前，他们当众庄严宣告："让敌人的枪声，作为我们结婚的礼炮吧！"在刑场上举行婚礼，是惊天地、泣鬼神的信仰宣言，是前无古人、后无来者的革命壮举。

　　陈少敏，曾任全国总工会副主席、中国纺织工会第一任主席等职。毛泽东称赞她是"白区的红心女战士，无产阶级的贤妻良母"。1968 年 10 月 31 日，党的八届十二中全会最后一天，在以举手表决方式通过"把刘少奇永远开除出党、撤销其党内外一切职务"的决议时，陈少敏紧闭双眼、不发一言，更不肯举起自己的手。于无声处听惊雷，她以这样的方式，投下了八届十二中全会唯一一张反对票。在当时的政治形势下，她因这一票遭到江青、康生一伙的残酷迫害，但也正因为这一票，她得到了敢于坚持真理、维护公平正义的历史评价。

曾任云南省保山地委书记的杨善洲同志，在基层工作40多年。他始终牢记党的宗旨，保持公仆本色，戴草帽，穿布鞋，被当地群众亲切地称为"草帽书记"。他退休后放弃了去省城安度晚年的机会，毅然奔赴深山植树造林20余年，克服常人难以想象的困难，在大亮山建成了5.6万亩的林场。后来，他不计任何报酬，把价值超过3亿元的林场交给了当地政府。这就是一位年过八旬的老共产党员矢志不渝的人生追求和理想信念。

当今社会，一部分官员受不良风气影响，抛弃了信仰，迷失了正确方向，转而去搞封建迷信。黑龙江省政协原主席韩桂芝，当她的儿子因受贿罪被捕时，她怪罪儿媳妇，抱怨她信佛不虔诚。韩家设有一个很大的佛堂，供着菩萨，还挂有一副歪联："菩萨保我做大官，我做大官供菩萨。"就是这样一位高级干部，把自己的政治命运完全和菩萨联系在一起。更让人匪夷所思的是，她被"双规"后不反省自己，反而说："菩萨啊菩萨，我供了你这么多年，你也不保佑我！"山东泰安市委原书记胡建学，信奉占卜算命到了痴迷的地步。有"大师"预测他能做副总理，但命里缺一座"桥"。于是他下令将耗资数亿元的国道改线，硬是在水库上造起了一座桥，寓意将自己"带起来"飞黄腾达。没多久，却东窗事发，这座桥也因此被人们戏称为"逮胡桥"。河北省委原书记周本顺大搞迷信活动，在多处住所内摆设佛堂佛龛，每逢初一、十五和相关佛教节日，都按时在家烧香拜佛。他见佛就拜，进庙就塞钱，甚至家里养的一只乌龟死后，也专门为它手抄经文，连同乌龟一起埋葬。但周本顺最后还是成了党的十八大后首个被调查的在任省委书记。

这些领导干部身上为何会发生这样荒诞不经的怪事？就是因为信仰的缺失造成他们理想信念的丢失、宗旨意识的背叛。这些人不但没有崇高的信仰，就连起码的科学素养都不具备。空虚的内心任由鬼怪神灵占据，才会做出这些荒唐、滑稽之事。

感悟小语 >>>

　　人无信仰，如大海中失舵的船，不是随风漂泊，就是触礁沉没。

3. 信仰是力量源泉

　　人生如逆水行舟，必须有强大的动力才能不断前进，信仰就是这种无须扬鞭自奋蹄的内驱力。心怀信仰，才能在坚定与执着中激发无尽的热情和潜能。追随者因它而品尝到生命的精彩，奋斗者因它而享受着拼搏的快乐。

　　习近平总书记强调：理想信念就是共产党人精神上的"钙"，没有理想信念，理想信念不坚定，精神上就会"缺钙"，就会得"软骨病"。

　　那些让人景仰的高尚人物身上，无不在闪耀着信仰的光芒。革命先行者孙中山，四十年如一日，为国家的民主富强奋斗了终生。直到生命的最后一刻，口中还反复念叨："和平、奋斗、救中国！"他义无反顾革命一生的原动力是什么？就是对民主共和的坚定信仰。1935 年 1 月，方志敏率军在严寒之中转战疆场，终因兵力悬殊不幸被俘。6 月，方志敏的妻子缪敏被抓，被判无期徒刑，关押在南昌女子监狱。当国民党以夫妻父子感情对受尽折磨的方志敏劝降时，被方志敏严词拒绝。8 月 6 日，方志敏在南昌英勇就义，践行了自己"努力到死，奋斗到死"的誓言。中国共产党优秀党员、革命烈士夏明翰，经毛泽东介绍入党后，一直从事革命工作，后被捕，坚贞不屈，慷慨就义。就义前写下了"砍头不要紧，只要主义真。杀了夏明翰，还有后来人"这首大义凛然、气壮山河的战斗诗篇。

　　信仰的力量让凡夫变成勇士，始终保持向上、向善的精神风骨。《西游记》中，是信仰让肉眼凡胎、胆小懦弱的唐僧做了取经团队的"精神领袖"，以超强的意志力把握方向、凝聚人心，历经患难终获成功。真实而又平凡的生活里，对知识的信仰让人好好学习，天天向上；对事业的信仰让人爱岗敬业、乐于奉献；对真善美的信仰让家庭幸福美满、社会和谐稳定。

　　丧失了信仰，就丧失了奋斗的动力。"河北第一秘"李真离谱地认为："与其一日江山易手，自己万事皆定，不如权力在握时及早做经济准备。"因经济犯罪被处决的北京电子动力公司原经理陈铭曾有一番"肺腑之言"："在地球爆炸之前，不可能实现共产主义。"信仰的缺失是他们走向堕落人生的重要原因。

"三军可夺帅也，匹夫不可夺志也。"精神因信仰而充实，生命因信仰而灿烂。深嵌信仰于心、知行合一的人生，才有精彩的未来。

▌感悟小语 >>>

信仰就是航向，信仰就是力量。

六、戒同室操戈

俗话说"一个好汉三个帮"。任何人的成长都离不开别人的帮助，生活不是单打独斗的舞台，它需要众多角色共同配合，这样才能好戏连台。然而，可悲的是，许多人不明白其中的道理，兄弟阋于墙、同室操戈屡见不鲜。和则两利，斗则俱伤。同室操戈无疑是自断其臂、损人损己的愚蠢之行，是目光短浅、眼界狭隘的不智之举。

1. 镜中看历史

最残酷的，莫过于骨肉之间同室操戈。三国时曹丕自知才能不如弟弟曹植，而曹植又曾和他争当继承人，便嫉恨曹植。曹丕称帝后，处处为难曹植。一次，他命令曹植七步成诗，作不成就处死。曹植才思敏捷，应声而作了著名的《七步诗》："煮豆持作羹，漉菽以为汁。萁在釜下燃，豆在釜中泣；本自同根生，相煎何太急？"这首诗即事而作，情理并茂，恨中含亲，骂中有爱，深深蕴含着对兄弟阋于墙、自相残杀的无奈和痛惜，声声都在质问哥哥为何不顾念手足之情。即便是冷酷无情的曹丕，听罢也"深有惭色"，放了曹植一马。

但并不是每个人都能如曹植以聪明才智逃过"相煎"之劫，如太平天国运动中，洪秀全和杨秀清开始时以兄弟相称，而后却又争权夺利、同室操戈，使太平天国大伤元气，迅速走向衰落，昔日辉煌恍若黄粱一梦。

1927 年 6 月，日本政府在东京召开"东方会议"，讨论并确定了侵略中国的具体方案，并由田中义一起草了一份秘密奏折给天皇，制定《对华政策纲要》，即"田中奏折"。奏折内称"欲征服中国，必先征服满蒙；欲征服世界，必先征服中国"，充分暴露了日本帝国主义的侵略野心。此时的中国，正是国共合作的北伐战争即将取得决定性胜利的时候，但是，4 月 12 日蒋介石在上海发动反革命政变，汪精卫 7 月 15 日在武汉宣布"分共"，大肆屠杀共产党人，导致第一次国共合作彻底破裂，轰轰烈烈的大革命因国民党反动派叛变而失败。1928 年 4 月，第二次北伐战争开始后，日本帝国主义唯恐中国结束军阀混战局面，悍然出兵中国山东，阻止北伐，制造了骇人听闻的"五三惨案"；仅仅 1 个月后，又制造了皇姑屯事件，炸死了不肯为其所利用的张作霖。而此时的国民党却一心忙于内战，先是于 1929 年 3 月发动"蒋桂战争"，继而于 1930 年 5 月至 11 月与阎锡山、冯玉祥和李宗仁展开"中原大战"，随后连续三次"围剿"中共中央苏区，完全不顾日本正在紧锣密鼓地进行对华战争准备。1931 年 9 月 18 日，日本关东军进攻张学良的东北军，东北三省数月之内全部沦陷。

1941 年 1 月 6 日，在抗日战争的紧要关头，皖南新四军 9000 人奉蒋介石之令向江北移师，当到达皖南泾县茂林地区时，遭到国民党 7 个师 8 万人的突袭，除 2000 余人分散突围外，少数被俘，大部壮烈牺牲。军长叶挺被俘，副军长项英、参谋长周子昆、政治部主任袁国平牺牲。这就是震惊中外的皖南事变。周恩来以极其悲愤的心情在《新华日报》上题词："千古奇冤，江南一叶。同室操戈，相煎何急!？"皖南事变后，国共两党合作险些破裂，虽经"善后"处理，然抗日合力已被极大削弱。蒋介石犯下一桩民族痛而日寇快的愚蠢罪行。

┃ 感悟小语 >>>

兄弟同心力断金，同室操戈痛锥心。

曹植当年七步诗，煮豆燃萁警后人。

2. 现实的写照

历史上有太多因同室操戈而事业衰败、人亡政息的惨痛教训。近年来官员"同室操戈"事件频频见诸媒体：2009 年 10 月，四川高县档案局正副局长在办公室互殴，双双被免职。2010 年 6 月，广东茂名市茂港区民政局副局长用铁锤砸倒正局长，差点弄出人命。2012 年 2 月，湖北省公安县农机局正副局长在局长办公室交流工作时发生争执，继而引发肢体冲突。

同室操戈既有明争，也有暗斗。2012 年初，王敏任济南市委书记，杨鲁豫调任济南市长，二人正式搭班。在这期间，杨鲁豫和王敏"同床异梦"，甚至还有"书记还在，市长不要刷存在感"的传言。最终两人都被判刑。南京市原市委书记杨卫泽和原市长季建业经常内斗。2013 年 10 月，季建业被查处；2014 年元旦节后第一天，杨卫泽被查处。于是坊间流传开这样一段话："杨卫泽这个人啊，蛮能'坑'的，和他搭班子老出事。他当苏州市长，副市长姜人杰落马了；他在无锡当书记，市长毛小平继任书记后也倒下了；后来到南京当书记，市长季建业也是马上面临审判了。终于这回是'坑'自己了。"

队友球场内斗成笑话。在 2004 年亚洲杯小组赛伊朗队与阿曼队比赛中，阿曼队上半场就以 2∶0 领先于伊朗队，下半场开场仅仅十分钟，在阿曼队的一次进攻中，伊朗队员雷扎伊认为队友巴达维防守不力，两人在互相推搡后开始互扇耳光，为了防止两人控制不住情绪，伊朗主帅伊万科维奇立即将巴达维替换下场，两位在球场大打出手的伊朗球员被停赛两场。

夫妻反目，总统入狱。1995 年秘鲁总统藤森获得连任，但他和结发妻子苏珊娜的矛盾却由于种种原因越来越大，竟至从互爱变成互殴，对簿公堂。1996 年二人离婚。此后，苏珊娜不停地对前老公发起公开攻击，说他滥用职权，说他收受贿赂，说他虐待自己、找情妇包小三，等等。本来还算政绩卓著的藤森，被前老婆一"抖"，糗事全出来了，声名狼藉。2000 年，藤森流亡日本，2005 年在智利被捕，2007 年被引渡回秘鲁，2009 年被判处有期徒刑 25 年。当了 10 年总统的藤森因为夫妻反目，不但丢掉了总统宝座，还丧失了人身自由。

▌ 感悟小语 >>>

内斗无英雄，内讧毁前程。

3. "独木桥"上的抉择

"同室操戈"源自同一个平台内的利益纷争，纷争方见境界。境界是指人的思想觉悟和精神修养。著名哲学家、北京大学教授冯友兰把人生分为四种境界：自然境界、功利境界、道德境界、天地境界。如释迦牟尼、老子等天地境界的人少之又少，芸芸众生则更多在前三种境界。无论做事还是为官，不同境界的人在人生发展过程中，难免会"狭路相逢"，虽无意如此，却不可避免。如同一个古老的寓言：两人相遇在一座独木桥上，桥面狭窄湿滑，桥下悬崖万丈、水深流急。此时两人相向而行，该如何进退留转？如兵法里上、中、下三策一样，用不同境界、态度和方法解决问题，结果迥异。

上策：自觉先人后己，以"达人"而"达己"。曾看过一个小故事，讲的是天堂与地狱的区别。一个人不知道天堂与地狱的区别，于是去求教上帝，上帝先带他去了地狱，地狱里的人围美食而坐，但奇怪的是，一个个瘦骨嶙峋，饿得嗷嗷直叫。原来他们每人手里都拿着一双一米多长的筷子，都在争先恐后地往自己嘴里送食物，但筷子太长了，美食永远都吃不进嘴里，尽管桌子上满是山珍海味，他们却永远在挨饿。上帝又带他去了天堂，天堂里的人红光满面，欢声笑语，但奇怪的是天堂的人使用的是同样的筷子，不同之处在于——他们在互相喂对方！这则简单的故事，却蕴含着深刻的哲理和强烈的警示意义，它让人明白：协作意识之异，可以造就天堂与地狱之别。

春秋时，齐国鲍叔牙帮公子小白登上王位即齐桓公，桓公感念他的忠心和大功，要任命他做国相，没想到鲍叔牙举荐了管仲，因为管仲治国更利于齐国的霸业。做官就是为国为民，如果没有私心，谁做得更好就谁来。齐国强大是鲍叔牙的初心，管仲做齐相，鲍叔牙不仅能更好地实现愿望，子孙也会得到更好的照顾。

清康熙年间，张英担任文华殿大学士兼礼部尚书。他桐城老家的宅院与吴家为邻，两家院落之间有条巷子。后来吴家要建新房，想占这条路，张家人不同意，双方争执不下。张家人一气之下修书一封给张英，要求他出面解决。这位大学士到底胸襟不凡，看见来信，赋诗一首作答："千里修书只为墙，让他三尺又何妨？万里长城今犹在，不见当年秦始皇。"张家见书明理，主动让出三尺空地。

吴家见状，深受感动，也退让三尺，成就了"六尺巷"千古佳话。"处世让一步为高"，退是以柔克刚、以退为进的策略。退，与人方便，与己方便，"退步原来是向前"。退一步考虑，退一步做，或许可以"柳暗花明又一村"，走出另外一条"康庄大道"来。先人后己，是道德境界之人的胸襟、气魄、品格和智慧。

中策：被动接受规则，都能过得去。"天下熙熙，皆为利来；天下攘攘，皆为利往"，普天之下芸芸众生，多数都是为了各自的利益而奔波，这就是功利境界。面对"独木桥"，退一步海阔天空，但不是谁都有退的高境界，那就通过规则决定。如"剪刀石头布"之类。

其实，生活中处处有规则："落棋无悔"是下棋游戏和竞赛的规则；"越位犯规"是足球赛场的规则；"红灯停，绿灯行"是车辆必须遵守的交通规则；"过马路走人行横道线"是行人必须遵循的规则等。无论做人做事还是做官，假如没有谦让的胸襟，那就把规则当作处世的法宝。

中国古代的"王储之争"是典型的过"独木桥"。王位只有一个，但可以继位者往往很多。为了权力的平稳过渡，古人制定了相应的规则：嫡长子继承制。有了这个规则，则最大限度地避免了王室内部的骨肉相残。周部落太王古公亶父有三个儿子，分别是泰伯、仲雍和季历。按照游戏规则，泰伯是理所当然的王位继承者，但季历及其子姬昌更得太王喜爱，泰伯与仲雍商量决定让贤，隐居深山而不出，季历只好做了周部落的王。泰伯与仲雍因此成为中国古代 2000 多年来孝悌的典范、让贤的楷模。他们是少数道德境界中人，而更多的人则处于功利境界。三国时代曹丕与曹植争储，曹植显然更有才能，但按照"立嫡以长不以贤"的游戏规则，他只能出局；唐代的李世民与李建成就没有遵从这一规则，结果导致"玄武门之变"你死我活的血腥杀戮；清代康熙晚年的"九子夺嫡"事件也是如此。历史的经验告诉我们：在功利境界的人不按规则行事，代价是惨痛的。

有时，过"独木桥"的规则也可能是潜规则。19 世纪俄国著名诗人普希金娶了圣彼得堡最漂亮的女人为妻，可一位叫丹特斯的法国人也爱着她。普希金和丹特斯按照当时欧洲流行的规则，通过决斗一决胜负，结果普希金命丧丹特斯之手。后来，国人有感于普希金与诸葛亮择偶观及命运结局的迥异，书写了一副对联："诸葛亮娶丑妻盖世英才，普希金选美女横祸遭身。"

下策：无人能过，同归于尽。记起儿时的一段歌谣："小河横根梁，两头两只羊。一个要南去，一个要北往。抵头独梁上，彼此不相让。扑通一声响，两两掉进水中央。"这是自然境界的短视、狭隘和固执。现实社会，有人选择在险峻的"独木桥"上拼死相争，结果只能是双双跌落悬崖，同归于尽。在职场的确有这种现象存在，在竞争面前双方针尖对麦芒，谁也不肯做出让步。自己办不到的事别人也别想办成，自己得不到的东西想尽一切办法也不让别人得到，用尽手段来打压、倾轧对方。这就是管理学上的"螃蟹效应"：如果竹篓中放了一群螃蟹，不必盖上盖子，螃蟹是永远爬不出来的。因为当一只螃蟹爬到篓口时，其余的螃蟹就会用威猛的大钳子抓住它，把它拖到下层，由另一只强大的螃蟹踩着它向上爬。如此循环往复，终无一只螃蟹能够成功。

如果一个集体成员间如同"螃蟹"一般不知协作、相互倾轧拆台，那么这个团队注定要失败。同室操戈，损害的不仅是别人的利益，还让自己无路可走。这是没有赢家的下策之选。

人生相逢"独木桥"时，当力争上策，确保中策，避免下策。

于个人而言，同室操戈往往是在嫉贤妒能心理支配下的行为，如不能将这种心理化为"菩提本无树"的清静宁和，就应当明白"梅须逊雪三分白，雪却输梅一段香"。芸芸众生各有千秋，与其在"既生瑜，何生亮"中痛苦纠结，不若促成"白雪映梅"的相映生辉、相得益彰来，否则只能成为"爬不出篓的螃蟹"了。

┃感悟小语 >>>

出问题的领导者，身后都有不团结的背影。

七、戒因言致祸

善于用语言自我表达，是令人羡慕的能力。苏秦、张仪以"三寸不烂之舌"施展合纵、连横之术，宏图大展；晏子凭着妙语连珠免受侮辱，维护了国家尊严；诸葛亮舌战群儒，成就了联吴抗曹统一战线；清朝名臣纪晓岚靠一口铁齿铜牙，在伴君如伴虎的危境中屡化风险。但我们也不能忘记"祸从口出"的训诚。俗话说，一言既出，驷马难追。话，一旦说出口，就成为一种客观存在的事实，听者就会把它当成你的所思所想。一旦失言，轻则造成别人的误会和尴尬，重则招祸上身，令人追悔莫及。故先哲庄子云："狗不以善吠为良，人不以善言为贤。"

1. 都是嘴巴惹的祸

《易经·系辞上传》说："乱之所生也，则言语以为阶。君不密，则失臣；臣不密，则失身；机事不密，则害成。"意思是说，祸乱之所以发生，往往是有人出言不慎导致的。君王言语不缜密，就会失去有才能的臣子；臣子出言不慎，就会招来灾祸，甚至有可能丧命；机密的大事不缜密，就会造成灾祸。

曹操高级谋士杨修饱读诗书、才华横溢，但却恃才傲物，多次妄议"曹政"，炫才解读"门上写活为阔""一盒酥""做梦杀人"等，屡犯大忌。又因助曹植争储，被曹丕设计诬陷，曹操便有了杀杨修之心。有一次曹操打仗，想进兵，被拒，欲收兵，又怕被耻笑，心中犹豫不决。一天，厨师进鸡汤。曹操见碗中有鸡肋，因而有感，恰巧夏侯惇入帐，禀请夜间口令。曹操随口答道："鸡肋！鸡肋！"夏侯惇遂传令各营，都称"鸡肋！"杨修见传"鸡肋"二字，说："鸡肋，食之无味，弃之可惜。"便让随行士兵收拾行装，准备撤兵。当天晚上，曹操巡视军营，看见士兵都在准备行装，大惊，忙问原因。士兵回答说："主簿杨修说丞相想要撤兵了。"曹操把杨修叫去问究竟，杨修用鸡肋的含义回答。曹操大怒："你怎敢造谣，乱我军心！"便命刀斧手将杨修推出去斩了。

北宋著名文学家苏轼才华横溢，博通经史，受到两朝皇帝重视，他却口无遮拦，常常语重伤人。因此历涉政治风波，在官场几度沉浮，一生颠沛流离、尝尽人间艰辛。在被贬黄州后，苏轼曾作《洗儿》诗曰："人皆养子望聪明，我被聪明误一生。惟愿孩儿愚且鲁，无灾无难到公卿。"诗中流露的无尽酸涩与无奈，或许正是他痛定思痛之后的反省。

良言一句三冬暖，恶语伤人六月寒。鲁迅先生曾讲过一个因说错话而被痛打的故事：有户人家孩子满月，抱出来给客人看。客人们都说"这孩子将来要发财""将来要做官"，唯有一个却说"这孩子将来是要死的"。前者得到一番感谢，后者却"得到一顿大家合力的痛打"。后者虽然是实话实说，但太不合时宜，太煞风景，挨一顿痛打也是咎由自取。

历史上著名的"宴会泄密"事件，亦是因失言所致。一战期间，一位美国商人途经德国首都柏林时，应一位商界朋友之邀出席一大型宴会，认识了一位德军高级参谋。在酒会即将结束时，这位德军高级参谋已经喝醉，他醉意朦胧地对美国商人说了一句不经意的话："美国支持英国和法国也挽救不了他们失败的命运。我们将在凡尔登发动一次决定性进攻。"宴后，商人急速赶到伦敦，将此信息报告了美国驻英国大使馆，美国又向法国进行通报。德军在随后的凡尔登战役中遭到了惨败。

近年，公职人员因各种"雷语"致祸事件层出不穷。这些"语不经心"的"胡话"在信息时代强大舆论的"围观""围攻"下，如同"捅了马蜂窝"般惹祸上身，导致这些人的官德、能力受到严厉抨击和质疑，甚至为此一言丢官、一言入狱。

2014 年 4 月，山西省古交市交通运输局客运办主任任长春，在全体干部职工大会上大爆粗口："我说谁是腐败谁就是腐败"，"国家规定是狗屁，我任长春就不执行"，还扬言："谁提意见开除谁，谁要工资谁滚蛋。"其不当言论，令人瞠目，在社会上造成了恶劣的影响。2015 年 5 月，古交市委研究决定：给予任长春开除党籍、行政撤职处分。

2008 年，在房价日益高涨的时候，南京市江宁区房产局原局长周久耕却口出"开发商售楼低于成本价要查处"的惊人之语，极大地刺痛了民众敏感的神经。愤怒的网友对他进行了铺天盖地的"人肉搜索"，仅仅两周，他的个人资料及相关信息就被晒在网上。他常抽的 1500 元一条的"九五至尊"香烟和那块"江诗丹顿"名表也遭曝光。随着网友不断爆料，周久耕受贿问题浮出水面，先后被免职、双开、起诉，直至获刑 11 年。

周久耕因为雷人言语受到社会关注，被曝出贪腐罪行。但更多"捅了马蜂窝"的人纯属话语出了问题，因讲错话而惹祸。经济学家、房地产专家、北京师范大学教授董某在微博中写道："当你 40 岁时，没有四千万身家不要来见我，也别说是我学生。"此言一石激起千层浪，全国批评之声如狂潮涌来。把财富作为衡量人生价值的主要标准，无疑是宣扬拜金主义。作为一个教书育人的高校教师，发出此等言论的确不该，也不符合自己的身份。此后虽然董某发了个"关于四千万的声明"，解释此语纯属鼓励学生的励志之言，但于事无补，他被媒体讥讽为"董钱钱教授"，从而闻名于世了。

▌感悟小语 >>>

失足尚可挽回，失言无法补救。雄辩是银，缄默是金。

2. 三思而后言

语言的力量有多大？《论语》中有：一言兴邦，一言丧邦。这是对国家社稷而言。具体到个人层面，《周易》有云："言行，君子之枢机，枢机之发，荣辱之主也；言行，君子之所以动天地也，可不慎乎？"意思是说言行是一个人立世行事的"枢机"，一言一行事关个人荣辱，也是做一番惊天动地事业的关键，所以不可不慎。

古人云："三思而后行。"意思是要谋定而后动，稳妥处事，以免草率行动而留下遗憾。同样，我们发表任何言论也需要"三思而后言"，对自己的言论负责，出言时充分考虑说话的内容、时机和效果，语言要合乎场景、规矩、礼数，到什么山唱什么歌；要符合自身定位，不能妄言乱语；更要有纪律法规意识，不能乱说。

孔子力主说话要谨慎，称君子应"讷于言而敏于行"。毛泽东非常欣赏这句话，所以他分别为两个女儿起名李敏、李讷，希望她们做事要勤奋敏捷，说话要谨言慎思，不能口无遮拦地张口就来。

晚清名臣曾国藩有个非常有趣的外号叫"曾三戒"，其来历是他人生有三戒，其中第一戒就是"戒多言"。曾国藩的"戒多言"源于一件小事。当时他刚进入翰林院不久，正春风得意，一次在给父亲过生日时，对前来祝寿的好友夸夸其谈，有些口不择言，结果引起好友反感，拂袖而去。事后曾国藩后悔万分，为此立下"戒多言"。当然曾国藩立此戒的本意并非要一味地少说话，而是提醒自己思而后言，避免因言致祸。虽然曾国藩立戒的初衷是为了练达人情，但其合理的思想，值得我们借鉴。

纪晓岚编纂《四库全书》时，因天气炎热，便赤膊上阵。不期乾隆驾到，情急之中，纪晓岚钻进桌下。乾隆问众人纪晓岚在哪里，大家都不敢作声。这时，乾隆发现纪晓岚躲于桌下，遂想戏弄于他。乾隆坐着不走，也不说话。纪晓岚酷热难耐，便伸出头来窥探，问同僚："老头子走了吗？"乾隆听了不觉发笑，却故露愠色道："纪晓岚无礼，如何能口出这般轻薄之言？如果你有说法则可赦免，没有则死。"纪晓岚从容说道："万寿无疆，是为'老'；顶天立地，至高无上，是为'头'；天父与地母是皇上的父母，是为'子'。"乾隆哈哈大笑。如此高级马屁，安能不悦？

"三思而后言"的典型莫过于2012年诺贝尔文学奖得主莫言了，他始终遵照父亲"少说话多做事"的教诲，甚至笔名的意思都是"不说话"。他在诺贝尔文学奖得主新闻发布会上解释了笔名取"莫言"的缘由：一是他原名管谟业中间的一个"谟"字，拆开了就是"莫言"；二是自己儿时经常乱说话，给父母带来很多麻烦，所以自己取名莫言，就是希望少说话；三是一名作家如果老说话，就没有精力来写好小说。作为作家，就应该少说话，用笔说出想说的话。这也算是对"多言必失""言多必无味"的现实注解吧。

虽说"桃李不言，下自成蹊"，但现代社会自我展现和人际交流越发重要，而这都依赖良好的语言表达。人生路途漫漫，谁都有言差语错的时候，我们在尽量宽容别人无心错言的同时，自己也要三思而后言。静坐常思己过，闲谈莫论人非，以免因言致祸。

▌感悟小语 >>>

> 不必说而说，是多说，多说易招怨；
> 不当说而说，是瞎说，瞎说易惹祸。

3. 金玉良言，流芳千年

倡导慎言，不是不让说话，而是要通过加强学习修为，提高自身素质，坚持真理，坚守道德良知，维护公平正义，提升"言"的质量和效果，关键时刻为大义而仗义执言。

金銮殿上，一袭白衣，从容不迫，娓娓道出一片新世界，舌战群儒，令众口莫辩；雄关高墙，一把朴琴，古波不惊，袅袅绘出一方清净地，空城一弹，令千军不前。把握说话的时机，或一语中的，或一言不发，必事半功倍。三思而后言，不是不说，而是要会说，该说之时，定千言万语。

战国时期的苏秦、张仪，皆是能说会道之人。苏秦运用合纵之术，游说于诸侯之间，从出身卑微的一介寒士成为身挂六国相印的显赫人物。他说服六国联合抗秦，以一己之力促成了一个空前庞大的诸侯联盟。他卓尔不凡的政治才能受到了一代一代文人志士的敬仰，被誉为纵横家的鼻祖。张仪运用连横之术游说魏、楚、韩等国，利用各国之间的矛盾，或拉拢其归附于秦，或拆散其联盟使其力量削弱。在整个秦惠王时期，他不仅使秦国在外交上连连取得胜利，而且还帮助秦国开拓了疆土，为秦的强大和以后吞并六国立下了汗马功劳。秦惠王念张仪功劳卓著，封他为"武信君"，赐五座城邑。

战国末期，韩国间谍郑国为秦国开掘从泾水到洛水的水渠——郑国渠，企图以此耗费秦的国力。秦王嬴政遂下逐客之令，驱逐在秦任官的外国人。当时任秦客卿的楚人李斯上书秦王，列举秦国历代任用外国人所取得的业绩，并陈说"逐客"的害处，秦王阅罢，幡然醒悟，于是取消逐客令，复李斯官。在《邹忌讽齐王纳谏》中，邹忌与徐公比美，不因妻、妾、客的赞美自喜，而是从中悟出直言不易的道理，然后以切身经历设喻，讽谏齐王除弊纳谏。齐威王从善如流，从而使齐国国势强盛，威震诸侯。

2000 年 3 月，时任湖北监利县棋盘乡党委书记的李昌平，在寄给中央领导的《一位乡党委书记的心里话》中写道，"农民真苦，农村真穷，农业真危险"，引起举国上下对"三农"问题的高度重视。为给从事"三农"研究和关注"三农"问题的人一些启发，2002 年 1 月，李昌平所著《我向总理说实话》一书问世。这本书打动了很多人，很多读者是流着泪连夜读完这本书的，不少朋友一边读，一边哭着在微博中写道："我能为农民做些什么？"这本书引起越来越多的人关注"三农"问题，极大地推进了解决"三农"问题的进程。2005年，国务院决定全面取消延续了上千年的农业税赋。

1971年，在全国教育工作会议上通过的《纪要》，经毛主席圈阅"同意"，以"中共中央文件"的形式下发全国，"推荐上大学"这种招生办法就成了金科玉律。1977年，刚刚复出的邓小平同志主持召开科学和教育工作座谈会。根据与会人员的意见，邓小平果断拍板，作出于当年恢复高考的决定。同年10月12日，国务院正式宣布当年立即恢复高考。恢复高考制度，不仅改变了几代人的命运，尤为重要的是为我国的发展和腾飞奠定了基础。国家由此迎来了尊重知识、尊重人才的春天。恢复高考制度不仅具有重大的现实意义，而且具有深远的历史意义。

1986年3月，面对世界高新科技蓬勃发展、国际竞争日趋激烈的严峻挑战，王大珩、王淦昌、杨嘉墀和陈芳允4位科学家提出"关于跟踪研究外国战略性高技术发展的建议"。党中央、国务院在充分论证的基础上，果断决策，于1986年3月实施了"高技术研究发展计划"即"863计划"，旨在提高我国自主创新能力。近年来，我国多个领域尖端科技成果呈井喷式爆发，天宫、蛟龙、天眼、悟空、墨子、大飞机等重大科技成果相继问世。这些令国人骄傲、世人震撼的成就，都得益于当年的"863计划"。

中国科学院院士施一公，36岁时就被聘为普林斯顿大学的终身教授。但他毅然放弃了国外提供的优厚待遇，回国效力。2006年，施一公等人联名起草了一份建议书，希望国家实施"国家教授计划"，用特殊的政策积极引进海外高层次人才。2007年，我国启动海外高层次人才引进计划即"千人计划"。作为该计划倡议者之一的施一公，当选"千人计划"专家联谊会首届会长。"千人计划"实施以来，评出了7批2000名"千人计划"人才，其中创新类大约占70%，创业类大约占30%。这为我国科技产业的跨越式发展提供了强大的人才支撑。

人有两只耳朵、两只眼睛，只有一张嘴巴，就是让我们多听、多看、少说话。虽说话多必有失，但完全不说话也不现实，只是说话要恰到好处。避免因言致祸，必须具备良好的政治素养、科学素养、文化素养、专业素养。

有一才子赴京赶考，因主考官舞弊而名落孙山。当朝太师惜其才，想方设法让其来到金銮殿，面见皇帝。皇帝为试其才能，当即出一联："尧舜净，汤武生，桓文末丑，古今来几多角色。"由人写到戏，比喻尧、舜、汤、周武王、齐桓公、晋文公这些人声名赫赫，也不过像生旦净末丑一样，是历史舞台几个角色而已。才子随即对出下联："日月灯，云霞彩，风雷鼓板，宇宙间一大戏台。"该联由自然界写到戏台，并以日月当灯照明，以云霞当彩绘景，以风雷之声做鼓板，寓意宇宙大戏台。整副对联意境超远，气势磅礴。皇帝又出一联："东启明，西长庚，南箕北斗，朕乃摘星汉。"才子随即对出："春牡丹，夏芍药，秋菊冬梅，臣是探花郎。"此联铺排有序，格调高雅，符合人物身份，对仗极工，更显文采飞扬。皇帝听后龙颜大悦道："探花郎就探花郎，你就是今科探花。"通过与皇帝对对联，才子把自己的各种素养表现得淋漓尽致，给皇帝留下极好的印象。

▍感悟小语 >>>

> 金玉良言能兴邦，名相伊尹为滥觞。
>
> 天下兴亡匹夫责，全凭修为与担当。

八、戒漠视安全

安全，是一个人最基本的生存需求，是大家最衷心的期盼，是社会和谐的基础。随着社会的不断进步，安全问题已经被摆在首要的位置。而我们个人安全意识的强弱，不仅事关自身安危，还关系到自己在社会角色中所承担的责任。重视安全，是对己负责，对家负责，对他人负责，对社会负责。漠视安全，则害己、害家、害人、害社会。

1. 珍爱生命，远离伤害

生命只有一次，健康、平安是给予生命最好的礼物。如果将生命比喻成一棵树，安全就是一方沃土，有了这片土地，生命之树才会长青。如果将人生比喻成一叶舟，安全就是一片大海，有了博大的海洋，生命之舟才能远航。

对安全麻痹大意，将会导致严重后果。近些年，我国每年发生各类安全事故上百万起，伤亡 70 万～75 万人次，直接和间接损失达 4000 亿元以上。超速、超载、酒驾、闯红灯导致的交通事故，量大，恶性程度高，平均每天有 2.6 人死于闯红灯。据报道：我国每年大约有 57000 人溺水死亡，相当于每天有 150 多人溺水死亡。翻开安全案例分析，让我们震惊和悲痛的是，一些安全事故的发生是那样不应该，甚至不可思议。有的是因为一个盲目的行为，有的是因为一个偶然的疏忽，有的是因为一时无知的冲动，有的是因为一丝侥幸心理……而如果多一点对安全的重视，完全可以避免悲剧的发生。

我们该如何珍爱生命，防患于未然，避免无谓的伤害？

遵守交通规则，安全文明出行。"不以规矩，无以成方圆。"交通规则关系着每个人的生命安全，关系着社会的和谐与安定。走路要"一停二看三通行"、看红绿灯、走斑马线……驾车不逆行、不超速、不超载、不喝酒、不玩手机、系好安全带……看似简单的交通规则，却是生命安全的"守护神"。将交通规则牢记于心，见之于行，自觉遵守，融入习惯，达至"从心所欲不逾矩"的境界，才能"高高兴兴出门，平平安安回家"。

悲剧源于无知，安全常识很重要。平时多学一点安全常识，可以避免或者减少伤害的发生。2004 年的印尼海啸，一位年仅 10 岁的英国小女孩，凭借自己在学校里所学的地理知识，判断出威力强大的海啸将吞没整个海滩，她立即让父母提前发出警报疏散海滩上的游客，从而挽救了 100 多名游客的生命，演绎了一段传奇故事。所以我们一定要掌握必备的安全常识，例如如何在火灾、地震中逃生，如何安全用电、用气，如何防雷电，等等。

注意卫生安全，养成健康生活方式。近年来，各种传染性疾病、食品安全事件和公共卫生事件时有发生，我们只有提高健康安全意识，培养良好的生活和卫生习惯，才能留住健康，拒病于未萌。

▌感悟小语 >>>

生命只有一次，对谁都是宝贵的。

——瞿秋白

2. 安全生产重于山

安全是社会和谐与经济发展的保障。只有把安全生产抓好了，才能让群众真正安居乐业，共建共享和谐社会。反之，安全事故频发，社会和谐与稳定就无从谈起。1994 年 12 月 8 日，因组织者疏于防范，发生了让人刻骨铭心的新疆克拉玛依友谊馆大火。火灾造成 325 个生命逝去，其中 288 人是中小学生，90% 是独生子女，涉及上千个家庭，灾难带来的严重社会危害和巨大伤痛至今挥之不去。

"安全是碗，效益是饭。"安全生产是实现经济效益的前提和保证，安全是生产与效益的保护神。安全之于效益，犹如"碗"之于"饭"，犹如"皮"之于"毛"。打坏了碗，如何盛饭？皮之不存，毛将焉附？安全生产虽然不能直接创造经济效益，却与企业创造和提高经济效益息息相关。无数事实证明，事故是最大的浪费，安全是最大的效益。1986 年，美国耗资 12 亿美元研制的"挑战者"号航天飞机升空 72 秒后炸成碎片，7 名宇航员全部遇难。在经过 4 个月的调查后确认，爆炸的原因是一个指甲盖大小的垫圈失灵。所以，没有安全做基础，效益不过是摸不着的"镜中花"、捞不起的"水中月"罢了。

一份由国家有关部门公布的《安全生产与经济发展关系》研究结果显示，近几年来，我国每年各类安全事故所造成的直接经济损失接近 1000 亿元，加上间接经济损失则高达 2000 多亿元。每年因安全事故造成的经济损失相当于生产 300 架歼 −20 隐形战斗机，况且除了这些可量化的损失，还有那些无法估量的损失：亲人的眼泪、曾经憧憬未来的鲜活生命，这其中的伤痛又岂是经济价值所能衡量的？所以，在工作中绝不能为片面追求效益而忽视安全。

安全之责大如天。著名的"破窗理论"告诉我们：任何管理上的疏忽都可能酿成大祸，点滴的漠视都会引起无法预料的灾难。管理者要时时绷紧安全这根弦，不仅做安全发展的规划者，还要做落实安全管理的执行者，积极创造一个没有"破窗"的环境，绝不给任何安全生产隐患以可乘之机。

2011 年 7 月 23 日，由北京开往福州的 D301 次列车与杭州开往福州的 D3115 次列车发生追尾事故。此次事故共有 6 节车厢脱轨，造成 40 人死亡、172 人受伤，直接经济损失近 2 亿元。"7·23"甬温线特别重大铁路交通事故，是一起因列控中心设备存在严重设计缺陷、上道使用审查把关不严、雷击导致设备故障后应急处置不力等因素造成的责任事故。铁道部原部长刘志军、原副总工程师兼运输局局长张曙光等 54 名事故责任人员受到严肃处理。

2015 年 8 月 12 日，位于天津市滨海新区天津港的瑞海公司危险品仓库发生火灾爆炸特别重大安全事故，造成 165 人遇难、8 人失踪、798 人受伤，304 幢建筑物、12428 辆商品汽车、7533 个集装箱受损，直接经济损失达 68.66 亿元。事后，25 名国家机关工作人员分别被判处 3 年到 7 年不等的有期徒刑。

据统计，2016 年全国共发生各类事故 6 万起、4.1 万人死亡。其中发生煤矿事故 249 起、死亡 538 人。各级安全监管监察部门实施行政处罚 10.5 万次，罚款 20.5 亿元，取缔违法违规企业 7815 家，关闭企业 5147 家；2016 年发生的重特大事故调查结案 15 起，给予党政纪处分 200 人，移交司法机关 97 人；对 5 起重特大事故整改措施、责任追究落实情况进行了专项检查。2017 年上半年全国发生安全生产事故 2.24 万起、死亡 1.62 万人，其中各类较大事故 312 起、死亡 1188 人。

《中华人民共和国安全生产法》规定，国家实行安全生产事故责任追究制度。近些年来，从省部级政府高官，到经营管理者，直至具体作业人员，安全生产事故的责任者都受到了追究。2009 年央视大楼新址大火事件，44 人被追究刑责，27 人受党纪政纪处分。而在矿产大省山西，因为矿难事故接连发生使得该省省长频频被换，曾经不到 400 天换了 3 任省长，深刻检讨成了几任省长的共同宿命。

▌感悟小语 >>>

隐患险于明火，防范胜于救灾，责任重于泰山。

——江泽民

3. 社会安全大如天

目前我国正处于"社会转型、经济转轨"的关键时期，因各种利益冲突引发的社会安全事件，是今后一个时期影响社会稳定的主要因素。从领导者的职责来看，高度重视、预防并妥善处理社会安全问题，是一门必修课。

"冰冻三尺，非一日之寒"，安全事件在突发之前，必然有一个酝酿形成的过程。领导者只有重视安全稳定，未雨绸缪，抓好预防和疏导才能防患于未然，否则小事就可能变为大事，最后演变成危害社会安全的重大事件。2008 年 6 月 28 日下午，贵州省瓮安三中女学生李树芬溺亡。因对死因鉴定结果不满，死者家属聚集到瓮安县政府和县公安局上访。在接待过程中，一些人煽动不明真相的群众冲击县公安局、县政府和县委大楼，最终酿成严重的群体性暴力事件。导致瓮安县委、县政府和瓮安县公安局、财政局被烧毁，烧毁警车等交通工具 42 辆，不同程度受伤 150 余人，造成直接经济损失 1600 多万元，直接影响到当地社会政治稳定。

2008 年，云南省孟连县胶农因不满橡胶公司收购价格，双方多次发生冲突。当地党委、政府反复动用警力，激化了矛盾，警察被打、警车被砸的群体性事件在 "7·19" 前已累计发生 7 起。2008 年 7 月 19 日上午，公安机关依法对涉嫌聚众扰乱社会秩序、故意伤害的 5 名犯罪嫌疑人采取强制传唤措施后，按计划向村民开展法制宣传教育时，500 多名不明真相的人员手持长刀、钢管、铁棍、木棒袭击民警，致使多名民警受伤。经多次喊话劝阻、退让、鸣枪警告无效，警方被迫使用防暴枪自卫，致使两人死亡。事件还造成 41 名公安民警和 19 名群众受伤，9 辆执行任务车辆不同程度损毁。

瓮安、孟连这些群体性事件造成了极其恶劣的社会影响，大量境外媒体恶意炒作，涉事官员被追责。而这类群体性事件发生的深层原因就是地方领导对社会矛盾关注不够，对社会安全重视不够造成的。潮安 "6·6" 事件中讨薪者被砍是在 6 月 1 日，而事件发生是 6 月 6 日。广州市番禺区垃圾焚烧发电厂事件，2006 年选址确定，2009 年 10 月群体性事件爆发。为什么时间的缓冲没有起到缓解矛盾的作用？再如 2014 年 5 月杭州余杭中泰垃圾焚烧厂事件的发生，原因主要是当地政府对社会安全不够敏锐，回应不当、采取措施不及时，激化了矛盾。

2017 年 8 月 25 日，印度中央调查局拟判处号称有 5000 万信徒的 "上师" 拉希姆·辛格犯强奸罪，招致大量信徒的不满。他们打着为 "上师" 申冤的旗号，聚集数万人发动暴乱，烧毁消防队卡车，打砸并烧毁政府大楼、加油站、电话局、火车站和店铺。据不完全统计，当天共发生暴力事件 295 起，导致 38 人死亡、几百人受伤、上千人被捕。印度当局动用 9000 名军警实行宵禁、断网、封路，以应对暴乱，整个印度社会气氛空前紧张。这次暴乱的导火索是"上师"拉希姆·辛格被判刑，深层次原因是印度的贫富差距、教派冲突、种姓制度和强奸频发等社会矛盾长期积累。

▌ 感悟小语 >>>

> 全面建小康，公仆来担纲。
>
> 绷紧安全弦，百姓心中装。
>
> 成事不出事，雄才得以彰。

4. 信息安全界无边

当今世界，信息技术日新月异，对国际政治、经济、文化、社会、军事等产生着深刻影响，改变了人们的生产、生活和行为方式。我国正处在信息化大潮之中，网络走入千家万户，网民数量世界第一。信息安全一旦出现问题，必将对国家的安全稳定、单位的生存发展、家庭的平安幸福、个人的前途命运造成重大影响。

2014 年 2 月 27 日，中央网络安全和信息化领导小组成立，习近平总书记担任组长，体现了国家最高层加强顶层设计的意志和保障信息安全、维护国家利益、推动信息化发展的决心。

信息安全是国家政治安全的重点、经济安全的核心、国防安全的保证、国家稳定的基础、国家生存的命脉。信息网络化既为信息资源共享创造了条件，也为敌对势力的信息入侵提供了几乎不设防的"边境"。

2013 年 6 月，美国中情局前职员爱德华·斯诺登出于良知，将两份绝密资料交给英国《卫报》和美国《华盛顿邮报》。资料披露美国国家安全局有一项代号为"棱镜"的秘密项目，通过进入微软、谷歌、苹果、雅虎等九大网络巨头的服务器，监控美国公民的电子邮件、聊天记录、视频及照片等私人信息。世界舆论随之哗然。在"棱镜计划"中，美国不仅监听敌对国家，就连自己的盟友也不放过。从欧洲到拉美，从传统盟友到合作伙伴，从国家元首通话到日常会议记录都赫然在列。拉美和欧盟国家领导人对美国的监控行为集体发难，德国总理默克尔和法国总统奥朗德用"完全不可接受"等罕见强硬的措辞表达了愤怒。德国政府发言人称美国的行径是"冷战"行为，法国总统奥朗德要求美国立即停止监控，并威胁要中止和美国的贸易谈判。"棱镜门"事件在国际社会掀起轩然大波，给美国政府带来了一连串棘手难题，引发了美国外交地震，使得美国政府公信力在国际社会骤然下降。

澳大利亚阿桑奇"维基解密"事件更说明了信息安全的重要性。从2010年4月开始，一个神秘莫测的网站解密9万份机密战争文件，揭开了美欧联军在阿富汗战争中杀戮平民的真相；40万份秘密战地记录，曝光了伊拉克战争中，美军向平民开枪和虐囚的罪行；25万份外交电报，揭露了美国在肯尼亚骚乱、突尼斯政变、埃及暴动等事件中扮演的不光彩角色，让世界为之震惊。美国官方称维基解密将美国及其盟友士兵的生命置于危险之中，同时也对美国国家安全构成威胁。阿桑奇通过信息扼住了世界的咽喉，搅乱了世人的神经，引爆了外交界的"9·11"，颠覆了世界旧秩序。

目前，常见的全球卫星导航系统有美国的GPS、中国的"北斗"、俄罗斯的"格洛纳斯"和欧洲的"伽利略"，其中美国的GPS是最早的也是现阶段技术最完善的系统。为什么有了美国的GPS，我国还要斥巨资发展北斗导航系统呢？1993年，美国无中生有地指控中国"银河"号货轮将制造化学武器的原料运往伊朗，并直接关掉GPS，导致"银河"号在大海上"迷航"，被迫在达曼港接受检查，制造了震惊世界的"银河"号事件，给中国在政治和经济上造成了重大损失。"银河"号事件为中国发展北斗卫星埋下伏笔。1996年李登辉抛出"两国论"，台海局势紧张，解放军随后展开一次大规模军演，向台湾附近的东海海域发射了3枚导弹，以示警告。第一枚导弹准确命中目标，但紧接着第二枚和第三枚导弹突然无法追踪，大大偏离了原定的落点范围。事后的军事分析表明，这两次发射失败是由GPS信号突然中断造成的。

2003年，欧洲主动"邀请"我国加入"伽利略"全球卫星导航系统，该系统总投资达35亿欧元，我国投资2亿欧元参与。2005年后，欧洲亲美政治人物纷纷上台，我国投入巨额资金，却得不到与之相称的待遇，不但无法进入"伽利略"计划的决策机构，甚至在技术合作开发上也被欧洲航天局故意设置障碍。据此，中国认定，无论花多少钱，都必须建立独立自主的卫星导航系统。随着一颗颗导航卫星的升空，中国"北斗"的组网速度令世人瞩目，该系统是继美国GPS和俄罗斯"格洛纳斯"之后，第三个成熟的卫星导航系统。而清华大学毕业生高某某，在美国斯坦福大学攻读博士学位期间，破解了我国北斗二代定位导航卫星的信道编码规则。消息传到国内，一石激起千层浪，国内民众纷纷谴责她吃里爬外的汉奸卖国行为。也有相关人士云：高某某只是破译了北斗民码信号的伪码序列，不会给国家造成重大影响。可谓众说纷纭。但高某某因此多次获得美国航空无线电委员会的表彰，这不得不令人深思和遐想。

信息安全事关企事业单位的生存发展。安全领域中的木桶理论和马其诺防线的故事，相信大家都了解——无论看起来多么固若金汤的防线，一个漏洞就可以毁灭所有一切。有时候，一个小小的U盘就毁灭了几百万的投资，一封错发的邮件就让企业损失惨重。

2011年2月6日，美国HBGary Federal公司创始人Greg Hoglund尝试登录Google企业邮箱的时候，发现密码被人修改了。更为糟糕的是，该企业邮箱里有大量异常敏感的甚至是见不得光的"商业机密"，涉及美国商会、美国司法部、美洲银行等。对该公司实施攻击的黑客组织"匿名者"随后将战利品——6万多封电子邮件在互联网上公布，直接导致该公司CEO引咎辞职。由于此次信息泄露涉及"社交网络渗透""商业间谍""数据窃取"，该公司的员工还纷纷接到恐吓电话，整个公司几乎一夜间被彻底击垮。

日本索尼公司在使用一台过时的服务器时，既没有打上补丁，又没有装防火墙。黑客得以闯入三个存有客户敏感信息的数据库，包括客户姓名、出生日期以及一部分索尼拥有的信用卡号码，这影响了索尼公司的广大客户。索尼花费了2亿多美元用于泄密事件之后的客户挽救、法律成本和技术改进。

信息安全事关家庭的平安幸福。随着信息技术的不断发展，网络诈骗也"与时俱进"，呈现出"千姿百态"。截至2017年6月，我国网民规模达7.51亿，相当于欧洲人口总量。骗子们便将目标锁定在了通信网络上。相信不少人都接到过诸如"猜猜我是谁""明天上班来我办公室一趟"之类的电话，或恭喜中奖、孩子出事等短信。这些都是骗人的伎俩。中国互联网协会发布的《中国网民权益保护调查报告 2016》显示，有 55% 的网民收到过"冒充公安、卫生局、社保局等公共机构进行电话诈骗"的信息。不论是孩子的学费，还是老人的养老钱、病人的救命钱，骗子们都不放过，甚至酿出人命。2016 年，山东临沂 18 岁女孩徐玉玉高考被南京邮电大学录取。但就在报到日将近之际，她接到一个要给她发助学金的电话，信以为真，结果被骗走 9900 元学费。家境并不宽裕的她，当天傍晚与父亲报警后返家时伤心欲绝，突然昏厥，抢救两天后心脏骤停离世。徐玉玉尸骨未寒，临沂又有一名大二男生小刘遭电信诈骗猝死。小刘的突然离世，直接打垮了一个幸福的家庭。小刘的父亲一直瘫坐在邻居家院子里，甚至连家都不敢回。小刘的妈妈更是接受不了这个沉重的打击，精神出现了问题，住进了医院。一个幸福的家庭遭受重创，瞬间支离破碎。

电信诈骗从"只闻其声，不见其人"，发展成线上线下联合作案。不法分子先是打电话诱骗，然后派人上门操作，欺骗性更强。2016 年 8 月，深圳一位 78 岁独居老人就遭遇了这种新型电信诈骗。老人接到一个声称是上海市公安局的电话，由于对方能准确说出老人的姓名、身份证号码、家庭住址等个人信息，老人信以为真。然后，犯罪分子说老人有一个包裹涉嫌走私，因协助调查的需要，要求老人开通网银转账功能，并提供银行卡号和网银转账密码。随后，一名年轻女子上门给受害人送来了两部非智能手机，并当面在老人的电脑上操作，植入了木马病毒。接着，受害人按照指示连续向诈骗分子指定的银行账户转款 63 笔共1156 万元。骗子的行为之张狂，令人愤慨；行为之恶劣，令人发指。据有关统计，2015 年，全国电信网络诈骗发案 59 万余起，被骗走 222 亿元；2016 年，全国公安机关共破获电信网络诈骗案件 11.9 万余起，抓获犯罪嫌疑人 8.8 万余名；网络诈骗一次次触及法律和道德的底线，破坏了一个个幸福美满的家庭。

信息安全事关个人的前途命运。信息化已融入生产和生活中，人们得到方便的同时，也会因信息安全问题，前途和命运受到极大的影响。

希拉里是美国资深的女政治家，是最有希望成为美国首位女总统的人，却因信息安全问题，葬送了总统梦。2009 年 1 月，国务卿希拉里直接使用私人邮件服务器处理政府机密公务。2012 年 9 月 11 日，美国驻利比亚班加西领事馆遭到攻击，包括驻利比亚大使在内的 4 名美国人死亡，调查班加西事件的政府工作人员首次发现希拉里使用私人服务器处理政府公务。2015 年 3 月，希拉里承认在任职国务卿期间使用私人邮箱处理约 6 万封邮件。2015 年 4 月，希拉里宣布竞选总统。2015 年 7 月，调查人员发现希拉里的邮件中包含涉及顶级国家机密的信件，美国联邦调查局开始介入调查。这对希拉里竞选总统非常不利。2016 年 7 月，联邦调查局宣布，不建议因"邮件门"起诉希拉里。但在距离美国大选还有 10 多天时，联邦调查局突然宣布因发现新邮件，重新启动"邮件门"调查。虽然最后终止了调查，却已令支持希拉里的民众纷纷倒戈。希拉里回天无力，最终以微弱劣势惜败。

互联网特别是移动互联网技术的应用与普及，为信息传播带来了极大的便利，是革命性的进步。但随之而来的信息安全问题，也因其传播自由、行为隐蔽、空间无限、方式多样、速度迅捷等面临新的威胁和挑战。要确保信息安全，必须强化安全意识，加强教育培训，健全相关法律，明确责任义务，借助先进技术，防范和化解信息安全风险。

晚唐诗人杜荀鹤《泾溪》一诗曰："泾溪石险人兢慎，终岁不闻倾覆人。却是平流无石处，时时闻说有沉沦。""泾溪石险"却始终无事发生，这乃是因为人人时刻小心、注意安全；"平流无石"却"不平"，经常有人失足落水，这就是漠视安全、疏于防范的后果。安全，不容丝毫漠视！

▌感悟小语 >>>

安全责任重泰山，漠视生命罪滔天。

连连火灾，频频空难，交通事故，网络诈骗。

动车追尾实罕见，失责何颜面苍天。

血的教训在眼前，亡羊补牢悔之晚。

警钟长鸣，清醒忧患，未雨绸缪，防患未然。

家事国事天下事，百姓安危系心间。

再版心语

今天是元旦假期第一天，偌大的校园宁静了许多。于是，静下心，提起笔，写这个早就该写的再版心语。

2012 年年底，拙作《知行八谈》通过中央党校大有书局，与读者朋友见面了。据大有书局统计，几年来拙作均居其畅销书排行榜前列。其中，2013 年居第六位，2014 年居第五位，2015 年居第一位，2016 年居第四位，忝与美国普利策奖获得者杜兰特教授的传世经典《历史的教训》，国际关系学泰斗基辛格博士的《世界秩序》，思想巨擘梁启超的《文化的盛宴》，一代导师钱穆的《中国历代政治得失》，著名学者郑永年、张维为、任彦申的大作同列。这让我始料未及，诚惶诚恐。

中央党校 2014 年秋季中青二班指定《知行八谈》为专题研讨书目，黑龙江省委党校把这本书作为 2200 名在职研究生的教材，知名企业爱菊集团为 1400 余名员工每人购买一册……在中央党校学习的领导干部，开班时，买一册翻翻，觉得不错，再买几册给家人；结业时，带几百册送给同事和身边人员的更多。

此书原本就是做人做事做官的感悟集成，8 个篇章多源于真实的学习、工作和生活，在很多人身上都能找到影子和注脚，既没有高深的理论，也没有令人惊艳的奇思妙想。不料，读者反响竟如此热烈。

一知名出版社社长评论说：近年来，谈如何做人做事做官的著作比比皆是，既有一定理论指引又有鲜明实践特色，将二者结合得恰到好处，让人读着不忍释手的，无出《知行八谈》之右者。

有领导寄语：这本书能让人记住的内容实在是太多太多了，既弘扬主旋律，激发正能量，又贴近学习、工作和生活。如果每位党员干部，尤其是领导干部，能从中感悟出如何做人做事做官，必将终身受益。但愿每位党员干部都看一看、思一思。

有网友感言：此书格式新颖，见解独到，揭示了为官者的从政之道，为学者的成功之要，为商者的经营之妙，是党政领导、知识精英、成功人士的必读之书。

有读者谬赞：此书经典案例纷呈，感悟小语精辟，可谓"人生宝典、官场箴言"，是为人、做事、处家、结友的座右铭。如果年轻时能读此书，自己的人生也许会重写。

当然，最让我感动的是有诤友和热心读者盛赞的同时，也指出了书中的不足，对修订再版，大有裨益。大家的抬爱，催我奋进，使我自省、自励。

2015 年 8 月，我履职周口职业技术学院。高校校长、书记的角色，自然就令我跟思想活跃的莘莘学子和书香味浓的文化人接触多了，芝兰之室，耳濡目染，知行感悟又平添不少。

也许是巧合，《知行八谈》面世的 5 年，亦是我与广大读者朋友共同见证：以习近平同志为核心的党中央带领全国人民不忘初心，砥砺奋进，取得辉煌成就的 5 年。5 年间，自诩为全球治理榜样的美、欧、日、韩，"灰犀牛事件"频发，而我们"风景这边独好"。

最近，美国著名战略家、前总统卡特的国家安全事务助理布热津斯基的"奶头乐"理论引起网上热议，但媚俗和过度娱乐化无疑将导致价值观的偏移。教育，毕竟不是听了就信，而是信了才听。一些人宁愿关心一个蹩脚艺人的鸡毛蒜皮小事，也不愿读书，徒增"杞人忧天"之虑。毕竟，武器只能摧毁我们的肉体，而"奶头乐"却可以毁灭我们的灵魂。

中华文明是世界四大文明中唯一延续至今的文明，对于"文化自信"，我们有坚实的底气。但是，底气不能全靠"秦皇汉武""子曰诗云"，立德树人乃吾辈沉甸甸的责任。然而，本人志高学浅，说易行难。为对得起读者的殷切期望，我吸收借鉴了读者的宝贵意见，梳理提炼了 5 年来的知行感悟，对"政商关系""信息安全"等热点，"婆媳关系""酒场百态"等难点，"政治生态""嗜好与雅腐"等焦点不再回避。

"鸣鹤在阴，其子和之。我有好爵，吾与尔靡之。"《知行八谈》这坛新酿的酒，无论醇香与否，能再次奉予读者，足慰平生了。伴随着新年的钟声，丑媳妇即将见公婆，至于效果，照例是恭候读者朋友评判。

刘士欣

2018 年 1 月 1 日